鈴木健一・杉田昌彦・田中康二・西田正宏・山下久夫 編

江戸の学問と文藝世界

森話社

江戸の学問と文藝世界　目次

序論

序論

鈴木健一

注釈史と文学史

一　問題意識――はじめに

私たちが今生きている時代に至るまで、古典はさまざまな注釈によって読解されてきた。たとえば『源氏物語』が成立した時代があって、そこからすぐ今につながっているわけではない。院政期、中世、近世、近代と、それぞれの時代における『源氏』注釈があったその集積の上に、現在の読みは成り立っているのである。そこを通過している以上、単純にもとには戻れない。したがって、その間をつなぐ注釈を知ることによって、長い時間の流れの中で今の私たちが古典を読むことの意味を位置付けていく必要がある。

以上は古典の受容を通史的にみた場合、つまり縦軸に即してのことである。

では、横軸はどうだろうか。同じ時代を生きている以上、そこにいる人々はなにかを共有しているにちがいない。近世において成立した文学作品も、その内部において詩歌・小説・演劇が連動するように、同時代の注釈のありかたとも無縁ではなかった。古典がどう注釈されたかを考えることで、文学作品の成立のありかたもより鮮明に見えてくる。

本稿では、近世の注釈史の要点を指摘し、さらに注釈史と文学史がいかに連動しているか、その様相を探ることを目的とする。

なお、注釈史を記述していく上で、以下に掲げる三点に特に留意したい。

①近世の注釈史の始まりについては、室町時代後半からの継続部分も大きく、開幕の一六〇三年よりもさらに遡らせてもよいのではないか。十六世紀・十七世紀を一つのまとまりと見る視点も有効である。

②終わりに関しても、近代初期までは江戸の残影が色濃く残っており、明治維新になったからすぐに近代的な注釈が成立したとは言い難い。十九世紀中はまだ近世注釈の世界が強い影響力を及ぼしている。
（以上の二点は、前後にわたって、近世注釈史の範囲をもう少し広げてみたらよいのではないかという提案である）。
③とりわけ大きな転換点が十八世紀中頃から後半にかけてにある。
右の三点は、文学史においても当てはまることであろう。(1) 具体的には、本稿の後半において触れることにしたい。

本論に入る前に注釈史を概観しておこう。(2)

院政期には、『源氏物語』『古今集』『和漢朗詠集』『日本書紀』などが注釈の対象となった。この時点で、それらが古典化したということである。

中世の古典研究でも、主な対象は『源氏物語』『伊勢物語』『古今集』『和漢朗詠集』であった。他に、特異な日本紀受容が目に付く。前半（鎌倉時代）は、おおむね秘儀的な態度が見られる。しかし、徐々に実証的な態度へと移行する。その最も重要な契機は、応仁の乱により京都が荒廃し、文化が地方に伝播したことで古典の享受層が拡大し、より丁寧な解説が必要となったことであろう。主な担い手であった連歌師たちの古典研究も充実した。古典学者の系譜としては一条兼良《かねら》から宗祇《そうぎ》、そして三条西実隆《さんじょうにしさねたか》へという系譜が最も重要であり、漢学者清原宣賢《のぶかた》の存在も注目すべきである。

近世の古典研究では、十七世紀において、細川幽斎《ゆうさい》から松永貞徳《ていとく》、そして北村季吟《きぎん》へという系譜が三条西古典学を継承する。ここに、注釈史の十六・十七世紀の連動が顕著である。そして、十七世紀後半に頭注・傍注形式を駆使した北村季吟による注釈の〈型〉の確立があった。併せて、出版文化の流布によって秘伝思想からの脱却がはかられる。十七世紀末以降、契沖の実証主義に端を発し、賀茂真淵《かものまぶち》による鑑賞主義という展開の後、本居宣《もとおりのり》長《なが》による作品の構造的把握へとつながっていく、国学者の系譜が主流となる。十八世紀中頃から後半にかけて、大衆化も促進される。

近代以降の古典研究では、より緻密な考証の進展が見られる。

二　十六・十七世紀の連動

1　中世から近世へ

近世を貫く注釈の特質としては、集成主義、用例主義、合理主義という三点が指摘できる。(3)これらは、作品世界やその背後に横たわる言説空間全体を把握しようとする、総合性への志向という言い方で括られる。すでに、近世初期の林羅山《らざん》（一五八三〜一六五七）や後水尾《ごみずのお》天皇（一五九六〜一六八〇）らの文学活動でもその傾向は顕著である。

集成主義とは、主に諸注集成ということを意味する。中世において注釈史がある程度蓄積されたことによって、これまで著述された注釈書に記されたさまざまな解釈の独自性を示しつつ差異化し、また全体として統合させておく必要によって生じた。

用例主義は、過去に用いられたことばの集積として作品を把握しようとする機能的な思考によって打ち立てられる。そのことが秘伝からの脱却を可能にするとも言えるし、秘伝から脱却したことによってさらに可能になっていく営みだとも言える。

合理主義は、作品世界の味わいや文脈を論理的に摑もうとする姿勢である。それまでの時代なら説明しなくてもなんとなくわかっていた（かのように思える）事柄でも、きちんと論理立てて整合性を持たせようとするわけだ。

以上のような集成・用例・合理主義を、近世において最も強く推し進めたのは契沖《けいちゅう》（一六四〇〜一七〇一）であろう。ただ、このことはすでに十六世紀から少しずつ見られるようになってきたものだった[4]。特に、三条西古典学の存在は大きい。

十六世紀から十七世紀への連続性を意識して、和学の系譜を辿ってみよう。

宗祇に学んだ三条西実隆（一四五五〜一五三七）、子の公条《きんえだ》（一四八七〜一五六三）、孫の実枝《さねき》（一五一一〜七九）ら三代によって三条西古典学は確立される。そして、九条稙通《くじょうたねみち》・中院通勝《なかのいんみちかつ》ら血のつながりがある人々が継承していく中で権威として確定していく。

たとえば、三条西実隆の源氏注釈『細流抄《さいりゅうしょう》』（永正七〜十年〔一五一〇〜一三〕成立）では、先行する『花鳥余情《かちょうよせい》』などにも目配りしつつ、批評のことばを用いて読みどころを明示し、文脈に即して丁寧に話の流れを解説しようとする態度が看取され、鎌倉時代のそれとは一線を画している。こういった態度は、近世の集成・用例・合理主義へとつながっていくものであろう。

三条西実枝から古今伝受を受けた細川幽斎（一五三四〜一六一〇）が中世と近世の結節点に位置して、三条西古典学を時代を超えて橋渡しした。幽斎の学を受け継いだ歌人としては後水尾天皇[5]、烏丸光広《からすまるみつひろ》、松永貞徳、木下長嘯子《ちょうしょうし》らがおり、近世初期の歌学を担った主要な人物たちはほぼ幽斎の系譜上にある。

特に、地下歌人として幽斎の学統を継いだ松永貞徳（一五七一〜一六五三）は、その歌学を充実させ、着実に次代に渡した。その門人として、北村季吟（一六二四～一七〇五）・加藤磐斎《ばんさい》らがいる。幽斎から貞徳、そして季吟へという流れが、古典学習の気運の高まりや出版文化の隆盛とも相俟って、近世初期における注釈史の最も大きな流れを形成していくのである。

続いて、漢学に目を向けてみたい。

五山文化では仏教の一部として位置付けられる儒教が、近世初期になって自立した。藤原惺窩《せいか》や林羅山が最初に禅寺で学び、そののち儒学者として自己を認識していく過程が、中世から近世への思想の動向を象徴的に示していよう。それは、儒教が仏教に取って代わったということではなく、むしろ両者が共存する中で緩やかに儒教の台頭が促されたということであり、ここにも十六・十七世紀の連続性を見て取ることができる。

ただし、十六世紀と十七世紀を明確に区別する要素も存在する。言うまでもなく、出版文化である。十七世紀初頭、林羅山の啓蒙的な著作、松永貞徳の注釈書の数々、『徒然草』の注釈などが流布・浸透していくことの重み(6)、それによって二つの世紀には質的変化を伴うこともまた認識されねばならない。

2　北村季吟と契沖――同時代性と異質性

北村季吟の古典注釈のありかたについても、集成・用例・合理主義は認められる。源氏注釈『湖月抄《こげつしよう》』（延宝元年（一六七三）成立、同三年刊）では、先行する注釈を抄出しつつ、適切な用例を引いて、頭注のみならず傍注によっても作品世界を立体的に解説しようとする姿勢が認められるのである。

近世の注釈というと、ともすれば契沖や本居宣長が大きく取り上げられがちだが、日本の注釈の歴史を俯瞰した時、季吟の存在はきわめて重要である。季吟の時点で、今日広く行われている頭注・本文という二段重ね（あるいは現代語訳を加えて三段重ね）の原型が確立するからである。いわば、古典を可視化する〈型〉が成立したわけで、そのことの史的意義は大きい[7]。

頭注形式とて、季吟独自のものではない。しかし、その形式を総合的に充実させて、注釈の〈型〉としてきちんと定位させたのは、やはり季吟であったと言える。そこにあるのは、抜群の平衡感覚と、適切な教育的配慮、そして古典そのものを穏当に読もうとする態度である。そのようにして、過去の作品が「古典」として親しみやすく読めるようになったことが、日本の注釈の歴史の中できわめて重要なことだった。

対して、契沖はどうか。季吟より十六歳年下ではあるものの、同じ十七世紀後半に活躍したという点で、同時代の空気を吸っていたと言える。

『万葉代匠記《まんようだいしょうき》』（貞享〔一六八四～八八〕末頃初稿本、元禄三年〔一六九〇〕精撰本成立）をはじめとする注釈書においては、用例を博捜し、ことばの歴史に対する洞察に基づいて、たしかな作品の読みが提示される。これまでの注釈のように、中世歌学の枠組みを前提として、その内側で古典を捉えるのではなく、和漢の古典の作品表現というものを全体としてながめわたす中に、客観的に個々の古典を位置付けるという徹底した実証主義[8]が看取される。集成・用例・合理主義が強力に推し進められたのである。

十七世紀前半から後半にかけて、出版文化の台頭によって、さまざまな著述が流布し、歴史・文学・宗教・医学など多岐にわたって教養的なものが浸透していった。その結果、過去の時間が総体として意識され、人々の時間意識が練磨された。言い換えると、人文・自然科学全体に関わる知識がある程度行き渡ったことで、過去のいつの時点で何が起こり、それらが今日にまでどうつながっているかがより鮮明になった。そのことによって、中世的な神秘性が稀薄になり、近世的な合理性が前景化する。時間意識が確立されたことが、各種の知識を定位させることにもつながったのである。季吟が過去の注釈内容をわかりやすく集成して、人々に供与したことはその象徴的なありかたの一つだったと言えるし、契沖の学問も同じ基盤から生まれ出たものだった。季吟と契沖は同じものの表と裏なのである。

契沖の方法や姿勢――徹底した実証主義や古代憧憬――と連動するのは、漢学の荻生徂徠《おぎゅうそらい》（一六六六～一七二八）のそれである。朱子学に頼って間接的に古典を読むことを否定し、より直接的に原典を読解することを目指し、また擬古的な詩賦を用いて創作をすることで聖人の道に進むことができるという古文辞学は徂徠によって主唱され、十八世紀の半ばまで勢力を保つことになる。

3 賀茂真淵

『万葉集考』（明和六年〔一七六九〕～天保十年〔一八三九〕刊）を著した賀茂真淵（一六九七～一七六九）においては、国学者として古代的精神を理想とする姿勢が契沖よりいっそう前面に打ち出される。その注釈態度はきわめて鑑賞的で、万葉歌の読解では、その歌における心情的なありかたを確かめることに力が注がれる。また、『源氏物語新釈』（宝暦八年〔一七五八〕成立）においても、直接的には示されない「情」を積極的に指摘しようとする姿勢が見出せる。(9)

契沖が用例を引いてきて、機能的な解析を行ったのに比べると、真淵はむしろ心情を重視して、感動の所在を示したと言えるだろう。客観的な情報処理と、主観に訴える心情分析と、その二つは今日の注釈にも欠かせない大きな要素である。それは近世前期にはすでに現れていたことになる。

その真淵だが、季吟の注釈をよく参照している。季吟の注釈にまとめられた中世の解釈を基盤とすることで、逆にそこからいかに脱していくかが鮮明になったわけだ。(10) 季吟の的確な整理があったからこそ新しい時代の読みも厚みをもって生成することが可能になるのである。そういう意味では、古い枠組みに属するかに見える季吟の仕事も国学のありかたへと接続していく様相が認められる。

三　十八世紀における転換

1　注釈者たちの系譜

契沖、賀茂真淵と続く、国学者による古典注釈の流れの中で、ある意味で究極の形――極端な形とも言える――を示したのが、本居宣長（一七三〇〜一八〇一）である。その注釈の特徴は、緻密な実証性に基づきながら、作品世界を秩序立てて機能的に理解することに心を砕き、かくあるべきとする世界観との整合性をはかろうとする壮大な作業を行ったことにある。(11) ただ、その機能性が徹底されすぎていて、情感を拾うことが疎かになることもあった。(12)

真淵門下の加藤千蔭《ちかげ》（一七三五〜一八〇八）が著した『万葉集略解《りやくげ》』（寛政八年（一七九六）〜文化九年（一八一二）刊）は、学問的な考証に捕らわれず、むしろ穏当で簡明な記述に終始し、そのためかえって広く受け入れられた。上田秋成（一七三四〜一八〇九）の注釈は、自由な態度によって、独自の見解を綴ったという趣がある。橘守部《たちばなもりべ》（一七八一〜一八四九）も、宣長とは異なった立場に立ちながらも、用例を博捜して、実証主義を推進した。萩原広道《ひろみち》（一八一五〜六三）は、『湖月抄』の立体的なありかたを踏襲し、作品世界を可視化する源氏注釈を作成した。

2　十八世紀中頃から後半以降における変容

本稿冒頭において、近世注釈史のとりわけ大きな転換点が十八世紀中頃から後半にかけてあるという見通しを記した。このことについて、検討してみよう。

おそらく、この時期から、時代全体の文化的成熟、それに伴う享受層の拡大によって、文化全体に大衆性（啓蒙性）が高まってくる。注釈もその例外ではない(13)。

それはたとえば、口語性と図像性という二点において顕著である。前者は、近世という時代に即したことばを用いて古語を噛み砕いて説明する姿勢、後者は、絵によってより具体的に作品世界を見せようとする姿勢、と言い換えることもできるだろう。大衆化は文字・画像両面からなされたわけだ。厳密に言うと口語性の方がやや早く十八世紀中頃には国字解がかなり盛んで、図像性の方は少し遅れて十九世紀に入ってから盛んになる。しかしここでは注釈の大衆化として一括りに見て、十八世紀中頃から後半にかけての変容と捉えておくことにする。

この二点は、作品の成立から時間が経って、読者にとってそこに描かれている内容がわかりにくくなっているからこそ生じたものである。古典が他者化したからこそ必要とされた特質だとも言える。

もはや紙幅が尽きつつあるので、書名のみだが、図像性の典型的な例としては斎藤彦麿《ひこまろ》『勢語《せいご》図説抄』（享和元年〔一八〇二〕頃成立）などが、口語性の例としては本居宣長『古今集遠鏡』（寛政九年刊）、清水浜臣《はまおみ》『伊勢物語添注《てんちゅう》』（文化九年〔一八一二〕成立）などが挙げられるだろう。

ただし、十八世紀中頃から後半にかけての転換はたしかに大きいものだったけれども、実はそれ以外にも大き

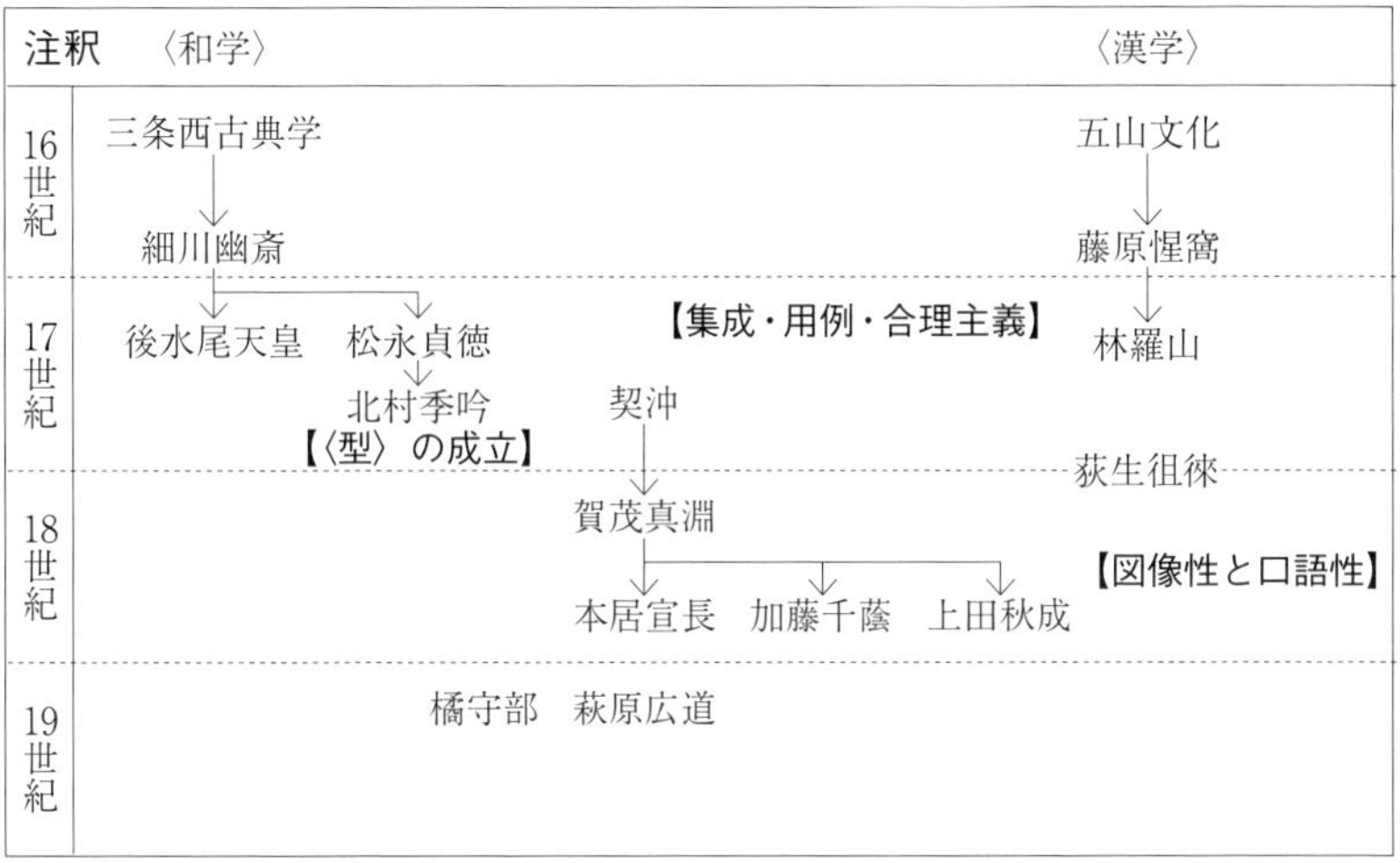

な転換点はあった。このことについても触れておかねばならない。

と言うのも、北村季吟の『湖月抄』によって代表されるような、注釈の〈型〉の確立、そして契沖の登場による実証主義の徹底といった、先に述べた注釈の新しい地平は、十七世紀の後半に立ち現れていた（かりにこちらを（甲）とする）。このことと、今述べた、図像性と口語性が台頭し、古典が大衆化していく十八世紀中頃から後半以降に顕著となる転換点（かりにこちらを（乙）とする）との関わりは、どのように位置付けられるべきか。お互いの価値や意味はどう吟味されるべきなのだろうか。

思うに、（甲）は質的成熟、（乙）は質的転換と言えるのではないか。（甲）の達成はすぐれたものだが、中世から近世への道程において高められていった同質のものの中での達成なのだ。一方、（乙）はそれまであった伝統性を重んじる傾向から、むしろそれをいかに大衆に開いていくかという、質自体が変化したということではなかったか(14)。

ひとまず以上のように考えて、（乙）を若干ではあるが、大きめに考えておきたいと思う。ただし、二つの転換点があるという視座も保持しつつ、今後の検討課題としたい。

	〈雑俳〉	〈狂歌〉
		貞門
天明	『誹風柳多留』	由縁斎貞柳 四方赤良

四　十九世紀はどこまで近世か

明治時代から戦前までは、近世の注釈がかなり有用なものとして流通していたろう(15)。特に十九世紀には、近世注釈の世界が色濃く残っていたと見てよい。以下、その例証をいくつか列挙しておく。

もと水戸藩士の鈴木弘恭《ひろやす》（一八四四～九七）は、北村季吟の注釈を基盤にしつつ、それを活版印刷して流布させた(16)。とりわけ『湖月抄』は近代に入ってからも何度も刊行された(17)。

夏目漱石（一八六七～一九一六）が所持していた『万葉集』全巻の本文は、加藤千蔭の『万葉集略解』のみであったらしい(18)。

また、明治二十三年が近代国文学の出発点として位置付けられるという説もある(19)。

二十世紀に入ると、次第に緻密さを増した近代的な注釈が徐々に公刊されるようになる。しかし、戦前に出された、国文註釈全書（國學院大学出版部、一九〇八～一〇年）、国文学註釈叢書（名著刊行会、一九二九～三〇年）、未刊国文古註釈大系（帝国教育会出版部、一九三四～三八年）などといった叢書類は、近世の注釈書を多く収録している。このことからは、二十世紀に入っても近世の注釈が価値を持っていたことが知れる。

以上述べてきた注釈史を簡単にまとめると次のようになるだろ

詩歌	〈和歌〉		〈漢詩〉		〈俳諧〉
16世紀	三条西実隆 ↓		五山 ↓		連歌 ↓
17世紀	後水尾天皇の堂上歌壇	松永貞徳 木下長嘯子	林家 → 木門 ↓		貞門 → 談林 → 蕉風
18世紀	県門　賀茂真淵 → 加藤千蔭　村田春海	小澤蘆庵 【日常性の獲得】	蘐園	古文辞派 六如 ↓	天明
19世紀	良寛　橘曙覧 平賀元義	香川景樹 → 御歌所	菅茶山　頼山陽 広瀬淡窓　広瀬旭荘 大沼枕山　成島柳北 森春濤　国分青崖	江湖詩社	化政 正岡子規

う。

(1)室町後期からの三条西古典学を基盤としつつ、集成・用例・合理主義が進展し、十七世紀後半において、北村季吟の『湖月抄』によって代表されるような、注釈の〈型〉が確立し、契沖の徹底的な実証主義が登場する。そののち、賀茂真淵や本居宣長によって国学的な注釈が本格化する。(2)また、十八世紀中頃から後半にかけては口語性と図像性が顕著となる。(3)十九世紀までは近世で生み出された注釈内容が継承されていく。

五　文学史との連動

本稿冒頭で触れたように、以上の注釈史における、(1)十六・十七世紀の接続、(2)十八世紀中頃から後半にかけての転換、(3)十九世紀における近世と近代の接続、といった論点は、文学史とも連動すると思われる。残り少ない紙幅の中で、詩歌・小説・演劇それぞれの歴史の要点を記して、このことをあらあら論証しておきたい。

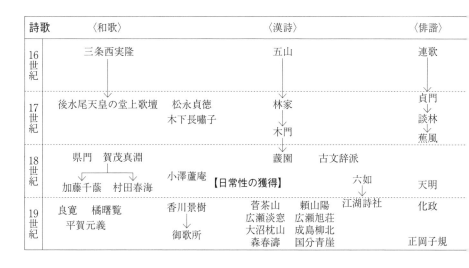

1　詩歌史

室町後期から十八世紀の半ばまで、徐々に近世的な詩歌のありかたが相貌を明らかにする。それは、多様なジャンルが混在し、雅俗が共存する詩的な空間の出現である。十七世紀を中心に、中世の要素を残しつつ、上品で優雅な作品が生み出される一方、俗の要素が拡張していった。そして、十八世紀中頃から後半にかけて、日常性が台頭し、口語化が促進され、成熟したものを生み出し、そののち大衆化が進む。雅俗の構造が俗の要素をさらに全体として増加させていく。そのような中で、和漢や雅俗の区別が曖昧になって、やがて渾然一体となり、十九世紀は近世の影響を残す一方、新たな対立軸としての〈洋〉が生じてきて、十九世紀末に本格的な近代が始動する。(20)

(1)和歌では、三条西実隆が活躍した十六世紀初頭の後柏原院《ごかしわばら》歌壇から、十七世紀の後水尾院歌壇への連続性は強い。漢学でも、五山の影響を受けつつ、林家が台頭している。貞門俳諧は連歌から派生したものである。(2)十八世紀中頃から後半にかけて、和歌・漢詩では古典主義的な立場から日常性を重んじる立場への転換が見られる。俳諧も、写実主義が強まっていく。天明狂歌の隆盛や、川柳の流行とともに、詩歌の大衆化も全体として促進される。(3)和歌・漢詩・俳諧いずれも、十九世紀末までは近世的なものの影響が色濃い。

2　小説史

御伽草子を助走としつつ、仮名草子、西鶴（浮世草子）、秋成らの前期読本というふうにたどれる十七世紀から十八世紀中頃までの小説の系譜は、古典的な物語の枠組みの中で、素朴で力強い基盤を有しており、口語を

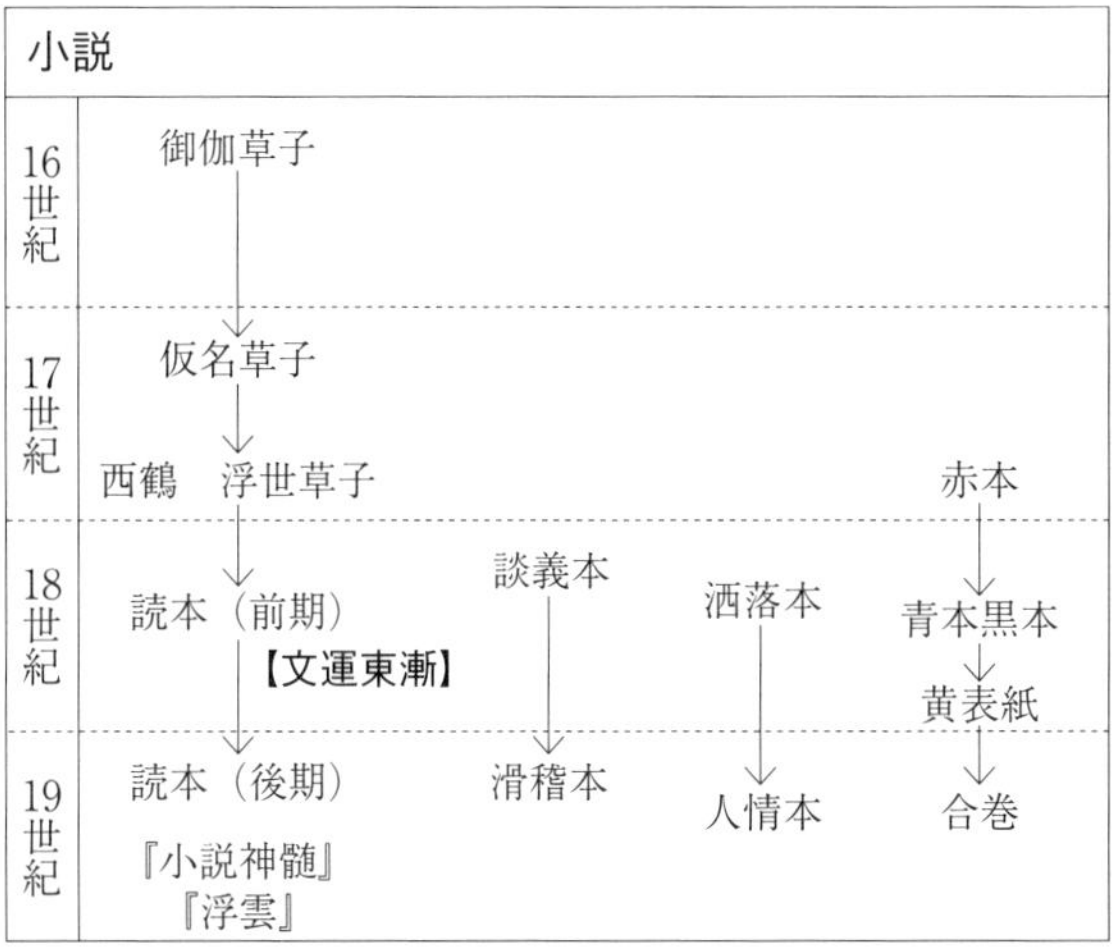

交えつつ文語体の持つ優雅さが表出される。十八世紀中頃から後半に文運東漸《ぶんうんとうぜん》という結節点がある。以後、小説の制作の中心は上方から江戸に移る。洒落本、黄表紙、滑稽本、後期読本、人情本、合巻などが台頭する。そうなってくると、より娯楽性に徹した、ことばの技巧の洗練の度合いが増す。会話体の発達による日常的な描写の精密度が上がる。近代が用意されていく、とも言える。そのようにして十九世紀中は近世のありかたも残しつつ、十九世紀末から本格的に近代が始動する。

⑴御伽草子と仮名草子は啓蒙性という点で共通するものがある。十七世紀に至っても、奈良絵本は制作されていた。⑵十八世紀中頃から後半にかけて、文運東漸によって、江戸という地に密着した作品が制作されるようになる。天明期までは洒脱さが前面に出ているが、寛政の改革以後、大衆化が進んでくる。⑶十九世紀末には、『浮雲』（明治二十年〔一八八七〕～二十二年刊）など言文一致体小説が成立し、近代的になっていくものの、それ以前の小説は近世的な世界が色濃い。

3　演劇史

近世初期の古浄瑠璃を経て、近松門左衛門が登場し、人形浄瑠璃は完成の域に達する。十八世紀前半には、

演劇	〈浄瑠璃〉	〈歌舞伎〉
16世紀		
17世紀	古浄瑠璃 ↓ 近松	元禄歌舞伎
18世紀	↓ 竹・豊二座時代	↓ 江戸歌舞伎
19世紀		↓ 鶴屋南北 ↓ 河竹黙阿弥

竹・豊二座時代の隆盛を迎えた。一方、歌舞伎は元禄でさかんになった後、宝暦を過ぎたあたりから江戸歌舞伎が進展する。化政期には鶴屋南北《つるやなんぼく》が出て、幕末から明治にかけて河竹黙阿弥《かわたけもくあみ》が活躍する。

(1)浄瑠璃は、室町時代末期に無伴奏で語られた『浄瑠璃姫物語』が始まりである。歌舞伎は、応仁の乱で多くの死者が出たため、御霊会が行われたのを起源として、中世後期に全国的に流行する風流踊りを母胎として誕生している。説経や能も十六世紀と十七世紀をつなぐものと言えるだろう。(2)十八世紀後半、上方に並木正三《なみきしょうぞう》が現れて、舞台機構に工夫を凝らしており、また江戸では初代桜田治助《じすけ》や初代並木五瓶《ごへい》によって、江戸歌舞伎が進展する。(3)明治初期には、近世の歌舞伎の様式が依然として守られていた。

こうしてみると、注釈史と文学史とはやはり連動しているのではないかと思われてくる。

参考までに各分野の史的展開を図示しておいた。あまり図式的に当てはめるのもよくないが、一つの叩き台として、右のような視座を提示しておきたい。

（1）詩歌史についても同様の視点が有効であることを、拙稿「江戸詩歌史覚書」（『日本文学』二〇一一年十月）において論じた。

（2）詳しくは、拙著『古典注釈入門——歴史と技法』（岩波現代全書、二〇一四年）参照。

（3）拙著『江戸古典学の論』（汲古書院、二〇一一年）三三一〜三三五頁。

（4）中世からの集成主義の系譜については、西田正宏『松永貞徳と門流の学芸の研究』（汲古書院、二〇〇六年）二〇七頁参照。

（5）当時の堂上歌壇における注釈は、中世歌学を基盤としつつ、独自の解釈を行う姿勢も見られた。大谷俊太『和歌史の「近世」——道理と余情』（ぺりかん社、二〇〇七年）、大山和哉「中院通茂『未来記』『雨中吟』講釈の意義」（『和歌文学研究』二〇一六年六月）など参照。

（6）渡辺守邦『仮名草子の基底』（勉誠社、一九八六年）、神谷勝広『近世文学と和製類書』（若草書房、一九九九年）、拙著『林羅山』（日本評伝選、ミネルヴァ書房、二〇一二年）、注4西田書、川平敏文『徒然草の十七世紀』（岩波書店、二〇一五年）など参照。

（7）拙稿「古典注釈にみる教養の浸透——季吟『湖月抄』を中心に」（『浸透する教養——江戸の出版文化という回路』勉誠出版、二〇一三年）、注2拙著、一一八〜一一九頁。

（8）西田正宏氏は、契沖は歌人としての意識ではなく、研究者としての意識によって、注釈を試みた点で画期的であるとする（「添削の批語と注釈のことば」『隔月刊文学』二〇一六年一月）。たしかにその点は季吟と契沖が違うところと言えるかもしれない。もっとも、季吟にも歌人・俳人という意識だけではなく、啓蒙家（教育者）としての意識は存していただろう。

（9）高野奈未『賀茂真淵の研究』（青簡舎、二〇一六年）一六七〜一七〇頁。

（10）注9高野書、一二八頁。

（11）田中康二『本居宣長の思考法』（ぺりかん社、二〇〇五年）、杉田昌彦『宣長の源氏学』（新典社、二〇一一年）、山下久夫「「近世神話」からみた『古事記伝』注釈の方法」（『江戸の「知」——近世注釈の世界』森話社、二〇一〇年）、同「『古事記伝』の記述方法——空間性・視覚性に訴える」（『文学語学』二〇一三年三月）など。

（12）注3拙著、二七七〜二七八頁。

(13) 注3拙著、三五~三七頁。
(14) たとえば、後述する小説史において、西鶴が成し遂げた達成はきわめて高度だが、それはあくまで質的成熟であって、その一方、文運東漸によってもたらされたのは質的転換なのだと思う。
(15) 注2拙著、一七二~一七三頁、田中康二『本居宣長の国文学』(ぺりかん社、二〇一五年)。
(16) 田中仁氏ご教示。
(17) 小川陽子「江戸から明治へ――継承と変革」(『新時代への源氏学』10、竹林舍、二〇一七年)。
(18) 佐竹昭広『萬葉集再読』(平凡社、二〇〇三年)。
(19) 前田雅之「「国文学」の明治二十三年――国学・国文学・井上毅」(『幕末明治――移行期の思想と文化』勉誠出版、二〇一六年)。
(20) 注1拙稿、八頁。

大山和哉

中院通茂の秀句観と木下長嘯子の秀句

はじめに

十七世紀後半から十八世紀初頭にかけ、堂上歌壇において指導者としての役割を果たしていた中院《なかのいん》通茂《みちもち（みちしげ）》（一六三一―一七一〇）は、元禄十五年（一七〇二）に小御所で『未来記』『雨中吟』の講釈を催行した。この講釈が行われた経緯や和歌史上での意義については、拙稿で述べたことがある。（1）この時通茂は三人の息、すなわち中院通躬《みちみ》（一六六八―一七三九）、野宮定基《ののみやさだもと》（一六六九―一七一一）、久世通夏《くぜみちなつ》（一六七〇―一七四七）に対し、事前に下読み（講釈の予行演習）を行っている。この下読みの際には、通茂の門弟である京都町与力の松井幸隆《ゆきたか》（一六四三―享保二年（一七一七）十月以降没）も聴聞を許されていた。幸隆の手になる講釈聞書の中には、次の一節が書き留められている。

此七八十年以来も長嘯、春生（ママ）などいへる地下の輩、異様の哥どもをよみいだせり。しかれども堂上の和哥にけをされていさゝかもいひ出事あたはず。もし此以後も諸家堂上、和歌尻よはになりなば、つのりて彼たぐひの輩必発興する事あるべき也。能々此哥共を見したゝめて誡を守りて、風体を損ぜず、当流をとりくださぬやうに志を立てはげまん事、学者の甘（肝カ）心なるべし。

（京都大学附属図書館中院文庫蔵『未来記雨中吟聞書草』（中院・Ⅵ・一六二）のうち、『雨中吟』二番歌注釈部分）

京極派和歌の隆盛などの危機に遭いながらも二条派和歌の道統が綿々と続いてきたことを説く箇所の末尾に、右の記述がある。（2）堂上公家歌人達の和歌が「尻よは」になったならば、ゆくゆくは「彼たぐひ」、つまり「長嘯、春生」のような歌人達が所を得て、きっと歌道を損なうことがある。和歌を学ぶ者は『未来記』『雨中吟』をよく学び、両書の和歌が示す悪しき風体をよくよく心得ることで、二条派の風体がそうした和歌に堕落していかないよう努めよ、と通茂は言うのである。当時名の知れていた地下歌人達の存在、しかも二条派の歌風を圧倒しうる者達の存在を認め、さらにそうした人々の和歌が強い影響力を持っていることをも認識しているのである。地下の勢力を侮らずに、当時の堂上歌壇・地下歌壇双方の動向を見通す視点を通茂は有していた。

さて、ここに挙げられる「長嘯、春生」とは、木下長嘯子《ちょうしょうし》（一五六九―一六四九）と、その門弟の山本春正《しゅんしょう》（一六一〇―一六八二）である。彼らは当時から堂上で注目されていた人物であり、特に長嘯子に関しては、その歌風が非難の的となっていた。このことは既に先行研究でも繰り返し触れられてきたことであるが、(3) ここでも端的にその評価を確認するならば、次の言葉が適当であろう。

歌の風体悪敷と云は、いはれまじき趣向をいふがあしき也。徹書記、長嘯なども其通也。是よみかたの第一也。（飛鳥井雅章述・心月亭孝賀記『尊師聞書』）

「いはれまじき趣向」、和歌には到底詠むべきでないと考えられる趣向によって詠まれたものが風体の悪い和歌であり、ここではそうした歌を詠む者の筆頭として正徹（一三八一―一四五九）、そして長嘯子が挙げられている。

長嘯子は、姓木下、名勝俊《かつとし》。別号に挙白堂、東山翁、西山樵翁など。永禄十二年（一五六九）、豊臣秀吉の北政所の兄、木下家定の男として尾張に生まれる（若狭の武田元明の子で、家定を養父とする説もある）。少年時より秀吉に仕え、天正十五年（一五八七）播州龍野城主、文禄二年（一五九三）には若狭小浜城主となるが、慶長五年（一六〇〇）、関ヶ原合戦の直前に武将の身分を捨て、洛東の東山に、のち寛永十七年（一六四〇）には洛西の小塩山に隠棲する。羽林家の阿野公業は娘婿に当たる。慶安二年（一六四九）没、八十一歳。細川幽斎に和歌を学んだ。同門に松永貞徳《ていとく》（一五七一―一六五三）がいる。その和歌は自由で清新な歌風とされ、対句表現などの漢詩的な修辞や、『万葉集』の表現の摂取などに特徴が認められる。家集『挙白集』（慶安二年〔一六四九〕刊）。

ところで、そもそも『未来記』『雨中吟』は、悪しき風体を示すための書として二条派に用いられた、藤原定家仮託の書である。宗祇（一四二一—一五〇二）による両書の注釈書『遠情抄』で既に、『未来記』について「たゞあたらしくよみ出んとする」ために「いりほがに事過」、「つゞかぬことをめづらしき詞とし、心えぬことをふかきことはりがほにいひ、又近き世の秀句どもをぬすみとりて、それを猶めづらしきやうにしいでたる」ような歌人を戒めるための書として定家が作ったものと記されている。こうした両書の講釈の中で、長嘯子の名が出てくるのは道理であろう。通茂にとって長嘯子は、伝統的な歌風を損なう存在なのである。

それでは、通茂にとって、長嘯子の和歌のいかなる点が問題だったのであろうか。このことを考える上で、時代は遡るが、例えば正徹の次の言葉が手がかりになるかも知れない。

哥に秀句が大事にて侍る也。定家の未来記と云も、秀句の事を書たる也。（『正徹物語』）

敢えてこの言葉を引かずとも、『未来記』の歌の多くが悪しき秀句を示すためのものであることは明白であり、代々の注釈書でもそれらの秀句に対して指摘が加えられてきた。一方長嘯子の歌には、秀句が好んで用いられる傾向がある。それならば、長嘯子の歌の中に、『未来記』的な秀句、すなわち二条派に忌避されるような秀句が見出せはしないか。そしてそれが、冒頭に引用した通茂の言説へとつながっていくのではないか。

本稿では、通茂の『未来記』講釈における秀句の解釈と、長嘯子の秀句とを比べることで、秀句に対する両者の認識の違いを明らかにし、長嘯子の和歌のいかなる点が通茂にとって問題でありえたのかを考える。そこから、通茂の『未来記』講釈内容生成の一側面をも論じてみたい。

一　秀句について

本稿で言う「秀句」とは、現在言うところの掛詞、すなわち同音の語句を用いて二つの文脈を接続させる修辞を指す。例えば三条西実枝《さんじょうにしさねき》（一五一一―一五七九）作とされる歌論書『初学一葉』[4]には、次のような記述がある。

秀句とは、

立わかれいなばの山のみねにおふる
まつとしきかば今かへりこん

此類をいふ也。

在原行平の歌が秀句の例として挙げられている。「立ちわかれ往なば」と「因幡の山」、「峰に生ふる松」と「待つとし聞かば」がそれぞれ同音を用いて接続されている。藤原俊成に「この歌あまりにぞ鎖りゆきたれど、姿をかしきなり」（『古来風躰抄』）と評価された、秀句の代表的な例である。

秀句は一般的に用いられる修辞でありながら、「一向にあしとにはあらず」（順徳院『八雲御抄』）、「やうによりて、よくもあしくもきこゆる也」（同）、「大方歌にうけられぬは秀句にて候」（藤原定家『毎月抄』）など、それが必ずしも良いもの、あるいは悪いものとされるわけではなく、用いる詞や続き方を適切に斟酌することが肝要であった。これは近世に入っても、伝統的な二条派においては同じことであった。つまりそれは、「悪しき秀句」[5]と考えられるものを歌に詠み込む者が、どの時代にも絶えずいたということに他ならない。以下は既に拙稿で触れた例であるが、通茂は門人らへの和歌指導の中で、次のように秀句に難を加えている。

一、「子にふし寅に沖津風」と或人よめるに、かやうにきびしき秀句は嫌ふ事に候。
一、或人鶯の歌に、「白雪のつぎて古巣」とよめるに、かやうのわりなき秀句、このましからず候。
一、「けふこそ夏とわくらばに」と人のよみしに、かやうの秀句このましからず候。
一、「えならぬ筆のすみれ草」。秀句みぐるしく候。
（通茂述・幸隆記『渓雲問答』）

それだけ秀句の善し悪しは分別し難かったのであり、和歌を指導する立場にある人々は、歌学指導の重要な項目として、繰り返し秀句について説いてきたのである。

二　通茂の秀句観(1)――不自然な詞続きの否定

それでは、先述の講釈において、通茂は秀句をどのように論じたのであろうか。『未来記』二番歌「うち出る」の講釈内容は、秀句について特に詳しく説明した部分である。まずはこれを確認しよう。(6)

①うち出る涙のこほりときは山声に色あるうぐひすの谷

（中略）

毎月抄云、「大かた哥にうけられぬ物は秀句にて候。秀句も自然に何となくよみ出けるはさても有ぬべし。いかゞせんとたしなみよめる秀句がきはめて見苦敷、みざめする事にて侍也」云々。

②思草葉末にむすぶ白露のたま〳〵きては手にもたまらず

この秀句、自然に出てかろくうつくしくきこゆる也。

③白雲の春はかさねて立田山をぐらのみねに花にほふらし

④時わかぬ浪さへ色に泉川は、その杜にあらし吹らし
⑤秋のよの月やをじまの天の原明がたちかきあまのつり舟

此等、入新古今。随分何となき秀句なれども、「思草」にくらべては猶耳にさはる所あるやう也。「思草」は此等よりもかろく、まろらかにうつくしき也。これら吟じくらべて、「涙の氷ときは山」のきたなさよくしらるゝ也。これにて毎月抄の「うけられぬ」とあるを知べきなり。

はじめに、定家作とされた『毎月抄』の記述を確認している。定家仮託の『未来記』は和歌五十首が書かれるだけであり、その解釈における論理の部分を同じ作者の『毎月抄』によってまずは説くのである。その記述のうち、「自然に」詠み込まれた秀句であれば良い、という点を軸に、「思草」の引用以降、通茂自身の解説が続く。

ここに挙げられた②から⑤の四首の和歌の出典を挙げると、②は『金葉集（二度本）』巻七恋上・四一六番歌、③は『新古今集』巻一春上・九一番歌・定家、④は同巻五秋下・五三二番歌・定家、⑤は同巻四秋上・四〇三番歌（結句「おきのつりぶね」）・家隆、である。②は「露の玉」と「偶々《たまたま》」、③は「色に出づ」と「泉川」の秀句である。⑤は「月や惜し」と「をじま」、「をじまの海人」と「天の原」と、二つの秀句が存在する。これらのうち、②は特に「かろく、まろらかにうつくしき」と高く評価する。③④⑤については「何となき秀句」としており、②には劣るものの、さほど無理の無い詠み方と考えている(7)。

これらの表現と比べると、①の「氷解き」と「常盤山」との秀句が持つ「きたなさ」がよく分かるというのである。ここで通茂が言う「きたなさ」とは、いかなる点に起因するものであろうか。

先ほどの通茂講釈の中で「中略」とした部分に、

「涙の氷ときは山」、か様にもとめたる秀句は耳にたちてきゝ、にくき故、大きに嫌事也。

という記述もある。理想とされる秀句が「自然に何となくよみ出」されるものであることを考えると、「もとめたる秀句」とは、「工夫しようと作意を凝らし、珍しく言いなした秀句」と言えるだろう。そうした作意が加えられた時、秀句の詞続きは「不自然」で「きたな」くなるのである。

「もとめたる秀句」という言い方は、他の歌の注釈にも見える。例えば、『未来記』一二番歌⑥「郭公鳴や五月の夜の程をあかしやかねのこゑもほの〴〵」（「明かしや兼ね」と「鐘の声」）には「求たる秀句きゝにくゝ」、同一七番歌⑦「とまれかし行かたしらぬかやり火のけぶりぞ空にみちのたび人」（「煙ぞ空に満ち」と「道の旅人」）には「もとめたる秀句の中にもことにうたてしく、きたなくきこゆる秀句也。無理の秀句也」、同四八番歌⑧「夕暮れはつらき嵐のうつの山思ひをたれにつたの下みち」（「思ひを誰に伝（ふ）」と「蔦の下道」）には「此又求たる秀句也」、などとある。

②③④⑤の歌と、①⑥⑦⑧の『未来記』歌を比べると、秀句の部分で文脈が一度完結するかどうか、という違いがまずは挙げられる。②は、「思草葉末にむすぶ白露の玉」と、「たま〳〵きては手にもたまらず」とを分けることができる。同様に、③は「白雲の春は重ねて立つ」、④は「時わかぬ浪さへ色に出づ」で一度文脈が完結する。⑤は「月や惜し」で一度、「をじまの海人」でもう一度、文脈が切れている（前者は本来「月や惜しき」となるべきではあるが）。こうして一つの文脈を一度完結させながら次の文脈へと接続させていく時、各文脈が不自然に、あるいは曖昧に捨て置かれることなく一首が構成される。

　これに対し、①は初めの文脈が「氷解き」で終わるが、これは動詞「解く」が終止せず、文脈の末尾が曖昧なまま次の文脈へと続く。且つ、「氷が解ける」と言う場合、「解く」の活用は下二段であるため、「解き」という活用は誤りとなる。⑥「あかしやかね」、⑦「けぶりぞ空にみち」、⑧「思ひをたれにつた」もそれぞれ動詞の語尾が整えられないまま次の文脈へと連結されている。目新しい秀句を入れ込もうとする意識が先行するあまり、文脈の接続が杜撰になり、「自然」で「かろく、まろらかにうつくし」い仕立てが実現できていない。こうした点に、通茂が「不自然さ」「きたなさ」を感じていたのではないだろうか。

こうして見てみると、「もとめたる」という言葉自体に、すでに否定的な意味合いがこもっていることが分かる。珍しさ、目新しさを「求める」という行為自体は詠歌の本質ではない。用いる詞を斟酌することで、最終的に一首全体がきれいになだらかに構成されるよう努めることが、二条派の和歌の基本である。そうした前提に立った上で、珍しさを第一義とする作意を、「もとめたる」と揶揄するのである。

この通茂の言説に類する内容は、『初学一葉』にも記されている。

秀句に善悪のあるべ(き脱カ)事、たとへば新古今に、

⑨都にもいまや衣をうつのやま
　夕霜はらふつたの下道

と侍るはめでたく聞ゆるを、未来記に

⑩さむしろにかたしきかぬる夜をさむみ
　今やころもをうぢの橋姫

是はことのほかに侍るにや。また、山城のとはにあひみん、などよめるは古今よりはじまりてつねのことになり侍るを、

⑪道柴や霜がれはてゝ跡やいづれたれにとばたのおもがはりして

とよめるはおそろしくきゝなされ侍る。これも未来記のうたなり。

ここでも『未来記』の歌が悪しき秀句の例として引かれている。⑨の『新古今集』巻十羇旅・九八二番歌は、「都にもいまや衣を打つ」と「うつのやま」以下が秀句で繋がっている。これも前半は一度「衣を打つ」と終止し、次の文脈へと続いている。一方、⑩の『未来記』二二番「さむしろに」歌は、下の句が「今や衣を打ち」と「宇治の橋姫」とで秀句を作り、前の文脈の末尾が整えられないまま次の文脈が始まる。「打ち」の後にいかなる助動詞を想定しているのか、あるいは終止するつもりなのかが曖昧で、据わりが悪いと言えようか。次の⑪『未来記』三二番「道柴や」歌においても、「誰に問は」と「鳥羽《とば》田《た》」の秀句に同様の粗忽さが看取される。これと同様の認識が、通茂にもあったのかも知れない。

三　長嘯子の秀句(1)

長嘯子の秀句表現の中で、前節の通茂講釈の内容に関わる例を見てみよう。ここでは、長嘯子の歌の善し悪しを論じるのではなく、あくまで二条派から見ていかなる問題があるかという点から検討していきたい。

⑫春やとき若なやおそのたはれをがつむともみえずのべにくらしつ　（『挙白集』五八「春のうたの中に」）

この例は、

はるやとき花やおそきとききわかむ鶯だにもなかずもあるかな　（『古今集』巻一春上・一〇）

の「はるやとき花やおそき」を用い、そこへ、

遊士跡《タハレヲト》　吾者聞流乎《ワレハキケルヲ》　屋戸不借《ヤドカサズ》　吾乎還利《ワレヲカヘセリ》　於曽能風流士《オソノタハレヲ》　（『万葉集』巻二相聞・一二六）

に見られる「おそのたはれを」をつなげて秀句とした。「おそのたはれを」は「のろまな風流人」を指す。歌学

書においてはしばしば言及されるものの、和歌に用いられることは稀である。『万葉集』の表現を好んで用いる長嘯子の性質[8]が表れていよう。一首の意味は、春が来るのが早かったのか、若菜が萌え出るのが遅いのか、こののろまな風流人は若菜摘みをすることもなくいたずらに野辺に遊び暮らしている、という。この「おそのたはれを」は、あるいは長嘯子自身のことを指すのかも知れない[9]。

⑫の「春やとき若なやおそのたはれを」は、「おそき」まで言い終えず、活用語尾を省略して「おそのたはれを」へと接続している。そのためか、はじめの文脈の途切れが唐突にあらわれる。句続きの自然さよりも、秀句を実現することに重点が置かれた句作りと言えるだろう。『古今集』一〇番歌の「はるやとき花やおそき」を取り入れた歌には、

あきやとき時雨やおそき三室山そめぬ木末に嵐吹くなり　（『後鳥羽院御集』一一二五）

などの変形は認められるものの、長嘯子の「春やとき若なやおそのたはれを」のような、秀句への大胆な利用は見られない。俳諧の例としては、長嘯子の没後になるが、万治三年（一六六〇）に刊行された『境海草』に、堺の俳人永重の発句、

春やとき花やおそらくの宿の梅

の一例が見られた。これも「花やおそ（き）」から「おそらくの」へと秀句表現でつないでいるが、稀な例である。ともかく⑫の例は、和歌においては決して一般的な用法ではなく、あるいは俗の表現とも言えよう。

⑬たれかとふ冬ぞさびしさまさ木ちる外山の庵は風にまかせて　（『挙白集』一一八二「題しらず」）

右は、

山里は冬ぞさびしさまさりける人めも草もかれぬと思へば
（『古今集』巻六冬・三一五・源宗于）

日くるればあふ人もなしまさきちる峰の嵐のおとばかりして
（『新古今集』巻六冬・五五七・源俊頼）

といった古歌によって、冬の山の荒涼とした寂しさを詠むものである。「寂しさ増《まさ》（る）」と「まさ木ちる」が秀句となっている。ここでもやはり「さびしさまさる」を言い切らず、同じ音の「まさ木」に導かれて性急に次の文脈へと続く感がある。

⑭一松枝ふりさけて二もととみののをやまの雪の夕ぐれ
（『挙白集』一二八七「公軌もとにて、松雪を」）

右は、

わがこふるみののをやまのひとつ松ちぎりし心いまもわすれず
（『古今和歌六帖』第二・八六八）

おもひいづやみののを山のひとつ松ちぎりしことはいつもわすれず（『新古今集』巻十五恋五・一四〇八・伊勢）

などを意識して詠んだものであろう。「ふりさけて」は、「ふりさけ見れば」（『古今集』巻九羇旅・四〇六・安倍仲麿）のような遠くを仰ぎ見る意とは異なり、枝が「裂けて」いること、おそらくは雪折れのことを言うのであろう。「二もととみののをやま」は、「二本と見」と「美濃の小山」による秀句。なお、尋旧坊なる人物が『挙白集』を論難した『難挙白集』（慶安三年（一六五〇）刊）では、⑭歌について、

こまとめて袖うちはらふかげもなしさののわたりの雪の夕暮
（『新古今集』巻六冬・六七一・藤原定家）

を挙げ、それを安直に本歌に用いていること、また「雪の夕暮」が制詞[10]であること等を説き、⑭歌を難じている。

さて一首は、美濃の小山の一つ松に対し、それが雪折れによって二本に「見」えるという趣向が、「二もととみののをやま」によって表現されている。趣向が勝った歌と言えるだろう。秀句については語尾の省略があり、

なお且つ秀句に至るまでの上の句に、理を説くような冗長さがある。二条派の和歌から見れば、秀句にかかずらうあまり一首の詞続きを損なったものと言えるのではないだろうか。

慶安二年三月二日、景軌、宗信、春正きたりてすすめけるに、花下忘帰といふことを

⑮かへるさはなき心ちする我が玉や花のたもとに入あひのかね

（『挙白集』一四七一）

この歌は、

女ともだちと物がたりしてわかれてのちにつかはしける

みちのく

あかざりし袖のなかにやいりにけむわがたましひのなき心ちする

（『古今集』巻十八雑下・九九二）

を本歌とする。この『古今集』歌は、友達と会話をし、別れた後に送った歌である。別れてからの寂しさを、まるで魂が無くなったようだとし、「別れずにいたいという思いのせいで、私の魂はあなたの袖の中に入って留まっているのでしょうか」と言う。長嘯子はこれを、花見の帰り道の寂しさに詠み替えた。「花の袂」は、

夏ごろもはなのたもとにぬぎかへて春のかたみもとまらざりけり

（『千載集』巻三夏・一三六・大江匡房）

など、しばしば華やかな春の衣服を言うが、ここでは花を袂に見立てている。⑮の一首の意は、「花の元を離れたくないという私の魂が、その花の袂の中に入ってしまったのだろうか。入相の鐘を聞きながら行く花見の帰り道は、魂が無くなってしまったような気がすることだ」であり、技巧的な一首と言えよう。

ここでも下の句は、「花の袂に入り」と「入相の鐘」が秀句を作っている。一首全体に無理があるとは言えないかも知れないが、敢えて指摘すれば、「花の袂に入る」という文脈の末尾が、「入相」に合わせるために「入

り」となって途切れている。⑫⑬⑭と同様、秀句の作意が目に立つ作りとなっていることが、一応は指摘できよう。

長嘯子には、このように作意を用いて、珍しい秀句を詠み込むことを好む傾向があった。先に確認した『未来記』講釈における通茂の論理と照らし合わせたとき、これらはいずれも秀句を詠み入れることに主眼を置いたために、不自然な句続きや目に立つ秀句など、何かしらの不手際を生じさせている例と捉えることができよう。長嘯子の歌は、『未来記』的な歌の実例として通茂の目に映ったのではないだろうか。

四　通茂の秀句観(2)――不適当な歌語選択の否定

第二、三節は、二つの文脈を秀句でつなぐ際、前の文脈が完結せず曖昧な形で無理に接続されていないかどうか、あるいはその接続が自然でなだらかに行われているか否かが通茂にとって秀句の善し悪しを判断する基準となっているとして論を進めた。しかし、あくまでこれは通茂が持つ秀句に対する考え方の一面を捉えたに過ぎない。通茂の『未来記』講釈では、異なる視点から秀句を難じた箇所もある。例えば、次に挙げる『未来記』二〇番「泉川」歌の例がそれである。

　泉川千年の命いぐしたてみかの原ふくかぜぞすゞしき
拾六月のなごしのはらへする人は千とせの命のぶといふなり
　　此哥を本哥にてよめり。（中略）

「千年のいのちいぐしたて」、にくき秀句なり。「みかのはらふく」もつまりて聞よからず。
　いぐしは五十串とかけり。幣帛の串也。

『拾遺集』巻五賀・二九二番「六月の」歌を本歌とし、夏越しの祓えを詠んだ歌である。第二句から第三句にかけて、「千年の命生《い》く」と「五十串《いぐし》立て」が秀句となっている。これに対して通茂は「にくき秀句なり」と注するのみである。では、「にくき」とする根拠はどこにあるのであろうか。

「五十串」については、『万葉集』仙覚注に「先達此歌ヲ尺スルニ、イグシタテトハ、シヅノヲガ田ツクルトキ、ミナクチマツリスルニハ、幣ヲ五十ハサミテ、ミキ《（神酒）》ヲマツル也。ソレヲ、イグシタテミワスヱマツルトイフ」とある。[11] 旧暦二月に行われる、田の神を祭る行事である「水口祭《みなくちまつり》」の際、幣を挟んだ串が立てられる。その串が「五十串」であり、後代には広く神事の際に供するものとなる。「五十串」は『万葉集』に見えるものの、勅撰集の中では『続後撰集』に一首あるのみである。『堀河百首』『六百番歌合』『千五百番歌合』などに点々と見え、『夫木抄』には十一首が載せられるが、一般に頻りに用いられた歌語とは言い難い。通茂もわざわざ「五十串とかけり。幣帛の串也」と説明を加えている。

ここで「五十串立て」の例として『堀河百首』の歌を見てみよう。

　六月の清き川原にいぐしたててはらふる事を神受けつらし　（五五五・藤原基俊「荒和祓」）

「荒和祓《あらにごのはらえ》」、すなわち夏越しの祓えの歌である。この歌は『夫木抄』『題林愚抄』の「荒和祓」題にも撰ばれており、同題の詠み方の模範の一つであった。「はらふる事を神受けつらし」と、ここでは五十串を立てる行為は、祓えのため、真摯に神に祈る様を示すものとして詠まれ、一首の重要な要素となっているのが分かるだろう。

次に「五十串立て」を用いた歌として、『六百番歌合』の顕昭の歌を見てみよう。

四番　左　　　　　　　　　　　　　　　　　　顕昭

いし川やせみのをがはにいぐしたてねぎしあふせは神にまかせつ

右勝　　　　　　　　　　　　　　　　　　　　　信定

おもひかねその木のもとにゆふかけてこひこそわたれみつかはのはし

左右共申無難之由

判云、左歌、いぐしたてなんどしてことごとしくは侍れど、終句に、神にまかせつといへる、にほひなくや聞ゆらん。右歌末句宜しくきこゆ、勝とす。（『六百番歌合』恋上・六六七、六六八）

顕昭の歌は、下鴨神社の瀬見の小川に五十串を立てて恋しい人との逢瀬を祈り、結果は神に任せよう、という。判者の俊成は、「五十串を立てて、などと仰々しく言っているのに、結句に「神に任せよう」などというのは、余韻が無く聞こえないだろうか」と、顕昭の歌を批判する。「五十串立て」ることは自らの思いを神に訴える熱心な行為であり、それを「神にまかせつ」と放り投げて終わらせたところが俊成の批判のポイントであろう。(12)

もう一首、近世の例を挙げる。

苗代

ますらおが《（ママ）》いほしろ小田の苗代に今日たねまきていぐしたてけり

・下句有げにてさしたることもなく候。（烏丸資慶述・細川行孝記『続耳底記』）

これは細川行孝《ゆきたか》（一六三七—一六九〇）が、和歌の師である烏丸資慶《からすまるすけよし》（一六二二—一六六九）に自詠歌の添削を受けた際の記録と考えられる箇所である。添削を受けている歌は田に立てる「五十串」を詠んだものだが、資慶は下句を「有げにてさしたることもな」いと一蹴する。これも『六百番歌合』の俊成判と同様、「いぐしたてけり」という行為に対して相応の内容が一首の中に認められないことを言うのであろう。

まとめると、五十串を立てるという内容を詠む歌は、既に挙げたような、田に関わる歌、夏越しの祓えに関わる歌、神に祈る恋歌、の三つの詠み方がほとんどであり、いずれも神に対して祈りを捧げることに重きを置いて詠まれる。反対に、神へ祈る行為という意識が希薄な歌の場合、その点が非難されることもあった。

以上のことを踏まえて『未来記』二〇番歌に戻ってみると、この歌は「いぐしたて」と詠みながら、神に祈る様を示す内容が希薄ではないだろうか。勿論、「千年の命生く」ことが願いの内容ではあるが、それに対して「みかの原ふくかぜぞすゞしき」という下の句はあまりに平明な内容である。この歌に「いぐしたて」と詠まれているのは、結局「千年の命生く」と「いぐしたて」という、珍しい秀句を詠み込むためであったのだろう。それを実現することを第一に考えた結果、一首の内容が疎かになったのが『未来記』二〇番歌である。こうした浅薄な作意を読み取り、通茂は「にくき秀句」と断じたのではないだろうか。

「作意を読み取り」としたが、『未来記』の歌はどれも、作者が意図的に奇抜な秀句を詠み入れ、歌道を志す者への戒めとしたものである。つまり通茂は、込み入った言い方を敢えてすれば、「秀句を無理に実現しようとしたがために歌の質を損なった例として、『未来記』二〇番歌を捉えている」のである。出来上がった歌そのものだけではなく、そこに想定される作者の意識にも注意を向けている。これはそのまま、講釈の聴聞者に対して、和歌を詠む際の心構えを説くことになる。通茂の講釈が、実践に生かすことを重視して行われたということが読み取れる。

次に『未来記』四四番歌の講釈内容を見てみる。

恋の道ふむしづけごが手玉なくしほる涙や淵となる滝
万十一新室《ノ》踏静子之《シヅケゴガ》手玉鳴裳《ナラシモ》玉如所《ノゴトテリタル》レ照公《ヲ》内等白世《ウチニトマウセ》
万抄、「静子」、女の名歟。「ふむ」とは、かんはたをゝるに、綜《へ》と云物を足にてふみて、糸をまじふる事あるをいふなるべし。「足玉も手玉も」などよめり。新点は「ふむしづのこしたゞ玉ならしも」とよみて、ふき《葺》がや《萱》のしどろなる所を思ひあはせんとて、うへをふみしむる儀也、といへり。
此哥、恋の道といふより、ふむとつゞけたるなるべし。「恋の道ふむ」と云もきゝにくし。「ふむしづけご」、めづらしく、又きゝにくし。「手玉なく」は隙なき事をいへり。一首の心は、隙なくしほる涙の、つもりて淵となるは鳴滝のごとしといへるにや。「淵となる滝」、秀句にうけたる許にて、淵、滝、上句に其縁なし。又袖□《(とカ)》も袂ともなくて、「しほる」といへる詞、「手玉」にも、「淵となる滝」にも、又便なくや。（略）

「しづけご」は、右にも引用されている『万葉集』巻十一・二三五六番歌に見える語である。『遠情抄』にも「しづけごがといへる、人のことにや。おぼつかなし」とあり、通茂も詳しく注を施していない。既に仙覚によって「しづのこ」という訓も提示されていたが、いずれにしても当時「しづけご」は語義未詳のままであったらしい[13]。

さて、結句は、「淵となる」と「鳴滝」による秀句である。「鳴滝」は京都市右京区を流れる「鳴滝川」のことを言うようである。恋の道を踏む「しづけご」が、恋の辛さに絶え間なく涙を流し、その涙が積もって淵となる。その様はまるで鳴滝川のようである、という歌である。結句に対する通茂の言を見ると、「「淵となる滝」、秀句にうけたる許にて、淵、滝、上句に其縁なし」という。淵や滝と関わる詞、いわゆる「縁語」が上の句に無く、これらが全体とのつながりを有していない点が指摘されている。これについても、『初学一葉』に次のようにある。

問曰、二条家のよみかたに、哥は縁の言葉あるをよしとす。衣にはたつといひうらといひ、糸にはよるとつゞけくるといふやうのことなりと。これなを心得ある事にや。

答曰、二条家のをしへ、他流よりすなほなるは、言葉の用捨にあり。今問給ふごとく、縁の言葉を思ひよするにより哥がらなびらかに聞ゆるなり。頓阿、常にことぐしくはねたるやうの哥をばきらひ給ひしとなん。これみなやすらかなるべきとのをしへなり。

(『初学一葉』)

「言葉の用捨」を適切に行い、「縁の言葉」を取り合わせることで「哥がらなびらかに」「やすらか」になるという。こうした教えに基づくならば、『未来記』四四番歌の「淵となる滝」は確かに他の語と縁語関係にはなく、取って付けたようなおさまりの悪さがあると言えるだろう。言い換えれば、「淵となる滝」という表現を詠み込むことに必然性が無いのである。同音により繋げたというだけのことであって、一首全体への気配りに欠けていることが指摘できる。一首全体への配慮という点では、『未来記』二〇番「いぐしたて」歌についても同様のことが言えるだろう。

つまり、一首全体と各語との調和が十分に検討されていない時、ある語が一首の中で浮き立ってしまい、その語が適切に用いられていない状況が出来てしまう。こうした点もまた、通茂の考える悪しき秀句の要素であった。

五　長嘯子の秀句(2)

前節で見たような秀句の例も、やはり長嘯子の和歌に見出すことができる。いくつか例を挙げる。

⑯めづらしく声かはすなり初かりのたが玉づさをかけのたれ尾に
（『挙白集』八〇五「暁初雁」）

これは、第三句以降から、

秋風にはつかりがねぞきこゆなるたがたまづさをかけてきつらむ
（『古今集』巻四秋上・二〇七・紀友則）

を本歌としていることが分かる。「たが玉づさをかけ（て）」と「かけのたれ尾」の秀句である。「鶏《かけ》の垂《た》れ尾《を》」は、

庭津鳥《ニハツトリ》　可鶏乃垂尾乃《カケノタレヲノ》　乱尾乃《シダリヲノ》　長心毛《ナガキココロモ》　不所念鴨《オモホエヌカモ》
（『万葉集』巻七挽歌・一四一七）

に見える詞で、鶏の長い垂尾《しだりお》のことを指す。⑯は歌題が「暁初雁」であるので、明け方に鶏が鳴いていることをも示していよう。⑯の意味するところは、「珍しいことに、互いに声を鳴き交わしているのが聞こえる。玉章をかけてやって来た初雁と、長い垂尾を持つ鶏とが」である。[14]

この歌は、やはり「たが玉づさをかけのたれ尾」の秀句に作意があるようである。しかし、「たが玉づさをかけ（て）」の内容は一首の中で特にその役割を持たず、意味の上では、全体の中で孤立してしまっている。「初雁」からの連想で導かれ、秀句を実現するために持ち込まれた詞と言って良いだろう。こうした秀句の用い方は、通茂の秀句観と相容れない。

⑰久かたの天つ空にやきにけらしわれとならびの池の月かげ
（『挙白集』一〇一六「池月」）

「ならびの池」は、現京都市右京区の双《ならび》ヶ岡《おか》にあった池を指す。「われと並び」と「ならびの池」が秀句である。同じく「ならびの池」を用いた秀句が、

おなじくは君とならびの池にこそ身をなげつとも人にきかせめ
（『後撰集』巻十二恋四・八五五）

世中にしづむとならばてる月のかげをならびの池にすまばや
（『散木奇歌集』巻六悲歎部・九一五）

などに見られ、長嘯子がこれらの歌を参考にした可能性が考えられる。

⑰は「ならびの池」の水面に映った月を見て、「自分は空へとやってきたのだろうか、月と自分が並んでいるよ」と詠む歌だが、これも「われとならびの池」という秀句と凝った趣向によって一首を仕立てたものであり、上の句は下の句を言うための、やや理屈の勝ったものである。『後撰集』歌の「身をなげつ」や、『散木奇歌集』歌の「しづむ」といった、縁語によって一首を仕立てようという意識は見られない。

⑱すみけりな幾世の秋のふるさとに月はとばたのおもがはりせで
（『挙白集』一五〇五「東山に鳥羽観と名づけられける庵にて十首のうた」中の一首）

「幾世の秋の経る」と「ふるさと」、「月は訪は」と「鳥羽田《とばた》」がそれぞれ秀句となっている。また、初句の「すみ」には、月が「澄む」と庵に「住む」が掛けられている。一首は、「澄み輝いていることだ。幾度も秋を経てきたこの故郷に、昔と変わらぬ様子で月は訪れる。そんな庵「鳥羽観」に、あなたは住んでいるのだなあ」ということを意図していると思われる。⑱の下の句を見ると、⑪「道柴や霜がれはてゝ跡やいづれたれにとばたのおもがはりして」から表現を借りている可能性が指摘できる。⑪歌については通茂が『未来記』講釈の中で「鳥羽田は、おもがはりの枕詞のやうなる秀句也」と述べている。例えば、

おほえ山かたぶく月の影さえてとばたの面におつるかりがね
（『新古今集』巻五秋下・五〇三・慈円）

などに見られるように、「鳥羽田の面」という詞は和歌に散見する。⑪ではそうしたありふれた表現をただ秀句のために用いていて、歌枕としての鳥羽田が一首の中で十分に活かされていない、ということを通茂は指摘している

のである。⑱については、庵の名である「鳥羽観」に寄せたものとはいえ、やはり「鳥羽田の面」が秀句を作るためにやや詞続きの唐突さを伴って用いられていることが指摘できよう。そもそも、『未来記』歌に見られるものと類似の秀句となれば、二条派和歌において許されることではない。それをも知らぬ顔でやってのけるところに、二条派和歌に拘泥しない、長嘯子の飄々たる詠歌態度が見て取れるのである。

おわりに

本稿冒頭に引用した通茂の言説では、近世初期において世の中の歌風を損なった者として、長嘯子と春正の名が挙げられていた。元より長嘯子は、異風を畏れる人物では無かったはずである。『難挙白集』に対して更に論駁した『挙白心評』（作者不明、慶安四年〔一六五一〕頃成立か）に、

古の人々をみるに、野丞相、在納言などは、哥のみちをば余力にまなびたまふ儒の人なれども、和哥の名あるがごとく、長嘯も隠士のこゝろゆくばかりによめるうたの、をのづから人の耳にふれ、その名高きを、哥の道の家の人のごとく、いかでそしらんや。これ長嘯をしる人にあらず。

とある。小野篁（「野宰相」とあるべきか）や在原行平ら、和歌を専らとするわけではない人々が「余力」で和歌を嗜んだのと同様、長嘯子も「隠士」として心のままに歌を詠んだに過ぎず、それが自然と人々の耳目に触れて評判になった。「哥の道の家の人」と同様に見なして謗ろうというのは、長嘯子がいかなる者であるかを知らない者のすることである、と『挙白心評』の作者は述べる。貞徳のように、地下において、和歌を教授することを生業とし、歌道家として一家を成す人物はいた。しかし長嘯子はあくまで「隠士」であり、和歌の流派を背負っ

て活動した人物ではなかった。そうすれば自ずから、「異風」という概念自体が意味を成さなくなる。二条派内で語られる秀句の善悪もまた、長嘯子の意に介するものではなかったのであろう。

一方通茂は、「唯今の地下の歌は、雨中吟、未来記の風になりたり」（武者小路実陰述・似雲記『詞林拾葉』）と語ったという。当時の地下の歌が、『未来記』『雨中吟』の悪しき歌風に染まっていると通茂は考えていたのである。本稿で検討したように、通茂が『未来記』の講釈において非難するような秀句の用い方が長嘯子の歌において多く指摘できることを考え合わせると、通茂が長嘯子の歌からも『未来記』の悪風を読み取っていた可能性が十分に考えられる。つまり、長嘯子を『未来記』的な和歌の体現者として認識していた、ということである。家集が刊行され、人々の間に長嘯子の和歌が広がっていたことは、通茂にとって看過できない事態であったに違いない。本稿冒頭で見たように、長嘯子の歌風は「堂上の和哥にけをされていさゝかもいひ出事」ができなかったとは言うものの、「もし此以後も諸家堂上、和歌尻よはになりなば、つのりて彼たぐひの輩必発興する事あるべき也」とも述べたのは、長嘯子らの歌風に人々を引きつける一定の魅力（それが二条派の歌風に相反するものだとしても）があったことを認めていたからに他ならない[15]。実際、通茂は『未来記』講釈の中で、『未来記』各歌のいかなる点に人々は面白さを感じ、惑わされてしまうのか、といった点に頻りに言及するのである[16]。『未来記』が現実の問題となっていることを通茂が痛感した原因として、長嘯子の存在が大きかったものと見ておきたい。

通茂の『未来記』『雨中吟』講釈は、長嘯子が没して、およそ半世紀後に行われた。「此七八十年以来」、没後でさえ世の中の和歌の在り方に影響を与え続けた長嘯子と、その和歌の存在が、通茂講釈の注釈方針と内容にも確実に影響を与えていたのである。閉鎖的に見える堂上の歌学もまた、同時代の和歌作品の影響を受けて変容する余地があった。そうした堂上と地下との連関のありようについては、今後も注意深く検討される必要があるだろう。

（1）拙稿「中院通茂『未来記』『雨中吟』講釈の意義」（『和歌文学研究』第一一二号、二〇一六年）。

（2）通茂の言を幸隆が聞き書きした『六窓塵譚《ろくそうしゅたん》』にも同様の記事が見えるが、そこでは「詠哥の大概御講釈の時」の話として記述されている。確かに幸隆は通茂による『詠歌大概』を聴聞したこともある。通茂述・幸隆記『渓雲問答』には次のようにある。

　一、宝永三、十一、廿九、詠歌大概御講釈始らる。是にて再返承る。冥加なる事也。

　一、是よりさき、仙洞より御所望にて、未来記、雨中吟御講釈御下読の時、拝聞一首、身の毛よだつやうに覚え侍りし。

とすると、幸隆が同内容の一節を『詠歌大概』講釈、『未来記』『雨中吟』講釈のそれぞれにおいて聞いた可能性もある。しかしこれは、幸隆による『詠歌大概』聞書が残存しないため、今のところ確認の方法が無い。試みに宝永三年に行われた通茂の『詠歌大概』講釈を日野輝光《ひのてるみつ》（一六七〇―一七一七）が聞き書きした、宮内庁書陵部蔵『詠歌大概聞書』（五〇一・四六六）を閲したところ、『六窓塵譚』と同様の記述を見つけることはできなかった。ひとまず、『六窓塵譚』の記述が、『未来記』『雨中吟』講釈の際の話であるとするべきところを書き誤った可能性があることを注記しておく。

（3）上野洋三氏「堂上と地下――江戸時代前期の和歌史」（『元禄和歌史の基礎構築』岩波書店、二〇〇三年。初出、同題にて『和歌史』和泉書院、一九八五年）、大谷俊太氏「烏丸光広逸話の再検討」（『説話論集第四集　近世の説話』清文堂書店、一九九五年）、岡本聡氏「月歌風体攷――長嘯子歌異質性の一側面」（『中央大学国文』第三九号、一九九六年）など。

（4）『初学一葉』が実枝作とされるのは、『日本歌学大系』第六巻（風間書房、一九五六年）所収の久曾神昇氏旧蔵本『初学一葉』に、当該書が三条西実枝から細川幽斎に書き与えられた書であることを示す平間長雅の奥書があるためである。しかしこの内容の奥書は久曾神昇氏旧蔵本にしか見られず、他本には無い。そのため『初学一葉』は、近世初期には成立していたものと見られ、内容も堂上歌学を伝えるものであるが、実枝作とは未だ断定し難い。以上のことを、大谷俊太氏より御教示いただいた。

（5）注1前掲拙稿。

（6）以下、引用本文の歌には、必要に応じて私に丸数字を振った。以降の引用でも同様である。また、通茂の『未来記』講釈の本文は、いずれも京都大学附属図書館中院文庫蔵『未来記雨中吟［聞書］』（中院・Ⅵ・一六〇）による。

（7）通茂は②の秀句表現について、③④⑤よりも「かろく、まろらかにうつくしき」ものとしているが、具体的にいかなる点を指してこのように評したかについては、更なる検討の余地がある。

（8）宗政五十緒氏「木下長嘯子――歌壇からはみ出した斬新な歌風」（『解釈と鑑賞』第六一巻三号、一九九六年三月）などに指摘がある。

（9）長嘯子の歌に、自らを「野辺に暮らす人」とする次のような歌がある。

春のはじめつかた、ある人の紙ぎぬをおくれりしに、よみてつかはしける

春さむみ谷の戸いでぬ冬ごもりけふよりやすくのべにくらさん　（『挙白集』一四五六）

（10）「制詞の事、不一様之由申候。雨のゆふ暮は、うちしめりあやめぞかほるの歌より製られ候歟。雪の夕暮は、さの、わたりに候哉。此等の類はみなぬしある詞候歟」（中院通村述『武家尋問条々』）。

（11）ただしこれより後の記述に、「コレ、ヲシハカリゴトニヤ。イグシタテトハ、カズノ五十ナルニハアラザルベシ。イグシトハ、ミテグラハサミタル、クシヲタテタルコト也。イハ発語ノ詞也。五十ヲ、イトイヘバ、仮字ニカケルバカリナリ」とある。つまり仙覚は、「先達」の説にある「幣ヲ五十ハサミテ」という点に関しては疑問視しているのである。

（12）解釈は、新日本古典文学大系三十八『六百番歌合』（岩波書店、一九九八年）を参考にした。

（13）新日本古典文学大系三『萬葉集三』（岩波書店、二〇〇二年）では第二句「踏静子之」を「ふみしづむこし」と訓読し、「ふみしづむ」を「新築の家を寿ぐ地鎮祭の儀礼」とする。

（14）「かけのたれ尾に」という助詞を考えると、一首の構造は「初雁が鶏に語りかける」ということになるが、その場合「声かはす」との整合性がとれないため、斟酌して訳出した。

(15) 注3前掲大谷氏論文では、「(後水尾院や烏丸光広が長嘯子の和歌を―大山注) 敢えて遠ざけようとするのは、近付けばその影響を受けてしまうことを恐れるが故のことであろうから、それだけ、長嘯子の和歌が、後水尾院や光広にとって魅力的であったことにな」るということが指摘されている。

(16) 注1前掲拙稿参照。

(引用文献)

本文内、及び注において示したもの以外の引用文献は以下の通りである。濁点、句読点、「」、() による右傍記は適宜私に付した。また、以下に記載のない和歌の引用は、全て『新編国歌大観』によった。

『尊師聞書』 近世和歌研究会編『近世歌学集成 上』(明治書院、一九九七年)
『正徹物語』 『歌論歌学集成』第十一巻(稲田利徳校注。三弥井書店、二〇〇一年)
『初学一葉』 京都大学文学研究科図書館蔵本(国文・Fc・二二)
『古来風躰抄』 『歌論歌学集成』第七巻(渡部泰明校注。三弥井書店、二〇〇六年)
『八雲御抄』 八雲御抄研究会編『八雲御抄 伝伏見院筆本』(和泉書院、二〇〇五年)
『毎月抄』 新編日本古典文学全集八十七『歌論集』(小学館、二〇〇二年)
『渓雲問答』 近世和歌研究会編『近世歌学集成 上』(明治書院、一九九七年)
『境海草』 『古典俳文学大系第三巻 談林俳諧集』(集英社、一九七一年)
『難挙白集』 吉田幸一編『長嘯子全集』第四巻(古典文庫、一九七三年)
『万葉集』仙覚注 佐々木信綱編『万葉集叢書第八巻 仙覚全集』(臨川書店、一九七二年)
『続耳底記』 近世和歌研究会編『近世歌学集成 上』(明治書院、一九九七年)
『挙白心評』 吉田幸一編『長嘯子続集』(古典文庫、一九八五年)

I　継承と確立の時代——十七世紀

西田正宏

古今伝受と実作と

『両度聞書』『古今仰恋』を中心に

はじめに

近年、古今伝受の研究は、多くの成果をあげつつあり、和歌史上、歌学史上における意義については、さまざまな視点から解明が進められた。(1) また古今伝受のもっとも象徴的な切紙のもつ文化史的意義についても、かなり精緻に論じられている。(2) しかし、それらの論考は基本的に「古今伝受」という「営み」や知識の背景を主題とするものであった。例えば、鈴木元氏は、

古今伝授とは何か。それは学問でもあり、伝統でもあり、信仰でもあり、儀礼でもある。しかし、それは近代的思惟の在り方からははずれた或るものなのである。

と述べる。(3) このようにまとめられることに異を唱えるものではないが、「伝統」や「儀礼」という物言いがなされているように、古今伝受とは何かという問いの答えとしても、行為(営み)に焦点があてられているように思われる。

本稿では、院政期にその萌芽が窺え、室町期に確立し、少なくとも近世末期までその系譜を保持し続けた古今伝受が、実作と関わることはなかったのかということについて、考察をめぐらすことにしたい。もちろん古今伝受には歌学教育という面があり、伝受を受けるために実作の修練を積むということがあった。(4) しかし、本稿で問題としたいのは、古今伝受の内容と実作との関わりである。このことについては、従来あまり問題にされてこなかったように思われるからである。

一　近年の古今伝受研究史・粗描

なぜ今まで私どもは、古今伝受と実作とを結びつけて論じるという視点を持たなかったのであろうか。このことを考えるために、まず、研究者が古今伝受をどのように捉えてきたのか、特に近年の論考をあらあら追いながら、検討することにしたい(5)。

今さらしく述べるまでもなく、古今伝受そのものを研究の中心に据えたものは、ほとんどない。横井金男氏『古今伝授沿革史論』（大日本百科全書刊行会、一九四三年。後に改題・加筆されて、臨川書店より復刊）が、唯一といってもよい成果であろう。その後、各時代の文芸世界の背景に、古典の享受・注釈があることが解明されていくなかで、『古今集』の享受史や注釈史という視点から古今伝受も注目されるようになる。横井金男氏・新井栄蔵氏編『古今集の世界――伝授と享受』（世界思想社、一九八六年）の刊行により、各時代に即した『古今集』の注釈（広義の「古今伝受」といってよい）のありようが、比較的わかりやすく把握できるようになった。さらに、それらを含めた伝授の問題に早くから関心を寄せていた三輪正胤氏が、それまでの研究を体系化して『歌学伝授の研究』（風間書房、一九九四年）を刊行するに至って、ようやく「古今伝受」は研究史上、日の目を見ることになったと考えてよいだろう。

それらの研究を継承しつつ、例えば、小高道子氏は、

古今伝受は中世歌学の象徴であり、歌学教育の最終段階であった。和歌の詠み方から有職故実に至るまで門弟の能力に応じた指導をしたうえで、最後に与えられる秘伝であった。（中略）

御所伝受は江戸時代の終わりまで継承されたが、その内容も形式も大きく変化していった。御所に入り後継者が決まると、継承した秘伝の内容よりも秘伝を継承したか否かが重要になる。御所伝受を受けたか否かのみが問われるのであれば、講釈は簡略で儀式は立派なほうがよい。かくて御所伝受は形骸化するのである。

と、述べられた(6)。古今伝受の歴史を詳細に跡付け、考証されてきた小高氏が、「古今伝受」の内容よりも継承にその意義を認められ、御所伝受が「形骸化」したのだと認識している点は注意されよう。古今伝受をまさに「儀式」「営み」として捉えられているのである。

また鈴木元氏は、古今伝受の本質を次のように見定める(7)。

近代の眼から見た場合に実質的な意味を有していようがいまいが、近世前期に生きた歌人達はそれを超越したところに伝授の一連の営みの本質を見出していたという事実だ。そしてそれは一見、教育という装いをしてはいるものの、実態は信念・信仰の類推で理解する方がより近いものである。そのような観念の存在は、おそらく中世にさかのぼらせてよい。端的に述べてしまえば、〈古今伝授〉の最大の目的は、和歌が倫理的であることの根本的な保証(お墨付き)を与えることにあったであろう、ということである。(中略)それら(切紙など伝授の総体—西田注)の構造を正しく理解することにより、和歌の正しさが約束され、和歌が道から外れることはないという精神の拠り所を築く営みこそが〈古今伝授〉の本質ではなかったか。

奇しくも古今伝受を「精神の拠り所を築く営み」と結論付けられたところに、鈴木氏もまた、古今伝受の「営み」としての面を重視していることが確認される。さらに、大谷俊太氏が、徳川家康の古今伝受への関わりを、

即ち、古今伝受とは、古今集というものを単に花鳥風月や恋愛の雅なものとのみ捉えるのではなく、その最奥の本質を王権に関わるものと理解していたのである。古今伝受と天皇制とはいわば一体なのであった。

とするならば、時の権力者である家康が古今伝受に関心を示したことも、至極もっともなことであったと言えよう。

　室町期にはそれぞれの家で別個に伝えられていた古今伝受が、近世に入り、細川幽斎から智仁親王へ、そして後水尾院へと、諸流を集約する形で伝えられ、ついに天皇がその継承者となる。いわゆる御所伝受の成立であるが、幽斎が智仁に伝受する際、若年故に伝受を受けることを躊躇う智仁に対して、家康が伝受を勧める書状を送っているのも、見方をかえれば、幽斎は家康の勧めなしには皇弟智仁親王に伝受できなかったとも言えよう。

とまとめられたのも(8)、古今伝受が、王権や政治とも交差する営みであったからに他ならない。このように、古今伝受が和歌史のなかで認められるためには、その営みの重要性を、まずは、説かねばならなかったのである。

　以上のごとき研究の成果を踏まえて、近年では、白石良夫氏(9)や田中康二氏(10)などの書物のように、近世の学芸史について書かれた啓蒙的なものにも古今伝受のことが、わざわざ一節を割いて言及されるようになった。ともに細川幽斎《ゆうさい》が古今伝受を守り伝えた逸話を紹介しつつ、近世における古今伝受の文学史的意義について説かれている。このことは、古今伝受という営みが和歌史や学芸史を考えるうえで、無視できなくなったという証であろう。

　研究史を追うことが本稿の目的ではないが、敢えてそうしてきたのは、研究史的には、古今伝受の「営み」という面ばかりが注意されてきたことを、改めて確認しておきたかったからである。つまり、「研究すべき対象」として、古今伝受を和歌史にどう位置付けることができるのかが、研究者の関心事であった。しかし、古今伝受を継承してきたものたち、つまり歌人でもあった彼らにとっては、古今伝受は「研究すべき対象」ではなかったはずである。

二　近世以前の古今伝受観

次にこの古今伝受がどのように捉えられてきたのかを、いま少し古今伝受の実際に近いところにいた、近世以前の人たちの言うところを確認しておくことにしたい。なおこの「古今伝受の享受史」の検討については、別稿を予定しているので、ここでは要点だけをかいつまんでみておく。

例えば、拙著(11)ですでに論じたことだが、松永貞徳《ていとく》は古今伝受については、一定の距離を置いた物言いをする。しかし「伝授」そのものを否定したわけではない。また古今伝受の内容には通じていたようであり、その内容そのものに異見を述べているわけではない。あくまでも批判の矛先は古今伝受という営みにある。

貞徳だけではない。古今伝受は、近世においては、特に古今伝受を直接相伝されていない地下のものにとっては、しばしば批判の対象とされてきた。ここではその代表的な言説として、荷田在満《かだのありまろ》『国家八論』と本居宣長《もとおりのりなが》の『排蘆小船《あしわけおぶね》』を引いて検討を加えておこう(12)。

まず『国家八論』「古学論」では、

> これけだし東の常縁が偽作して、宗祇法師より弘まる物なり。かの伝授を得たりといへる宗祇が古今集を釈せる、細川幽斎の伊勢物語・百人一首・詠歌大概を解せる書どもを見るに、巻首より巻尾に至るまでの間、一言も仰いで取るべき説なし。その浅見寡聞にして、妄に無稽の言を信ぜる事、かの書中を電見しても明らかなれば、煩はしく論破するに及ばず。見つべし、古今伝授を得たる人の歌の事を知らざる事を。

と古今伝受が厳しく批難されている。宗祇《そうぎ》の『古今集』や幽斎の『伊勢物語』などの注釈に採るべき説がないとするが、「古今伝受」が歌一首の全き理解を目指すものであったのか疑問であるし、そもそも荷田在満が注釈に求めている理解と、宗祇が注釈のなかで試みたことがかみ合っていないのである。それはそれとして、在満に言わせれば、古今伝受を得ていても、歌のことを知ることにはならないという認識であったらしい。

また、『排蘆小船』のなかで本居宣長は、

古今伝授は歌道の妨げにて、この道の大厄なり。そのゆゑは、近世このことあるによりて、その家と云ふことを重くして、歌の善し悪しよりはこの伝授を詮にするゆゑに、天下の名人出で来がたし。歌道の道を塞ぐやうなるものなり。この伝授をしたりとて、露ほども歌道に益はなくして、大きなる害あることなり。

と述べる。在満同様、古今伝受が歌道の役には立たないことを述べている。が、むしろ注意しておきたいのは、歌人たちが、歌を詠み、その善し悪しを思慮するよりも古今伝受を専ら大事にするようになっていることを指摘する点である。結論的には、宣長は古今伝受を相伝しても、歌を詠むことの役には立たないというのであろう。さらにこの後には古今伝受そのものが「偽作」であることをこと細かに例証する文章が続く(13)。

結果として、その後の研究史は、意識するにせよ、しないにせよ、この宣長の述べたことから出発しているように思われる。つまり、「歌の善し悪し」とは切り離されたところから、もっと言えば、実作には役に立つものではないという宣長と同じ認識に立つところから、古今伝受の研究史の議論は始まっているのである。宣長の言うところを前提として、しかし、たとえそうであっても、古今伝受は、和歌史上において重要な営みなのだということを主張するために研究が進められてきた。それはそれですこぶる大事なことであった。現在に至ってようやく宣長の批判を乗り越え、古今伝受の和歌史への復権がなされたのである。けれども、古今伝受が和歌史的に意義があり、政治的な儀礼として権威をもつものであったとしても、またさまざまな知識の背景を有するものであったとしても、はたして、それだけでその系譜が脈々と続くものであろうか。

私どもは、つい看過ごしがちであるが、古今伝受を担ってきたのは言うまでもなく、歌を詠むもの、歌人たちであった。先にも述べたように彼らは「研究すべき対象」として古今伝受を捉えてきたわけではない。在満や宣長の視点は、古今伝受をどちらかといえば、研究対象として捉えているように見受けられる。ほんとうに古今伝受が歌を詠むことに有効な一面がなかったのであれば、いくら確固として体系づけられた制度であっても、長くは維持できなかったのではないかと思われる。歌を詠む人々にとって、歌を詠むということに関わらないことであれば、やがては関心の埒外に置かれることになったのではないかと忖度されるのである。『古今集』は伝受されるために歌人たちの眼前に存在したわけではない。それは、よき歌の例であり、新しい歌を詠むための素材や手本としてあったはずだ。拙稿で論じたことだが(14)、烏丸光栄《からすまるみつひで》は、『烏丸光栄卿口授(15)』のなかで、『新勅撰集』の歌を例に、一首の解釈について、「人に尋、抄物などをひろく見れば、皆しるれども」そのことは所詮、「我歌際のよみかたの手本にならず」とする。理解できない歌について、あれこれと問いたがるのは、「歌学者」のやることであって、「歌読」のやることではないと説く。つまり、十分に歌の内容が理解されなくても、それが実作に関わることでなければ、特段解釈については、こだわらなくてもよいという姿勢である。逆に解釈をいくら突き詰めても、実作の手本にはならないというのである。この光栄の言うところに従えば、古今伝受が、宣長の言うように実作に寄与しないものであったのならば、歌人には必要のないものだということになろう。ならば、その系譜は途絶えていたはずである。ところが、実際には古今伝受は脈々と継承されることになる。古今伝受の実作への関わりについても、改めて検討してみる必要があると考える所以である。

三　《営み》の論から《表現》の論へ

上記のごとき、古今伝受の研究状況にあって、渡部泰明氏が、次のような視点を提供されたのは、画期的なことであった[16]。

（宗祇の注釈に見える―西田補）「下心」「裏説」は、たとえば連歌における創作の想像力の発条となる面があるのではないだろうか。現在の表現の営みにおいて活かすという観点からも、古今伝授を見直してみる必要を感じるのである。

語られた内容は、虚心に受け取られ、そのまま次へと伝えられるべきものとなる。口伝というものは基本的にそういう性格を有するものではあろうが、それが内容と軌を一にしているために、古今伝授は、様式として整えられやすく、固められやすかった、という面があるのではないだろうか。むしろ旧套墨守を言われる伝授の様式の中に、想像力の発条となる「虚心」の存在をも認めるべきように思われる。

と述べられ、「古今伝受」に実作につながる「想像力」の発条を認められた。さらに具体には連歌の実作との関わりについても言及する。また鈴木元氏も[17]、

先に古今伝授は和歌に何の影響も及ぼさなかったと述べたが、和歌を詠む「こころ」の動揺を背景に置いて見るとき、伝授の営みは解釈論の伝達にはとどまらない意義を有していたはずで、とすれば和歌の趨勢に何の影響も与えていないと考えるのは誤りとなる。

とややもって回った物言いながら、古今伝受と実作との関係を見出そうとする。

本稿においても、上記の提言の驥尾に付して、古今伝受と実作の関係を考えてみたい。そこで、古今伝受の一環として、東常縁《とうのじょうえん》の『古今集』の講釈を宗祇が書きとどめた『両度聞書《りょうどききがき》』の述べるところを検討する。そしてその注釈を受容した地下歌人・望月長孝《ちょうこう》の『古今集』注釈書『古今仰恋《ぎょうれん》』が、どのように実作にそれを活かしたのかを考察することにしたい(18)。

例えば、『両度聞書』には、歌の解釈には直接には関わらない次のごとき物言いが散見する(19)。

①心、詞やすらかにして、しかもめづらしくや。（春上・七六）

②花をしたふ心の春のうちはいつとなけれど、けふのみとおもふ春の花のかげはことに立かへりがたき心也。たけたかく哀ふかゝるべき歌にこそ。（春下・一三四）

③この歌は古躰にして、しかも幽玄のすがた也。（後略）（秋上・一九二）

④いく世の秋をか、かくへにけんと思ふに、余情こもるなり。物の名の歌ともみえず。おもしろき歌なりとぞ。（物名・四三九）

⑤義なし。いかにもあはれふかき歌也。かやうの歌をば思入てみ侍べきとぞ。（恋一・五四五）

⑥心は明也。たゞあまのかるもとはいへるがみだるゝ心のみならず、歌のたけも高く成てめでたき也。此歌の心を人はよく思べきことはり也。（雑下・九三四）

このような歌の風体に関する物言いは、どういう歌が哀れが深く、幽玄で、余情がこもっているのかを教え、どのように歌を詠めば秀歌になるのかを示唆することにもなろう。⑤⑥のように、解釈的には問題のない場合でも、その風体に言及するのは、それが意識的であったかどうかはともかく、注釈が実作にも目配りして施された結果であろう。歌を詠むという実作に関わる視点からの物言いであると考えてよい。実際の『古今集』の講釈の場では、「君臣合体」などの特別な解釈ばかりが行われていたわけではないのである。
この影響を受けているのであろうか、長孝の『古今仰恋』[20]は、はじめに「宗祇抄」(=『両度聞書』)が引用され、「師談」として長孝の説が述べられているのであるが、引用した「宗祇抄」には述べられていない場合でも、

師談(中略)、フルキ都ノ体ハ、物毎カハリテアレドモ、此郭公ノ声ノミ同ジ昔ナリケリト云、優ニシテ、姿、艶ナル哥也。(夏・一四四)

という注釈が施されている。「師談」や「師説」として述べられる長孝の意見は、肖柏《しょうはく》の『古聞《こぶん》』を利用することが多いけれども、ここはその影響ではなく、長孝自身がこの歌を「優ニシテ姿艶ナル哥」であると評価しているのである。『古今仰恋』にもまた、実作に関わる視点が窺われることがあらためて確認される。さらに注意しておきたいのは、歌一首の解釈や歌語の解釈についてはそれほど言及しないことである。引用は省略したが、前半も『古今栄雅抄』を引くばかりであって、長孝自身の注釈としては、この歌の風体を評価することで終わっており、歌の解釈にはほとんど関心を寄せていない。また、「逢にあひて物思ふ比のわがそでにやどる月さへぬるゝがほなる」(恋五・七五六)について、『古今仰恋』は次のような注釈を施す。

師説、此哥ノ風体、古体ニモアラズ。末代ニ相叶フ也。勝タル風体也。心ハフカク物思フ比、袖モナミダニヌル、ガホナルト云リ。(右に小書で「涙トハナケレドモ、涙ノ心ナリ」)我心ヨリ無心ノ月モ、物思ヒヌヤウナリト云ル。余情無限哥トゾ。猶ヌル、ガホナルノ詞、金玉ナルベシ。定家卿モ此哥ノ詞ヲトリテ、ヌル、ガホナル布引ノ滝トヨミタマヘル也。

まず「此哥ノ風体、古体ニモアラズ。末代ニ相叶フ也。勝タル風体也」と述べ、さらに「余情無限哥トゾ」とこの歌について、評価する。この場合も「宗祇抄」にも、『古聞』にも風体のことについては述べられておらず、

長孝独自の説であることが知られる。加えて定家の歌が引かれているのは、解釈のためではなく、「金玉」とした「ヌル、ガホナル」という歌語の実作例を示しているのである。残念ながら、長孝の家集『広沢輯藻《ひろさわしゅうそう》』には、「ぬるるがほなる」を詠み込んだ歌を見出すことはできないが、注釈のなかで、実作が意識されていることは注意しておいてよい(21)。

このような物言い、つまり、歌を鑑賞し、評価し、その風体について言及するという姿勢は、歌の善し悪しを見究めているということである。先に確認したように宣長は「歌の善し悪し」より、歌詠むものたちが古今伝受にばかり関心を寄せることを批判していたが、伝受に関わる講釈のなかで、そのことについて言及されているのである。「宗祇抄」(=『両度聞書』)に学びつつ、長孝も独自にそれをなしえたとするならば、それは歌詠むものとしては、すこぶる大切な能力を修練したということになろう。風体のよい歌がわかるということは、少なくとも理論上はそれに学んで歌を作ることができるからである。となれば、そのことを説いている『古今集』の講釈、つまり古今伝受は、実作にも寄与していたと言えるのではないだろうか。

また『両度聞書』には、歌道はどうあるべきかということも説かれている。『両度聞書』は、「我こゝろなぐさめかねつさらしなやをばすて山にてる月をみて」(雑上・八七八)に次のような注釈を施す。

此歌、むかし伯母すてたりけん人のよめるといふ、よろしからず。大和物語にもしか侍也。不可用之。(中略)又云、此山の月をながむるに、山も月もたぐひなくすみわたりたる、此感にいかんともすべき方なければ、其心をなぐさめかねつといふ也。歌はたゞ本説、由緒などいふ事も入べからず。さしむきて、心も優に、すがたもきよく、あはれのふかきを道の本意とは守るべきなりとぞ。

姨捨山説話を背景に持つという説を退け、この歌の感動の中心を解説するとともに、本説や由緒とは関わらず、

「心も優に、すがたもきよく、あはれのふかき」ことが歌道の本意であると説くのである。やや抽象的な物言いながら、これもまた実作に関わる教えであるとみて差し支えないだろう。この注釈を受けて『古今仰恋』は、ただ基盤とする注釈として「宗祇抄」（＝『両度聞書』）を引用するだけではなく、「姨捨山ノ本説ノ事」として『大和物語』に言及したうえで、

是ニハ哥ノ事ナシ。ヲバ捨山ノ故事バカリナリ。哥ノ心、更科オバ捨ハ、月ノ道地ナリ。此山ニサシムカヒ、月ヲミルニ、所ガラタグヒモナク、影スミワタリ、更行月ハ、詞モナク、胸中ニ感情、ミチミチテ、イカントモセヌ心ニテ、ナグサメカネツト云ル也。猶名山ノ月ニ対シタル当位ノサマヲ能思フベシ。感慨甚シト也。

と述べる。姨捨山の故事をいくら繙いても「哥ノ心」には届かないと長孝は考えていた。歌の心が理解できなければ、素材をいくら集めても歌は詠めないのである。そうであるならば、古今伝受が、実作とは切り離された営みであるはずがない。

最後に、もっとも具体の例として、歌語の使い方に言及した注釈を見ておこう。「山桜我みにくれば春がすみ峯にも尾にも立かくしつつ」（春上・五一）に『両度聞書』は、

山ざくらと先をける詞、よろしきとぞ。歌よむ人、五文字を可覚悟。「わがみにくれば」といふに、霞のあやにくなる心みゆるなり。

と注する。まず初句に「山ざくら」と置いた点を評価したうえで、「歌よむ人」は初句に気を付けて詠むべきであると、実作の心得にも及ぶ。これを承けて『古今仰恋』の「師談」には「山桜トアル、肝要ノ五文字也」と記される。では実際に「山桜」はどのように詠まれているのであろうか。『新編国歌大観』で検索する限り、時代を通して多くの用例を拾うことが可能である。そもそも『古今集』のこの歌の影響下にある歌もある。ただ試み

に宗祇以降に用例を絞れば、宗祇には作例は見出せないけれども、例えば、肖柏の『春夢草』には「山桜」詠が一首見出され、「山桜」は初句に置かれている。実隆の『雪玉集』には三首の、また松永貞徳の『逍遊集』には四首の作例が確認され、すべてが初句である。長孝の『広沢輯藻』には、「山桜」を詠み込んだ歌が九首あり、そのうち、

山ざくらいまかよし野の春ならし咲けるさかざるかつ散るも見ゆ　（一八一）

山ざくら枝にこもりし春の色を花より後の青葉にぞみる　（二三七）

の二首が、初句に詠み込まれている。このことが、先に引用した『古今集』の注釈と関係するかどうかは、ただちには判断できない。けれども、長孝らの一流が自らが歌論書で述べたことに、比較的忠実に歌を詠んでいたことを思い合わせるならば、長孝の例は、その反映と見てよいかもしれない。

さらに用例を付け加えよう。『両度聞書』は「思へども身をしわけねば目にみえぬ心を君にたぐへてぞやる」（離別・三七三）の注釈で、次のような歌の解釈には直接関わらないことを述べている。

「おもへども」といふに、心おほくこもる也。（中略）されば此五文字、なをざりにはつかはぬ詞也。

『両度聞書』では「中略」としたところに、歌の解釈が挟み込まれており、やや文脈がたどりにくいが、『古聞』には、「思へどもといへるは、さまざまの心こもるべし。此五もじをよく思ふべし」とあり、ここでいう「五文字」が初句の「思へども」であることが確認される。さらにこれを受けて『古今仰恋』の「師談」には次のように述べられている。

師談、初五文字甚深也。遥ニ行人ヲトヾメタク思ヒ、又一向名残ヲ惜ク思ヒ、又ツレダチテモユカバヤナド思、又ハイツカハカヘランナド思ヘドモト云詞也。業平ノ「思ヘドモ身ヲシワケネバ目カレセヌ雪ノツモル

ゾ我心ナル」ト云心ノ類ナルベシ。タグヘハ加ヘテナリ。ウベテノ心トモ。

いずれの場合も「おもへども」という初句が問題にされており、そこに一首の深い心が込められているのだという。さらにその解釈とともに、その詞が「なおざりにはつかはぬ詞」であると、実作に目配りした言説が付け加えられている。さらに長孝は、他の注釈書には見えない「業平」の歌を引用する。[22] これは解釈に寄与する用例であるとともに、「おもへども」の詠み方を示した例であるとも言えよう。『古今仰恋』には、解釈には直接かかわらない、注釈した歌の歌語の作例を示す場合が他にもしばしば窺えるのである。

さて、実作に目を向けてみると、「なおざりにはつかはぬ詞」であるとされた割には、用例は多く見出せる。また必ずしも初句だけではなく、三句にも多く見られる表現である。ここでもまた宗祇以降に絞って、用例を確認してみると、顕著な特徴として、初句に詠まれる割合が増えることに気づかされる。自らが歌詠むものであってすれば、より困難な表現の歌を詠んでみたいのは、当然の欲求であろう。心の多くこもった「思へども」を初句に詠み込むのは、先に引いた「山桜」の歌の注釈に述べられていたように「覚悟」が必要だが、だからこそ詠みたいと思われた結果が、この場合は、反映しているのではないだろうか。例えば、実隆の『雪玉集』には、九首の詠があり、「思へども」はすべて初句に用いられている。また長孝にも、

おもへども思はぬ花のした水にかずかくばかりちるさくらかな　（一八四）

という一首が残されている。「思う」主体であるが故に思ってしまう桜の散ることの無常に、「桜の花」の思いを重ねて仕立てられた一首には、長孝の工夫が窺え、注釈で述べたことを実践した例として見ておきたいと思う。

おわりに

古今伝受と実作について考察するために、前半ではなぜ古今伝受が実作とは切り離されて考えられてきたのかを研究史を追うことで確認した。「歌を詠むための役に立たないから古今伝受は意味がない」とした宣長による古今伝受批判の言説があり、それが一種の呪縛となっていた。その状況で、研究者は「実作には役に立たないけれども、重要な営みであった」と、和歌史や学芸史に位置付けることで、古今伝受を宣長の呪縛から解放したのであった。しかし、その研究の方向では、実作との関わりを考える視角が抜け落ちることになってしまった。

そのことを承けて、後半では古今伝受を反映した資料として、『両度聞書』とそれを享受した『古今仰恋』を資料に、具体に古今伝受と実作の関わりについて論じた。

本来であれば、古今伝受のもっとも象徴的な、堂上の講釈や切紙と実作との関わりも、考察に加えるべきであろう。しかし、十分な検討ができておらず、今後の課題としたい。特に堂上では、御所伝受以降、古今伝受を相伝するために、相応の和歌の修練がなされており、古今伝受の講釈がただちに実作に反映したかどうかを見極めるのはすこぶる困難である。

ただ見通しだけを述べておけば、例えば、切紙は、「本歌取り」や「古典利用」の方法と精神、さらに表現に及ぶことを、極めて抽象的に説いているのではないかと考えている。また実際の伝受の場においては、「口伝」として、そこに具体の例や方法が加えられたのではないかとも推量される。「口伝」はさらなる「秘密」を加えた可能性もあるが、確認してきたように『両度聞書』には、実作に関わる言説が確かに窺え、そのことに関しての「口伝」も当然ありえたと思われるからである。

（1）後述する論文のほか、日下幸男氏『近世古今伝授史の研究　地下篇』（新典社、一九九八年）、「和歌・教育史に関わる重要事　古今伝授」（『歌のこころ　ひとの心』京都アカデミア叢書2、二〇〇六年）、鶴崎裕雄氏「古今伝授」（『古典籍研究ガイダンス』笠間書院、二〇一二年）、高梨素子氏『古今伝受の周辺』（おうふう、二〇一六年）など。

（2）海野圭介氏「海人の刈る藻に住む虫の寓意――『当流切紙二十四通』所収「一虫」「虫之口伝」をめぐって」（『伊勢物語享受の展開』伊勢物語成立と享受2、竹林舎、二〇一〇年）、高尾裕太氏「古今伝授「三鳥」詳考――中世古典注釈の思想世界」（『国語国文』第八五巻第三号、二〇一六年三月）、同氏「古今伝授東家流切紙「一句之文」考――中世の神道実践と古今伝授」（『国語国文』第八五巻第九号、二〇一六年九月）、拙稿「切紙とは何か」（前田雅之編『中世の学芸と古典注釈』竹林舎、二〇一一年）など。

（3）鈴木元氏「古今伝授とは何か」（『文学史の古今和歌集』第七章、和泉書院、二〇〇七年）。

（4）小高道子氏「古今伝受と歌学教育」（『文化科学研究』第二八号、中京大学、二〇一七年）。

（5）いわゆる和歌史を論じたものが、どのように古今伝受をあつかってきたのかについては土田将雄氏『細川幽斎の研究』（笠間書院、一九七七年）第二章に詳述される。

（6）小高道子氏「古今伝受の世界」（『古今和歌集研究集成』第三巻、風間書房、二〇〇四年）。

（7）鈴木元氏「古今伝授は和歌を進展させたか――本質と問題」（錦仁編『中世詩歌の本質と連関』竹林舎、二〇一二年）。

（8）大谷俊太氏「冷泉為満と徳川家康――古今伝受の意味」（『和歌史の近世』ぺりかん社、二〇〇七年）第四章一節の付論。

（9）白石良夫氏『古語の謎』（中公新書、二〇一〇年）第二章「「秘す可し」を乗り越えて」。

（10）田中康二氏『国学史再考――のぞきからくり本居宣長』（新典社選書、二〇一二年）第二章「国学紀元前――「古今伝授」的祖述」。

（11）拙著『松永貞徳と門流の学芸の研究』（汲古書院、二〇〇六年）。
（12）引用は、『国家八論』は『歌論集』（日本古典文学全集、小学館）に、『排蘆小船』は『近世随想集』（新日本古典文学全集、小学館）に、それぞれよる。
（13）宣長が古今伝受について、その歴史も含めて、どのようにしてそのような認識を持つに至ったかということは、古今伝受という営みの享受の問題としても興味深い問題である。その点については稿を改めて論じることにしたい。
（14）拙稿「添削の批語と注釈のことば——契沖の注釈の学芸史的意義」（隔月刊『文学』第一七巻第一号、岩波書店、二〇一六年）。なお、この拙稿においても、注釈が実作に関わる視点を有していたことを指摘したが、そこではそのような視点を持たない契沖の注釈について論を展開したため、注釈と実作のことについては十分に論じていない。本稿ではその拙稿を承けて、古今伝受に関わる注釈に絞って、実作との関係について考察するものである。
（15）引用は、『歌論歌学集成』第十五巻（三弥井書店、一九九九年）による。
（16）渡部泰明氏「古今伝授の想像力——『古今和歌集両度聞書』・『古聞』を読む」（隔月刊『文学』第九巻第三号、岩波書店、二〇〇八年）。この視点は、二〇〇九年刊行の同氏著による『和歌とは何か』（岩波新書）にも取り込まれている。
（17）鈴木元氏「古今伝授は和歌を進展させたか——本質と問題」（前掲、錦仁編『中世詩歌の本質と連関』）。
（18）長孝が、『両度聞書』や『古聞』などの宗祇流の注釈を受容し、利用したのは、まさにその注釈こそが、古今伝受に関わる注釈であると認識していたからであろう。その注釈に学ぶことは、古今伝受を知ることにもなると考えていたと思われる。それ故『両度聞書』をはじめとする多くの宗祇流の注釈書は、長孝をはじめ、地下歌人たちによって、書写され、伝えられることになるのであろう。このことについては、拙稿「地下歌人の古今集研究——『古今連著抄』をめぐって」（『国文学論叢』第六十二輯「日下幸男教授退職記念号」二〇一七年）において論じた。
（19）引用は、片桐洋一氏編『中世古今集注釈書解題』三（赤尾照文堂、一九八一年）による。ただし、場合によっては版本も参照した。直接言及しない場合は、歌は引用せず注釈のみ示し、末尾に部立てと歌番号を示した。
（20）以下、引用は、国会図書館本による。句読点、濁点は私意。なお『古今仰恋』についての詳細は、前掲拙著参照。
（21）『雪玉集』に「つくづくとむかへば閨のともし火もわがなみだよりぬるるがほなる」（七五三五）という例が、『挙白集』

にも「雪とふる尾上の桜わけ行けば花にも袖のぬるるがほなる」（四三一）という例が確認される。

（22）この「業平」として引かれた歌は、『古今集』では作者は「いがのあつゆき」とされている。『伊勢物語』八十五段にこの歌が使われており、長孝はそのことから「業平」作としてしまったのであろう。

I 継承と確立の時代――十七世紀

金田房子

和刻本漢籍の注と芭蕉

『杜律集解』『荘子鬳斎口義』

はじめに

芭蕉の作品に典拠とされた漢詩文については、江戸時代以来の研究史の中で既に詳細な指摘がなされてきた。まとまった研究書としては、仁枝忠『芭蕉に影響した漢詩文』（教育出版センター、一九七二年）、広田二郎『芭蕉と杜甫――影響の展開と体系』（有精堂出版、一九九〇年）など、両氏による一連の研究がある。これらの業績を認めた上で、近年典拠の指摘がむしろ詳細にすぎるとして、必ずしも典拠とする必要のないものも含まれていると考えることも共通の理解と言ってよい。それは、夙に仁枝氏前掲書に、

> 白居易・蘇東坡・黄山谷は暫く措くとして、これらの多くの詩文を分析してみると、『陶淵明集』『李太白集』『王右丞集』等、詩人の全集を別別に読んでいて、それから直接引用したものでなくして、殆どが『三体詩』『古文真宝』『唐詩選』『聯珠詩格』『錦繡段』などの詩集、及び『詩人玉屑』『円機活法』等の詩論書に収録せられているために、芭蕉はこれらの文学書を愛読し、これからの引用であろうと思われるのである。
>
> （引用にあたって、旧仮名遣い・旧字体は通行の字体に改めた。）

と記されている通りでもある。

傍線部にあげられている書物は、言わば「俗書」であって、漢詩文を正式に学ぶ人でなければ手にしなかったものではない。しかも、近世初期から明治の初期に至るまで、いわゆる海賊版も含めて非常に多くの版が重ねられ、庶民のすぐ近くにあったことは、国文学研究資料館に収蔵された林望氏旧蔵の『古文真宝』『三体詩』のコレクションの量と多様さによって(1)、実際に目のあたりにするところである。

一方で、芭蕉が『円機活法』や『杜律集解《とりつしつかい》』を見ていなかったのではないかとする田中善信氏の指摘がある。[2]たしかに典拠の範囲をあまりに広げすぎることは恣意にすぎる。しかし、可能性を安易に遮断してしまうことも、同様に問題があると思う。見ていなかったとすれば、あえて見なかった所以について考えてみる必要が生じるほどに、この両書ともに多く板行され、よく読まれていたと考えられる本だからである。

こうした否定が、それまでの通説を覆すものとして注目され、長く影響力を持つことがあることは、注意しておく必要がある。かつて『唐詩選』は、広田二郎・大谷篤蔵・黒川洋一らの諸氏によって、服部南郭《なんかく》以降のものであるとして芭蕉の時代の典拠とすることが否定され、なお継承されている感もあるが、近世初期より舶載されており、『唐詩訓解』の名で和刻本も刊行されている。[3]また、知識は必ずしも一次的に書物そのものを見た場合に得られるものではなく、抄出されて二次的に伝えられる場合もある。典拠の可能性は、一律に否定するのではなく、作品に即して慎重に考える必要があるだろう。

さて、本稿では、『杜律集解』と『荘子鬳斎口義《そうじけんさいくぎ》』を取り上げ、本文ではなく注の部分の記述に注目して、芭蕉作品との影響関係を考えてみたい。注の部分に注目することによって、書物からの、より直接的な影響を考察することができよう。

これらの影響についても、先行論文や注釈において既に多くの指摘がある。すべてを網羅するにはあまりに多く、繁雑にもすぎる。以下に管見の範囲で注目すべきものを紹介しつつ、いくらかの私見を付け加えたい。これによって、個々になされていた指摘を関連づけ、研究の重層的な視点から見えてくる和刻本漢籍の注と芭蕉の表現との関わりを捉えることが本稿の目的である。

一『杜律集解』

『杜律集解』は、明の邵傳《しょうでん》（字・夢弼《むひつ》）の編。杜甫の律詩から五言三百八十九首、七言百三十六首を収録し注を施したもので、寛永二十年（一六四三）、京の風月庄左衛門から最初の和刻が板行され、万治二年（一六五九）、京・水田甚左衛門、同年、京・丸屋庄三郎、翌三年には京・西田加兵衛から相次いで板行されている。

近世初期の杜詩の盛行については、黒川洋一「芭蕉文学における杜甫」（『人文・社会科学研究集録』二三、大阪大学教養部、一九七五年二月）に、「芭蕉の活躍期である寛文より天和・貞享を経て、元禄にかけて刊行せられた杜集を、川口久雄博士の調査（「芭蕉における中国と日本における杜甫」昭二十八、金沢大学法文学部論集）に一、二のものを加えつつ列挙してみれば次のごとくである」として、三十点をあげ[4]、「それらの杜集は「杜詩絶句」を除けば、そのことごとくが、「杜律集解」本、ないしは集解本にもとづいて他本を改編したものばかりである」としている。

このように、『杜律集解』は、江戸前期において、最も手に取りやすかった杜甫の詩集である。右にあげた万治三年版に続く元禄までの出版状況を、目録類から刊年がわかるものを拾い、全国漢籍データベースを参照して示すと次のごとくである。

寛文五年（一六六五）　京・中野道也
寛文十年（一六七〇）　京・丸屋庄三郎
寛文十二年（一六七二）　京・丸屋庄三郎

寛文十三年（一六七三）　油屋市郎右衛門
天和三年（一六八三）　出版者不明（傍訓本）
貞享二年（一六八五）　京・井上忠兵衛
貞享二年（一六八五）　出版者不明（但し、後印本か）
貞享三年（一六八六）　京・西村市郎右衛門、江戸・西村半兵衛
元禄九年（一六九六）　京・美濃屋彦兵衛
元禄九年（一六九六）　京・美濃屋勘右衛門（但し、右と同一の版木を用いた後印本）
元禄十年（一六九七）　京・風月庄左衛門、美濃屋彦兵衛、文台屋次郎兵衛

このような刊行状況からして、寛文・貞享の頃、集中して次々と版を重ねるほどに需要があったことが窺える。

貞享二年、「熱田三歌仙」所収の、

　三ツ股の舟深川の夜　　芭蕉
庵主やひとり杜律を味ひて　　叩端

といった付合もまた、こうした流行を承けたもので、庵住での読書にふさわしいものとして共有の理解となるほどに、身近な書であった。

『杜律集解』の注と芭蕉作品とのかかわりについては、梨一著『奥の細道菅菰抄』（安永七年（一七七八）刊）が、『おくのほそ道』瑞巌寺の章の「金壁荘厳を輝し」について、『杜律集解』「龍門」の注に「山ニ在リ二仏寺一金碧照耀ス」とあるのをふまえた表現で「金碧」の誤りか、とするのが早い頃の指摘である。しかしこれは、必ずしも典拠と考える必要はないようにも思われる。

また仁枝氏前掲書でも『杜律集解』に一節を設けて多くの指摘がある。こうした指摘の中には、菅菰抄と同様、典拠と考えにくいものもかなり含まれている。例えば、元禄五年曲水宛芭蕉書簡の「杜子が方寸に入る」が『杜律集解』陳学楽序の「入杜子門墻」によったものとすることは、典拠と認めてよいか疑問である。

『杜律集解』の注に積極的に注目して論じたものとしては、曹元春「芭蕉の「権七にしめす」における杜甫の受容とその展開」（『日本文学研究』九、広島大学、一九九五年三月）がある。その指摘は次のようなものである。

私はこの版本（寛文六年と同十二年に刊行されている和刻本の『杜律集解』―金田注）を参考にして芭蕉の俳諧と関連のある杜詩を検討している時に、二つの注目すべきことに気づいた。一つは芭蕉の引用したり、下敷にしたりした幾つかの杜詩は、直接に詩によったものではなくて、その詩についての注、すなわち『杜律集解』の集解をふまえたものだということである。

同氏のあげる例の中で、『鹿島詣』の「すこぶる人をして深省を発せしむと吟じけむ、しばらく清浄の心をうるににたり《（似）》」が、『杜律集解』「遊龍門奉先寺」の注「昔淵明遠公ガ議論ヲ聞テ、人ニ謂テ曰ク、人ヲ令テ頗ル深省ヲ発セシム。今杜公、晨鐘ヲ聞テ、深ク省悟有リ。其レ清浄ノ趣キヲ得ルカ」をふまえたものであるとする点については、一方で井上敏幸氏[5]が『古文真宝諺解大成』（天和三年序・跋）の注、

境致の清雅なる処に宿して、平旦睡夢始て覚るころは、心中自ら清虚なるべし。此の時晨鐘の従容として深山に響を聞は、最深く省悟を発すべきこと也。

を引いて解説しているように、必ずしも『杜律集解』に拠ったとは言いがたい。とはいえ、これらの二書はいずれも流布していたもので、注における解釈も共通している。参考にした可能性を片方だけに限定しなければならない理由はなく、ともに当時の人が参考とし、一般的に受け止めていた詩句のイメージとして理解すればよいの

であろう。作品と典拠とが一対一の対応をするというのではなく、〝思い〟の形成に関わる享受の総合的な視点が必要な場合も多いと思う。

＊

一方で、芭蕉句、

薬欄にいずれの花をくさ枕　（曾良書留）

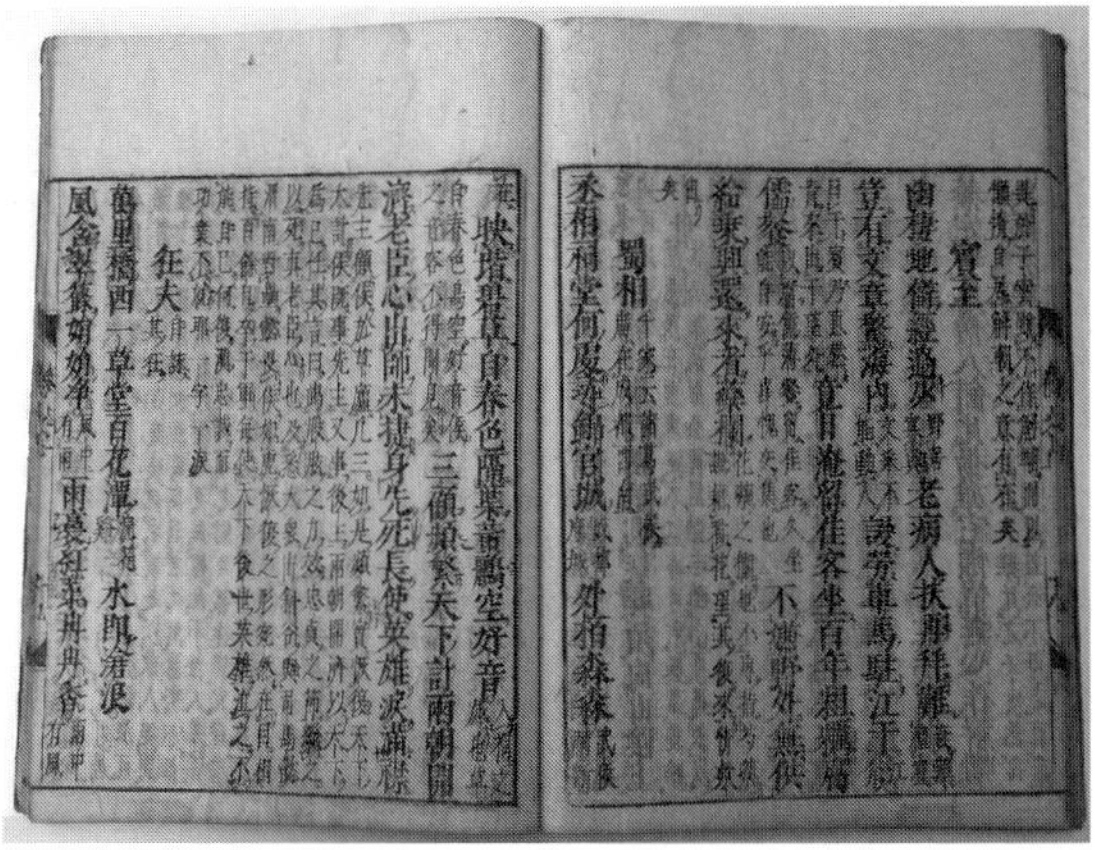

図1　寛文13年刊『杜律集解』（群馬県立文書館蔵）

が、『杜律集解』「賓至」の注をもとにつくられた、とする仁枝氏・曹元春氏の指摘は首肯される。これを典拠として考えることが、句を解釈する上で重要な要素となると考えられるからである。

「賓《ひん》至ル」は、もてなすものとてない幽栖の居を訪れた来客に対して詠まれた詩で、「還タ来テ薬欄ヲ看ヨ」[6]またおいでになって庭の「薬欄」をご覧ください、と結ばれる。集解はこの部分の注に次のように言う。

花薬ノ欄ナリ。専ラ芍薬ヲ指サズ。謙ジテ花ヲ看コトヲ籍テ其ノ復タ来ルヲ望ム情、款曲ナリ。

「薬欄」は、例えば角川ソフィア文庫『芭蕉全句集』では、「薬草園の囲い。転じて薬園全体をいう」と注されている。前書に「細川春庵亭ニテ」とあるように、高田の医師であった春庵への挨拶吟であるから、「薬欄」には確かに薬草の意味も掛けられてはいるのだ

図2　寛文13年刊『杜律集解』（群馬県立文書館蔵）

ろう。

しかし、杜詩の語釈の現代的な見地から見ての是非は今は暫く措くとして、集解の解釈によれば、「薬欄」とは「花薬ノ欄」のことである。「花薬」とは芍薬のこと。従って「花薬欄」は芍薬の植え込みのことであるが、『碧巌録』第三十九則にもある言葉で、これについて花園・花畑のことであると解釈するものもある。この注も、必ずしも芍薬をいうのではないとしているから、花畑としてもよいだろう。その方が、もてなす食物とてない幽居でしばし来訪者の目を愉しませるものとしては相応しい。

そして、花畑だからこそ中七は「いずれの花を」なのである。もし、薬欄が薬草園を指すのであれば、薬草を枕にするというのが自然で、わざわざ「花」をとりたてて草枕にしようとするのか、その趣向の所以が不明となってしまう。

「款曲《かんきよく》」とは、「誠意をもって交際すること、好意・よしみ」をいう言葉。発句はこの注をふまえたとして解釈するのが最もわかりやすい。句解は次のようになろう。

詩人が幽居し心をすました花園で（医者であるあなたの花園ですから薬もあるでしょうが）私はどの花を枕にして旅の宿としましょ

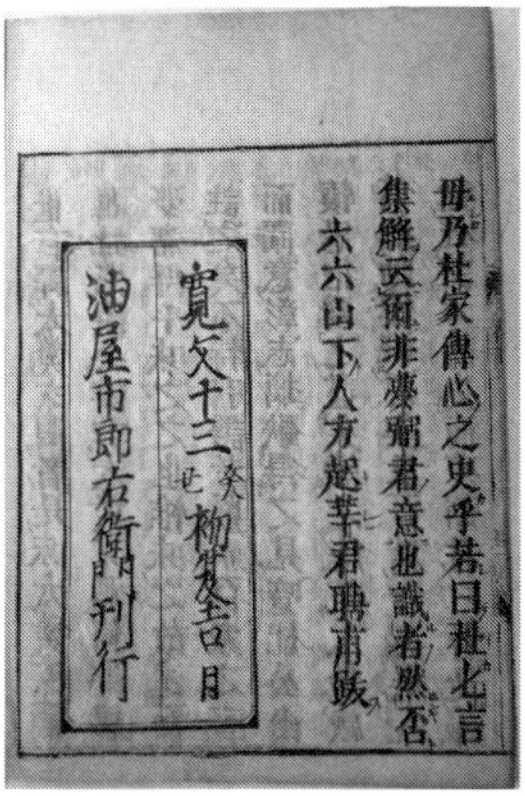

図3　同

うか。迷うほどに花が多く美しいのです。この花園をいつかまた訪れて、これからもあなたとはずっと好誼を交わしてゆきたいのです。

＊

『杜律集解』の注との関連が考えられる芭蕉句として、さらに次の句をあげたい。

物皆自得
花にあそぶ虻なくらひそ友雀　（続の原）

前書の「物皆自得」については、『千家詩』の程明道「秋日偶成」の「万物静観スレバ皆自得ス」を指摘するものが多い。また、古注『芭蕉句選年考』(7)も指摘するが、加藤楸邨著『芭蕉全句』（ちくま学芸文庫）は、「『荘子』斉物論郭象註に「物皆自ラ得ルレ之ヲ耳」の語が」あると郭象の注との関わりに言及している。

「郭象註」は、版本としては例えば『荘子南華真経』があり、万治四年（一六六一）京・中野小左衛門刊本、元文四年（一七三九）の後刷り本などがある。加藤楸邨の指摘箇所以外にも逍遙遊篇には「無為而自得」（「化而成鳥其名為鵬」の注）という言葉があるなど、自得という言葉はさらに非常に多く用いられており、郭象が『荘子』理解のキーワードとしたと受けとめられている重要な言葉である。

「物皆自得」という言葉は、明らかに荘子の思想をふまえたものであるが、郭象注を参照したとする点については別の見方もある。次節にとりあげる野々村勝英氏の論では林注と考えた方がよいとする。また、広田二郎『芭蕉の芸術』(8)は、林注から学んだとしながらも郭注もあわせて参照した可能性も否定しない。

さらに、広田氏の指摘で注目されるのは、『荘子』だけではなく他の作品を考慮すべきだとして次のように述べている点である。

芭蕉の自得の思想や境地の形成には、直接『荘子』の思想がかかわっていると同時に、多くの漢詩や、その評注などが、間接的に『荘子』の自得の思想、あるいは『荘子』から発した自得の境地によって影響を与えている。

そして、漢詩のうちに「自得」の境地を見いだした評注の例を『古文真宝前集』『千家詩』『聯珠詩格』からあげ、さらに「杜甫にはとりわけ「自得」または「物皆自得」を詠じた詩が多い」として四例をあげる。うち二例が『杜律集解』からで、その「江亭」の詩句「物自私ス」の集注には、

物各《ヲノ》自ヅカラ其ノ生ヲ遂グ。若シ自《ミヅ》カラ己レニ私スル者ノゴトシ。

とあり、同詩邵傳注にも、

蓋シ春寂寂トシテ将ニ暮ントス。万物皆欣欣然トシテ自得ス。

という。川のほとりの草堂で、田園を眺めつつ、川の流れ雲のありかに心をゆだねる。すべてがうれしげに自然のまま。ゆく春の物憂さ、故郷へのノスタルジーとともに春の自然を眺める詩の境地は、春を楽しむ虻や雀の動きに目をやりつつ、のんびりと語りかける発句の視点と照応する。

もちろん、この詩句の注だけが発句と関連があると言おうとするのではない。杜甫の詩に描かれた境地は『荘子』の「自得」の思想を豊かに具体的に描き出し、芭蕉が『荘子』から学んだ思想を心に深く浸透させるものとして作用したと思うのである。それは広田氏が、「この二つの道筋の複雑な交錯の上に芭蕉の自得の思想と感情が総合的に形成されていった」としている通りである。

＊

俳文「乞食の翁」の「老杜にまされる物は独《ひとり》多病のみ」という一節もまた、『杜律集解』「九日」の詩句「百年多病ニシテ独リ台ニ登ル」などが既に典拠として指摘されるが、同じく「望野」の注「今老テ能無ク惟《タダ》多病ニ供ス」も、関連するものとしてあげることができよう。

芭蕉の用いる「多病」と杜甫との関わりについては、石川八朗「芭蕉の杜甫受容小論――「杜子がしゃれ」を手がかりに」（『語文研究』三六、九州大学、一九七四年二月）が、「江村」の詩句「多病須《（もとめ）》ル所ハ惟ダ薬物」との関連を指摘し、

『杜律集解』には、「（中略―金田）尾聯は自ら薬の外求むるなきを言ふ。公の胸次灑落にして、此の江村の幽意を構ふなり」と説き、多病の中で、胸次灑落にして機を忘れる日月を送る杜甫像を示している。「多病」の語は、芭蕉にとって、隠者的な杜甫像につながるという自覚においてはじめて用いられ得た語であったと思われる。

としている。同氏はまたこれに続く部分で、

「杜子がしゃれ」は、深川隠棲後も、芭蕉にとって一つの理想であった。その隠者的相貌は、彼の杜甫理解が、さきに見たごとく『荘子』の「斉物論」などの林希逸註を介していることが、少なくとも一つの契機となっているのではなかろうか。

と述べ、これを稿のまとめとしている。

ここにも芭蕉の杜甫受容の契機に『荘子』的なものが介在していると指摘されているように、典拠は、それが一人の人物の思想に深く影響するものであった場合、別個の書物からのものとしてではなく、互いに補完する一

つのものとして考えるべきであろう。先に挙げた「自得」の語もそうであった。このように『荘子』と杜甫の詩とは芭蕉の中で一つの本質において受け止められ、深められていったと考えられるのである。

このような両者の関連を『荘子』の側から言及したものもある。『荘子鬳斎口義』の注に関わる指摘として、次節で紹介することにしたい。

二 『荘子鬳斎口義』

『荘子鬳斎口義』は、宋の林希逸の著。『荘子』は晋の郭象の注で読まれてきたが、日本では十四世紀末に得岩ら五山の禅僧がこれを用いたことから受け入れられ、特に林羅山が林注で『老子』『荘子』『列子』を読むことを奨励したために、広く用いられるようになった。江戸前期の版本を目録類・全国漢籍データベースから探せば、京都大学附属図書館蔵の室町時代の刊本（覆朝鮮刊本）・慶長古活字版（元和印とするものもあり）の他に、

寛永六年（一六二九）　京・風月宗知
万治二年（一六五九）　吉野屋権兵衛
寛文三年（一六六三）　京・山屋治右衛門
寛文五年（一六六五）　京・風月庄左衛門

をあげることができ、(9) 日本人が注を付したものとして、寛文元年（一六六一）刊『荘子鬳斎口義桟航』（人見壹）・元禄十六年（一七〇三）刊『荘子鬳斎口義大成俚諺鈔』（毛利貞斎）を加えることができる。

芭蕉達もまた林注で『荘子』を読んでいたことは、其角編芭蕉判『田舎句合』（延宝八年〔一六八〇〕序刊）の

嵐雪による序に、(10)

　荘周が腹中を呑で希逸が弁も口にふたす。

とあることによって窺い知ることができる。

　芭蕉の思想と『荘子鬳斎口義』の注との関連は、野々村勝英「芭蕉と荘子と宋学」（『連歌俳諧研究』一五、一九五七年十二月）において、郭注ではなく林注を参照すべきとした指摘から注目されるようになったと言ってよいだろう。「芭蕉の時代には、荘子といえば林註荘子がその代表であった」とした上で、俳文「歌仙の讃」と「水苦く偃鼠が」句について、典拠とされる『荘子』の両注を比較し、芭蕉が林注によって『荘子』を理解していたことを結論づけ、説得力がある。前節でふれた「自得」についても、「郭註ではなく、宋学および宋学の思想をとり入れた林註によるものと考えた方が、より妥当ではあるまいか」としていることは、既にふれた通りである。

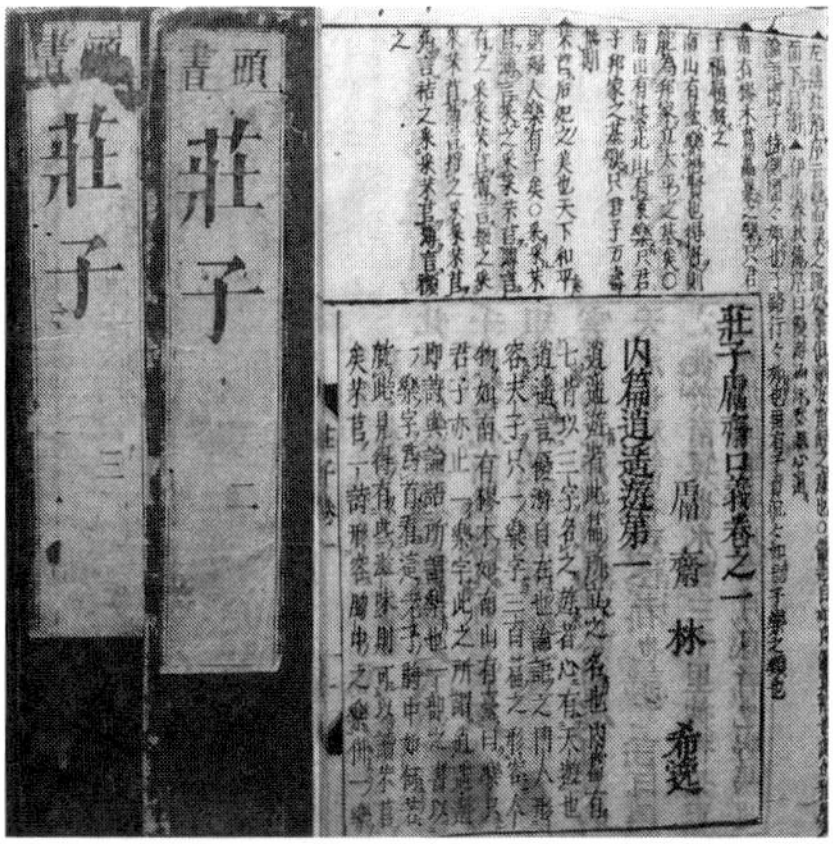

図4　寛文５年刊『荘子鬳斎口義』（架蔵本）

　前引、広田二郎『芭蕉の芸術』では、例えば『田舎句合』の芭蕉による評注について「『荘子』原典よりも、むしろ林注の諸説に基いているものと見られる」とするなど、芭蕉と蕉門における林注の影響について、作品ごとに詳細に論じている。個々の例についての引用は割愛するが、同書の指摘については本節の末尾でもう一度ふれたい。

＊

　芭蕉の『荘子』受容における杜甫との関連に言及したものとして

不易流行の「流行」の言い換えとしての俳論における「変化」という語に注目した日野龍夫「詩論と俳論」（『芭蕉必携』一九八〇年）がある。

　林注荘子の、『荘子』本文に対する注釈部分にも「変化」の語は散見して、それらは序や「発題」におけると同じく『荘子』の表現の形容に用いられているものが多い。しかしまた注釈部分の「変化」には、それとは別に、天地宇宙の生成変化の形容に用いられているものもあって、芭蕉に示唆を与えうるのはこちらの方である。（中略―金田）

　しかし『荘子』でいう「変化」は、それ自体としては表現論上の理念ではない。「万物は変化する」という認識にもとづいて『荘子』が説くのは、右の「徳充符」の一節の林注に、

「物と春を為す」といふは、寓する所に随つて、皆、楽しみを為すなり。……「接はる」は猶ほ「感ず」のごとし、……事の感ずる所に随つて、之に応じて偏せず、滞らず。

という通り、万物の変化に即応できるよう心を絶対に柔軟な状態に置き、「一切万物と接《まじ》わりながら、生成流転する時間の世界そのものを自己の心の中に創造してゆく」（福永光司『荘子内篇』昭和41年、朝日新聞社、二一五頁）心法である。

このように希逸の注は、芭蕉に影響した『荘子』の世界観を読み取る手がかりとすることができる。日野氏は、末尾において、「『荘子』から得た「変化」を表現論の理念に転換する契機となったものは、芭蕉の俳諧師としての修練それ自体とともに、まさに表現論の理念である杜詩の「変化」であったのではないだろうか」と述べて結んでいる。やや控えめな提言ながら、このように『荘子鬳斎口義』の注に即した視点からも、先の石川氏と同じく、杜甫と『荘子』とが相互に作用しつつ芭蕉に影響したことが捉えられているのである。

＊

筆者はかつて、『荘子』の思想の影響した芭蕉句として、

いきながら一つに氷る海鼠《なまこ》哉　（続別座敷）

をとりあげ、『荘子鬳斎口義』の注を参照しつつ論じたことがある。(11) 再説になるが、要点を次に述べ、注の同じ箇所が『笈の小文』冒頭部の解釈とも関わることを考えたい。

「海鼠」には、古くから既に荘子的な無為の姿が捉えられており、『荘子』の寓話にある「混沌」との関わりを指摘するものもある。(12) これだけでなく、「一つに」という表現もまた、『荘子』の影響のもとに用いられた言葉と考えられる。『荘子』や禅において重要な、「相対」を離れた根源的な「一」という概念が、深いところで芭蕉自身の思想となり、句の表現となっていると考えられるのである。そこに『荘子鬳斎口義』の影響があったことを窺わせるのが、「一」と「造化」を共通したものと捉える注の記述である。

『荘子』大宗師篇第六に、次のような一節がある。(13)

故ニ其ノ之ヲ好《よみ》スルモ一ナリ。其ノ之ヲ好セザルモ一ナリ。其ノ一モ一ナリ。不一モ一ナリ。其ノ一ハ、天ト徒ト為シ、其ノ不一ハ人ト徒ト為ス。

右の傍線部については、福永光司『荘子内篇』（前出）の解説がわかりやすい。

その一つである立場、すなわち万物斉同の境地に立つことを「天と徒《と》と為る」——絶対世界の住人になるといい、その一

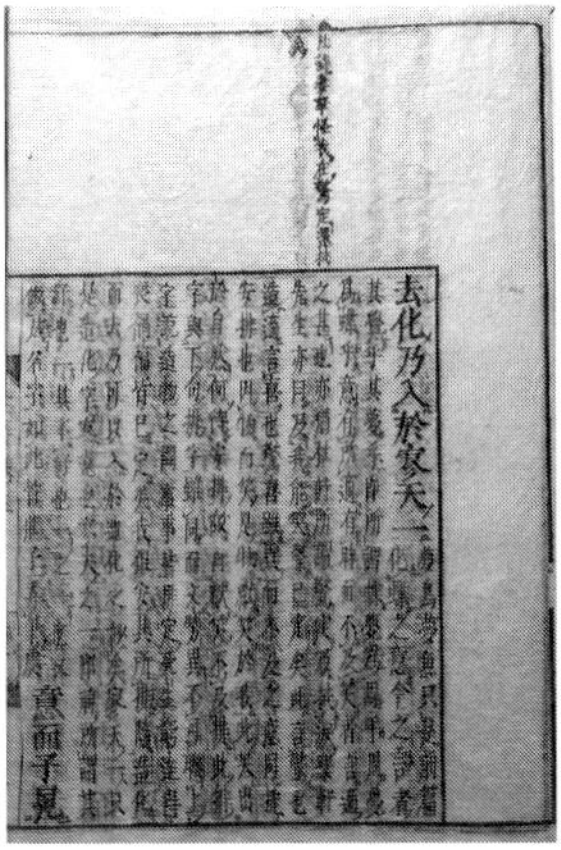

図5　寛文5年刊『荘子鬳斎口義』（架蔵本）

つでない立場、すなわち現象差別の世界に生きることを「人と徒《と》と為る」――世俗の住人となるというのである。

福永氏は「一つである立場」を「万物斉同の境地」という言葉で言い換える。『荘子鬳斎口義』が捉えるところもこれと全く同じで、注には「則チ、好モ無ク悪モ無ク、異モ無ク同モ無シ」と、「現象差別」の無い境地を述べる。また「一」については「一ハ自然ナリ。造化ナリ」としている点に注目される。

この「一」を「造化」と言い換えることについては、同篇の「安排シテ去ル。化シテ乃チ寥天ノ一ニ入ル」の注でも次のように解説されているので、あわせて読むと理解しやすい。

　造物ノ間、事事皆排定ス。死生・窮達・得喪・禍福、皆已ニ定マリヌ。我但、其ノ排スル所ニ安ンジテ、造化ニ随ヒテ去ル。乃チ以テ造化ノ妙ニ入ルベシ。寥天ノ一トハ、只是レ造化ノ字ナリ。寥ハ遠ナリ。寥天ノ一ハ、即チ前ニ所謂「其ノ好スルモ一ナリ。好セザルモ一ナリ」ノ一ナリ。

「造化」とは「寥天ノ一」であり、「寥天ノ一」とは好悪を離れた絶対的「一」の世界であると言う。それは、すべて存在するそのものでもあり、存在するものの根源でもある。

この部分を福永氏は次のように訳している。

　一切存在の推移に安んじて身をゆだね、変化そのものをさえ忘れ去るとき、人間は初めて永劫《えいごう》に寥《しず》かな絶対的「一」の境地――万物斉同の実在の世界に参入することができるのだ。

すなわち発句における「一つ」とは、たとえそれが「氷る」という状態であったとしても、好悪の感情を超えて現実のあるがままに身をゆだね、「安んじて」従ってゆくときに行きつく究極の境地を言うのである。

注目されるのは、右の二重傍線部「造化ニ随ヒテ去ル。乃チ以テ造化ノ妙ニ入ルベシ」が、『笈の小文』冒頭部の「造化にしたがひ、造化にかへれとなり」と意味的に重なりあう点である。

「百骸九竅の中に物あり」ではじまる有名な『笈の小文』の冒頭部から一節を次に引く。

西行の和歌における、宗祇の連歌における、雪舟の絵における、利休が茶における、其貫道する物は一なり。しかも風雅におけるもの、造化にしたがひて四時を友とす。見る処花にあらずといふ事なし。おもふ所月にあらずといふ事なし。像《かたち》花にあらざる時は鳥獣に類す。夷狄を出、鳥獣を離れて、造化にしたがひ、造化にかへれとなり。

この冒頭部にも、「一」という言葉が使われているが、この「一なり」は、「同一だ」といった一般的な言葉として解釈されている。この解釈において問題となるのは、続く「しかも」という、前述の事柄を受けつつ展開するはたらきをもつ接続詞の意味である。この文脈の関連が曖昧なままにおかれて「しかも風雅におけるもの」は「ところで、俳諧というものは(14)」のように、全く別の働きをもつ言葉におきかえられて訳されてもいる。苦肉の策で「ところで」という話題をかえる言葉として訳さねばならないほどに、「造化にしたがひて四時を友とす」との文脈のつながりが悪いと言えよう。

この「一」に『荘子鬳斎口義』の「一ハ自然ナリ。造化ナリ」という言葉を重ねてみてはどうだろうか。そうすると、文のつながりがわかりやすくなり、「しかも」の意味が生きてくる。これをふまえて、右の部分を訳してみると次のようになろう。

西行の和歌に表現されているもの、(中略)利休が茶を通して追求したもの、すべてを貫くものは「一」であり、「一」はすべての存在の根源である「造化」そのものである。しかも、西行・利休らそして俳諧に携わる我々といった風雅を愛する者たちは、その造化に身を委ね、四時の変化そのものを友とするのだ。

このように「しかも」は、「一」が『荘子』の世界観による言葉であることを理解したときに、初めて生き生きとはたらく言葉なのである。

ところで、この『笈の小文』冒頭の一節と『荘子』との関わりについては、既に広田二郎『芭蕉の芸術』において指摘がある。氏は、「斉物論」の「道通為レ一」に拠っているとし、林注を引いて次のように述べる。

> すなわち林注においては、「道通為レ一」を、言うところは「皆之を造化に帰するぞ。」と解し、ここに「道通為レ一」の思想のよって立つ根拠は造化随順にあることを説いているのである。

続けて「道通為レ一」の思想を次のように解説している。

> 「道通為レ一」たること、しかしそれが造化のなす所たることを知っている達道の人は、相対的知見において是非を争うことにわずらわされることなく、絶対的な自由の世界に自得し、そうした境位にあることすら無意識な次元に至って、そうあることの自然に順っている。かくの如くあることを道というのだ、というこの注からは、達道の人たる「風雅における」先人が「造化にしたがひて四時を友とす」という在り方をしたことについて極めて自然に叙述が展開してゆく。

このように「斉物論」の林注にも「一」と「造化」との関連が語られており、『荘子鬳斎口義』の注に繰り返し語られる〝「一」即ち「造化」〟の考えは、『荘子』を愛した芭蕉達にとってよくなじんだ親しいものであったと考えられるのである。

おわりに

芭蕉が具体的にどのような書物を読み学んだか、特定することは難しい。現代の我が身をふりかえってみても、ふと耳にした言葉が記憶に強く残ることもあれば、熟読した本の一節でさえ試験の際に誤って書いてしまうこともある。記述に誤りがあるから直ちに、読まなかったと断定することもできない。先行の文学作品に接しそこから影響を受ける出会いの可能性は、非常に多様な要素をもつ。そして心の奥に深く感銘を受けた事柄は、それぞれに絡み合って一つの思想となり、生き方となり、発する言葉となってゆく。『杜律集解』や『莊子鬳斎口義』、また『古文真宝』や『三体詩』は、芭蕉にそのような感銘を与えた書物であった。ただ一つのテキストが典拠として用いられるというのではなく、（パロディとしての利用にはそれが有効であろうが）、いくつものテキストが重層的に関わって作者の心で熟成され、その深まりから新たな表現が生まれる。味わうべきはその深まりであることを、先学の論考を辿りつつ改めて実感した。

（1）このコレクションをもとに、特定研究「日本の近世における中国漢詩文の受容——三体詩・古文真宝の出版を中心に」（平成二十六年度〜二十八年度　研究代表者：高橋智慶應義塾大学附属研究所斯道文庫教授）において版種の詳細な検討がなされた。

（2）田中善信『芭蕉新論』（新典社、二〇〇九年）において、
芭蕉の注釈に『円機活法』がしばしば引かれるが、芭蕉は『円機活法』を見ていなかったのではないか、と私は思っている。
また、
そして芭蕉が『杜律集解』を熟読していたことも通説といってよかろう。しかしこの通説を一度きちんと検証して見る必要があるのではなかろうか。芭蕉が杜甫の詩を読んでいたことは否定できないが、それをすべて『杜律集解』で

読んだかどうか疑わしい。芭蕉が引用している杜甫の詩はほとんどが『古文真宝』に収録されている。と指摘する。

（3）これについて、仁枝忠「芭蕉は「唐詩選」を読まなかったか」（『解釈』一五―三、一九六九年三月）において反論がなされている。

（4）【寛文刊】杜律集解十二冊・杜律分類五冊・杜律鈔十八冊・杜律趙註四冊。杜律集註二十四冊【天和刊】杜律集解素本・杜律虞註五冊・杜律大全十二冊・杜律小本三冊・杜律二冊・首書杜律集解十二冊・杜律鈔二十冊・杜詩絶句四冊・杜律集註二十四冊【貞享刊】杜律集解二冊【元禄刊】杜律集解六冊・鼇頭増広杜律集解十二冊・辟疆園杜律五冊・杜律集解詳説十冊・杜律要約二冊・杜律鈔詳説二十冊・杜律増益首書十二冊・杜律新版六冊・杜律音註六冊・杜律片カナ付六冊・杜律白文二冊・杜律虞註二冊・杜律趙註五冊・杜律註解十冊

（5）井上敏幸「続　月の芭蕉――『かしまの記』の意図」（『雅俗』第二号、一九九五年一月）。

（6）以下、寛文十三年の刊本の訓点に従って書き下して示す。

（7）石河積翠著、寛政年間成。岩田九郎編『諸注評釈芭蕉俳句大成』（明治書院、一九六七年）に拠る。

（8）広田二郎『芭蕉の芸術――その展開と背景』（有精堂出版、一九六八年）。

（9）仁枝氏は前掲書で、これ以外に、寛文十年（一六七〇）、寛文十二年（一六七二）、延宝三年（一六七五）の刊本があるとするが、データベースの他、長沢規矩也著『和刻本漢籍分類目録』（汲古書院、一七七六年）にも見えず未確認。

（10）前引石川氏論文では、『田舎句合』嵐雪序の「東坡が風情、杜子がしゃれ、山谷が気色」と『荘子鬳斎口義』の林希逸の注との対応を指摘する。

（11）拙稿「「いきながら一つに氷る海鼠哉」考」（大阪俳文学研究会『会報』三八、二〇〇四年十月、『芭蕉俳諧と前書の機能の研究』おうふう、二〇〇七年所収）。

（12）山本唯一『芭蕉俳句ノート』（洛風社、一九六六年）。

（13）『荘子鬳斎口義』の引用は、寛文五年刊本に従って書き下した。

（14）小学館日本古典文学全集『松尾芭蕉集②』。

I　継承と確立の時代――十七世紀

水谷隆之

『好色一代男』巻四の二「形見の水櫛」考

『伊勢物語』古注釈との関係

西鶴作『好色一代男』（天和二年〔一六八二〕刊）が『伊勢物語』の多大な影響下に創作されていることはつとに指摘されている。本稿では、そのなかでも特に著名な巻四の二「形見の水櫛」における『伊勢物語』利用について再確認し、本話における西鶴の創意について考えてみたい。以下、本話の内容である。

信州追分の新関で捕らえられた世之介は、亭主を嫌い家出をして投獄された隣りの牢の女を口説く。二人は御法事の牢払で赦され、世之介は女を連れて逃げるが、追ってきた女の一族の男たちに打ちのめされて気を失う。その後世之介が女の行方を探していると、土地の者が死体を掘り起こしている。上方の遊郭に送るために女の髪や爪をはがしており、その死体は探していた女であった。これを見た世之介は涙にくれ身を悶えて後悔する。

従来指摘されているように、本話は『伊勢物語』第六段「芥川」が下敷きにされている。苦心して連れ出した女を失った『伊勢物語』の男の嘆きを世之介に移したパロディであるが、本話にはひとつ、『伊勢物語』にはない要素が末尾に加えられている。死んだはずの女が眼を見開いて世之介に微笑みかけ、そしてまた死人に戻るのである。これを見た世之介は、「二十九までの一期、何おもひ残さじ」と言って自害を決意する。『伊勢物語』にはない、いかにも奇妙なこの女のふるまいは何を意味し、何のために挿入されたのか。そしてそれを見た世之介の嘆きとはいかなるものであったのか。

以上の問題意識を背景に、本稿では『伊勢物語』当該段が西鶴当時どのように読まれていたのかを確認し、かかる境遇下の男女の恋の描かれ方とその解釈を追うことにより、「形見の水櫛」を改めて読み解いてみたい。

一　『伊勢物語』第五段「関守」の解釈

『好色一代男』「形見の水櫛」は男女の出会いと別れの悲哀が凝縮されているがゆえに佳作として名高いが、実は本話には女の心情を示す説明や表現は全くない。それが唯一見られるのは、本話末尾に死んだ女が示した「笑ひ顔」のみなのである。この、死人が一瞬蘇ることについては、『無名抄』等が記す、小野小町の髑髏が歌を詠み、業平がそれを憐れんだという業平説話の影響が指摘されている。[1]それを踏まえたうえで本稿では、業平と二条后の恋の物語として当時読まれていた『伊勢物語』当該段につき、二人の恋の顛末が当時どのように解釈されていたのか、そして西鶴がそれを『好色一代男』にどうとりいれたのかを確認し、「笑ひ顔」の意味を考えてみたい。

「形見の水櫛」の世之介と女の出会いは、その前章にあたる巻四の一「因果の関守」の末尾に記されている。世之介は、隣りに入牢しているのが夫を嫌って家出してきた女だと知り、「おもしろき事かな」と興味を抱いて女を口説くが、互いに囚われの身であるため逢瀬はかなわず、「迚もならぬ事を歎」いたのであった。

『伊勢物語』第五段「関守」も、二条后に逢えずに嘆く業平の物語である。男の忍び通いに気づいた邸の主人が毎夜番人を置いて守らせたので、女に逢えなくなった男が切実な気持ちを歌に詠み、その結果主人に許され逢瀬がかなうという展開が『一代男』と共通する。[2]以下は『伊勢物語』第五段の本文末尾である。

　　人しれぬわが通ひ路の関守はよひよひごとにうちも寝ななむ

とよめりければ、いといたう心やみけり。あるじ許してけり。二条の后に忍びて参りけるを、世の聞えありければ、兄たちの守らせたまひけるとぞ。

傍線部「心やみけり」について現在は、「(現代語訳)この歌を知って、女はたいそう恨めしく思った。それで、主人はあわれに思い、男の通うのを許すようになった」「(頭注)心やむのは女であり、男の歌を聞き、逢えぬ悲しみを深くした」(以上『新編日本古典文学全集』小学館、一九九四年)、「女は男の激しい哀訴に心痛する」(『新日本古典文学大系』岩波書店、一九九七年)などとあるように、男の歌によって「心やんだ」人物は男の恋の相手の女自身であるとされる。しかしながら、西鶴当時までの古注釈、いわゆる旧注ではこれとは異なる解釈をしている。以下、大谷俊太氏による詳細な研究(3)によりつつ、西鶴までの古注釈の内容について確認しておきたい。

『伊勢物語愚見抄《ぐけんしょう》』は、

いといたう　ゆるしてけり　おとこ此哥をよみて心にうれへければ、あるじ哀れがりて、関守に心をかはして、きびしくもまもらせぬなり。

と、「心やんだ」のは恋の相手である二条后その人ではなく、男(業平)自身であるとし、男が歌を詠んでひどく嘆いているので、それを「あるじ」(染殿后)が憐れみ、「関守」の守りをゆるがせにしたとする。さらに宗祇・三条西家流の『肖聞抄《しょうもんしょう》』は、

心やみけり　染殿后の心にすこし業平をいたはり憐愍し給やうなる心也。

と記し、「心やんだ」のは二条后でも業平でもなく、「あるじ」(染殿后)とする。のちの『惟清抄《いせいしょう》』『闕疑抄《けつぎしょう》』もこれに同じく「染殿の后の哀とおもひて業平を憐愍の心有也」と記し、『肖聞抄』の説を踏襲している。

こうした宗祇・三条西家流の解釈について大谷氏は、「染殿后が「心やましく」思ったのであれば、他に対して不平・不満を抱くことにはならず、かえって染殿后自身が内省的で誠実な人物であり得ることになる。そして、

業平も二条后も慎み深く誠実で倫理的な人間のままでいられ、物語全体が、より優美で倫理的な世界を保つことになる。これが『肖聞抄』すなわち伊勢物語旧注の解釈の論理である」と説き、旧注における「幽玄」なる業平像の追求のさまを指摘している(4)。

このように、西鶴当時までの『伊勢物語』旧注では、恋の相手である二条后が業平の歌を知って心痛したとはされず、そもそも二条后が業平の歌を知ったのかどうかすら定かではない。あるいは二条后は業平の想いを知ったとしても慎み深く、みずからの思いを露わにしない。旧注では、その穿鑿すら憚られたのであろうか、二条后の心情が一切説明されないのである。また、そのいずれの場合にも、男の一途で切実な情に焦点が定められている点に特徴があった。世の道徳・倫理を守ろうとしながらも、抑えきれない情が思わず溢れて歌を詠み、その切なる思いが「あるじ」(染殿后)の心をも動かしたのである。

二　『伊勢物語』第六段「芥川」の解釈

『伊勢物語』第五段の旧注では、二条后の心情には言及せず、業平の溢れんばかりの一途な恋情に焦点を定めることにより、優美で倫理的な世界を読み取ろうとしていた。したがってこれに続く『伊勢物語』第六段「芥川」の解釈も現在とはいささか異なる内容となっている。以下はその冒頭、男が女を盗み出す場面である。

むかし、おとこありけり。女のえ得まじかりけるを、年を経てよばひわたりけるを、からうじて盗みいでて、いと暗きに来けり。

現行の解釈として、たとえば『新日本古典文学大系』(岩波書店)では、本文の「からうじて盗みいでて」に

「やっとのことでひそかに連れ出して。親権者には無断である」と注記したうえで、「「からうじて盗み出でて」とあるが、いうまでもなく女とは合意のうえでのことである。身分差にはばまれて結ばれることの叶わなかった二人が、ついに現実のくびきを振り切って年来の思いを遂げることになったのだが、それがそのまま女の死を結果することになった。死別をもってあがなった純愛でもあったということだろう」と解説している。

しかし旧注では、この冒頭文の解釈も現在のものとは異なっている。女を「からうして」盗んだという男の心情に注目し、それを軸に本話を読みとろうとしたのが『肖聞抄』をはじめとする宗祇・三条西家流の注釈書であった。宗祇の講釈を記した『肖聞抄』は、

ぬすみいでゝ　思ひのあまりに、女をさそひいでゝ行なるべし。

カラウシテ　切ナル心也（宗長注）

はや夜もあけなむと　此時は、夜をはや明よとおもふべき事ならず。されども、思ひのみだれに忙然としたるなるべし。

しら玉か何ぞと（中略）其時の思の乱に返しせざりし事尤切なる心也。そのおり消たらばといふに、今の思の猶ふかき心こもれる也。（『肖聞抄』文明九年本・宗長注書入）

等々とあるように、業平が女を盗み出したのは、女への情が溢れかえり思わず我を失ったためだと説明し、「思ひのあまりに」「思の乱」「忙然」などの語を繰り返し用いてそれを強調する。宗祇自身の初心者向けの歌注『伊勢物語山口記』も同じく、女を失った男が悔やんで詠んだ歌「白玉か何ぞと人の問ひし時つゆとこたへて消えなましものを」について、

此歌、業平、二条后をぬすみ奉りて大内を出し夜、いとくらきに、草の露を、かれは何ぞとおとこにとひた

まひしに、其折は、業平心もまどひ身をも我とも思ひわかざりしを、御せうとたち内へまいり給とて、なく人あるをきゝ付て、とり返し給ひしのちの歌也。何ぞととひ給ひし時、露とも消なましかば、かゝる思あらじの義也。

と記し、逃避行の際に女の問いかけに答えなかったのは、業平が心惑わせ我を失っていたがゆえであったと、男の錯乱した心境を説く。なお、『惟清抄』『闕疑抄』は、

カラウシテ、盗ミイテ、　面白クシテ、女ヲ盗出テユク。（『惟清抄』）

此段、殊に作物語也。えうまじかりけるは、得がたき女也。二条后の事なり。からうしてぬすみ出て　面白して女をぬすみ出て行なり。（『闕疑抄』寛永十九年（一六四二）刊本）

と、「からうして盗み出て」を「面白クシテ、女ヲ盗出テユク」と説明している。「からうして」は他の諸注釈書も記すとおり、「辛苦して」「辛労して」などと解するのが通例であり、事実『闕疑抄』自体も、第四十段では「からうして」の語に「辛労して也」と注記しているから、第六段の場合には、この語の直接的な語釈が意図的に避けられたとみるべきであろう。なぜなら、これら宗祇・三条西家流の旧注において、業平や二条后は、あくまで「慎み深く誠実で倫理的な人間」でなければならず、したがって二条后を盗むという禁断の行為そのものに業平が「辛労した」と解することはできないからである。すなわち旧注では、「からうして＝辛労して」をそのまま直接「盗む」に接続させるわけにはいかなかったのだと思われる。そこで『肖聞抄』は、業平が二条后への恋情に「辛労」し、その「切ナル心」（宗長注）が溢れた結果、「思ひのあまりに」誘い出してしまったと解することで、業平の一連のゆゆしき行動を「思の乱」に集約して誇りをかわした。しかもそれは、あるべき業平像にふさわしく、その深く一途な情を強調することにもなる。『惟清抄』や『闕疑抄』もこれに倣い、「面白クシテ」

すなわち二条后に心惹かれるあまり、思わず盗みだしたと、その理由までを示したものと推されるのである。

一方、こうした旧注に対し、西鶴の後に編まれた新注では、男の辛く切実な情を示していたはずの「からうして」を、直接「盗む」に、もしくは女の反応に接続させて解釈するようになる。すでに季吟『拾穂抄』は、「からうして」について、

からうじてぬすみ出て　真名伊勢物語「辛為而」とかけり。とかくしてなどの心也　玄　面白して女をぬすみ出て行也

と、『闕疑抄』の「面白して」とともに、「とかくして（盗んだ）」との解釈を示していたが、契沖『勢語臆断』は、

からうしては辛労してなり。或註におもしろうしてと有、しからず。

と、旧注の「面白くして」を明確に否定する。いうまでもなくこの場合、「辛労して」は「恋」に対してではなく、「盗む」に接続させて解されている。さらに真淵『伊勢物語古意』は、「からうして」を「やう〳〵として」と解し、

からうして女心合而ぬすみ出て　得べきやうなき女を年歴ていかでとうかゞひありきたるに、やう〳〵にして女も心あはせたる故に偸み出て将て行也。(5)

と言い、得がたい女に男がながらく言い寄った結果、「ようやく」女も心あわせたゆえに盗み出したと説明する。『伊勢物語古意』は真名本を重視する点に特徴があり、本段においてもその「女心合而」により解釈されている。この解釈における二条后の心情については、『伊勢物語新釈』により詳しく、

「からうじて」は俗言にやう〳〵としてと云意也。「女の心あはせて」とは、かみに「女のえあふまじ」とかけるを思ふに、はじめより此男をいとひてにはあらず。ふかきゆゑありて、とてもあひがたければ、つれな

くいらへて過ぬれど、年へていふがいとほしくて、今は身をすてゝあひなんと女のこゝろあはせて、かくてはあひがたし、もろともにことかたにゆかんとてしのび出るかまへして、ぬすみいでらるゝをいふ。

と記されるのも参考になる。ためらっていた女が盗みだされることにようやく同意し、「もろともにことかたにゆかんとてしのび出るかまへ」をした、すなわち二人で共謀して逃げたと明確に記す点が旧注とは全く異なるのである。(6)

以上のように新注では、男の年来の誘いに心動かされた女が「ようやく」同意して盗みだされたと読むようになるのであるが、それに対し西鶴当時までの旧注では、女に恋い焦がれる業平の「辛い」思いが溢れて心を惑わせ、思わず女を誘い出したと解していたのであった。

とすれば、この第六段も、先に確認した第五段の解釈に整合性をもってつながろう。西鶴当時までの旧注は、第五段を、二条后が業平の歌を知って心痛めたのではなく、思わずあふれた業平の純粋で一途な思いに心動かされた染殿后の憐愍によって一時的に困難が緩和された話として読んでいた。これに同じく、第六段で業平が「からうして」盗みだしたのも、女を盗みだすのに「苦心した」のではなく、また女が「ようやく」心合わせたからでもなく、女との逢瀬を切望する業平の「辛い」思いがあふれ、心惑ったためなのである。

また、それゆえに、そのいずれの場面においても、新注とは異なり旧注では、二条后の心情については一切説明されていない。新注以降近代までは、第六段の段末注記、すなわち二条后の名を明かし、鬼に食われたのではなく実際は兄弟に連れ去られたと記す本段末尾の注記は後人の書き入れとされ、本段を業平と二条后の話とみなしてはいなかった。春満が『童子問』に、

好色の者、自注のやうに詞をくわへて、「是は、二条の后の、いとこの女御の」などいふ注を添たるより、

本文にぬすみ出したる女を二条后とし、此男をなり平とはする也。これ、注は後の人の筆とすれば、いせ物がたり難なし。注をも作者の自注とみるより、時代ちがいもあり、業平も二条后も罪人になる也[7]。

と記すとおり、本段を業平と二条后のこととした場合、両人ともに「罪人」となるからである。これを業平の話とみなさぬ新注はそれでよいが、『伊勢物語』他段に同じく本段をも業平の話として読もうとする旧注ではそうはいかない。そこで業平の意図的あるいは計画的な犯行との解釈が避けられたのに同じく、二条后についても、はたして逃避行に同意したのかどうか、その本心には言及されなかった、もしくはできなかったのだと思われる。

以上の業平と二条后の心情をふまえたうえでの『一代男』「形見の水櫛」の解釈については後述することとし、旧注の語釈をふまえてまずは以下、世之介と女の出会いの場面を改めて確認しておく。

隣をみればやさしき女有ける。「あれは」と尋ければ、「連そふ男憎みして家出をせし其首尾あしき事あり」とて、有のままを語る。「是はおもしろき事かな」と、天井の煤を歯枝にそめて、返す返すも書くどき、「命ながらえたらば」と、互に文取かはして、人の目をしのび、夜更て隔子に取つき、蚤しらみにくはれながら、迚もならぬ事を歎ける。

（『好色一代男』巻四の一「因果の関守」）

傍線のうち、単線は『伊勢物語』に則した雅文脈、波線は西鶴の創作による俗文脈である。二重線は雅俗両義で用いられた文言であり、このうち「おもしろき事かな」は、『闕疑抄』等が記していた「面白して女をぬすみ出て行なり」をふまえたうえで、これを夫を嫌って逃げた女に興味を示した意の「面白き」、すなわち人妻への懸想にとりなして笑いに変えたものであろう。「迚もならぬ事を歎ける」は、どうにかして逢いたいという『伊勢物語』の男の「嘆き」を背景にしつつ、これを肉体的な接触への「切望」の意に切り替え[8]、業平の恋情を世之介の肉欲にすりかえて哄笑を誘ったものであろう。この本文を雅・俗に切り分けるなら、それぞれ以下のように解釈できようか。

（雅）優美な女に面白み（趣深さ）を感じて女をかき口説き、文を交わす間柄になり、人目を忍びつつ、高貴な人との恋が実現不可能なことを嘆いた。

（俗）夫に嫌気がさして逃げてきた艶っぽい女を面白い（珍しく興味深い）と思い、牢の中で楊枝を筆に天井の煤で何度も手紙を書いて密かに口説き、蚤やしらみに食われながら、人妻とのかなわぬ交合を切望した。

三　俗文芸の『伊勢物語』

ところで、延宝二年（一六七四）に板行された最初の頭書（頭注）絵入り本『頭書伊勢物語抄』（坂内直頼著）は、以上に確認したような旧注の解釈を端的にまとめている。第五段「関守」における「心やみけり」については、

○いといたう心やみけり　此哥にて染殿后、なりひらをいたはり給ふ也。(9)

とあり、男の歌を知って心やんだ人物を染殿后とする旧注の解釈を踏襲する。本書は好評を博し、その頭注をほぼそのままに用いた通俗的『伊勢物語』注釈書が種々刊行され、巷間に流布した。(10)さらにこうした古典注釈の蓄積と流布によって形成されたいわば当時の解釈の常識は、『伊勢物語』の本筋をふまえたうえで、その枝葉を俗化するパロディ本の創作にも影響を与えている。これら頭書形式の『伊勢物語』注釈書を真似てパロディ化した『好色伊勢物語』（酒楽軒作、貞享三年（一六八六）刊）を例にみてみよう。(11)

（本文）

ぬす人のこぢあけたるそでかべの、くずれより、しかけにけり。人どをりはしげからねど、たびかさなりけ

れば、おやぢ、き丶つけて、其入くちに、ばんたをすえてまもらせければ、いけども、すまたして帰にける。

さてよめる

人しれぬ我がかよひぢの番太郎は宵の大こをうちもねな丶ん

とよめりければ、いといたう、あつかわなる事におもひけり。おやぢ、てんほと思ひゆるしてけり。

（頭注）

〇人しれぬ　此哥、門をまもるばんたを恨てよめり

〇あつかは　かほのあつき也、かやうの事をよふもよみけると也

男の歌を知った「おやぢ」はなんともあつかましいやつだとあきれたが、「てんぽ」すなわちその場のでまかせと思って許したとする。ここでも男の歌をきいたのは恋の相手の女ではなく、旧注の解釈に同じく、関をすえた人物（「おやぢ」）とされている。

第六段「芥川」冒頭文においてはどうか。『肖聞抄』に「思ひのあまりに、女をさそひいで丶行なるべし」とあったとおり、『頭書伊勢物語抄』も、

〇からうして　辛《からう》して也。しんらうして也。思のたへがたきあまり、后をさそひ行なり。

と説明しており、恋の辛さに耐えかねて思わず女を誘い出したと解する旧注を踏襲する。ただし、たとえば『頭書伊勢物語抄』の頭注を用いながら、本文にも傍注を付ける『首書口伝入伊勢物語絵入読曲』（元禄三年〔一六九〇〕刊）では、「からうして」の本文傍注に「いろ〳〵して也」と記しており、この頭注と矛盾する。旧注による本文解釈（頭注）と、新たに付された語釈（本文傍注）との間に根本的な違いが見受けられるのであり(12)、こうしたゆらぎを反映してか、『好色伊勢物語』第六段では以下のようにパロディ化される。

（本文）

むかし、おとこ、女のえう、みよかりけるを、としごろほれわたりけるを、とかく手くだしてぬすみ出て、いとくらきににげけり。

（頭注）

○ほれわたりける　ほるゝ、奄忽と書て、ほるゝかたちなり。女に心をうつして、うつかりとするてい也。

○手くだ　けいせいの手だてなり。いつの比ほひにか、みふねという女郎、まるやといふものにしぐみて、わりなく人しれぬ情をかけけり。此事ひろふなりて、小うたに作りししやうがに、

まんく〳〵まるやの手くたのさたはがつてんか、などうたひし。

『好色伊勢物語』は、「とかく手くだしてぬすみ出て」、すなわち女をあれこれ巧みにだまして盗みだしたとする。旧注における意志を示さぬ二条后への業平のいわば一方的な恋情と、「からうして」の本来の語義による「女をやっとのことで盗み出した」との意が混ざり、これを俗情にずらした結果、「女をたぶらかして盗み出した」との意に結実したものといえようか。女をだまして連れ出したという発想は俳諧の付合にも見受けられる。

『新増犬筑波集』（寛永二十年〔一六四三〕刊）「あぶらかす」

あぶなくみゆる東路の末

業平の人の娘をかどはかし(13)

付句は、古典学に通じ、当時までの古注釈を網羅していた貞徳によるもの。前句に業平の「東下り」をみてとり、「芥川」によって応じた付けであるが、やはり業平の所為には「かどはかし」との俗語が配されている。西鶴作にも以下の例がある。

『武家義理物語』（貞享五年〔一六八八〕刊）巻六の二

壁下地のしのべ竹に、白玉の取添も、物あはれにやさしく見えて、むかし男の女をだまし、鬼一口に、かみころされたしと思ひ入たる闇の夜も、正しくこんな面かげならめと、

「白玉」「鬼一口」「闇の夜」などの語で『伊勢』「芥川」を明示したうえで、やはり「むかし男の女をだまし」と記している。なお本話は、亡き主君への忠義によりその娘を養い、娘への恋情や肉欲といった劣情にかられながらもそれを耐え忍ぶ、老武士の逡巡と覚悟に眼目があった。『伊勢物語』の業平が恋の「辛さ」のあまり我を失って女を誘い出したとする当時の解釈をふまえるなら、本話はそれを下敷きにすることで、「辛さ」を最後まで耐え忍んだ老武士の覚悟を際立たせたのだともいえようか。

西鶴当時の「からうして」は、新注や現行の解釈とは異なり、旧注の「一途に想うがゆえその辛さに心を乱し、女を思わず誘いだした」という恋に苦しむ男の情が根底にすえられるなか、「骨を折り、やっとのことで盗みだした」という「かろうじて」の意が混ざり、複雑である。しかしこれらの注釈書やパロディ本のいずれにおいても、「女が逃避行に同意した」との解釈はみられない。業平の一途な、いわば一方的な恋情が本話の解釈の常識としてこびりついていたためとでもいえようか、そのパロディ化においては、「てくだして」「かどわかし」「だまし」て盗むといった、具体的な俗言に切り替えられて楽しまれたのである。

四　世之介の嘆きと女の「笑ひ顔」

西鶴当時までの一般的解釈においては、二条后をめぐる一連の章段は、業平の抑えがたい一途な恋情に焦点を

定めて理解されていた。そしてその業平の恋がどのように女に伝わっていたのかは不明なまま残されていた。あるいは意図的に触れられてこなかった。

そんな旧注における業平・二条后の関係と心情をもとに「形見の水櫛」を改めて読むに、世之介の嘆きは三つの段階をふんでいる。すなわち、①必死に口説いて連れだした女を失った段階、②その女が実は死んでいたと知った段階、③死んだ女が「笑ひ顔」を見せ、また死人に戻った段階である。

①について。『伊勢物語』の男は女を連れ去られたことに対して嘆く。先に述べたように旧注では、当段本文を業平と二条后の話と認めたうえで、これを作り物語として解するのが専らであり、鬼に食われたというのは譬喩で、実は女は死んだのではないとの前提のもとで以下のように解釈されていた。

「おにあるところともしらで　鬼はおそろしき事にたとへたり」「おにはや一くちにくひてけり　女を人にうばはれたる事を、鬼にくはれたるにたとふる也」（『愚見抄』）

「おにある所　女をとりかへしたる人をおにといへり。すゑの詞に見ゆ。『古注』の鬼間事不用之。たゞおそろしき心なるべし。又は心なき所のこゝろ也」（『肖聞抄』）

「鬼はや一口にくひてけりとは、人のつれて行て、女のなき体也」（『闕疑抄』）

したがって業平の嘆きは、女の死に対してではなく、心惑うほどに恋い焦がれ、我を忘れて誘い出したその女を奪われた、行き場のない悲痛な喪失感にある。「露とこたへて消えなましものを」という、いっそあのとき死んでいればとの業平の後悔と嘆きは、女を死なせたことへの自責の念ではなく、女との別れ、その喪失自体に焦点を定めて解釈されていたのであった。①の世之介はまさしくこれに該当し、本文では以下のように嘆いている。

是非今宵は枕をはじめ、天にあらばお月さま、地にあらば丸雪を玉の床と定め、おれがきる物をうへにきせ

て、そうしてからと思ひしに、悲しや、互に心ばかりは通はし、肌がよいやら悪ひやら、それをもしらず惜ひ事をした

このとき世之介は女が殺されたことをまだ知らず、そのため自らの行為に悪びれる様子はない。「形見の水櫛」は、旧注の解をまずはいったん踏襲したうえで、「肌がよいやら……」との文言をはさみ、業平の一途な恋情を世之介の肉欲に切り替えて、その一途な好色を笑ったのである。女を失った業平の嘆きは、肉欲が満たされない喪失感にずらされて笑いに化されているのだと言ってよい。

しかし、②女が実際は死んでいたのであればどうか。前節で確認したように、世之介はいわば女を「たぶらかし」て連れ去ったのであった。ここに世之介の言う、

「かかるうきめにあふ事、いかなる因果のまはりけるぞ。其時連てのかずばさもなきを。これ皆我なす業」と、涙にくれて身もだえする。

「これ皆我がなす業」とは、みずから浮気な恋をしかけ、女を「だまし」て誘いだし、その結果死なせてしまったことへの自責の念にほかならない。

さて、西鶴は以上に続けて、死人から剝いだ爪・黒髪を自分のものと偽って馴染客に贈り、にせの心中立をする当世の遊女の現実を記したのち、最後にもう一つ、そうした遊女と客との虚々実々の駆け引きとは対照的な解釈を、③女の「笑ひ顔」として用意した。それは旧注が記さなかった、あるいは触れることができなかった、女の心である。『伊勢物語』の二条后がそうであったのに同じく、「形見の水櫛」の女が発した言葉は以下のみである。

『伊勢物語』「草の上にをきたりける露を、「かれは何ぞ」となんおとこに問ひける」／『好色一代男』「「く

ず屋の軒につらぬきしは、味噌玉か、何ぞ」と人のひもじがる時」

『伊勢物語』「あなや」／『好色一代男』「世之介様」

本稿で検討してきたように、『伊勢物語』の女は、それがのちに入内する二条后であるがゆえに、旧注の論理ではその心情には触れることができなかった。したがってそれを踏襲した『一代男』の女もみずからの思いを語れない。が、女のこの恋には確たる思いがあった。女は生死の境を超えてみせることによって、『伊勢物語』の世界、いわば旧注の解釈の軛を振り切って、本来表せぬはずであったその本心を、かろうじて「笑ひ顔」で伝えたのである。夫を嫌って逃げた百姓女は、世之介とのこの真実の恋に死ぬのなら本望だと言うのであった。

そんな女の真情に触れた世之介は、「二十九までの一期、何おもひ残さじ」と言い、自害を決意する。世之介は、①肉欲による女への切望、②倫理を佚した自責の念を経て、そしてそうであるがゆえに、③女の真情に心うたれて死をも決意したのである。「露とこたへて消えなましものを」という『伊勢物語』の男の悲愴な嘆き、いわば古典の〈まこと〉が、女の「笑ひ顔」により雅俗の境をも超えて、俗の世界に転移したのだと言ってもよい[14]。

かつての注釈書がそうであったように、古典の解釈は一様ではない。『伊勢物語』旧注では明示されなかった二条后の心情、そこに西鶴が新たに用意した「笑ひ顔」。古典解釈の裂け目に垣間見られる人間の真情をすくいだして近世の俗の世界に新たに表現する、『好色一代男』はそんな媒体でもあったのである。

（1）冨士昭雄『西鶴と仮名草子』（笠間書院、二〇一一年、初出『講座　日本文学　西鶴下』至文堂、一九七八年）。

（2）福井貞助「好色一代男における伊勢物語の影響――特に阿部の外記について」（『西鶴研究』七、一九五四年十月）。森田雅也「『好色一代男』の世界――『伊勢物語』からの読みの試み」（『西鶴浮世草子の展開』和泉書院、二〇〇六年、初出『日本文芸研究』第四二巻第四号、一九九一年一月）も、「巻四の一の章題は「因果の関守」である。章題が示すように、『伊勢物語』第五段「関守」の話に通じるもので、牢屋での世之介の恋文のやりとりは、『伊勢物語』の「むかし男」の「忍び」に通じるものがある」と指摘している。

（3）大谷俊太「伊勢物語と旧注――宗祇・三条西家流注釈の論理」（『中世の学芸と古典注釈』竹林舎、二〇一一年）。

（4）前掲注3論文。なお大谷氏は、「繊細で思いやりのある溢れんばかりの情愛が、世の良識・道徳の覆いの下に包み隠そうとしても、ほの見える、そのかすかで奥深く、時にあでやかなさま。溢れ出ようとする情と世の中の道理とのせめぎあい、そのあわいに匂い立つもの。それを、宗祇・三条西家流の旧注は、「幽玄」とよぶのであるとするならば、この歌も、その範疇から外れるものではないのである」と説いている。

（5）引用は『賀茂真淵全集』第十六巻（続群書類従完成会、一九八一年）による。

（6）なお片桐洋一（『伊勢物語全読解』和泉書院、二〇一三年）は、阿波国文庫本や歴博本では「をんなこゝろをあはせて」とあるのについて、「女を求めて一途に走る主人公ではなく、共に愛し合って行動したという書き方、主人公の男は強引に女を奪うような男ではないという書き方になっているのである」と評価している。

（7）引用は『伊勢物語古注釈書コレクション』第四巻（和泉書院、二〇〇三年）による。

（8）「「歎き」には切望するの意があったが、ここではその意に解したい」（『日本古典文学大系』岩波書店）、「「ならぬこと」すなわち入牢の身であるためにできない肉体的な接触を「切望した」のである」（『新編日本古典文学全集』小学館）等に従う。

（9）以下『頭書伊勢物語抄』の引用は東京大学総合図書館蔵本による。

（10）大津有一『伊勢物語古註釈の研究』（石川国文学会、一九五四年）。

（11）以下『好色伊勢物語』の引用は『好色伊勢物語』（古典文庫、一九八二年）による。なお中嶋隆（『初期浮世草子の展開』（若草書房、一九九六年、初出『近世文芸研究と評論』二一、一九八一年一一月）は、『好色伊勢物語』の作者城坤酒楽軒が参考にした伊勢物語注釈書は『頭書伊勢物語抄』そのものではなく、その内容から延宝八年版『伊勢物語愚見抄』であろうと推定している。

（12）『闕疑抄』によりつつ『伊勢物語』を俗言にうつした『伊勢物語ひら言葉』（延宝六年〔一六七八〕刊）も、「高子を得難かりけるを、年ころかよひ給ひしか、終にしのひ入、いのちからうして高子をぬすみ出し」とあるように、命からがら盗み出しの意で解している。

（13）引用は『古典俳文学大系　貞門俳諧集一』（集英社、一九七〇年）による。

（14）「形見の水櫛」の世之介の嘆きについて、谷脇理史「伊勢物語と近世文学――西鶴を中心に」（『一冊の講座　伊勢物語』有精堂、一九八三年）は、「（『伊勢物語』の）哀切な情趣を当世化・俗化しながら積極的にうけ継ごうとする志向を、あわせもっている」と指摘し、鈴木健一『伊勢物語の江戸』（森話社、二〇〇一年）もこれを認めたうえで、「雅びな部分もどこかに受け継ぎ、雅と俗を対立させつつ奥行のある世界を形作っていく、それこそが俗文学の到達点でなくてはならない」と言い、西鶴の手法を評価している。

（付記）特に注記しない限り、本文の引用にあたっては、『伊勢物語』は『新編日本古典文学全集』（小学館）、『伊勢物語』古注釈書は『伊勢物語古注釈大成』（笠間書院）、西鶴作品は『新編西鶴全集』（勉誠出版）によった。ただし、私に濁点、句読点を施し、ルビを適宜省略してある。

本稿は、平成二十九年度科学研究費補助金（基盤研究C）「西鶴の文芸の総合的研究」による研究成果の一部である。

高野奈末

ありのままによむこと

真淵の詠歌と『百人一首』注釈

賀茂真淵《かものまぶち》は、和歌史においては『万葉集』に倣った詠歌を行い、また門人にもそれを求めたことで、万葉風歌人として知られる。その詠歌は、『万葉考』に代表される古代文芸研究と不可分の関係にあった。(1) 本稿では、真淵が、『万葉考』に結実するところの和歌研究によって見出だした古代和歌の特長を、詠歌における万葉取りの方法に用いていたことを示すとともに、それが『万葉集』以外の古典注釈においても前提とされ、先行する注釈と異なる見解が導き出されていたことを指摘する。

一 「ありのまま」に歌を詠むこと

古代和歌を理想とする真淵の和歌観は、『歌意考』に端的に示されている。これは先行研究においてもたびたび言及され、よく知られているが、改めて確認しておく。

上つ代には、人の心ひたぶるになほくなむ有ける。心しひたぶるなれば、なすわざもすくなく、事し少なければ、いふ言のはもさはならざりけり。しかありて、心におもふ事あるときは、言にあげてうたふ。こをうたといふめり。かくうたふも、ひたぶるにひとつ心にうたひ、こと葉もなほき常のことばもてつゞくれば、続くともおもはでつゞき、とゝのふともなくて調はりけり。かくしつゝ、歌はたゞひとつ心をいひ出るものにしあれば、いにしへは、こととよむてふ人も、よまぬてふ人さへあらざりき。（『歌意考』流布本(2)）

真淵は、上代においては、当時の人の心のあり方を反映して、ひたすらに思いのままを述べるので、歌として続けよう、調えようとせずに歌を詠むことができたと言う。この評価は、真淵の万葉観をよく表している。ただし、人の心が変わった当代でこうした歌を詠み出だす方法は示されていない。そこで、真淵が本居宣長に提示した、手本とすべき歌を以下に検討してみたい。

宣長は、真淵に出会う以前は当代の他の歌人と同様に、もっぱら新古今風と言われる詠歌を行っていた。真淵に入門して以降の宣長は、真淵の万葉風詠歌の推奨に対して徒らに反発するわけではなく、それに従った和歌を も意図的に詠み、真淵の添削を受けている。そのうち、先の『歌意考』の清書本が成ったのと同時期である明和二年（一七六五）に行われたと見られる宣長の歌十五首への真淵の添削では、縮約表現などが問題とされた。その詠草の末には、「右の歌ども一つもおのがとるべきはなし。是を好み給ふならば、万葉の御問も止給へ。かくては万葉は何の用にたゝぬ事也」との評が添えられ、相当の批判が行われている(3)。

この添削は宣長と真淵の詠歌の懸隔を示すものとして、真淵の強い批判に注目が集まってきた。この添削の一方で、同時期の宣長宛真淵書簡では、真淵は宣長の問いに答え、万葉風詠歌について述べている。以下に、その明和二年三月十五日の宣長宛真淵書簡の一部を示す。

御詠為御見、猶後世意をはなれ給はぬこと有之候、一首之理は皆聞え侍れど、風体と気象とを得給はぬ也、猶御考候て御詠為御見可被下候、（中略）おのれが歌よからねど、御望なれば少し書てまいる、文、長歌などもも侍れど、いとまなくてえかゝず、（中略）

名所月といふ事を人のよむを

高瀬川をわたる

ぬば玉の夜は更ぬらしゝもとゆふかづらき山に月かたぶきぬ（①）

木綿山

高せ川みとの川風寒けれど旅にしあれば朝川わたる（②）

をとめらがはなりの髪をゆふ山のひたひに白くふれるゆきかも（③）　此外多けれど先かくのみ。(4)

真淵は、宣長の詠歌を見て、その「理」は通っているものの、「風体」と「気象」が得られていないと批判し、その点をよく考えて詠んだ歌を送るよう指示している。したがってこの書簡は、先に言及した添削の歌に類するものであったか、いずれにしろ真淵の意向にそぐわない宣長の歌を目にしたのちに書かれたものと考えられる。

そして真淵は、宣長の求めに応じて歌を三首示している。(5)これまで述べてきた真淵と宣長の状況に鑑みれば、この歌は、真淵の万葉風詠歌の本質を理解できていない宣長に対し、『万葉集』研究をどのように実作に活かすべきなのか、実践としての万葉風詠歌の具体例を示したものと言えよう。三首いずれも万葉歌の言葉を借りつつ、題に基づいて、それぞれ葛城山の月、高瀬川を渡る場面、木綿山という景を説明した叙景の歌であり、詠歌主体の情やその景に対する評価は詠み込まれていない。傍線を付した部分は、次に示す万葉歌に共通する表現が見えるものである。

『万葉集』巻十七・三九五五・土師道良（1）

ぬばたまの夜はふけぬらしたまくしげ二上山に月傾きぬ

『万葉集』巻二・一一六・但馬皇女（2―1）

人事を繁みこちたみおのも世に未だ渡らぬ朝川渡る

『万葉集』巻二・一四二・有間皇子（2―2）

家に有れば笥に盛る飯を草枕旅にし有れば椎の葉に盛る

『万葉集』巻七・一二四四（3）

をとめらがはなりの髪を木綿山雲な隠しそ家のあたり見む(6)

それぞれの万葉歌は、(1)が宴の終わりを、(2)―1が障害をおして皇女自ら恋人に会いに行く非常事態を、(2)―2が罪人となった皇子の旅のつらさを、(3)が女性への思いを、それぞれその折の事実を言うことで表現しようとするものである。真淵歌が取った傍線部の語句もその事実の説明であり、手本の歌もそうした事実説明を行う歌の性格をそのまま踏襲していると言える。

さて、真淵は宣長に対し、万葉風詠歌にあたっては取る万葉歌の選別が必要だとして、次のように説いている。

人まろ、あか人など、又は作者不知にも、いとこそよろしき調はあれ、万葉はえらみてとる事也、鎌倉公のとられしこそよけれ。（『賀茂真淵添削詠草　遺草』(7)）

ここで注目されるのは、手本②「高せ川」歌である。この歌は、(2)―2の有間皇子詠の第四句を利用して、旅であるから寒いけれど朝に川を渡るという事実を説明するものである。用いた有間皇子詠は、次にあげるように実朝の歌に取られており、真淵が示した、典拠として選ぶべき万葉歌の条件を充たしていることになる。

旅のこころを

草枕たびにしあればいもにこひさむるまをなみ夢さへ見えず

草枕旅にしあればかりこものおもひみだれていこそねられね

（『金槐和歌集』雑・五六五／五六六(8)）

先の有間皇子詠に対する真淵の評価には特徴がある。真淵は有間皇子詠について、「さて有がまゝによみ給へれば、今唱ふるにすら思ひはかられて哀也」（『万葉考』(9)）、「理明らかにて、いかにも旅のわびしさ実にかくおはしけん事を、今も思ひはからる」（『万葉新採百首解』(10)）と述べている。真淵の解釈では、有間皇子の歌は、事実を「有がまゝ」に詠んだものゆえに、現在でも旅のわびしさが想像できて哀れであるという。こうした真淵の解釈・評価は、たとえば以下の契沖の解釈に照らし合わせたとき、その特殊性があらわになる。

さらぬ旅だにあるを、ことに謀反の事によりてとらはれて、もの、ふの中に打かこまれておはします道なれば、椎の葉にもるまでの事はなくとも、よろづ引かへてあさましかるべければ、此二首の御歌に、その折の御こゝろ、たましゐとなりてとれるにや、かなしきことかぎりなし。(中略)此御歌の残りて、他の皇子たちの身をたもちて、よを過させたまひながら、何のしるされ事もおはしまさぬよりも、末の世まで人の知まいらすることは、ひとつに和歌の徳なり。(『万葉代匠記』初稿本)(11)

契沖は、ただでさえ普段とは違う旅のさなかで、さらに謀反の罪による捕らわれの身として武士に囲まれているので、実際には椎の葉に飯を盛るまではなくとも、格別のつらさがあっただろうその嘆きの心が、この歌を切実なものとしているとする。そして優れたこの歌のおかげで、有間皇子が後代まで知られているという。契沖にとって、この歌で表現されていることがらは有間皇子の切実なつらさを効果的に示す強調表現であり、それによって背景にある皇子の置かれた状況が伝えられるという点を評価している。歌を有間皇子の置かれた現実そのものととり、そこに何らの描写の工夫や心情描写が見られないことをもって、感動のありかとして説く真淵とは、作為の有無において異なる立場にある。

春満《あづままろ》『万葉集童子問』では有間皇子に関する説明のみでこの歌への言及はないが、信名《のぶな》『万葉集童蒙抄』には、

上古は飲食物を旅行などにては、柏椎の葉にもりて食したることもあるべし。さまではあるまじけれど、此歌はたゞ旅のいぶせく、ものわびしき体をよみ給ふ也。あながちそれと決したる事にはあらねど、とらはれ人となりての旅行なれば、いぶせきさいはん方なき体をよみたまへる也。(12)

とあり、気詰まりな旅のわびしい様子がただ詠まれているとする点は真淵とも共通するものであるが、その内容

の「椎の葉に盛る」ことは必ずしも現実として詠まれたのではなく、わびしさの表現方法とする点は契沖と同様である。このほか古くは『俊頼髄脳』で詠歌時の状況について、『袖中抄』では詠歌場所の「いはしろ」について論じているが、いずれもこの歌の価値を説明するものではない。真淵がこの歌の美点として、事実を「有がまゝ」に詠んでいることを強調するのは、独特の解釈と言えるだろう。

「有がまゝ」に詠むことを真淵が高く評価していたことは、反対に「有がまゝ」ではないことをもって万葉歌を批判している例からも認められる。

玉だすき　懸けぬ時なく　吾がおもふ　妹にしあはねば　あかねさす　昼はしみらに　ぬば玉の　夜はすがらに　いも寝ずに　妹を恋ふるに　生けるすべなし

こはいと弱し、かゝるをも有がまに〳〵つどへつらんや　（『万葉考』三・三二九七）

いとまなく恋人を思っているがゆえに、会えない間は夜も眠られず、恋するがあまりに生きるすべすらないと誇張して、強い恋心を訴える歌である。これを真淵は、誇張ゆえに「弱」いと見なし、事実を「有がまに〳〵」連ねて表現するべきであるとして批判している。

さらに、この「有がまゝ」に詠むという方法を真淵が古代和歌全般に通じる特質として捉えていたことが、幅広い時代の和歌が入る『百人一首』の注釈における指摘からも読み取られる。真淵の百人一首注釈である『うひまなび』は、寛保二年（一七四二）〜延享三年（一七四六）頃成った『百人一首古説』を明和二年（一七六五）に改訂してまとめたものであり、先の宣長への書簡や『万葉考』と同時期の注釈と言える。この『うひまなび』では以下に示すように、古代の歌の性質として「有がまゝ」であることを繰り返し指摘している。

たとえば、持統天皇の「春すぎて夏きにけらし白妙の衣ほすてふ天のかぐ山」に対する注では、真淵は『百人一首』の訓読を誤りとして、万葉歌の「春過ぎて夏来たるらし白妙の衣ほしたる天のかぐ山」をまずあげるべきであるとしたうえで、この万葉歌を「春も過て夏は来るらし云々と有がまゝにのたまへり、夏はかならず衣をほすものなれば也」[13]（『うひまなび』）と評する。

また、経信の「夕されば門田のいなばおとづれてあしのまろやに秋風ぞ吹」については、「むかしの歌の有がまゝなるを思ひていひなされたり。此卿の歌は古へを守りしかば」（『うひまなび』）として、『金葉集』の新しい歌ながら、「古へ」を守り、夕方の田家に吹く風を客観的に、「有がまゝ」描写することを評価している。

山部赤人の「たごの浦にうち出て見れば白たへのふじのたかねに雪はふりつゝ」については、「有がまゝ」に詠むことの効果が詳しく説明される。

さて此田子のうらより打出て見れば不尽の高ねの雪の真白に天に秀たるを、こはいかでとまで見おどろきたるさま也。何事もいはで有のまゝにいひたるに、其時其地その情おのづからそなはりて、よにも妙なる歌也。

（『うひまなび』）

この万葉歌について、富士山の景が「秀たる」ことに「見おどろ」いたことを、直接には何も言わずに、その景のみを「有のまゝ」に述べることで、むしろその瞬間、その場の感興がもたらされてよい歌になっているとする。以上三首の「有がまゝ」を古代の歌の特質として認める言説は、『百人一首古説』においても、『うひまなび』と同様に見られ、真淵はかなり早い段階で、古代和歌の特質として「有がまゝ」であることを見出していたとわかる。

なお、「ありのまま」に詠むことそのものは、真淵が新たに主張したことではなく、中世以来、繰り返し説かれてきたことである。[14]ただしそれはそのうえで、自然と新たな趣向にたどりついたり、作為を持たずに対象の

「まこと」を詠み出だしたりするためのものであり、詠み手の「こころ」の持ちようが重視されていた。真淵の主張は、出来事を文字通り「ありのまま」に詠み出だすことそのものを、古代和歌の特質の一つとして見出だしていることに特徴がある。

ひるがえって真淵が提示した手本の歌の性質を改めて検討してみたい。真淵が評価するところの、有間皇子詠の出来事を「有がまゝ」に状況を述べるという性質は、これに拠る手本の歌「高せ川みとの川風寒けれど旅にしあれば朝川わたる」でもそのまま継承されている。この手本の歌は、高瀬川の河口からの風は寒いけれど、旅であるので朝の川を渡るという、まさに状況をそのまま述べたものであり、それを評したり、そこから興る心情を述べたりもしていない。他の二首についても、万葉歌の句を使いながら、それぞれ出来事を「ありのまま」に詠んでいる。ここからは、真淵が自らが見出だしたところの古代和歌の特質を、歌を詠む際にも実践しようとし、それを門人にも求めていることがわかる。

二 「ありのまま」に歌を読むこと

ここまで真淵が、「ありのまま」に詠むのを古代の歌のすぐれた性質の一つとして認識していたことを確認してきたが、そうした「ありのまま」の重視は、ときに有間皇子の歌の評価のように、やや強引にその要素を強調することとなった。本節では、対象を「ありのまま」に詠まれた歌であることを前提にしてなされた真淵の注釈が、前代の注釈から脱して新たな見解を生んでいることを指摘したい。

先にも触れてきた真淵の『百人一首』注釈である『うひまなび』における、光孝天皇の「君がため春の野に出てわかな採我衣手に雪はふりつゝ」に対する注釈を以下検討する。この歌の状況と「君」の解釈について、真淵は次のように述べている。

御歌はかくれたる事なし、此若菜を野に出てつめる時、雪の降て身はいたづきながら、君にとてつめるぞと、その節の様を有のまゝにのべ給ふは古へざま也。或説に、㋐君が為と有を上一人とし、詞に人にと有をば人臣の事として、上一人より下万民までにかけて、忠と慈とをかね給ふなどいふとかや、こは歌てふ物の意をも言をもしらぬものゝ説也。古歌はたゞ打聞えたる外に物なきこそよろしけれ（中略）㋑或抄に親王の御身としてみづからつませ給ふは、仁心の至りなどいふは、前にいふごとく、わが衣手とよみませるをおもく意得たるよりの違ひ也。是また我といふ言かろく意得べし。みづから高ぶりて、おのればかりのもの、袖など思ひいはんは、後世のをこのものゝ意也。下の句はたゞ辛労をいとはせ給はぬ御心ざしをあらはし給ふのみ（中略）凡歌にて世をゝさむるものといはんとて、よしもなき意をそへ、天皇の御製歌とだにいへば、治世撫民の事をとかんとす。歌一首にて人をなごせしためしなきにはあらねど、天の下のしげき大政にむかへては、物の数にもあらず。たゞ此風世にふきしかば、民くさしらずしてなえふすべきもの也。㋒顕はれて教るは、から国のふみにいふのみ、皇朝の古へは教の教と見えぬをこそたふとみたれ。さてこそ古へは上も下もさかえたりき。

（『うひなまび』）

当該歌は、若菜を野に出て摘むときに、雪が降るので苦労しながら、君のために摘むという、その折の出来事を「有のまゝ」に詠んだものであり、それが「古へざま」であるという。先行注釈においては、波線部㋐のように「君がため」の句およびこの歌の『古今集』収載時の詞書にある「人に」の語から、親王であった光孝天皇が天皇から万民までを思いやった歌と解され、ここに忠や慈の心を見る解釈がなされていた。この「上一人より下万民まで」の解釈は、以下の『幽斎抄』に見られる説である。これ以降『拾穂抄』に至るまで、この解釈は踏襲されていく。

> 是は臣下などに若菜をたまふときの御歌なり（中略）雪は艱難のかたにとるなり。親王にてましませば、如レ此辛労有て人を御憐愍の儀なり。君がためと云より、上一人下万民に至たる御歌なり。しかれば天下を思召事あらはれたり。是によりて天道にかなひ給て御位にもつき給也。（『幽斎抄』[15]）

この説においては、雪は苦労の比喩とされる。真淵はこれを批判し、天皇の歌だからといっていたずらに「治世撫民」に結びつけるべきではないとした。詠者の立場に引きつけて、歌に示されない意味を想定するのは、「有のまゝ」に詠んでいる歌の解釈としてふさわしくないからである。

波線部㋑は雪の若菜摘み自体に忠慈を詠み込まないものの、親王が自らそれを行うことをもって、そこに仁の態度を見る解釈である。これも歌には表現されていない、「親王であるこの私が自ら」という詠者の立場を強く取る解釈である。『改観抄』は、「かやうに人をめぐませたまふ仁徳のおはしければ[16]」と言い、その仁徳ゆえ陽成院の後継に選ばれたのだと評するが、真淵はこうした解釈を批判したものと思われる。

次に注目されるのは、波線部㋒の、教戒性を明確に示す表現方法を「から国のふみ」すなわち、漢詩・漢文的表現であるとする捉え方である。先行する『百人一首古説』では、歌の解釈じたいは『うひまなび』と同じであるが、この部分はなかった。真淵は上代志向を強めていくなかで、古歌本来の「有がまゝ」の性質を正確に読み取ることを阻害する、表現されない意味を想定して解釈する方法を、漢詩・漢文的表現への批判と結びつけたことがわかる。これにより、漢詩・漢文的表現を排除すべき理由を具体的に説明することが可能となり、その排除が強固な理論として確立していくこととなった。

以上、古代らしく「ありのまま」に詠まれたとみなした歌について、真淵が「ありのまま」に詠まれている以外の要素を読み込まないことを確認した[17]。すなわち真淵は「ありのまま」に「読む」ことをも求めているのであり、それが先行注釈の、諷喩あるいは教訓的読解の排除に結びついている。

三 「ありのまま」がもたらした新たな解釈

ところで、先行注釈の説を改めた真淵の説が通説となった『百人一首』歌として、「あきの田のかりほの庵の苫をあらみわが衣手は露にぬれつゝ」があげられる。先の「君がため」詠は先行注釈を否定したものであったが、「あきの田の」詠では、先行注釈を否定したうえで、さらに真淵の新説が展開される。真淵の解釈は、それまで天智天皇作であることが疑われてこなかった当該歌が、実際には万葉歌の訛伝であることを示したもので、注釈史上の意義が認められている[18]。

当該歌の解釈は『宗祇抄』や『幽斎抄』の誤りを指摘しつつ、自説を展開するかたちで述べられる。以下その『うひまなび』の内容を整理して示す。


ⓐ当該歌は、『万葉集』に「詠田」の歌として収められる類のもので、田に居る賤《しづ》の状況を詠んでいる。

ⓑ「かりほの庵」という表現は『万葉集』時代の語法としてふさわしくない。

ⓒ同じ内容・表現の歌として、『万葉集』巻十「秋田苅る借廬を作り吾居れば衣手寒く露置にける」があり、当該歌はこの歌の訛伝である。

ⓓ天智天皇の本当の歌は、『日本書紀』収載歌や『万葉集』十三番歌であり、これらは正しく上代の歌である。

『万葉集』巻十「秋田苅る」詠はそのやや後のものであり、「あきの田の」という言い方をするのはさらに後の時代である。

ⓔ「吾」を重く捉え、「吾」である天皇にふさわしくない田家という境遇の内容を、天皇にふさわしいようにこじつけて解釈せざるを得なくなったのが、先行する注釈の説である。

ⓕ王道の衰えを嘆いた歌であるという説については、庚午の令が発布され王道が盛んだった時期なので誤りである。

ⓖ母の諒闇の折の歌であるという説については、『後撰集』の秋の部に入ることと食い違い、また定家が人に贈る『百人一首』の巻頭としてふさわしくない。三句目までが田家の境遇を詠み、これが四句以下を導く序でもないのに、急に四句目から天皇が自分の境遇を詠むというのは和歌の仕組みから見ても誤りである。

真淵の『百人一首』注釈は、荷田家における『百人一首』研究会の成果を基にしており[19]、右の説もⓑⓒⓓ・ⓕⓖは、荷田春満『発起伝』に見られる説である。ⓕⓖで否定されている説はそれぞれ、ⓕが『宗祇抄』、ⓖが『幽斎抄』であるが、春満も真淵もともに誤った先行説として示しており、先行注釈の否定の多くを荷田家の説に拠っているとみてよい[20]。また、ⓒの歌そのものは、先行する注釈書において類歌あるいは当該歌を踏まえた詠として既に指摘されており、それを「訛伝」として関係性を新たにしたのが、真淵を含む荷田家の研究の成果といえる。

ⓑⓒⓓ・ⓕⓖの指摘は万葉歌や和歌の知識に基づく見解であり、これら細かい例証を積み上げて提示されたのが訛伝の説であると考えられるが、なぜこれほど強固に天智天皇作として受け入れられてきたかを説明できていない。真淵独自の説であるⓔはその先行注釈の前提を覆す重要な意見であろう。ⓔは以下のように示される。

吾といふを重く思はゞ此等の歌をいかにかとかん。時世の体をもかへり見ず、たゞ此一首を強て解なんとする人、御製なりといふに、田家の意のみ有めれば、いかにもおもひかねて、或は王道の衰へを思しめす御歌ぞといへり。　（『うひまなび』）

「吾」という語に対して詠歌主体と詠者を強く結びつけて考え、こじつけた解釈をすることを批判している(21)。そのこじつけとは、御製ならば「王道」や御代のことを詠むはずであるという認識に基づいたものである。このことは、先の「君がため」詠の注釈でも波線部を引いた箇所で、同様に指摘されていた。そもそも「あきの田の」詠と「君が為」詠は、ともに「理想的為政者像を幻視」したものとして現在の研究でも指摘され(22)、冷泉家流古注にこの二首を結びつけて「撫民体」を説く例が見られるなど(23)、この二首は民を思う天皇像が読み取られやすい性格を持っていると言える。

その状況にあって、当該歌が「ありのまま」に「読まれる」べき歌であると真淵が考えることができたのは、上記のような古代和歌の理解に基づき、次の通り読解したからである。

此詠にはいと論ある事ながら、先此まゝにていはゞ、万葉集に詠水田といふごとき詠物なるべし。さればたゞ田を守る賤が上にして、秋の田に仮の庵をつくりてまもりをるに、もとよりかりそめに打ふきたる苫のあみめのあらければ、長き夜比の露に袖にいたくぬるゝと也。古への歌は有がまゝにいひのべたるも、その侘しきことをいへば、わびしさおもひやられてあはれなり。　（『古説』「秋の田の」(24)）

これは先に示した「あきの田の」の『うひまなび』で述べられる内容のⓐの部分にあたる。『うひまなび』では内容を説明するのに最小限必要な、詠物に類する歌であるという指摘のみになったが、先行する『古説』ではさらに詳しく、田を守る農夫の夜の出来事をありのままに詠むことで、そのわびしさが感じられる歌となっていると評価した。「あきの田の」詠の画期的解釈は、古代和歌はことがらを「ありのまま」に詠むものであり、それを読む際には歌に表現された以外の意味を読み込んではならず、「ありのまま」に理解するべきであるという、信念にも似た真淵の和歌観が前提にあって可能になったものと言える。

以上、「ありのまま」を示す語に注目して、真淵の詠歌、注釈を検討してきた。真淵は、古代和歌の特徴として「ありのまま」という性質を捉え、それを体現すべく歌を「詠む」ことを求め、また歌を「読む」際にも、その要素を見出だし、強調して理解しようとした。真淵の詠歌と注釈の核として、「ありのまま」は機能していたのである。

（1）多くの和歌史研究において真淵は取り上げられるが、たとえば福井久蔵氏『大日本歌学史』（不二書房、一九二六年）は、真淵を「大に万葉集を研究し、その詞を用ひ、その詞を学びこれを以て天下に呼号したのである」とし、佐佐木信綱氏『近世和歌史』（博文館、一九二三年）は、真淵の文学史的意義として、「学者的研究を基礎として、その上に古代文明の精神を詩人的に了解し鼓吹したところにある」とするように、真淵の和歌研究と詠歌は一体のものとして評価されてきた。

（2）『賀茂真淵全集』第十九巻（続群書類従完成会、一九八〇年）による。

（3）『本居宣長全集』第十八巻（筑摩書房、一九七三年）に収載される宣長詠に対する真淵の評。田中康二氏『本居宣長――文学と思想の巨人』（中央公論新社、二〇一四年）は、真淵の指導の下での宣長の和歌活動について、その指導になんとか応えようとして、『金槐和歌集』を購入し、古体の和歌を詠んだことを指摘し、この評の対象となった詠草を、「詠みなれた後世風の歌を送ってみた」ものとする。

（4）『賀茂真淵全集』第二十三巻（続群書類従完成会、一九九二年）による。

（5）この書簡では、「おのれが歌」としてしめされる三首であるが、②と③の歌は、『八十浦の玉』において奥平昌鹿の歌とされている。本稿では、ひとまず作者は措き、宣長に示した手本として歌を考察することとする。
（6）『万葉集』本文は『万葉考』（『賀茂真淵全集』第一巻―第五巻、続群書類従完成会、一九七七―八五年）の訓読により、適宜漢字と仮名をあてた。一二四四番歌二句目は通行の訓読では「ふりわけ髪を」とするが、『万葉考』はそれを改めている。
（7）宝暦十三年の宣長詠草に対しての評。『本居宣長全集』別巻一（筑摩書房、一九七六年）による。
（8）国文学研究資料館蔵初雁文庫本（貞享四年版本）による。
（9）『賀茂真淵全集』第一巻（続群書類従完成会、一九七七年）による。以下、『万葉考』の引用は本書による。
（10）『賀茂真淵全集』第十九巻（続群書類従完成会、一九八〇年）による。
（11）『契沖全集』第一巻（岩波書店、一九七三年）による。
（12）『荷田全集』第一巻（吉川弘文館、一九二八年）による。
（13）『賀茂真淵全集』第十二巻（続群書類従完成会、一九八七年）による。以下、『うひまなび』の引用は本書による。
（14）たとえば鈴木元氏は「『詠歌大概聞書』試読――講釈の論理を追って」（『細川幽斎――戦塵の中の学芸』笠間書院、二〇一〇年）において、『愚問賢注』等に「ありのまま」という表現が繰り返されることを指摘する。そうした見解が近世に入り「まこと」として重視されていくさまについては、大谷俊太氏「幽斎歌論の位置――「まこと」の論の萌芽」（『和歌史の「近世」――道理と余情』ぺりかん社、二〇〇七年）に詳しい。
（15）細川幽斎『百人一首抄』（弘前市弘前図書館蔵無刊記本）による。
（16）『契沖全集』第九巻（岩波書店、一九七四年）による。
（17）光孝天皇歌は『古今集』所収歌であり、真淵の『古今集』注釈書の『続万葉論』（流布本）には、この『うひまなび』の説が示される。ただし、稿本『続万葉論』には次の文章が記され、削除指示がされている。

或問曰、我衣手に雪はふりつ、といふは、君が為には労をいとはずしてつみ給ふと聞ゆるをさにはあらぬといふはいかゞより処侍るにや。

（朱字加筆、一行）渕今按に古の世々の宣命の辞及祝文願文など皆其労をいひ切をのべ。答曰、古の歌道といふは、このたぐひの心得有事也。後世の人情にあらざる事也。打まかせて労をいへば人に恩を蒙しむるに似たり。歌道といふもの其心得第一也。たゞ其時雪のふりたる景を興じて、此わかなつみし時は我袖に雪ふりかゝりて面白く有しと物がたりし給ふがごとく見るべし。冬日の雪の厳寒にもあらず、春雪は苦寒のごとにはあらで興じ給へることとなるべし。

（稿本『続万葉論』内閣文庫本）

「我衣手に雪はふりつゝ」という句は、苦労して若菜を摘んだことを示すのではなく、雪が降りかかって面白く思うことを表しているのであり、また春の雪であるのでそこまで辛くはないとしている。これを苦労としては、贈る相手に対して恩に着せることになってしまうという。朱字書き入れに示される通り、宣命や祝詞に苦労したことを述べる用例が見つかったとして真淵はこの解釈を撤回し、実際、『うひまなび』では「下の句はたゞ辛労をいとはせ給はぬ御心ざしをあらはし給ふのみ」と改めているが、歌に示されない意味を深読みする解釈を結果的に排除することとなった。

（18）たとえば島津忠夫氏『新版　百人一首』（角川学芸出版、一九九九年）など、現行の『百人一首』注釈書の多くが詭伝であることを示したのが真淵であると言及する。また、浅田徹氏「百人一首の天智天皇の歌」（『新編荷田春満全集』第七巻月報」おうふう、二〇〇七年）は、当該歌の古注釈の傾向を端的にまとめている。

（19）鈴木淳氏「『百人一首改観抄』解題」（『百人一首改観抄』桜楓社、一九八七年）、吉海直人氏「【解題】『百人一首発起伝』について」（『新編荷田春満全集』第七巻、おうふう、二〇〇七年）は、真淵の『古説』が荷田家における『百人一首』研究会の成果をまとめたものであることを指摘する。

（20）真淵が否定する『幽斎抄』の説は、実際は歌の「裏」の説である「奥義」としてあげられたものである。『幽斎抄』では歌の「表」は、天皇が民の農作業の苦労を見て涙を流すことを詠み、実はそれは諒闇だとする。「表」の意と「裏」の意は、両立・併存するものとして示されている。『拾穂抄』は、『幽斎抄』のこの「裏」の説を、「表」の説と同じ一つの「説」として扱っており、『うひまなび』では、『拾穂抄』に見られる先行注釈理解を踏まえて、「裏」の説であった諒闇説が一つの「説」として扱われ、否定されている。

（21）契沖『改観抄』でも、「吾」を重く取り過ぎるべきではないとの指摘はあるが、天皇の衣が濡れたのではなく、民の辛苦を思い、その立場で詠んだと理解すべきであるとの主張のなかで行われている。伝真淵書き入れ『改観抄』(國學院大学附属図書館蔵)では、「吾」への注目は、『改観抄』での言及に対する注記ではなく、和歌本文への書き入れで示されている。

(22) 吉海直人氏『百人一首の新考察』(世界思想社、一九九三年)。

(23) 菊地仁氏「百人一首古注の系統化私案(下)」(『伝承文学研究』第三十一巻、一九八五年五月)は、「君が為」詠を、宗祇流古注が「有心体」と認定するのに対し、冷泉家流古注のうち『米沢本百人一首抄』はこれを「撫民体」に分類し、その性質が巻頭の「あきの田の」詠に通うと説くことを指摘する。

(24) 『賀茂真淵全集』第十二巻(続群書類従完成会、一九八七年)による。

(付記) 本稿中、『百人一首』注釈書の「百人一首」の語を省いている。また、資料の引用に際しては私に句読点を施し、ルビ・返り点・送り仮名を省略した箇所がある。

本稿は平成二十九年度科学研究費補助金(若手研究B)による研究成果の一部である。

Ⅱ 成熟と転換の時代――十八世紀

中森康之

自注する精神

俳諧において「注釈」とは何か

はじめに

例えば和歌や連歌にも注釈はある。しかし俳諧の注釈はそれらとは違った意味本質をもっている。それはもちろん、俳諧という「文学」の本質に由来したものである。本稿では、俳諧において、注釈が如何なる意味をもっていたかということを明らかにしたい。

一　俳諧という「文学」

今日では、俳諧は文学の一ジャンルとして認識されているが、もともとはそうではなかった。よく知られているように、日本文学史において最初に「俳諧」が登場するのは、『古今和歌集』巻十九に収められた誹諧歌である。つまり「俳諧」は、和歌の一体として日本文学史に登場したのである。そして重要なのは、この誹諧歌は、作者が誹諧歌を詠もうとして詠まれたものではないということだ。そうではなくて、『古今和歌集』の撰者が、それまでに詠まれた和歌の中で、ある共通点をもったものを誹諧歌として認定し分類したのである。つまり誹諧歌が詠まれた時点では、作者の中に誹諧歌が何であるかという明確な概念はなかったのだ。そして不幸だったのは、『古今和歌集』において誹諧歌という概念が形成され、具体的な歌もそこに分類された後でさえも、「次に、誹諧歌といへるものあり。これよく知れる者なし」（『俊頼髄脳』）と言うごとく、誹諧歌が何であるか誰にもよく分からなかったことである。

そのような中、清輔《きよすけ》の『奥義抄』が詳しい釈義を試みた。清輔は、誹諧は滑稽であるとした上で、『史記』「滑稽列伝」などを踏まえながら誹諧の意味を解き明かそうとした。この清輔の誹諧（滑稽）釈義が、以後江戸時代中頃まで連歌や俳諧の世界で、連綿と受け継がれることになった。

しかしその一方で、誹諧歌自体は和歌の中で重要な位置を占めるには至らなかった。のちに単に「俳諧」とだけ言われるようになる「文学」は、この誹諧歌のことではない。周知のように、日本文学史における俳諧とは、俳諧の連歌（とそこから発展したもの）のことである。そしてここでもやはり、俳諧は独自の形式をもっていた訳ではなく、ある性質をもった連歌のことを意味したのであった。つまり誹諧歌同様、俳諧の連歌は、連歌の一体として誕生したのである。例えば寛永十九年（一六四二）の『歌道聞書』に次のようにある。

誹諧は連歌の一体に有て、今誹諧といふは、狂句・され句といふべきにや。(1)

そしてこれまた誹諧歌同様、俳諧の連歌は、当初、それを詠むことを目的として詠まれた訳ではなかった。近年、連歌と俳諧の本質的な差異について問題提起をしている廣木一人も、『醒睡笑』について次のように述べている。(2)

ここに載せられた発句・付合など多くは、連歌を詠もうとして結果的に俳諧風になってしまったのであって、それが滑稽味を醸し出すのである。例えば、宗祇の次のような逸話は俳諧を詠もうとしたわけではない。

宗祇東国修業の道に、二間四面のきれいなる堂あり、立寄り、腰をかけられたれば、堂守の言ふ。「客僧は上方の人候ふや」。「なかなか」と。「さらば発句を一つせんずるに、付けてみ給へ」と。

新しく作りたてたる地蔵堂かな
物までもきらめきにけり

と付けられし。「これは短いの」と申す時、祇公、「そちの弥言《いやこと》にある〈かな〉を足されよ」とありつる。

そして次のようにまとめている。

『醒睡笑』において何をもって連歌とし、何をもって俳諧としているかは今後精査しなければならないが、結果的に諧謔性を持つとしても、ここに載せられている句・付合は連歌であると認識されていたに違いないのである。

かくのごとく、俳諧は連歌の一体であり、しかもそれを目指して詠まれたものではなく、さらには、結果的にもそれが連歌であるのか俳諧の連歌であるのかは、判別の困難なものなのであった。これも『古今和歌集』において、いかにも誹諧歌らしい歌が、巻十九「誹諧歌」には収められていなかったり、逆にそこに収められているものの、それがなぜ誹諧歌なのかが判然としない例があることと同様である。それほど「俳諧」という概念は、難しいものだったのである。

さて、しかしながら誹諧歌と違って、俳諧の連歌は、多くの人々によって支持され、やがてそれを詠むことが目的とされるようになる。そのとき作者にとって切実な問題となったのが、言うまでもなく「俳諧とは何か」という問題であった。俳諧の側から言うと、「俳諧とは何か」ということを常に意識し、明確な意図をもって詠まなければ、うっかりするとそれはすぐに連歌になってしまうからである。

そんな中、最初に明確な俳諧の定義を試みたのが貞徳《ていとく》である。貞徳は、「其の中よりやさしき詞のみをつゞけて連歌といひ、俗言を嫌はず作する句を俳諧といふなり」(『御傘』)とか、「貞徳云、連歌には五ケ十ケなど賦物あれど、誹諧は即百韻ながら俳言にて賦する連歌なれば」(『増山井』)等のように、使用されている言葉を俳諧であることの根拠としたのであった。これはある意味、極めて具体的で分かりやすい根拠である。

しかしそれに異を唱えたのが談林の俳人たちであった。貞門と談林がこの「俳諧とは何か」を廻って激しく論争を繰り広げたことはよく知られているが、中でも岡西惟中《おかにしいちゆう》は、俳諧の俳諧たる所以について深く論じた一人である。その惟中は、貞徳が俳諧の根拠を俳言（俗語）に求めたのに対し、俳諧とは滑稽の心であると断じた。

俳諧といふは、たはぶれたること葉の、ひやうふつと口よりながれ出て、人の耳をよろこばしめ、人をしてかたりわらはしむるのこゝろをいふなり。(3)

俳諧とは、表出された言葉のことではなく、その言葉を表出した心の謂いである。そう惟中は言っているのだ。言葉か心かという違いは、一見たいした問題ではないように見えるかも知れない。しかしそうではない。先に述べたように、俳諧の根拠が使用された言葉にあるのであれば、その作品が俳諧であるか否かを判定するのは、それほど困難なことではない。しかし心となるとそうはいかない。「人の耳をよろこばしめ、人をしてかたりわらはしむる」心をそこに読み取るか否かは、多分に主観的な問題だからである。

しかしこのことは、逆に言えば、俳諧の可能性を大きく切り開いたことを意味している。「俳諧の心」は、如何様にも具現化することが出来るからである。事実それを受け継いだ芭蕉は、それまでになかった俳諧の可能性を追究し、蕉風を確立した。そしてこの「蕉風」は、一義的に定義することは極めて困難であり、現に様々な形で具現化された。芭蕉自身、日々変化し、時期によってまるで俳風が違っているように見える。それを受け継いだ門弟も、それぞれ自分の信じる「蕉風」を追究した。蕉風復興運動において蕉風回帰を称えた俳人たちが目指した「蕉風」が、人によって異なっていたことはよく知られている。また例えば、長年芭蕉に師事していた其角《き かく》の作風があまりにも芭蕉と違っていることを不審に思った許六《きよりく》は、芭蕉入門に際して、「師ト晋子ト、師弟は、いづれの所を教へ、習ひ得たりといはむ(4)」と芭蕉に質したというエピソードを自ら書き残している。

さて、惟中に話を戻そう。惟中は次のように主張する。

あふぎねがはくは、こゝろをも俳諧になし、身をも俳諧になして、俳諧はすべき事なり。この道理をこまかに弁へしらねば、おほかた連歌の躰になりて、いさゝか興もなく、百韻をよまんとすればねぶりのつく事也。もし殊勝の付心、一句の本意、気味《きみ》ふかきをおもしろしとおもはゞ、ただ俳諧はうちやめて、連歌をまなぶべきなり。

俳諧をやるなら、身も心も俳諧でなければならない。そうでなければ連歌になってしまう。伝統的な美意識や本意を楽しみたければ、俳諧などやらずに、連歌をやればよいのだ。惟中はそう言っているのである。ここで惟中は、連歌と俳諧に優劣を付けている訳ではない。たゞ、連歌には連歌の、俳諧には俳諧の、それぞれ固有の表出主体（心身）があると言っているのだ。

では俳諧の心とはどういうものなのか。惟中は次のように述べている。

俳諧はなんぞ。荘周がいへらく、滑稽なり。とはなんぞ、是なるを非とし、非なるを是とし、実を虚になし、虚を実になせる、一時の寓言をいふならんかし。

是を非とし、非を是とし、実を虚とし、虚を実にする寓言、それがすなわち俳諧＝滑稽だと言うのである。もちろん惟中は、それを可能にする心のことを言っている。一つだけ具体例を見てみよう。先述したように、貞門と談林が論争を繰り広げたことはよく知られているが、惟中の『俳諧蒙求』の次の箇所は、俳諧の本質をめぐって、貞徳を批判している箇所である。

『いぬつく集』に、

にがく〳〵しくもおかし《を》かりけり

我おやのしぬる時にもへをこきて

貞徳の判に、「いかに俳諧なればとて、父母にはぢをあたふるは、みちにあらず。（中略）歌はいふにたらず、連歌も俳かいも、皆人のお《を》しへのはしになるやうにこゝろへ《え》ざるは、何のほまれありとても、せんなきとしるべし。「人の親の」とありたらば、この句よりも付ごゝろまさるべし。我おやならばいかでお《を》かしかるべき。それをお《を》かしとおもふ心あるは、人の子にてはあるまじ。畜生にもおとりたるもの也。かやうの所よく〳〵吟味なくば、のちの嘲《あざけり》をえて、俳諧せぬものよりはおとりなるべし」とかゝれし。

愚、この趣をよみ来り、よみ去り、孝情忽にうかみ、まことに篤実なるお《を》しへかなと、感心肝にめいじぬ。されども、このお《を》しへは、歌・連歌本意といふものなり。（中略）されども、俳諧の本意は格別の事也。こゝが、右にあまた申侍る、荘子が寓言、老子の虚無底《きよぶてい》、俳かいにある所なり。「おやのしぬる時へをこきて」としたる作意、更にとがむべきにあらず。

引用が長くなったが、これを見ると、貞徳と惟中の俳諧観の違いがよく分かる。貞徳は、あくまで人としての道を重んじ、俳諧といえども和歌や連歌同様、道徳に反してはならないと考えていた。その意味で、心は、俳諧も和歌・連歌も同じとしているのである。その同じ心から出た、多少の言葉のおかしみ、具体的には連歌では決して使わない俗語を使用することのおかしみを味わうのが、貞徳にとっての俳諧であった。しかし惟中はそれを徹底的に批判する。貞徳が述べる孝情はそれ自体として素晴らしいかもしれないが、それはあくまで歌・連歌の本意なのであって、俳諧の本意はそれとは全く別なのだと主張しているのである。先の引用にあったように、そのような道徳的な心を大切にしたいのであれば、何もわざわざ俳諧をやる必要はないのであって、連歌を楽しんでいればいいというのが、惟中の考えである。

俳諧には俳諧固有の本質がある。それは使用言語ではなく、表出主体（心）の問題である。これが、惟中ら談林俳諧が切り開いた俳諧の新しい可能性であった。そしてそれを深く受け継いだのが、他ならぬ芭蕉である。そしてそれはさらに、蕉風俳諧の本質を説き広めた支考《しこう》、支考の俳諧観をよい形で受け継ぎ蕉風復興運動を牽引した蝶夢《ちょうむ》などに受け継がれてゆく。

さて、ここまできてようやく本稿のテーマにだいぶ近づくことができた。すなわち、俳諧において「注釈」とは何かという問題である。

二　俳諧という心

俳諧には俳諧固有の本質があり、それは心の問題であるとすれば、次に考えるべきは、その心は具体的にどのような心なのかという問題である。

冒頭から述べているように、これは極めて難しい問題であった。例えば惟中は、俳諧の心は「是なるを非とし、非なるを是とし、実を虚になし、虚を実になせる」心、「寓言」を可能にする心であると主張した。それを受けた芭蕉は、「高くこころをさとりて俗に帰るべし」（『三冊子』）とか、「造化にしたがひ、造化にかへれ」（『笈の小文』）とか、「造化にしたがひて四時を友とす」（同）とか、「常に風雅の誠をせめさとりて」（『三冊子』）などという断片的な言い方でそれを伝えた。さらにその芭蕉の教えを受けた支考は、（蕉風）俳諧の本質は俳諧の心にあると明言した上で、その心を「虚実自在」と言い表した。その支考の俳諧観をよく受け継ぎ、蕉風復興運動を牽引した蝶夢も心の重要性を「まこと」という言葉で説いた。

これだけ見ても、俳諧の心は、それぞれの俳人がそれぞれの関心と文脈に応じて、様々な言い方で表現していたことが分かるだろう。そして創作におけるその具現化ということになると、さらに可能性は無限大に広がると言ってよい。そしてこのことは、逆に言うと、誰でもいつでも、俳諧の心の新しい具現化を試行することが可能であるということでもある。

このことが意味するのは、次のことである。すなわち、「俳諧」という領域の境界線はあらかじめ明確に規定されてはおらず、作品が作られた後に、事後的に規定されるということである。つまり、俳諧とは新しい作品が創作されると同時に、その作品が新しい「俳諧」であることを同時的に提示しなければならない、そういう「文学」なのだということである。

全く新しい作品が創作され、そういう「俳諧」があったのかと膝を打ち、それを追従し、また自分でも新しい「俳諧」を生みだそうとする。俳諧の歴史は、その繰り返しなのであった。

今私は、話を分かりやすくするために「作品」という言葉を用いたが、もちろんこれは発句や付句だけを意味するものではない。俳文や俳画といったものも、今では「俳諧」として認識されている。文章であろうが画であろうが、そこに「俳諧の心」が表出されているのであれば、それは俳諧の作品なのである。それだけではない。『去来抄』には去来の言葉として「俳諧の人」というのも見える。そうなるともはや、「文学」という表現では狭すぎる。私が「俳諧」を、ある心（精神）の状態、あるいは端的に「思想」と言った方がよいと考えているのもそのためである。そうすれば、「俳諧の人」というのは、それが具体的にどういう人を指すかということについてはおくとして、概念的には、俳諧の心をもった人、俳諧という思想を体現した人、と理解できるからである。

さて、もちろん今述べてきたことを、全ての俳人が深く考えていた訳では決してない。ほとんどの俳人は、そのようなことは考えず、単に俳諧を楽しんでいたに過ぎない。しかしごく一部の俳人は、このことを深く理解していた。それが例えば芭蕉であり、その高弟支考であった。

三　判詞という注釈

「新《あたらし》みは俳諧の花也」（『三冊子』）と言われるごとく、俳諧は常に新味を追究してきた。そしてこれまで見たように、その新しさは、作品が創作されて初めて了解されるという性質をもっていた。これは、新しい俳諧の作品が創作されても、それが俳諧であるとすぐには了解されない場合もあったということである。そのとき有効だったのが、注釈という方法であった。おそらく初期の芭蕉はその方法を自覚的に用いたのである。

例えば、杉風《さんぷう》編『常盤屋之句合』（延宝八年〔一六八〇〕跋）という作品がある。これはもともと其角編『田舎句合』（同年序）と合わせて『俳諧合』として刊行されたもので、前者は杉風、後者は其角が詠んだ発句五十句で作った二十五番の発句合である。そしてそれぞれに芭蕉の判詞が添えられている。興味深いのは、これらは、単に杉風や其角が詠んだ発句に対し、師である芭蕉が句の優劣を判定したものではないということである。佐藤勝明は次のように述べている(5)。

　これら序・跋を見る限りでは、芭蕉は乞われて判を示したに過ぎないともとれる。しかし、彼らの関係から推しても、判の依頼に応じただけであるとは考えがたく、少なくとも、芭蕉が各句の特徴をよくつかみ、これに合わせる趣向で判詞を書いていることは、確実といってよい。辻村尚子氏の「其角のこころみ――『田舎之句合』から『俳諧次韻』へ――」はこの点に踏み込み、「田舎」の数番を読み解きながら、「句と判詞とが別個に作られたものではないこと、判詞の作成にも其角の関与がうかがえること」を説く。「判詞から、当時の芭蕉の俳諧観を論ずる」だけでは「この作品を十分に理解したことにはなら」ず、「句と判詞をともに読んでこそ、作品世界をよりよく味わうことができる」との提言は貴重ながら、句と判詞が同時の成立であるかといえば、その可能性はあるにしても、証明は不可能といわざるをえない。同時成立であるか否かに関わらず、句と判詞を合わせて読むことが求められているのは確実であり、（後略）

佐藤が指摘する「句と判詞を合わせて読むことが求められている」というのを私なりに言い換えると、芭蕉の判詞は単に句の意味を解説している訳でもなければ、句の優劣を明らかにしている訳でもなく、発句と判詞を同時に示すことによって、自分たちの新しい俳諧がどのようなものであるかを世に知らしめようとしていたと言うことである。その意味で、『常盤屋之句合』『田舎句合』は、自分たちが試みた新風を世に問うべく、芭蕉と其角と杉風が周到に準備し、企画した共著だったと見ることができるのである。

このように考えると、芭蕉の最初の出版、江戸に出る前に伊賀上野の天満宮に奉納したという『貝おほい』（寛文十二年〔一六七二〕自序）も、芭蕉が自らの発句に自ら判をしたものであったことが思い出される。『貝おほい』の場合は、新風というよりは、当時流行の談林俳諧の最先端を行こうという気持ちが強かったと推察されるが、いずれにせよ芭蕉は、作品とその判詞という形式の可能性に、早くから気付いていたのは間違いない。そしてそれは、常に新しさを求められる俳諧において、非常に有効な手法だったのである。

もちろん作品に判詞を付すという形式は、歌合からのものであり、それ自体何ら新しいものではない。しかし芭蕉たちは、俳諧においてその形式にそれまでとは違った意味を与えた。つまり、常に新しさを追究する俳諧において、作品と注釈、詳しく言えば、新しい作品と新しい詠み方・価値観・視点等を同時に提示するという方法を見いだしたのであった。

しかし、芭蕉はこの方法を長く続けることはしなかった。僅かの例を除いて、この後芭蕉は、専ら作品のみによって自らの新しい俳諧を世に問うたのである。門弟には、折りに触れた断片的な俳話で教えを説くことはあったが、それを一般に公開することはなかった。芭蕉は生涯、一冊の俳論も書かなかった。ここには出来上がった作品が全てであるという芭蕉の覚悟と自負を感じ取ることができるかも知れない。

十七世紀という芭蕉が生きた時代は、それでよかったのかも知れない。しかし十八世紀になるとそういう訳にはいかなくなる。最初期の芭蕉が見いだした作品と注釈を同時に提示するという方法は、早くから「俳諧とは何か」を徹底的に追究し、十八世紀に入って独自の蕉風俳諧を展開した最晩年の弟子によって受け継がれることになった。それが支考である。

四　許六と支考の俳文集

元禄三年（一六九〇）に芭蕉に入門した支考は、常に俳諧の新しい可能性を模索し続けた。そしてそれと同時に、芭蕉の俳諧の本質を常に説き続けた。蕉風俳諧の本質を解き明かし、それを普及させることが自分の役割であると支考は信じていたからである(6)。

支考は、芭蕉入門から二年後、早くも俳論書『葛の松原』（元禄五年〈一六九二〉刊）を出版した。これは芭蕉生前に出版された唯一の蕉風俳論書である。芭蕉は自ら公に自分の俳諧について語ることはしなかったが、弟子が自分の俳諧について語ることは許したのである（自分では語らないが、弟子が語ることはよしとする芭蕉のこの態度が、支考に受け継がれたことについては後述する）。『葛の松原』は、後に支考が著す『俳諧十論』（享保四年〔一七一九〕跋）とは違い、具体的な句と解説の両方が記されている。そして『葛の松原』以降、支考は数多くの著作を著すが、その多くが、注を含んだ形で書かれているのである。「注釈」という方法に最もこだわり、それを最も有効に用いた俳人が、他ならぬ支考なのであった。そのことをもう少し詳しく見てみよう。

芭蕉が『猿蓑《さるみの》』編纂の頃、俳文集の編纂を目指していたにもかかわらず、納得のゆく作品が集まらず、結局断念せざるを得なかったことはよく知られている。そして芭蕉は、その夢を実現することなくこの世を去った。この芭蕉の夢を叶えたのが、晩年の弟子、支考と許六であった。

先に出版されたのは許六『本朝文選』（宝永三年〔一七〇六〕刊）である。これは芭蕉はじめ蕉門俳人二十九人の俳文を収録したもので、日本の文章史上初めて俳文という一格を確立させた画期的なものである(7)。それに続いたのが、支考『本朝文鑑』（享保三年〔一七一八〕跋）、『和漢文藻』（享保十二年〔一七二七〕刊）である。

この許六『本朝文選』と、支考『本朝文鑑』『和漢文藻』は、「賦類」「辞類」などに分類して掲載するなど、一見似たような俳文集に見える。しかし実は大きな違いがあるのである。その一つは、許六『本朝文選』が、芭蕉と蕉門俳人による文字通りの俳文が掲載されているのに対して、支考『本朝文鑑』は、人麿、赤人、西行、法然、一休、宗因、芭蕉、蕉門門人等、古今の文章が幅広く収められているということである。『和漢文藻』も同様に、支考とその門人の作が多いとはいえ、阿仏尼や兼好等の文章も収められている。

このことに少し注意を払うと、次のような疑問が起こる。それは、『俳文学大辞典』では両書とも俳文集と規定されているが、本当にそうなのかという疑問である。

許六『本朝文選』は、俳人による文章が収められているので、俳文集と見ることに違和感はない。しかし支考『本朝文鑑』『和漢文藻』は、ほんとうに俳文集と言ってよいのだろうか。このように考えたとき、許六の『本朝文選』と、支考の『本朝文鑑』『和漢文藻』とに、もう一つの大きな違いがあることに気付く。『本朝文鑑』『和漢文藻』には、注釈が付されているのである。

『本朝文鑑』には、「蓮二房編輯　渡部ノ狂註解」と明記した上で、註が付されている。また『和漢文藻』には「評」と「註」が付されている。なぜ、許六『本朝文選』には注釈がなく、支考『本朝文鑑』『和漢文藻』には注釈があるのか。それは、許六『本朝文選』は、誰が見てもそこに収録されている作品が俳文であることが明らかだったからであり、支考『本朝文鑑』『和漢文藻』の方には、一見俳文とは見えない作品が多数収められていたからではないだろうか。支考『本朝文鑑』『和漢文藻』では、それをどのように読めば俳文として読めるか、あるいは、その文章を俳諧という視点で読むとどうなるかということが、作品と同時に提示されていたのである。もしそうでなければ、多くの読者はそれらが俳文であることの意味を十分に理解することが出来なかっただろう（仮名詩についてまさしくそういうことが起こっていることについては後述する）。さらにそこで支考は、文章の格式なるものを新しく立て、俳諧のさらなる可能性を追究していることも付け加えておきたい[8]。

さて先ほどの疑問、支考『本朝文鑑』『和漢文藻』を俳文集と規定してよいかという問いの答えは、少なくとも支考の意識としてはイエスである。しかし両書を俳文集と見なすには、独特の俳諧的視点が必要であった。そしてそれは支考が新たに提示した視点であって、あらかじめ一般に共有されていたものではなかった。つまり支考は、新たな俳文作品と、それを俳文と見なすことができる視点とを同時に読者に提示したのであった。

この、俳諧の新しい具現化とその注釈を同時に提示するというこの方法は、先に見た杉風編『常盤屋之句合』

や其角編『田舎句合』と同じものである。ただ芭蕉は、杉風や其角といった弟子とともにそれを行った。それに対し支考は、一人で全部やったのである。

五　自注する精神

先に述べたように、支考の著作の多く、特に『俳諧十論』以降の著作を見ると、それらの多くが注釈を含んでいることに気付く。例えば、支考の主著と言ってよい俳論『俳諧十論』は、それまでにはなかった俳論史上初めての本格的な俳論である。内容もさることながら、その体裁も新しかった。つまり、支考以前からあり、支考も『葛の松原』で採用した書き方、発句を取りあげそれを断片的に解説するというスタイルをとらず、特に前半は、発句をほとんど引かず、文章のみによって体系的に論じるという、それまでなかった全く新しいスタイルで書かれている。しかもそれまでの俳論に比して抽象度が極めて高く、難度も非常に高かった。

これには大きく二つの理由がある。一つは、『俳諧十論』が、「論」の文体を強く意識して書かれているということである。この「論」の文体については、先に触れた『本朝文鑑』に解説されている。そしてもう一つは、『俳諧十論』が書かれた十八世紀の人々の関心の問題である。周知のように、十八世紀は、人々の知的好奇心が高まった時代である。支考が蕉風俳諧普及の対象としたのは、そのような高い知的好奇心をもった素人たちであった。支考はそういう大量の素人を取り込み、美濃派の勢力を急速に拡大することに成功したのである。

そういう人たちは、難解さをむしろ好むという傾向があった。俳諧においても、難解な句、難解な文章、難解な伝書が十八世紀には数多く作られた。支考の『俳諧十論』も難解だとよく言われるが、その難解さも魅力の一つだったのである。もちろん支考は難解なままで終わらせた訳ではない。十論講と称して『俳諧十論』の講義を各所で行い、注釈書『十論為弁抄』も刊行している。『俳諧十論』は、それ自体に注釈をもっていたが、さらに注釈書が刊行され、講義も行われたのである。

以上のように、『俳諧十論』は、それ自体が支考による全く新しい俳諧の試みであった。それが俳諧の新しい実践であることを読者に了解してもらうために、支考は幾重にも注釈したのである。

ところで、『俳諧十論』は、一般的には支考著とされている。もちろんそれで正しいのであるが、『俳諧十論』には、本文は東華坊述と明記されており、それぞれの段の最後に「伝曰」という解説が付されている。また末尾に掲載されている「十論ノ讃」は蓮二、「十論ノ校」は渡部ノ狂が書いていることになっているのである。『十論為弁抄』は、支考が各地で開いた十論講をもとにしたものであるが、冒頭の「十論ノ大綱」は蓮二房、本編は渡部ノ狂編となっている。また『俳諧古今抄』は、いわゆる式目書の色彩が濃いものであるが、こちらは惣序を蓮二房が書き、本文は東華坊が書いている。それぞれの章段の後には、「東華曰」という注釈が付されている。

これらは全て支考の別名であり、全て支考が一人で書いたものである。ではなぜこのような回りくどいことを支考はやったのか。支考が多くの変名を使って人を欺いたのだと一般に言われているが、それは違う。先の『常盤屋之句合』『田舎句合』を思い出してもらいたい。あれらはそれぞれ、芭蕉が弟子と二人で創作したという体裁をとったものであった。つまり、作品を弟子が作り、師がその解説を担当したのである。また芭蕉が、生前自分では俳論を一冊も書かなかったことも忘れてはならない。つまり芭蕉は、自分で自分の俳諧について、少なくとも不特定多数を相手に解説することをしなかったのである。それにもかかわらず、支考が『葛の松原』を刊行することは許した。つまり、弟子が語るぶんにはよしとしたのであった。それは自注というものが、一歩間違うと自己満足の自画自讃になることを分かっていたからかも知れない。真意は推察するしかないが、少なくとも支考は、その芭蕉の姿勢をよく理解していたことは間違いない。おそらくだからこそ、支考は自画自讃にならないよう、弟子が師の文章を注釈するという体裁をとったのである。

このような、師弟という体裁をとりながら自注すること、そういう意味での「自注する精神[9]」を支考は存分に発揮した。そして既に述べたように、それは俳諧の本質そのものが内包している精神だったのである。

六　俳諧の実践としての注釈書

蕉風俳諧の普及という目的ともう一つ、支考には重要な実践があった。それは新しい俳諧の可能性の具現化である。芭蕉の門人の中で、支考ほど新しい実践を試みた門人はいない。それは今日から見てもラディカルであり、それゆえ今日に至ってもそれが「俳諧」の実践であると認識されていないものも多い。

いくつか具体的にあげてみよう。

まず本稿の最大の関心事である注釈ということに関しては、『つれ〴〵の讃』と『論語先後鈔』をあげることができる。『つれ〴〵の讃』は『徒然草』の注釈書であるが、それまでの注釈書と全く趣を異にしたものであり、文体や論の運びに注目し、『徒然草』を支考流の俳諧的視点によって文芸書として読もうとした書である。重要なのは、支考にとって注釈という行為は、俳諧の実践だったということである。文章を俳諧という視点から読み解く。本稿にもっと引きつけて言えば、俳諧の心をもって文章を読み解くとどうなるか。『つれ〴〵の讃』は『徒然草』を題材にそれを試みた注釈なのであった。俳諧の心をもって行う注釈は、俳諧の実践に他ならない。

もちろん今日の俳諧研究においては、『つれ〴〵の讃』は俳諧の書とは見なされていないし、評価もされていない。その一方で、『徒然草』注釈史上においては独創的なものとして評価されている。[10] しかし支考にとっては、これはあくまで俳諧の実践だったということをここで強調しておきたい。

もう一つの『論語先後鈔』は、言うまでもなく『論語』の注釈書である。支考が『論語』を非常に気に入っており、「俳諧の鑑」とまで呼んでいたことについては、以前から再三指摘してきたが[11]、俳諧師である支考が、死の間際まで必死になって執筆していたのがこの『論語』の注釈書だった。これは一体どういうことなのか。もちろんそれが紛れもない俳諧という行為だったからに他ならない。『つれ〴〵の讃』同様、俳諧という視点から『論語』を読み解くことが、俳諧の行為そのものだったのである。ただ残念なことに、支考は結局『論語先後鈔』を完成させることができずこの世を去った。『論語先後鈔』が俳諧研究において一顧だにされていないことは言うまでもない。

七　俳諧の実践としての仮名詩・大和詞

支考は、仮名詩というものを考案した。これは先に見た『本朝文鑑』や『和漢文藻』等に収められている。この仮名詩については、堀信夫に詳しい論考がある。[12] その冒頭で堀は次のように述べている。

各務支考の『本朝文鑑』（享保二年一七一七）や『和漢文操』（享保十二年一七二七）に、仮名詩という新体の一格がある。だが残念なことに、その仮名詩を作った支考の真意を理解する者はほとんどいない。一般の評価は、面白い着想ではあるが、その作品を見ると、あまりに衒学的あまりに遊戯的だというのである。（中略）たしかに支考一派の作品を通読しての印象は、そのとおりであるが、しかしそれにもかかわらず、彼が新体の詩を作る意図は、決して衒学的思いつきや悪ふざけではなかつた。だからかくもながく仮名詩の説が誤解のまま放置されたのは、多分仮名詩そのものがあまりに新奇な印象を与え、作品だけが単独にとりあげられて来たせいであろう。

仮名詩はあまりにも新しすぎたがゆえに、作品だけを単独に見ても、ほとんどの人がそれを正しく理解できなかったのだと堀は指摘しているのである。もちろん支考もそのことは十分承知していた。だからこそ支考は、『本朝文鑑』や『和漢文藻』で注釈を付したのである。堀は先の引用に続けて次のように述べている。

ところが、仮名詩というのは、もともと俳文集の中の一つの文体として創案されたものである。したがつて、この仮名詩を正しく理解するためには、それを支考の独創的体系的な俳文論の構造全体の中に正しく位置づけし、それとの関連において論じる必要があると思われる。

こう述べた後、堀は支考自身の文体論に基づいて仮名詩の意義について明らかにしているのであるが、本稿の関心から重要な点をあげれば、仮名詩を支考は、俳文の一格として創案したこと、つまり、それは俳諧の実践だったということ、そしてその意味や意義、根拠といったものは、注釈という形で作品と同時的に提供されており、それを手がかりとして読み解けば理解が可能なのだということである。(13) しかし堀が読み解くまで、本稿で明らかにしてきた俳諧における注釈の意味に誰も気付かず、注釈は単なる作品理解の手助け程度にしか考えられてこなかったのである。いやそれさえもきちんと読まれることなく、仮名詩は誤解されたままになっていたのである。

さて支考は、仮名詩以外にも例えば「大和詞」というものを創案している。これは仮名詩と対照的に、和文を漢文体で表記するという新文体である。ここでは詳しく説明することは避けるが、これまで見てきた例と同様、支考は『新撰大和詞』（享保六年〔一七二一〕刊）において、「真名序」をそれで表記し、「大和詞ノ口義」でそれを解説するという方法をとっている。

八　傍流美濃派、衆議という方法

以上支考が、新しい俳諧の実践を注釈と同時に提示した例を見てきた。この方法は、先に見たように芭蕉により試みられていたものではあったが、多分に十八世紀という時代が影響していたことも確かである。先に述べたように、この時代、難解なものへの関心が強く、支考に限らず難解な俳論や俳諧伝書が数多く書かれたからである。淡々《たんたん》などの文章もその一つであるが、支考の関連でいうと、いわゆる傍流美濃派が各地に伝えた伝書も抽象的で難解なものが多かった。例えば玄武坊や安楽坊春波などは、支考の俳論を説いているので、当然といえば当然であったが、彼らが地方俳人たちに受け入れられたということは、そのような抽象的な議論に対する人々の関心が高かったことを意味しているのである。

さらに例えば酒田の俳人たちは、盧元坊《ろげんぼう》に『俳諧十論』の講義を乞うたものの断られたので、盧元坊のすすめにしたがって自分たちで衆議し、『俳諧十論衆議』（明和三年〔一七六六〕刊）を完成させた。

これらの例からも、十八世紀の俳人たちには、作品の創作だけでなく、（新しい）俳諧を理解したいという強い欲望があったことがうかがわれるのである。

おわりに

以上のように考えると、冒頭で述べた、俳諧においてその注釈が特別な意味本質をもっていたということの意味が了解されるのではないだろうか。

俳諧の注釈は、単に作品の理解を助けるためのものではなく、注釈対象の作品が、正しく俳諧であることの根拠とその意義を同時に提示する役割をもっていた。それは、常に変化し、新しさを追究し続けなければならない俳諧の本質によるものであった。俳諧が心の問題であるとすれば、その可能性は無限の広がりをもち、それゆえ、あらかじめ俳諧の領域は確定されておらず、新しい作品の創作によって新しい俳諧の領域が切り開かれるという俳諧の本質は、必然的に注釈というものを必要としたのである。

本稿ではその典型として、支考の実践を取りあげた。十八世紀という時代において、誰よりも「俳諧とは何か」を追究し、誰よりもその可能性を押し広げたからである。それはあまりに新奇すぎたゆえ、今日においても誤解され続けている点が多いけれども、支考は支考なりに理解されるための工夫をしていた。それが自分の作品を自分で注するという方法であった。そしてこの「自注する精神」は、俳諧が本質的に内包している精神に他ならない。

（1）「『俳諧聞書』（外題）」（『日本文学誌要』一二、一九六五年六月）。

（2）廣木一人「中世連歌の近世」（『日本文学』二〇一〇年七月）。
（3）『俳諧蒙求』。引用は古典俳文学大系による。
（4）『俳諧問答』。引用は古典俳文学大系による。
（5）佐藤勝明『芭蕉と京都俳壇――蕉風胎動の延宝・天和期を考える』（八木書店、二〇〇六年）。
（6）拙稿「名人と上手――支考がなろうとしたもの」（『俳文学研究』三二、一九九九年十月）参照。
（7）『俳文学大辞典』（角川書店、一九九五年）「本朝文選」（堀切実執筆）。
（8）堀信夫は、支考『本朝文鑑』『和漢文操』について、「この両書が許六の『風俗文選』とちがう点は、支考独自の全く新しい俳文論・文体論・文法論・句格論等によって、終始一貫みごとに統一されているという点である」と述べている（「仮名詩の根拠」『国語と国文学』一九六八年十月）。
（9）この言葉は堀信夫に教示を受けたものである。
（10）国語国文学研究史大成六『枕草子・徒然草』（三省堂、一九六〇年）。
（11）拙稿「支考虚実論の試み――豊かな俳諧史をめざして」（『雅俗』六、一九九九年一月）参照。
（12）「仮名詩の根拠」（前掲）。
（13）実際には、堀がそうしているように、作品に付された注釈だけでなく、その他の著作などで示されている支考の俳文論も合わせて参照する必要がある。

（付記）本稿はＪＳＰＳ科研費 JP26370232 の助成を受けたものである。

Ⅱ　成熟と転換の時代――十八世紀

木越俊介

『新斎夜語』第八話「嵯峨の隠士三光院殿を詰る」と『源氏物語』註釈

江戸中期の幕臣における源氏受容の一端

はじめに

『新斎夜語《しんさいやご》』は梅朧館《ばいろうかん》主人こと三橋成烈《みつはしなりてる》が著した五巻五冊、全九話からなる短編集。安永四年（一七七五）に大坂の書肆を主板元として板行されている。(1) 時期的にも内容的にも初期読本に位置づけられるが、本作に早くに注目した徳田武「『新斎夜語』と談義本」(2)が談義本との強い関わりを指摘したように、九話中七話が対話形式の議論を含む点に特色がある。近年、飯倉洋一「上方の「奇談」書と寓言——『垣根草』第四話に即して」（『上方文藝研究』一、二〇〇四年五月）において「学説寓言」の一つとして位置づけられて以降、改めて研究が進展している。(3)

三橋成烈は享保十一年（一七二六）生、寛政三年（一七九一）没の幕臣。冷泉家に和歌を学び、大田南畝との接点については久保田啓一「大田南畝と江戸歌壇」(4)に指摘が備わる。また、大坂在番としてかなりの頻度で江戸と大坂を往復していたようで、彼が幕臣仲間と「飛檄《ひげき》会」という知識人グループを組み、大坂滞在中は江戸の仲間と書簡のやりとりを行っていたことなど、その交友関係については市古夏生「梅朧館主人と飛檄連中——『飛檄』『飛檄随筆』を通して」(5)に詳しい。また、飯倉洋一校訂代表『前期読本怪談集』（国書刊行会、二〇一七年）に浜田泰彦による『新斎夜語』の翻刻と、篗田将樹による作品と作者についての詳細な解説が備わる。

本稿では、『新斎夜語』巻五所収の第八話「嵯峨《さが》の隠士《ゐんし》三光院殿《さんくはうゐんどの》を詰《なじ》る」をとりあげ、ここで主たる題材となっている『源氏物語』註釈を軸に読み解くことを試みる。なお、本話の続編にあたる「三光院殿《さんくはうゐんどの》再《ふたゝび》嵯峨《さが》の草《そう》盧《ろ》を訪《とぶらひ》玉ふ」が安永八年板『続新斎夜語』巻四に収められるが、本稿では原則立ち入らないこととする。

一　『源氏物語』問答から堂上批判へ

本話は、「三条西内大臣実澄公《さんでうにしないだいじんさねすみこう》は、逍遥称名《せうようせうめう》二公《こう》の名誉《めいよ》を継《つぎ》給ひ、倭歌《わか》の名世《なよ》に高《たか》く、文才《ぶんさい》の聞《きこ》え並《なら》びなかりし」と、三光院こと三条西実澄（実枝《さねき》とも、一五一一～七九）の紹介から書き出されている。つづいて、公家の間で『源氏』が常日頃いかに親しみ貴ばれてきたかが語られたのち、「本文幽玄《ほんもんゆうげん》にして意味深長《いみしんちやう》なれば、列世《れつせい》の先達《せんだつ》、各《をの〳〵》注釈《ちうしやく》をなし、隠《かく》れたるを顕《あら》はし、微《び》なるを明《あきらか》にし給へり」と、註釈が積み重ねられてきたことを受け、話は三条西家代々の『源氏』註釈に及ぶ。

三条西家も代々是に御心を寄《よせ》られ、和漢《わかん》の事跡文書《じせきぶんしよ》を渉猟《せうれう》まし〳〵、実隆公《さねたかこう》の御説は孟津抄《まうしんせう》にしるされ、公条公は細流抄《さいりうせう》を述《のべ》給ふ。当内府君《たうたいふくん》（三光院のこと―木越注）も数年《すねん》御翫味《ぐはんみ》のうへ、父祖《ふそ》御二代の鈔《せう》の外に猶発明《はつめい》を得《え》給ひて、其名雲井《くもゐ》をとゞろかしぬ。

こんにちでは『細流抄』は実隆（逍遥院、一四五五～一五三七）、『孟津抄』はその子・公条《きんえだ》（称名院、一四八七～一五六三）の説をもとに甥の九条稙通《たねみち》が大成したもの、そして『明星抄』は公条によるものと理解されているが、特に『明星抄』はごく近年まで公条の子である実澄（三光院）の手によるものと考えられてきた。[6] 本話はその、『明星抄』の著者としての三光院に光を当てるものであることを、ここであらかじめ確認しておきたい。

さて、その三光院は既に出家しており、しばしば嵯峨へ足を運び「小倉《をぐら》山大井《おほい》川の辺《ほとり》へたび〳〵行通ひ、天龍《てんりう》臨川《りんせん》の蘭若《らんにや》に遊《あそ》び、野宮《のゝみや》桂院《かつらのゐん》の昔を尋ね給ひぬ」とあるが、「野宮《のゝみや》」が「桂院《かつらのゐん》」と並べられるあたり、やはり『源氏』ゆかりの地を慕ってのことであろう。[7] そんなある日、「為家卿《ためいへきやう》の古墳《こふん》、時雨亭《しぐれちん》の旧跡《きうせき》など一見《いつけん》まし〳〵、一の鳥居より南におれて、落合《をちあひ》といふあたりへ分《わけ》入らん」とするのだが、「山路《さんろ》嶮《けはしく》して容易登《たやすくのぼ》りがたかりければ、折ふし傍《かたへ》の山間《さんかん》に、かたちばかりむすびたる草《くさ》の庵《いほり》のあるに立寄《たちより》やすら」うところから話が展開しはじめる。この「一の鳥居」は愛宕神社のそれで、三光院は愛宕参詣道の坂を上り、鳥居から清滝川方面へと足を運んだわけであるが、この先はちょうど六丁峠が立ちはだかる難所ゆえ、草庵に憩いを求めたのであった。

その庵には「あやしき鶉衣《じゆんい》」を着た「七十許《なゝそぢばかり》」の翁が、「脚折《あしおれ》たる几《おしまづき》」で何かの書に読みふけっている。三光院が何を読んでいるのかと問うと、「光《ひかる》源氏物語なり」と答えるので、「かゝる山の奥《おく》に遁住《のがれすみ》て、かの物語見る心のうちの尊《たうと》さよ。なみ〳〵のしばふる人にはあらじ」と思い、翁と言葉を交わす。何年も『源氏』を熟読してきた翁は、目の前の人がかねてからあれこれ尋ねてみたいと思っていた三光院と知るや、ひたすら無礼を詫び平伏する。それに対し、三光院は自身いまでは「桑門《さうもん》の身」、そうした態度は必要ないとし、「さるにても、汝《なんぢ》が貧《まづし》ふして源語《げんご》を楽しむ、志を感《かん》ず。我おもふ人だにあらば、東《あづま》なる夷《ゑびす》の里もむつましきと聞ものを。はか〳〵しき本もなくば、追《をつ》て貸《かし》てん」と約すのであった。

翁はここを好機と考え、「日《ひ》頃うたがひ思ふ事、一二問《とひ》奉りたき」と、『源氏』についての不審箇所を三点提示するのだが、以下、それぞれについての問答のやりとりを箇条書きで示す。

【問①】かの物語の発端《ほつたん》に〈いづれの御時〉とかゝれたるは、いかなる故《ゆへ》にや。

【答①】これは伊勢集《いせがしう》に〈いづれの御時にかありけん。大御息所《おほみやすんどころ》おはします〉と書出《かき》せる筆法《ひつぽふ》にて、延喜《ゑんぎ》の御時と書《かく》べきをおぼめかしく書出《かき》たるものなり。

【問②】紅葉賀《もみぢのが》の巻に〈おそろしくも。かたじけなくもうれしくも。あはれにも〉と書《かけ》るは、いかなる事ぞ。

【答②】是等《これら》は和文《わぶん》にめづらしき筆法《ひつぽふ》にて、式部《しきぶ》が妙手《めうしゆ》のなす所、家父《かふ》既《すで》に賞美《せうび》せり。〈瑟兮《しつたり》。僩兮《かんたり》。赫兮《かくたり》。喧《けん》兮《たり》〉といへる、毛詩《もうし》の語勢《ごせい》にも似《に》たる。

【問③】式部《しきぶ》石山寺に通夜《つや》して、中秋《ちうしう》の夜、水月《すいげつ》を観《くはん》じて物語の趣向《しゆかう》うかみしを、わすれぬ内にと、仏前《ぶつぜん》の般《はん》若経《にやきやう》を本尊《ほんぞん》に申請《うけ》て、須磨明石《すまあかし》の巻《まき》を書けるよし。此事いかゞ。

【答③】河海抄《かかいせう》の序《じよ》に既《すで》にかく見えて、古くいひつたへたる事なれども、古書《こしよ》にいまだ見当《あた》らず。

①は桐壺巻冒頭部、②は紅葉賀巻の一場面、③はいわゆる石山寺起筆説についてであるが、三光院の答えは、当然のことながらそれぞれ『明星抄』に記される見解であり、右の言にもあるように『河海抄』や『細流抄』を踏まえた箇所が多い。

しかし、翁はこのいずれの答えにも飽き足らず、重ねて「高家《かうけ》三代の考勘《かうかん》のうち、さぞかし珍敷発明《めづらしきはつめい》やおはすらん」と尋ねるが、三光院は「大に当惑《たうわく》まし〳〵」「父祖《ふそ》三代の抄物《せうもの》、数条《すでう》の説《せつ》、少なきにあらざれども、今問《とふ》所の三ヶ条におゐては此外の発明《はつめい》なし」とする。そして翁はこれを潮に、①〜③それぞれについての自説を開陳するのである。以下、翁の自説も順を追って見ていくことにする。

(1)〈いづれの御時に〉と書《かけ》るは、長恨歌《ちやうごんか》の発句《ほつく》に唐《たう》の玄宗《げんそう》の事を、〈漢皇重レ色《かんくはうをもんじていろを》〉と書《かけ》るより出るものならん。元来桐壺《ぐわんらいきりつぼ》は長恨歌を俤《おもかげ》にたて、書る巻《まき》なれば、桐壺帝《きりつぼのみかど》を玄宗に比《ひ》し、更衣《かうい》を楊貴妃《やうきひ》に准《じゆん》ぜる。延喜《えんぎ》とも桐壺の御門《みかど》ともかゝで〈いづれの御時〉と書たる、此意《こゝろ》なくて叶《かなふ》まじ。

桐壺巻と長恨歌との関係そのものは、『源氏』本文に直接引用・言及されているようにあからさまであり、古註釈でもその点に触れるものが多い。ただし、冒頭の一節の朧化表現の出処を長恨歌に求める、という踏み込んだ解釈となると主要な古註釈類には見出せない。管見に入った限りでは、玉上琢弥「桐壺巻と長恨歌と伊勢の御」(『源氏物語研究』角川書店、一九六六年・初出一九五五年)が両者の冒頭部の類似を指摘し、これを承けた中西進

『源氏物語と白楽天』（岩波書店、一九九七年）が「現実を朧化させる態度」に、「もう一つの「長恨歌」の引用がある」とする。

次は②について。

(2)紅葉賀《もみぢのが》の巻に、〈おそろしくも。かたじけなくも〉など書《かけ》る、〈瑟兮僩兮《しつたりかんたり》〉の筆法《ひつぽふ》とばかりのたまひては筆法はすめども、文意《ぶんゐ》はあきらかならず。是は源氏の御心のうちに、みづからの御身のうへのおそろしく、御門の御事をかたじけなく、冷泉院《れいぜんゐん》の生《うま》れ給へるをうれしく、藤壺《ふぢつぼ》の御心を思《おぼ》しやればあはれなるを、かく色々《いろいろ》に思ひ給ふ〈も〉の字《じ》四つにてあるべし。

これは「も」の対句的な表現の中に、「筆法」がもたらす実相を探り、藤壺との子を目のあたりにした光源氏の、千々に乱れる複雑な心境が映し出されていると解釈したものである。こんにちでも、たとえば新潮社日本古典集成版『源氏物語』（石田穣二・清水好子校注、一九七七年）が、当該箇所をそれぞれ父帝と若宮への気持ちと解釈しているが、ともに前後の文脈を重視したものであり、物語内容の深い理解を目指す翁の説は、当時としても新味があったと認められそうである。

最後は少し長くなるが、全て引用する。

(3)此事古く云伝へたりといへども、一通り肯《うけが》ひがたし。式部草紙《しきぶさうし》書べき立願《りうぐはん》に参籠《さんろう》しながら、料紙《れうし》の用意なかりしは麁忽《そこつ》といふべし。思ふに釈迦《しやか》一代の蔵経《ざうきやう》は、華厳《けごん》の大乗《だいじやう》は聾唖《れうあ》のごとくにて聴衆《てうじゆ》の耳《みゝ》に入らず。阿含方等《あごんはうどう》に至りて小乗乳酢《せうじやうにうそ》の経《きやう》を説給《ときたま》ひ、衆生《しゆぜう》の機《き》やゝとゝのひて小乗《せうじやう》を誠とおもひ、有相《うさう》の法《ほふ》に着《ぢやく》せる時、般若濤汰《はんにやとうた》の経を説《と》かれて、色即是空《しきそくぜくう》なりと、今まで着《ぢやく》せし有相有色《うさううしき》は皆空《みなくう》なりと宣《のたま》へり。されば今まで有しを空《くう》と説《とけ》るが般若経《はんにやきやう》なるに、源氏物語は寓言《ぐうげん》にして夢《ゆめ》の浮橋《うきはし》のたとへのごとく、もとなき所にかけわたして事を設《まうけ》たれば、空即是色《くうそくぜしき》の法味《ほふみ》にて、般若のうらをかへして書初《かきそめ》しなるべしや。

前半の「釈迦一代の蔵経」云々は、おそらく『源氏』蛍巻において、光源氏が物語の「そらごと（虚言）」に言及する過程で触れる方便説を意識したもので、その文脈の中で仏教のいわゆる五時における般若経の位置を確認する。その上で、「色即是空　空即是色」である般若経の裏に紫式部が書き始めたという点を、寓言の虚実論（夢浮橋を『荘子』寓言によって説明することは、『河海抄』以降、『細流抄』『明星抄』などに見える）とのアナロジーから説明しようとしたもので、具体の奥にある寓意を、寓言論そのものから探ろうとする点が興味深い。

　こうした一連の翁の説は、「いわゆる寓言的手法を用いる読物の中でも、古典にかかわる学説を登場人物が述べるもの」（8）と飯倉洋一が定義する学説寓言の典型例であり、いずれも作者・三橋成烈の自説の開陳と考えてよいだろう。

　さて、これに対し三光院は「いよ〳〵閉口《へいこう》し給ひしが、渠《かれ》がごとき賤夫《せんふ》に詰《なぢ》られて、我のみか父祖《ふそ》の名を汚《けが》さん事口惜《くちをし》」と思い、「汝《なんぢ》が考《かうが》へ得《う》る所、力《ちから》を用ゆるに似《に》たり。去ながらさやうの鑿説《さくせつ》は、縉紳家《しん〳〵け》には用ひぬ事なり。只穏《たゞをだやか》なる一わたりに心得ぬるぞよき」と、翁のような考えは「鑿説《さくせつ》」として堂上方《たうしやうがた》では採らない、もっと穏当に理解すべしとたしなめるのであった。

　本話の問答の部分はここまでで、『源氏』の内容をめぐる議論はこれ以上進展しない。しかし、堂上方では採らない「鑿説」として自説をたしなめられた翁は、逆に三光院に痛烈な批判を浴びせる。ここからが本話の真骨頂ともいえ、単に学説の内容にとどまらず、広く学問のあり方や姿勢にまで話は及ぶ。そして一気に、一方的にまくしたてる翁の反論は、『源氏』をいかに読むか、という本質に切り込みながら、果ては思わぬところへと飛び火していくのである。以下、その主張を追っていくことにする。

公今更過《いまさらあやまち》をかざり給ふな。堂上家《とうしやうけ》に鑿説《さくせつ》を嫌《きら》ひ給ふと宣《のたま》へども、それは中古乱世《らんせい》に道衰《みちおとろ》へ、上代の事の明《あき》らかならざるより云出せる事にして、

先に見た「穏なる一わたりに心得ぬるぞよき」の言葉などに象徴される三光院の保守的な態度は、翁から見れば、「中古乱世」以降「道」が衰え、「上代」のことが「明らか」でなくなったからに過ぎない（ここでの「中古乱世」とは、「上代」に対置されていること、さらには前後の文脈などから、「中古」は鎌倉〜室町期、「乱世」は室町後期〜戦国期を指すと見ておく）。そして次のように続ける。

久賢《ひさかた》のあめ、あらかねの土《つち》とのみつゞくものと心得よと、定家卿已来《ていかきやういらい》教《をしへ》来るも、たゞ歌などによむ時は、それを瓢形《ひさかた》なりと争《あらそ》はんもよしなけれど、古書を註釈《ちうしやく》せんには、少しも義理をよく弁《べん》じ、作者《さくしや》の意《こゝろ》をかくさぬやうにせんこと、専一《せんいち》なるべし。

ここでは枕詞を例に引きながら、そうした「定家卿已来」の教えは詠歌に際しては適切であっても、「古書を註釈」するには十分ではない、とする。右の一文は、翁、ひいては作者・三橋成烈の主張の根幹にあたる部分と思われるが、途中やや唐突に挿まれる「それを瓢形なりと争はんもよしなけれど」という箇所とともに、後で詳しく検証することにする。

つづけて、「兼良公《かねよしこう》の秘決《ひけつ》に、子のこの餅の三が一に、左伝《さでん》の絳県《ごうけん》の答を引かれたる、何とて是を鑿説《さくせつ》とは捨《すて》たまはざる。公三代の抄物もなき以前《いぜん》だに源氏はよまれし上は、こと〴〵く無用の鑿説とやいふべき」と、いわゆる三箇の大事を批判するが、翁がやり玉にあげているのは、先行する師説（いわゆる抄物や伝授）を遵守し、それ以外の説を吟味することもなく排除するような態度であり、秘説化した伝授はまさにその象徴ともいえよう。最終的にこの問題は翁によって広く政道一般へと敷衍され、舌鋒はさらに鋭さを増しながら幕を閉じるのであ

る。

「唯村老野翁《たゞそんらうやをう》に閉口《へいこう》をおしみて、大道《だいだう》をあやまり給ふ事なかれ。匹夫《ひつぷ》をも志を奪《うば》はざるは聖人の道なり。此物語のうへは姑《しばら》く舎《を》く。天下の政《まつりごと》だに諫《いさめ》の鼓《つゞみ》を置、批謗《ひばう》の木を立て、下民の詞《ことば》を取用ひ給へるとこそ承《うけたまは》りし。今天下武家《ぶけ》に帰《き》して、只文学《たゞぶんがく》にのみ募《つの》り給ふ御身なればこそ、かく下情《かじやう》を蔽《おほ》ひ給ふとも其害《そのがい》少からん。若《もし》大臣天下の刑罰《けいばつ》を行ひ給ひて、かく威勢《ゐせい》につのり給はゞ、君をして桀紂《けつちう》たらしめ給はん」と、はゞかる所なくのべければ、公は面《をもて》に汗《あせ》してすべり出給へりとぞ。

上に位置する者に、下の者の言葉を聞き入れようとする度量がなければ「大道をあやま」ることになるのであり、政権から離れているから害は少ないものの、公家がもしそのような態度のままかつてのように政治を行うことがあれば、中国古代の暴君「桀紂」の再来となる、として警鐘を鳴らす。この大げさなほどの政道論は『新斎夜語』『続新斎夜語』にしばしば見られ、いわば公論として提示されるものである。本来は為政者全般に対するものであり、公家に限定される話ではないのだが、とりわけいまの場合、冷泉家歌壇に連なる三橋成烈が伝授や堂上の排他性を批判するというのは、どう理解すべきなのだろうか。ちなみに『続新斎夜語』の本話続編にも伝授への不審が語られ、同第五話（巻二所収）「吉野《よしの》の遁世者《とんせいじや》佐川田《さかはだ》が歌を評す」にも「只和歌の事は堂上の家にあらざれば玄微《げんび》に至りがたしと傲《ほこり》給ひ。地下を賤《いやし》んずる事は何ぞや」といった一節が認められる。

あくまで古今伝授に関してであるが、久保田啓一「近世中期冷泉派における歌学継承の諸相」[9]は「御所伝授の本流からあくまでも疎外され続けた」江戸時代の冷泉家の立場について、極めて微妙な心情を汲み取っている。ただし、翁の一連の主張にこめられているものは、そうした当主の視線を代弁していると考えるよりは、むしろ成烈により近い立場、具体的には冷泉門下の地下幕臣歌人の見解を視野に入れると理解の糸口が見出せそうである。

揖斐高「幕臣歌人における堂上と古学[10]」は、成烈と同じく冷泉為村門であった石野広通による『大沢随筆《だいたく》』巻四上における古今伝授についての記事を引きながら、「広通は伝受の内容そのものについてはほとんど価値を認めていない」、さらに「その弊害の大きささえも指摘している」とする。右は和歌についてのことであるが、先の翁の見解もこれに近いものと思われる。ただし広通自身は、伝授そのものを否定することは決してなかったという。

石野広通は享保三年（一七一八）生で、同十一年生の成烈よりはやや年長であり、歌壇における位置もずっと上であったが、両者に接点があったことは久保田啓一注4前掲論文が指摘するところである。もっとも『大沢随筆』は、「広通晩年の天明・寛政年間頃に書きつがれたものと推定される」（揖斐高注10前掲論文）とあるので、これらをもって単純に両者の見解をつなげるのは慎重であらねばならないだろうが、翁を通して展開される伝授、そして堂上のあり方への批判が、広通（もしくはその周辺）の影響下にあった可能性は十分に考えられるし、少なくとも成烈一個人の偏った主張でないことだけは確認できよう。

以上、本話の基本線を整理すると、翁の問に答える中で、「家父」などの見解に終始し、「古書にいまだ見当らず」などと、師説や先行説を絶対視し、下の者の意見を受け容れようとしない三光院の態度が、いわば権威主義ゆえの思考停止ならびに不寛容として捉えられ、伝授や堂上への批判につながっていると理解できる。

二　本文と註をめぐる問題

さて、本話の主筋は前節で見たとおりであるが、それは「此物語のうへは姑《しばら》く舎《を》く」とあったように、『源氏』をめぐる問答から意図的に飛躍することにより成立し得たものであった。一方で本話は、「此物語のうへ」においても、この主筋を支えるような形で、三光院と翁の立場それぞれを対照的に描き分けている。ただし、ことは二項対立で割り切れるほど単純ではなさそうに思われる。そこでいまいちど『源氏』をめぐる議論に立ち戻って、そのすれ違いの様相を丁寧に検証してみたい。

本話に窺われる翁（成烈）の註釈態度を改めて確認しておくと、「古書を註釈せんには、少しも義理をよく弁じ、作者の意をかくさぬやうにせんこと、専一なるべし」と述べていた。少しでも「義理」（意味、ぐらいの意）を見極め十分に理解し、「作者の意」を明らかにしていくことを第一とすべし、というのが成烈の目指す註釈のあり方であるようだが、こうした主張は、やはり『新斎夜語』第六話（巻三所収）「戸田茂睡つれ〴〵草を読む」にも認められる。当該話は、約三分の二もの分量を費やし、作中人物としての茂睡が、虚と実をめぐって話を展開させていくという構成になっているが、次に引用するのは、とりわけ物語について触れた箇所である。

歌物語、軍記など其外誰渠《だれかれ》が筆ずさみてふものなど見んには、其真偽虚実《しんぎきよじつ》を論ぜず。書《かけ》るもの、意趣《ゐしゅ》の在所《ある》に心をつけて、繰返し侍れば、千年の後に生れて、千歳の前の人に対面する心地して、自ら心も慰みつれ〴〵も忘るゝなれ。

「書るもの、意趣の在所に心をつけて」というのは、先の「作者の意をかくさぬやうにせん」という翁の言に重なるだろう。この第六話は『徒然草』が主題となっているため、以下「千歳の前の人に対面する心地」云々と、『徒然草』第十三段を踏まえて説明されるわけである。[11] ただし、そうした「意趣」は当然のことながら作中にあからさまに明示されているわけではない。では、「意趣」にたどり着くために、読み手はいかに物語に臨むべきなのか。この点について、まさに『源氏』を例として茂睡が述べている箇所がある。

源氏物語も是又寓言《ぐうげん》にして、は丶き゛の有とは見えてあはぬをかたどり、誠かと思へば虚談《きよだん》にて、偽《いつはり》かとおもへば実語《じつご》なり。其虚実《きよじつ》は見ん人の心に味て、是を甘しとも酢しとも嘗《なめ》分けて、其善を見てはせよとはいはねども、憤発《ふんぱつ》して是にひとしからん事を思ひ、悪を見ては禁ぜざれども、戦競《せんぎやう》して内に自《みづか》ら省《かへりみ》てこそ、書をよめる徳とも成ぬべし。

言わんとするのは、虚として描かれたものの中に実なるものがある、という寓言論に基づきながら、作中に描かれる善や悪も、読む者自らが咀嚼することではじめて「書をよめる徳」となる、ということだろう。すなわち、物語を寓言として捉えた上で、「義理」（意味）を理解し、作者の「意」に近づくことを目指す、という志向が成烈の（源氏）物語理解の根幹にあり、そこにはやや道学的な傾向も認められるのだが、奇妙なことに、これは『明星抄』が提示するものとかなり重なるのである。

『源氏』註釈における寓言論は[12]、『河海抄』に既に見られるが、『細流抄』を承け『明星抄』がその冒頭の料簡を通して前面に打ち出したことは、既に多くの指摘が備わる。[13]また、海野圭介「三条西家流古典学と室町後期歌学」[14]は、「一貞節」「君臣朋友」或いは「孝心」「忠孝」と言った教戒的キーワードへと収斂してゆく物語の理解は、『細流抄』『明星抄』の諸所に窺われ、三条西家流の講釈を特徴付ける」とした上で、次のように指摘している。

このような理解は、『明星抄』帚木巻や、同じく『明星抄』冒頭の大意に記される、物語への深い理解のその先に求められた、「心をつけて見るべき」事柄であり、『源氏物語』の本来の構成要素として作者の「本意」をそこに認め、物語の眼目とするのが『細流抄』『明星抄』の原則的な立場であった。

また、氏は「抄と講釈[15]」において、中世末期から近世初期にかけての三条西家周辺の聞書類を博捜し、「抄読」に加え「講釈読」という理解のしかたを見出し、そこに「義理をつける」、すなわち「解釈を加えてみる」ことを重視する姿勢を指摘してもいる。

後者は『源氏物語』をめぐるものではないし、時代も属性も異なる成烈がこうした「講釈」の実際を知り得たとは思えないが、ここでは、『細流抄』『明星抄』などに既にしてそうした要素が内包されている点に注意しておきたい。つまり、『新斎夜語』に窺われる成烈の物語の捉え方は、一面で『明星抄』を継承しているとも捉えることができるのである。それでありながら第八話の作中世界ではやはり、翁と三光院は相容れないものとして描かれているのだが、その両者を隔てるものは、読むという行為のあり方にこそあるようである。

冒頭、三光院が一人源氏を読む翁に感じ、彼にかけた言葉に、「をのれなど若《わか》かりしより彼物語を学《まな》びて、牛《うし》に汗《あせ》する文どもを参《まじ》へ考《かんが》へ侍るにつけて、いと心深《ふか》き事侍り。叟《そう》が見侍るは本文《ほんもん》斗《（ばかり）》にて、さこそ趣《おもむき》を得《え》がたくこそ」という一節があるのだが、ここで「牛に汗する文どもを参へ考へ」というのは、「本文斗」読む翁と対照的に、多くの抄物などを参照しながら学ぶ三光院の姿を印象づけるものである。これを受けた翁の次の言は一見へりくだっているものの、本話全体を視野に入れて読んだ場合、皮肉めいたものとして解される。

　年月をかさねて見侍れども、喃々《なん〳〵》として読下《よみくだ》す事だにはかどり侍らず。此比都《みやこ》に三条西内府君《だいふくん》などは新《あら》たに抄解《せうかい》を加《くは》へて、雲《くも》の上《うへ》にも講《こう》じ給ふよし。その人々の従者《ずさ》に成とも逢《あひ》まみへて、尋《たづね》たき事のみ多けれど、蹇《あしなへ》る病有て、梺《ふもと》にだにも下《くだ》り侍らねば都《みやこ》の伝《つて》は思ひ切ぬる。唯《たゞ》をのれが心に反覆玩味《はんぷくぐはんみ》して、人一たび是をよくす、をのれ是を百《もゝ》たびせば、などかその意《ゐ》に通《つう》ぜざらんと思ふのみ。

すなわち、この話における『源氏』をめぐる問答は、「唯をのれが心に反覆玩味」し、ひたすら徒手空拳といった体で『源氏』を繰り返し読んできた翁が、数多くの抄物を踏まえ「新たに抄解を加へ」た三光院に、自らの説をぶつける、という構図のもとに描かれているのである。前節で触れた「公三代の抄物もなき以前だに源氏はよまれし上は」という翁の言に象徴されるように、読むべきものの本質は先人の「抄」にではなく、『源氏』の「本文」にこそある、そして読み手が専心にその意を汲もうと繰り返し味読する（第六話にも「繰返し侍れば」とあった）、それが成烈の「註釈」の立脚点であることが示唆されている。

もっとも、作中の翁が『源氏』の本文のみを読んできたわけではないことは、「河海花鳥《かかいくはてう》にも古《ふる》く記《しる》して、我等も稚《おさな》き時、人の許《もと》にて見し事ありて覚へ侍る」との言にも明らかで、当然のことながら作者・成烈も諸註釈を参照していたことは確実である。[16] 言うまでもなく、成烈は先行説をないがしろにしているのではなく、それを無批判に受け容れる体質を批判しているのである。この体質が、他説に耳を貸さなくなることにつながり（この延長上に堂上批判があったことは前節で確認した）、自身の力で考えることを阻むことになる。その中で「本文」重視を謳っているわけであるから、いわば「註釈」に際しての初心のようなものとして提示されていると理解しておきたい。また本話では、堂上の閉鎖的な体質が批判されてはいるが、少なくとも『明星抄』は江戸時代に板本として板行され、[17]（三条西家の意向はともかく）結果的に公開されているのであるから、成烈もその恩恵を受けた一人であるという事実も忘れてはならないだろう。

ここまでの考察を踏まえ、公平を期するならば、翁（成烈）の『明星抄』に対する立場は、総論賛成の上での批判的継承と見なすのが実状に合っているように思われる。

以上のように、物語理解の大枠においては翁と『明星抄』は重なるはずなのだが、本話においては、表向きの問答における対立のみならず、その補助線となるような形で、読みの姿勢における微妙な断層も描き込まれている。あくまで想像に過ぎないが、作中、三光院の答えに煮え切らないものを感じた翁が「君は実澄公《さねずみこう》にてはおはせじ。翁が詞《ことば》に乗《じやう》じ某《それがし》と名乗《なのり》て戯《たはぶ》れ給へるならん」と発した言葉には、その物語観には共感できるものの、理論の実践としてあるはずの個々の註釈にはそれが十分に反映されていないことへの、作者・成烈の『明星抄』に対する隔靴掻痒といった感がにじんでいるのかもしれない。

三　古学へのまなざし――三枝守寿『源註拾遺』書入を手がかりに

最後にもう一点、触れるべき問題が残されている。第一節で見た翁の主張のうち、「それを瓢形なりと争はんもよしなけれど」という箇所があったが、「ひさかた」を「瓢形」とするのは『冠辞考』に見られる賀茂真淵《かものまぶち》による考証である。右の「争はん」「よしなけれ」といった口吻にはやや揶揄めいたものが感じられるが、参考までに、『冠辞考』に対する石野広通の態度について、揖斐高注10前掲論文に次のような指摘が備わる。

広通は宝暦七年に刊行された真淵の『冠辞考』を熟読していたらしく、『大沢随筆』にはその説がしばしば取り上げられている。そして、真淵の説に対して、広通は時に賛意を表してもいるが、多くは疑義を呈し、反論を記している。

さらに氏は、広通が、真淵をはじめ顕昭、契沖などを「理学者」と呼ぶことの意味などを踏まえ、『大沢随筆』などに認められる彼の態度を次のように総括している。

このように古学派の歌学の実力を一方では高く認めつつも、広通が堂上派にとどまっていたのは、広通の生まれ育ちの良さからくる保守主義の心情による所もあろうが、究極的には歌は道であるという道統主義を脱しきれなかったからにほかならない。

では、成烈が『冠辞考』を暗に牽制しているように見えたのも、広通と同一圏内にあるものとして理解すべきなのであろうか。成烈が真淵をはじめ古学をどのように捉えていたかは現時点では判断がつかないが、この時期の冷泉門の幕臣の古学への反応、ならびに『源氏』受容を考える上で参照すべき資料がある。以下、本稿の主題からはいささか外れるが、参考までに触れておきたい。

早稲田大学附属図書館蔵の契沖『源註拾遺』は、三枝守寿《さいぐさもりとし》（守雄）が明和三、四年に書写した全十五冊の写本である。この三枝守寿は、成烈らのいわゆる「飛檄」仲間の一人であり、市古夏生注5前掲論文には『寛政重修諸家譜』を参考に次のように紹介されている。

三枝守壽は享保二十年（一七三五）に出生し、安永二年（一七七三）遺跡を継ぎ、同三年に小十人となり、天明七年（一七八七）に番を辞し、同八年に死去。廩米百五十俵余。

さて、同書において注目すべきは、天明四年に守寿当人により朱による書入が行われ[18]、そこには契沖説への批判めいた言辞が含まれていることである（この書の存在は、前掲『前期読本怪談集』解説に指摘が備わり、書入については篗田将樹氏よりご教示を得た）。書入のうちには、考証面での訂正といったいわば建設的な批判もあれば、契沖説に分があると見なせるものもあるが、複数箇所、契沖の学問そのものへの批判が記されている。たとえば、『源氏』空蟬《うつせみ》巻末尾に見える歌「うつせみの羽に置く露の木隠れて忍び忍びに濡るる袖かな」について、諸註『伊勢集』にあるとするのを、契沖は現存の本にはなく古本にはあるか、としている。これに対し守寿は、『千五百番歌合』中の一二一七番の判詞に「伊勢が集に侍る歌の、源氏にも入れる歌」として右歌が掲げられることを根拠に、「古本必ずあるべし」とするが、この指摘自体は当を得たものであろう。ただし、この書入は次のように書き始められているのである。

契沖もの知り自まんに物語の大意をば心もつかず注になずんでいゝちらせども、千五百番の歌合などは見ざりけるにや（後略）

少なくとも契沖は古本にある可能性を示しているのであるから、守寿の書きぶりにはやや激したものが感じられる。さらに、澪標《みおつくし》巻（第六冊）の「内大臣」の考証をめぐっては、「（契沖は）只々日本記万葉ヲ見たる自マンニ　ケ様ノ事ヲアゲクル序ニ　誤ザルヲ誤リと書ク　見る人珍しきに正説を失ふべからず」と書入れているように、やはり守寿に契沖への感情的な反発があったことは間違いない。逆にいえば、筆写した上で、精読し反論することを自体、『源註拾遺』を強く意識していたことを裏書きする証拠ともいえよう。

ところで、こうした一連の書入を追っていくと、守寿が批判の対象とするもののうちに、ある一つの傾向が認められるようである。たとえば、『源註拾遺』大意に「此物語発起の説々あり為時が作紫式部が作これさへ分明ならざれば皆一定して信じがたし」とあるのに対し、守寿は「物語の本文をよく弁へ見ざる故此うたがいはあり　物語を眼をひらきて見よ」とするが、このような「本文」に言及する書入が右以外にも複数確認され、その具体的な用法からおおよそ以下の三種に分類できそうである（例としてあげる箇所は早大本の冊数と『源氏』巻名によって示す）。

Ⓐ前後の文脈を踏まえて「本文」の解釈をすべしとするもの。

（例）第十冊若菜上巻の「いきまき給ひしかど」についての契沖の解釈を、本文の文脈から否定する。この箇所の書入には「契沖文字にはくわしけれど本文には心を用る事うすし　心付べし」との付言がある。

Ⓑ「本文」をしばしば誤写とみなすことへの非難。

（例）第八冊蛍巻の書入「契沖やゝもすれば伝写之誤りなるべしと本文を直し注す事必作者の意をガイさん

事恐るべし」。

Ⓒ『源氏物語』内の「本文」の用例を重視すべしという指摘。

（例）第九冊野分《のわき》巻の「ほと〳〵しくこそ……」の註に対し、紅葉賀《もみじのが》、花宴《はなのえん》巻の「ほと〳〵」の用例を引いた上で、「本文も可心得」と書入する。

こうした『源氏』の「本文」そのものを重視する姿勢は、古い文献の徹底した博捜に裏打ちされた契沖の註釈態度に対する、一つのアンチテーゼとして理解される。もっとも、断片的な書入のみから守寿の『源氏物語』観を正確に導き出すにはやや困難を伴うが、(19) 少なくとも、物語の「本文」に重きを置こうとする点は、前節で見た『新斎夜話』における翁を彷彿とさせる。ただし、右書入は『新斎夜話』より下る天明年間のものであり、はたして成烈の姿勢とどの程度関わるのか、もしくは関わらないのか、いまの段階では分からない。成烈周辺の『源氏』受容についてはもちろん、古学への態度についても、今後さらに周辺資料による十分な検証が必要であろう。

おわりに

以上、『新斎夜語』第八話を読み解きながら、そこに垣間見られる三橋成烈の『源氏物語』の捉え方や読み方を探り、その中に、表面上は敵対しているかのように見える『明星抄』からの影響が認められることを指摘した。加えて、同時代の成烈周辺の武家知識人における『源氏』受容についても、契沖、真淵らの古学をも視野に入れながら触れてみた。

成烈の志向は既存の学派や学統に属するものとして単純に整理することができず、複数の要素が絡み合っている点が興味深い。堂上、（その門下の）幕臣、そして古学それぞれの学が並走し、おそらくいま考える以上に混沌とした状況が十八世紀中期にはあったようだ。その中で、『源氏物語』をいかに読むかという議論が、評論や随筆ではなく、初期読本（談義本）という小説形式の中で展開されるという点に、この時期の学問と文芸の交錯の多様性がよくあらわれているように思われる。

（1）京都大学附属総合図書館蔵本の刊記は、「安永四乙未年正月吉日／皇都書林　堀川綾小路下ル町　銭屋荘兵衛／東都書林　日本橋南一丁目　須原屋茂兵衛／浪華書林　心斎橋筋博労町　糸屋源助／同塩町　田原屋平兵衛　合刻（※末尾浪華二肆の間に記載）」。以下『新斎夜語』の引用もこれによる。引用に際しては、適宜濁点を付し、句読点を私に改め、「」〈〉を付すなどした。

（2）徳田武「『新斎夜語』と談義本」（『日本近世小説と中国小説』青裳堂書店、一九八七年・初出一九七四年）。

（3）飯倉洋一「大江文坡と源氏物語秘伝――〈学説寓言〉としての『怪談とのゐ袋』冒頭話」（『語文』第八四・八五号、二〇〇六年二月）、同「王昭君詩と大石良雄――『新斎夜語』第一話の「名利」説をめぐって」（『語文』第一〇五号、二〇一五年十二月）、中村綾「『新斎夜語』第七話考――「室の妓女松風が任俠幸を迎ふ」翻案の様相をめぐって」（『読本研究新集』八、二〇一六年六月）など。

（4）久保田啓一「大田南畝と江戸歌壇」（『近世冷泉派歌壇の研究』翰林書房、二〇〇三年・初出一九八七年）。

（5）市古夏生「梅朧館主人と飛檄連中――『飛檄』『飛檄随筆』を通して」（堀切実編『近世文学研究の新展開』ぺりかん社、二〇〇四年）。さらに、『新斎夜語』の出板経緯についても触れ、田原屋平兵衛が主板元であることが知られる。

（6）詳しくは、伊井春樹編『源氏物語注釈書・享受史事典』（東京堂出版、二〇〇一年）「明星抄」の項を参照されたい。

（7）桂院は『源氏物語』松風・薄雲巻に登場するが、物語には所在場所が明示されてはいない（田坂憲二「源氏物語の「桂の院」について」『源氏物語の人物と構想』和泉書院、一九九三年・初出一九七八年）。野宮は、『源氏物語』においては賢木巻における光源氏と六条御息所との哀切な別れの場面で知られる。
（8）飯倉洋一、注3前掲「王昭君詩と大石良雄――『新斎夜語』第一話の「名利」説をめぐって」。
（9）久保田啓一「近世中期冷泉派における歌学継承の諸相」（『近世冷泉派歌壇の研究』翰林書房、二〇〇三年・初出一九九六年）。
（10）揖斐高「幕臣歌人における堂上と古学――石野広通の『大沢随筆』から」（『近世文学の境界』岩波書店、二〇〇九年・初出一九八九年）。
（11）成烈の『徒然草』親炙の度は相当なものであったと見え、本話でも三光院との出会いに感激した翁が「老の命は雨の晴《はれ》まも待がたし」と、『徒然草』第百八十八段を踏まえた一節を口にする場面がある。
（12）『源氏物語』註釈史における寓言の問題については、工藤重矩『平安朝文学と儒教の文学観』（笠間書院、二〇一四年）を参照した。
（13）『細流抄』『明星抄』の内容的な特色や註釈史における位置づけなどについては、伊井春樹注6前掲書、ならびに、重松信弘『新攷源氏物語研究史』（風間書房、一九六一年）を参照した。
（14）海野圭介「三条西家流古典学と室町後期歌学――細流抄の描く光源氏像を端緒として」（『中世文学』第五二号、二〇〇七年六月）。
（15）海野圭介「抄と講釈――古典講釈における「義理」「得心」をめぐって」（『平安文学の古注釈と受容』一、武蔵野書院、二〇〇八年九月）。
（16）伊井春樹編『源氏物語注釈書・享受史事典』（東京堂出版、二〇〇一年）享受史の年表によれば、宝暦九年三月十九日条に、成烈が明星抄説を書入れたと思しき『河海抄』の存在が指摘され（現在所在不明）、さらに同年六月二十八日条に、成烈が『弘安源氏論議』を近藤義休から借覧し書写していることが指摘されている（明和三年六月二十三日条には、三枝守寿が成烈から同書を借覧、書写した旨もある。おそらく右の本であろう）。以上の点、簑田将樹氏からご教示を賜った。
（17）明暦三年（一六五七）に板行されている（無刊記本もある由）。成烈が『明星抄』をとりあげたのも、板本の存在が大きく与っていると見なせること、今西祐一郎氏よりご教示を賜った。

（18）本文、書入ともに、引用は早稲田大学古典籍総合データベースによる。引用に際しては、適宜濁点を付すなどした。識語は、第十五冊末尾に「明和四年丁亥二月六日右全部之巻書写畢／守寿［花押］」（墨書）、第七冊末尾に朱で「天明四辰年五月廿日聊朱墨を加ふ／守寿」などとある（他巻にもそれぞれ同様の識語があるが略す）。

（19）参考までに、『源註拾遺』大意の、

　定家卿の詞に歌ははかなくよむ物と知て其外は何の習ひ伝へたる事もなしといへり　古今密勘に見えたり　これ歌道におゐてはまことの習ひなるべし　然れば此物語を見るにも大意をかれになずらへて見るべし

からはじまるよく知られた一条に対し、守寿は「此ヶ条大イニ物語の意ヲウガツベシ天地ノ違也」としている。この書入は「左ニ断ル」として擱筆されるが、少し後の契沖の以下の説、すなわち、従来の註に毛詩や鄭衛を引いて『源氏物語』を諷喩と捉えるのはあたらない、「此物語（は）《虫損》人々の上に善悪雑乱せりもろこしの文などに准らへては説べか（ら）《虫損》ず定家卿云可翫詞花言かくのごとくなるべし」とするのに対し、守寿は右の書入を承ける形で、以下のように朱を加えている。

　初に断所也　日本魂をしらねばかく云か　ほたるに云人のみかどゝ作り様かわるといへり　又男女の作かわるべし大意におゐてかわるべからず

（付記）本稿は、上方読本を読む会（二〇一五年四月十八日　於大阪大学）における『新斎夜語』輪読担当、ならびに第四十四回国文研フォーラム（二〇一六年十二月十四日　於国文学研究資料館）において「『新斎夜語』第八話と源氏注釈書」と題した発表に基づいている。それぞれの席上でご教示を賜った飯倉洋一氏、簑田将樹氏、および今西祐一郎氏、入口敦志氏、海野圭介氏、神作研一氏、小林健二氏に感謝申し上げます。とりわけ、簑田氏、海野氏は、後日、筆者からの個別の質問に対応してくださり貴重なご教示を賜ったこと、心よりお礼申し上げます。

Ⅱ　成熟と転換の時代――十八世紀

天野聡一

『てづくり物語』考

『竹取物語』・生田川伝説・六玉川

はじめに

近世期、国学者によって古典研究が盛んに行われたことは周知の事柄である。しかしその一方で、彼らが自ら物語を書き綴ったということについては、一体どのような作品がどれほど作られたのかさえ、実はほとんど分かっていない。本稿で取り上げる『てづくり物語』も、そうした知られざる作品の一つである。

『てづくり物語』については以前発表した旧稿以外の先行研究はない。その旧稿では本作の翻刻とともに簡略な解題を作成した。(1) ただ、紙幅の関係上充分な内容分析を行うことはかなわなかった。また、天理本『てづくり物語』や『(岸本) 家蔵書目』の存在など、旧稿発表以降において知り得た重要な事柄も少なくない。そこで本稿では『てづくり物語』の書誌について改めて整理・記述するとともに、新たに内容の分析を行う。(2) その際、作者の古典研究と創作作業がどのように相関していたのかについて特に注意しておきたい。

さて、現在のところ確認できる『てづくり物語』の諸本は以下の通りである。

・多和本…多和文庫所蔵本

写本。半紙本一巻一冊。外題「てつくりものかたり　全」(左肩題簽)。内題「てつくりものかたり」。無辺無界、一面行数十一行、一行字数二十二字程、墨付二十七丁。奥書に「安永九年庚子む月　空さみ」とあり。蔵書印「このふみたわのふぐらにをさむ」(題簽)、「集古清玩」「多和文庫」「このふミ一たひよみ畢つ」「香木舎文庫」「不忍文庫」「阿波國文庫」(一オ)、「阿波國文庫」(二十七ウ)。

・無窮会本…無窮会専門図書館神習文庫所蔵本

写本。半紙本一巻一冊。外題「てつくり物語　調布談」（左肩打付書）。内題「てつくりものかたり　調布談」。無辺無界、一面行数九行、一行字数二十二字程、墨付三十二丁。本奥書に「文政五年後のむつき　さゝなみの屋にてうつしぬ」とあり。奥書「文政七甲申歳夏六月八日書写了　美保」とあり。蔵書印「會田家蔵書」「伴氏家印」「無窮會神習文庫」「井上頼圀蔵」「井上氏」「香雪庵」（一オ）、「（印字不明）」（三十三オ）。

・天理本…天理大学附属天理図書館所蔵本

写本。大本一巻一冊。外題「てつくりものかたり」（左肩打付書）。内題「てつくり物語」。無辺無界、一面行数七行、一行字数二十四字程、墨付三十四丁。蔵書印「朝田家蔵書」「竹柏園文庫」（見返し）、「邨岡氏印」（一オ）。

以上、現存する三本はいずれも転写本であり、自筆本の存在は不明である。多和本と無窮会本には書写者による奥書があり、多和本は安永九年（一七八〇）正月に「空さみ」が転写した本であること、無窮会本は文政五年（一八二二）閏正月に清水浜臣《はまおみ》が転写した本を、さらに二年後の六月八日に「美保」が書き写したものであることが分かる。[3] また、天理本に奥書は無いが、「朝田家蔵書」の蔵書印から岸本由豆流《ゆずる》の旧蔵書であることが分かる。[4]

一　作者と成立

現存する『てづくり物語』には作者による序跋がなく、いつ誰が著したものなのかを直接知ることはできない。しかし、先述した多和本の奥書によって少なくとも安永九年（一七八〇）正月以前には成立していたことが分かる。以下に多和本の奥書を示す。

此ものがたり、たれ人のかきたる事をしらず。む所の玉川にみよしのの里などとり合つくりたるとて、ある人のもとより、これ見よと送りぬ。しかるに、わがうまごのうつしてよと聞ゆるにまかせ、ひとわたり書ぬ。されども、此ふみとくとかうがへて書るとも見えず。いま此ふみかきたらん人の見ば、いと拙うをし□□(難読)おもふらんとこそおぼゆ。

安永九年庚子む月　空さみ

この奥書を記した「空さみ」とは誰か。旧稿で考証したように、同じ多和本に「義亮按」という書き入れがあることを考えれば、空さみとは空阿《くうあ》とも称した源義亮《よしすけ》であろう。このことは多和本の筆跡が義亮のものと同一であることからも証せられる。(5)

岡陽子氏によると、義亮は江戸幕臣文化圏において明和から寛政前半を中心に和学書の著述を行った人物である。(6)寛政十年（一七九八）刊の『いそのかみ』などの万葉集注釈書のほか、天明二年（一七八二）正月に『しのびね』を借りて書写したり、同年以後、源氏物語注釈書『源語類聚抄』を著したりなど、物語研究の業績も認められる。義亮は孫に乞われて『てづくり物語』を書き写したというが、その背景には物語研究に対する興味・関心が働いていたと見るべきだろう。ただ、「此ふみとくとかうがへて書るとも見えず」とあるように、本作に対する評価は厳しいものであった。

一方、無窮会本にのる浜臣の奥書は好意的である。

この物語は、あがたゐおきなに物まなべる服部高保が筆すさび也。竹取物語と大和物語の生田川との段をおもひよせて、をかしくもつくれりけり。高保はまなびのかたにも歌よむかたにもすぐれたるぬしなり。このぬしのことは前に伝めきたるものしておけり。

さざなみのやのあるじ

文政五年後のむつき　さざなみの屋にてうつしぬ

浜臣（さざなみのやのあるじ）は本作を「をかしくもつくれりけり」と称賛する。浜臣が本作を書き写した文政五年（一八二二）は、ちょうど浜臣が賀茂真淵《かものまぶち》門人の歌文を集めた『県門遺稿』を編している時期であった。前年の文政四年には『県門遺稿』第四集が刊行され、そこには荷田在満《かだのありまろ》の『白猿物語』が収められている。『てづくり物語』の転写と称賛も、そうした県門顕彰活動と軌を一にするものであったろう。

さて、浜臣によって示された情報は、いずれも本作および作者についての重要な情報である。すなわち、『てづくり物語』が真淵の門弟である服部高保《たかやす》によって著されたというのである。(7)

服部高保は、通称安五郎、姓は藤原、平である。享保十九年（一七三四）正月生、寛政五年（一七九三）九月二十一日没、六十歳。幕府の小臣で、牛込赤城下町に住み、後に四谷左門町に移った。(8)『県居門人録』によると、賀茂真淵に入門したのは明和二年（一七六五）二月二十六日のことであった。(9)また、相場高保などの名で狂歌も詠んでおり、安永八年（一七七九）八月に大田南畝が主催した月見の宴にも出席している。(10)

さて、浜臣の奥書には「このぬしのことは前に伝めきたるものしておけり」とあり、高保の人物伝を記したことを述べている。その記事は文化十年（一八一三）に成立した『泊洦筆話』の二十二条にある。その前半部を引用する。(11)

> 県居翁の門人に平高保通称服部安五郎といふ人有りけり。雨引山の恵岳といへる法師が『万葉集選要抄』といふ書き作りて、一家の説を建て、暗に翁の説を破りたる事のあるを見て、深く憤り、『非選要抄』といふものを書き出でて、吾師（村田春海―天野注）の許に持ち来たりて意見を乞へり。師はひとわたり見られたるのみにて、「恵岳が不学無術、もとより弁をまたずして、具眼の者誰か見しらざらん。わぬしが弁、いはれざる

にはあらねども、かかるをこ人にむかひて詞つひやし、その甲斐あらじ」といはれしかば、高保も「げにさりけり」とうべなひて其儘にやまれき。又『続冠辞考』三巻、『万葉大註』三巻、『考解万葉集』一巻、いづれも学のほど顕はれてめでたき考ども多し。

恵岳の『万葉集選要抄』が刊行されたのは安永八年（一七七九）のこと（自序は同六年）。高保はこれが師説を難じていると知って深く憤り、『非選要抄』を著して論駁しようとしたという。真淵の学問への崇敬のあつさとともに、『万葉集』について相当の知識を有していたことがうかがいしれる。浜臣があげる高保の著作はいずれも万葉集注釈書である。『続冠辞考』は『冠辞考』の遺漏を補ったもので安永四年（一七七五）の成立、『万葉大註』は万葉集歌の難語を注釈したもので寛政四年（一七九二）の成立、『考解万葉集』は現存不明だが、『続冠辞考』にその書名が見えるので、安永四年以前の成立である。こうした著作や浜臣の伝えるエピソードから、高保の国学者としての本領は万葉集研究にあったと見てよいだろう。

『てづくり物語』に話を戻せば、そもそも「てづくり」という書名は、[12]

多摩川にさらす手作りさらさらになにそこの児のここだかなしき

というよく知られた万葉歌を踏まえたものであり、当該歌を含めて、本作には全四首の万葉歌が引用されている。[13]本作の成立背景に高保の『万葉集』に対する造詣があることは疑いない。さらに本作の成立年次を考える際に重要なのは、作中に真淵の『万葉集』についての学説が踏まえられていることである（第三節にて詳述）。したがって高保が本作を著したのは真淵入門以降、すなわち明和二年（一七六五）以後と考えられよう。

また『泊洦筆話』でもうひとつ注目したいのは高保と村田春海との親交である。春海は真淵門人としては高保の兄弟子にあたるが、年は十二も年少である。にもかかわらず、高保は『非選要抄』を著した後、まず春海の意見を乞い、そして春海の提案に素直に従っている。もちろんこのことが事実かどうかは不明だが、少なくとも浜臣は高保を春海と親しく交わった国学者として理解し、尊敬の対象としていたと思われる。『てづくり物語』が清水浜臣や岸本由豆流といった春海の門人たちの手にわたっていたことは、そうした高保の立ち位置を反映したものであろう。

以上を要するに、『てづくり物語』は、賀茂真淵門弟の服部高保によって、明和二年(一七六五)から安永九年(一七八〇)の間に著されたものと目され、以後、清水浜臣や岸本由豆流といった村田春海門弟をはじめ、源義亮といった国学者とは立場を異にする和学者にまで、その読者圏を及ぼしたのであった。

二 『竹取物語』との関係

浜臣が無窮会本の奥書で指摘したように、本作は『竹取物語』を踏まえて作られた物語である。そのことを確認するために、以下に前半部(一オ~十七ウ)の梗概を示す(14)。

昔、武蔵野にてづくりの翁という者がいた。もとは帝に仕える評判高い歌人だったのだが、その評判ゆえに周囲の嫉妬を買って都を追われ、この地に辿り着いたのである。翁は里の女との間にはし玉姫を授かり、夫婦で生業の布作りに励んでいた。やがて麗しく育った姫は他国でも評判となり、多くの人が布を求めたため、貧しかった家はにわかに豊かになった。しかし、姫はおごることなくみずから布を作った。姫の評判はますます高まり、貴賤を問わず多くの男が姫に思いを懸けた。その中でも、五人の若者——山城国井手のひなれを・摂津国のうなのを・近江国野路のはこたを・陸奥国野田のとほりを・紀伊国高野のゐなへを——が熱心に通う。翁夫婦は姫の意にかなった一人を相手にしようと考え、歌会を催すなど風雅な交わりを重ねる。
以上の梗概から、さらに『竹取物語』と『てづくり物語』の共通点を抽出すると、以下のようになる。

①老夫婦が、美しい娘（かぐや姫／はし玉姫）によって富裕となる。

②娘は多くの男に懸想され、なかでも五人の男が熱心に言い寄る。

③親は娘に一人を選んで夫とするよう勧めるが、娘はそれを拒む。

『てづくり物語』では右にあげた①から③の要素が冒頭部において描かれる（一オ～四ウ）。こうした物語の文章構成も『竹取物語』と共通する。したがって、『てづくり物語』を読みはじめた者は、ただちに『竹取物語』を連想し、両作を重ね合わせながら読むことになったと思われる。

さらに、『竹取物語』との関係は本文の表現にまで及んでいる。例えば『てづくり物語』の書き出しの一文は、

昔、武蔵野のかたはらにすむ人有けり。

というものだが、[15]これは、

いまはむかし、たけとりの翁といふものありけり。

という『竹取物語』の書き出し――「むかし」という時代設定の後「ありけり」を用いて人物を紹介する――と同じ形である。[16]また、はし玉姫の評判が広がり、多くの男が懸想するという箇所は、

されば、をちこち知《し》らぬはなく、あてなるも、賤《いや》しきも、おしなべてこのをとめを恋わたるままに、後はいと国を隔《へだ》てたる人さへをとめを見まほしみ、又彼がさらせる布を着《き》まほしとて、山河いはず来《く》るになん有ける。

というものだが、これも、

世界の男、あてなるも、賤しきも、いかでこのかぐや姫を得てしかな、見てしかなと、音に聞きめでて惑ふ。

という『竹取物語』の書き方を踏まえたものである（破線部は類似箇所）。両者の影響関係は一目瞭然と言ってよい。

高保が『竹取物語』を本作の典拠として用いた背景を考えるに、『万葉集』巻十六にのる竹取翁歌の存在は無視できないだろう。当該歌は集中屈指の難解歌と言われるが、いち早くその読解にあたったのが賀茂真淵であった。明和三年（一七六六）二月、田安宗武の要請を受けての任である（『万葉集竹取翁歌解』）。時に高保が真淵の門に入って一年後のことであった。師である真淵の竹取翁歌読解作業は高保にも少なからず影響を与えたに違いない。たとえば、『てづくり物語』の翁は「かしらももろしらげにしらげければ」と白髪であることが強調されるが、こうした造型は『竹取物語』に無く、むしろ竹取翁歌（および反歌）に見られるものである。また、当該歌には「麻手作り」という語もあり、真淵はそこに「多摩川に……」の歌を引いている（『万葉集竹取翁歌解』、『万葉考』巻十六）。万葉集注釈において、「多摩川に……」の歌と竹取翁歌は「てづくり」の語によって連関しているわけである。このように高保が『竹取物語』を本作に取り込んだ背景には、彼の万葉集研究が関与していたと思われる。

近世文学における『竹取物語』の影響作品については、つとに大谷篤蔵氏が言及している。大谷氏は「此の物語の江戸文芸に与へた影響は希薄」であると述べ、数少ない例である五作品（いずれも浄瑠璃や合巻）を紹介した後、「何故かくも取材される事が少なかったのか」とその理由を考察する。[17] こうした先行研究を踏まえると、『てづくり物語』は近世文学にあって、稀少な『竹取物語』影響作の一つであると言うべきだろう。[18]

ただし、『てづくり物語』が『竹取物語』を大きく改変した箇所も少なくない。その第一は姫を翁の実子としたことである。翁と姫の関係は以下のように語られる。

此里の賤の女《め》にあひなれて、一人《ひとり》の女子《をんな》をまうけぬ。名をさだめけるに、うるはしきことといはんかたなく、玉をのべたらんがごとくなればとて、所のをさ、はし玉姫とぞ名づけける。昼は夫婦《めをと》して負《お》ひつ抱《いだ》いつほとりの河原に布《ぬの》をさらし、其てづくりしてやりけるあたひもて年月《とし》をおくりける（後略）

以上の通り、てづくりの翁はまだ翁とも呼ばれていない時分に姫を儲けるのであって、ある日突然娘を得るのではない。また、三寸ほどだったかぐや姫が三ヶ月ほどで成人するといった展開も『てづくり物語』には見られない。はし玉姫は世間一般の子どもと同じく、年月をかけて養育され、成長するのである。どうやら『竹取物語』に見られるような超自然的な要素は『てづくり物語』のとるところではなかったらしい。たしかに、はし玉姫は「うるはしきことといはんかたなく」「おひたち世にたぐひなく、こころこと葉もいやしからず、よろづの事教ざるにしり、又布をよくさら」すとあるように、人並み外れた美貌や能力を持つ女性として造型されている。だが、かぐや姫と比すれば、あくまでこの世に存在しても不思議ではない、一人の人間として描かれているのである。

第二は、いわゆる難題求婚譚の型を採らないことである。周知のように、竹取の翁はかぐや姫の将来を案じ、五人の中から一人を夫とするようすすめるが、姫は条件として五つの難題を持ちだす。一方、はし玉姫の場合も嫗から同様の提案をされるが、姫は「いなもうもなくおもてぶせりて」、次の古歌を詠むばかりであった。

紫の一本《ひともと》ゆゑに武蔵野《むさし》の草はみながら哀とぞ思《おも》ふ(19)

同じく親の提案への拒否といっても、饒舌に主張を繰り広げるかぐや姫と寡黙なはし玉姫ではその様相が全く異なる。こうした違いは二人の拒否の内実に起因する。すなわち、かぐや姫が五人に対する好意を持っていないのに対して、はし玉姫は「みながら哀とぞ思ふ」、つまり五人全員を「哀れ」と思うがゆえに一人を選べないのである。

だからこそ、この後の展開は『竹取物語』と大きく違ってくる。『竹取物語』では五つの難題、帝からの求婚、月の都からの迎えと物語が続いてゆくが、そうした展開は『てづくり物語』にはない。かぐや姫が数多の求婚を拒絶し通せたのは月の都という帰る場所があったからである。しかし、この世に生をうけたはし玉姫にそういった場所はあるはずもない。そしてそもそもはし玉姫は求婚者をかたくなに拒否しているわけでもない。それでは、本作はどのようにして物語を展開させてゆくのだろうか。

三　生田川伝説との関係

五人の男と姫とのいわば膠着状態は、五人のうちの一人「ゐなへを」の単独行動によって打開される。それは自分以外の四人を毒殺しようとする過激なものであった。その企ては未遂に終わるものの、事態の重大さにはし玉姫は自らを責めて入水。四人の男も後を追うように川に身を投げる。

このうち姫と男たちの落命については、いわゆる処女塚《おとめづか》伝説との関係が指摘できる。処女塚伝説とは、複数の男から求婚された処女が、それをしりぞけて自死し、塚に葬られたという伝承である。(20) 浜臣が「竹取物語と大和物語の生田川との段をおもひよせて、をかしくもつくれりけり」という『大和物語』百四十七段（生田川伝説）がそれで、当該話は二人の男に言い寄られたあげく生田川に入水し、男たちも後を追うという物語である。『大和物語』との共通点を以下に示す。

⑴一人の女が複数の男に求婚される。
⑵女は思いなやんで川に身を投げる。
⑶男たちは女の後を追って入水する。

これらのうち⑴の要素は『竹取物語』にも認められるものだが、⑵と⑶については独自の共通点である。したがって、『てづくり物語』が『竹取物語』と『大和物語』との組み合わせであるとする浜臣の指摘は、本作の大筋を正確に捉えていると言えるだろう。

特に⑵について『大和物語』では、[21]

いづれまされりといふべきもあらず。女思ひわづらひぬ。この人の心ざしのおろかならば、いづれにもあふまじけれど、これもかれも、月日を経て家の門に立ちて、よろづに心ざしを見えければ、しわびぬ。

とあり、甲乙付けがたい複数の求婚者に対して苦悩する女の心情が語られるのだが、そうした筆致は『てづくり物語』でも以下のように受け継がれている。

をとめはかく年月ふかくしたひ給へる人々のうちそれとわきてうるはしきこたへせんすべもなく、なべてのみ哀に思《おも》ひわづらふ苦《くる》しさに、落《お》つる涙《なみだ》もせきやらず、「よしやこの身世になからましかば」と思《おも》ひきはみ、

（後略）

こうした表現の一致に加えて、「よしやこの身世になからましかば」という姫の心内語は、将来の姫の死を予感させるものであり、やはり読む者に処女塚伝説を想起させるためにもうけられたものと考えられる。

以上は『大和物語』を典拠として想定した分析だが、真淵が「此事よめる歌万葉集巻九巻一九にもあり」（『大和物語直解』中）というように、[22]生田川伝説の源流たる『万葉集』巻九・巻十九に見える菟原《うない》処女伝説も参照さ

れたと見るべきだろう。

『万葉集』の菟原処女伝説からの影響は、たとえばはし玉姫の呼称に認められる。はし玉姫は作中、多く「姫」と呼称されるが（四十例）、しばしば「をとめ」（十四例）とも「玉をとめ」（二例）とも記される。後者の呼称は『竹取物語』や『大和物語』百四十七段にはないものである。これはやはり『万葉集』における「うなひをとめ」を踏まえたものと見るべきであろう。また、本作における五人の求婚者が「〜を」という名であり、また別に「〜をのこ」とも記されるのも、『万葉集』における「〜をとこ」という名を踏まえたものと考えられる。特に津の国の男の名が「うなのを」であるのは『万葉考』における「菟名日処女《ウナヒヲトメ》」への注「津の国の地名なるべし」を受けてのことであろう。高保は五人の男の求婚後の物語を『万葉集』や『大和物語』にのる処女塚伝説にもとづいて描いたのであった。

もっとも、ゐなへをが四人を殺害しようと都に行って毒薬を入手するあたりは古代の伝説というよりも、むしろ当世の通俗文芸に通じるものがある。特に、阿蘭陀の医者が登場する場面には同時代人も違和感を感じたらしく、多和本には、

　義亮按るに、「此ものがたり、万葉・新万葉などをうつしもちひ、ややふるめかしく書たるに、阿蘭陀てふことばおぼつかなし。ふるくは渤海・任那など、それより後をいはば、高麗・新羅ともいへらんに□□（虫損）て紅毛を書たるはいかが。いぶかし」といひければ、かたへなるわらはのいへるは、「こや、やまとふみをはじめ、皇朝の文とも甚かへさぬ人の書たるにや」と聞しも、げにさることにや。

との書き入れがある。『万葉集』や『古今和歌集』から歌を引き、古風な文体を用いながらも阿蘭陀という語が出てくることに違和感を禁じ得なかったのであろう。義亮の不評の要因の一つがここにある。

さて、ゐなへをは毒（鴆毒《ちんどく》）を持ち帰り、これを酒に混ぜて四人にふるまおうとする。だがそこで酌をしようとしたはし玉姫の「手に巻《ま》き持《も》たる釧《くしろ》」の玉の一つが砕け散る。はし玉姫の釧の玉の一つは解毒剤の犀角《さいかく》で作られていたのである。

ここでいう釧とは『万葉集』に「玉釧手に取り持ちて」（巻九・一七九二）などと詠まれる上代の装身具である。当該歌について真淵は「手に取持而とは手にまくてふ意也」との見解から「取」と「蒔」（巻）の誤写を疑い、「巻き持ちて」と訓むべきだと主張していた（『冠辞考』五）[23]。すなわち、『てづくり物語』の「手に巻き持たる釧」という表現はまさにその真淵説を踏まえたものなのである。

ともあれ、はし玉姫に釧を持たせたのは『万葉集』の雰囲気を漂わせるための演出でもあったろう。しかし、ゐなへをの企てが失敗に終わった以下の場面はどうか。

翁は大《おほ》いに怒《いか》り、「憎《にく》きしわざかな。かばかりのこと知《し》らざらめや。犀《さい》の角は毒をよく消《け》つ。よりてこの角をたくはふれば、今のごと砕《くだ》けてそを知《し》らしむ。されば姫が手に巻《ま》ける釧《くしろ》の玉一《ひと》つは犀《さい》の角もて作《つく》らせたり。かからざりせば我をはじめ四人のをのこひとつむしろに死《し》にせんは疑《うたが》ひなし。いかにしてくれん」と目の色変《か》へてののしる。

引用した場面では悪のゐなへをに対する善の翁という構図が明確に出ている。翁は身につけた教養によってゐなへをの悪計を白日のもとにさらす。その舌鋒鋭く悪を追及する姿には、通俗文芸におけるヒーロー的性質さえ認められよう。『てづくり物語』はその物語の世界を『万葉集』『竹取物語』『大和物語』といった古代文学に借りつつも、なお当代小説としての娯楽性をも有しているわけである。

四　六玉川起源説話として

はし玉姫の入水後、四人の男は後を追うように川に身を投げる。こうした物語展開は、前節で見てきたように『大和物語』にのる生田川伝説の話型をなぞったものである。しかし、女と同じ川に男が身を投じた『大和物語』とは異なり、『てづくり物語』の四人の男たちはそれぞれ別の川で落命する。その理由は、作者が本作を六玉川の起源説話として構想していたからに他ならない。

六玉川とは武蔵・山城・摂津・近江・陸奥・紀伊の六国にある玉川の総称で、それぞれが古来より歌枕として知られている。各玉川には後世に影響を与えた和歌がある。確認のために以下に列挙しておこう。(24)

・山城国（古今集・春下・一二五・読人しらず）

蛙なく井手の山ぶきちりにけり花のさかりに逢はましものを

・摂津国（後拾遺集・夏・一七五・相模）

見わたせば波のしがらみかけてけり卯の花咲ける玉川の里

・近江国（千載集・秋上・二八一・源俊頼）

あすも来む野路の玉川萩こえていろなる波に月やどりけり

・陸奥国（新古今集・冬・六四三・能因）

ゆふされば潮風越してみちのくの野田の玉河ちどりなくなり

四角で囲ったのは、当該歌の影響から、後世それぞれの玉川において一般的に詠み込まれることになった景物である。一方『てづくり物語』では、ひなれを以下四人がそれぞれ一首の和歌を遺して各地の川に入水する。その歌は以下の通りである。

・山城国（ひなれを）

山振のさかりもわびし花見むとうゐける人は世にもあらなくに

・摂津国（うなのを）

恋すなる人によりてやいにしへに世を卯《う》の花は咲はじめけん

・近江国（はこたを）

秋風の吹にぞ消《き》ゆる萩が枝《え》に結《むす》びもとめぬ露の命は

・陸奥国（とねりを）

夜もすがら鳴て明《あ》かせる千鳥こそつま恋かねし我《わ》が身なりけれ

すべての歌において各玉川における名物が詠まれていることが確認できる。なお、「山振」とあるのは、高保自身が「万葉集にやまぶきを山振とあまた書たり」（『続冠辞考』上）というように『万葉集』に見られる表記である。

注意したいのは、逆にすべての歌において「玉川」という言葉が詠まれていないことである。これは高保があえて「玉川」の語を省いたものであろう。なぜなら本作においては、四人がはし玉姫の形見である玉を抱いて入水したことによって各地の川が玉川と呼ばれるようになった、というように物語るからである。言い換えれば、本作は玉川がまだ玉川とは呼ばれていなかった時代にさかのぼり、それらの川がなぜ玉川と呼ばれるようになったのかという起源を語る物語なのである。

さて、はし玉姫と四人が入水した元凶と言うべきゐなへをは、改心の後「くうけん」という僧になり、武蔵国を訪れる。ゐなへをは当地の賤の女から玉川の由来——玉をとめ（はし玉姫）が入水したことから呼ぶようになった——を聞く。ゐなへをは昔をしのび、しばらくその場にたたずみ、

玉川にさらすてづくりさらさらに何ぞ吾妹《わぎも》がここら恋しき

という歌を詠む。これはもちろん先述した、

多摩川にさらす手作りさらさらになにそこの児のここだかなしき

という万葉歌（巻十四・三三七三）の詠みかえである。原歌の「この児」が「吾妹」、「かなしき」が「恋しき」と改められたことにより、恋歌であるということが一層分かりやすくなっている。[25] これは玉川に身を沈めた思い人を偲ぶという原歌にはなかった状況が加わったため、一首の恋歌としての性質をより際立たせようとしたのであろう。その意味では「恋しき」を用いたのは、例の菟原処女を詠んだ、

語り継ぐからにもここだ恋しきを直目《ただめ》に見けむ古壮士《いにしへをとこ》

という万葉歌（巻九・一八〇三）の反映とも考えられる。

この後、ゐなへをは諸国をめぐり、当地の人々から玉川の由来を伝え聞く。一例を示す。ひなれをが入水した山城国の玉川を訪れた場面である。

山城の国に至りし時、ここにも玉川てふ有。其故《ゆゑ》を人に問《と》へば、「かのひなれをのこ、形見《かたみ》の玉を持《も》ちながら沈《しづ》みたるによりてしかいひ、又岸辺《べ》に山吹の据《すへ》てあるは、をのこが歌に山吹を詠《よ》みて死《し》にたる故、みな人此川辺《べ》に山吹をさして手向しよりなり」といひき。

山城国の人は玉川の名称の由来とともに、ひなれをが詠み遺した歌から川辺に山吹が手向けられるようになっ

たと語る。こうした場面が摂津・近江・陸奥でも繰り返される。そして『てづくり物語』を読む者は各地の玉川の名称とそれぞれの代表的景物の由来をも知ることになる。さきほど引用した四人の歌に各玉川の名物が詠み込まれていた理由は、こうした趣向を活かすためだったのである。

さて、高野山に帰ったゐなへをは口の渇きを潤すために川の水を飲むのだが、その際、胸に痛みが走る。ゐなへをが岩間に封印していた毒酒が、時を経て川へと浸みだしたのである。ゐなへをは同行していた僧に「この流れを人になのませ給ひそ」と言い遺し、

忘《わす》れてもくみやしてまし旅人の高野のおくの山川の水

という歌を詠んで息絶える。この歌は、空海が「この流れを飲むまじきよしを示しおきて」詠んだ、

忘れてもくみやしつらん旅人のたかののおくのたま川の水

という著名な歌（風雅集・雑中・一七八八）に基づく。やはり原歌の「玉川」が「山川」に変更されていることが確認できる。物語の末尾は以下のように結ばれる。

かの僧涙《なみだ》とどめかね、末《すゑ》の世の人のため命《いのち》のきはみに詠《よ》める歌、かしこくも思《おも》ほゆれば、「この川の名も玉河の数《かず》になして彼《かれ》がほむらをやすめん」とて、かの「山川の水」と詠《よ》みしを「玉川の水」ととなへかへて、すべて六国《むくに》の名所とはなりにたりけりとや。

同行していた僧はゐなへをが命を落とした川を玉川に加え、さらに「山川」と詠んだのを「玉川」と改めた――。かくして六玉川の起源は『てづくり物語』の中で語りつくされたのである。

おわりに

以上、本稿では『てづくり物語』についての基本情報をおさえた上で、内容についての分析をすすめてきた。最後に、本稿における内容分析の結果を踏まえ、『てづくり物語』の執筆背景を考察したい。

思うに、『てづくり物語』執筆当初に高保の念頭にあったのは、著名な万葉歌「多摩川に……」を主軸とした物語を作ろうというものだったろう。この万葉歌を、武蔵国の玉川（以下、多摩川）に身を投げた女を恋い慕う歌としてはどうか。その発想の背景には、『大和物語』百四十七段にのる生田川伝説があったに違いない。さらに、多摩川が六玉川の一つであることを考え合わせれば、残る五つの玉川に五人の男を配することで、六玉川すべての起源が語れるのではないか――。と、ここまで連想が及べば、「玉」を名に持つ女が多摩川に身を投げ、残る五人の男がその女の形見の玉を抱いて各地の玉川で後を追う、という大筋は容易に構想できたはずだ。ここで一人の女に五人の男が求婚するという『竹取物語』との対応にも気づき、前半部の展開はほぼ決まったことだろう。問題は、六人が命を落とす後半部をどのように描くかである。その際、五人から一人を選びかねて女が入水し、五人がその後を追う、という展開も当然考えたに違いない。しかし、それだけでは高保にとって面白味が足りなかった。そこで、毒を詠みこんだ紀伊国の歌「忘れても……」を活かし、紀伊国の男が毒を用いて四人の殺害を企て、最終的にはその毒によって自らの命も落とす、という着想を得た――。『てづくり物語』の構想過程はおおむね以上のようなものであったと思われる。

つまり、高保は六玉川起源説話という趣向のもと、『竹取物語』と『大和物語』百四十七段（生田川伝説）から話型を借り、本作の構成を設計したわけである。『竹取物語』、生田川伝説、六玉川。これらは『てづくり物語』を構成する必要不可欠な三要素であった。そして、その三要素の背景に共通するものとしてあったのが『万葉集』であった。すなわち、竹取翁歌、菟原処女伝説、そして万葉歌「多摩川に……」である。『万葉集』は、いわば『てづくり物語』の三要素を縫いつなぐ糸のような役割を担っている。これをさらに言えば、『てづくり物語』を構成する三要素は、いずれも高保の万葉集研究によって導き出されたものなのである。本稿で指摘した限りにおいても、『てづくり物語』には『万葉集』を踏まえた表現・趣向が散りばめられていた。『てづくり物語』創作の根源には高保の万葉集研究があったのである。

(1) 拙稿「服部高保『てつくり物語』解題と翻刻――近世和文小説の一例」(『国文学研究ノート』四四、二〇〇九年三月)。なお、旧稿では本作を「てつくり物語」と表記したが、『万葉考』の「多摩川に……」(巻十四・三三七三)の訓み方にしたがい「てづくり」と濁点を付した。
(2) そのため、本稿の「はじめに」と「一　作者と成立」では、一部旧稿と重なる部分がある。
(3) 「美保」については不明。
(4) 岸本由豆流の次男朝田由豆伎《ゆずき》がまとめた『〔岸本〕家蔵書目』にも「てつくり物語」と記載されている。川上新一郎「『〔岸本〕家蔵書目』翻刻と解題」(『斯道文庫論集』四五、二〇一〇年)参照。
(5) 筆跡の比較対象は、義亮の自筆版下を用いたと思われる『いそのかみ』(寛政十年〔一七九八〕刊)の自序(安永八年〔一七七九〕付)を用いた。
(6) 岡陽子「解題」(『源語類聚抄(広島大学蔵)』下、二〇〇三年六月)、同「源義亮の著述活動――『源語類聚抄』(広島大学蔵)解題補遺」(『古代中世国文学』二〇、二〇〇四年一月)。

（7）本作の著者が服部高保であることは、『高保歌集』（国立公文書館内閣文庫蔵）に載る歌が作中歌として用いられていることからも分かる。
（8）以上は『万葉大註』（無窮会専門図書館神習文庫蔵）、『物号語釈鈔』（国立国会図書館蔵）、『高保家集』の奥書に記された事項を整理したものである。奥書は全て平宝雄（俗名市川五郎蔵）による。
（9）『増訂賀茂真淵全集』第十二巻（吉川弘文館、一九三二年九月）。
（10）『月露草』（『大田南畝全集』第十八巻、岩波書店、一九八八年十一月）。
（11）『泊洦筆話』の本文は新日本古典文学大系による。
（12）『万葉集』の本文は新編日本古典文学全集による。
（13）該当歌は以下の通り。なお、原歌からは多少改変されている。「白銀《しろがね》も黄金《こがね》も玉も家《いへ》にあれどまされる宝《たから》子にしかめやも」（原歌八〇三、三句目「なにせむに」）、「いかにして恋《こ》ひばか君に武蔵《むさし》野のうけらが花の色に出《い》でざらん」（原歌三三七六〈或本〉、二句目「妹に」、五句目「出ずあらむ」）、「武蔵野《むさしの》の草葉もろ向《む》きかもかくも君が方《かた》へとよりしものなり」（原歌三三七七、下句「君がまにまに我は寄りにしを」）、「玉川《たまがわ》にさらすてづくりさらさらに何ぞわぎもがここら恋しき」（原歌三三七三、下句「なにそこの児のここだかなしき」）。
（14）丁数は無窮会本による。以下同じ。
（15）『てづくり物語』の本文は無窮会本による。
（16）『竹取物語』の本文は新編日本古典文学全集による。
（17）大谷篤蔵「竹取物語に取材した江戸文芸」（『国語国文』六―五、一九三六年五月）。ただし、大谷氏があげた作品は「竹取物語」という語を題に冠したものに限っている。
（18）なお、天保九年（一八三八）に成った井関隆子『さくら雄が物かたり』にも『竹取物語』からの影響が認められる。当該作は美少年桜雄が多くの求婚者を拒んで、桜川に身を投げるというものであり、後述する処女塚伝説をも取り込んでいる。深沢秋男『井関隆子の研究』（和泉書院、二〇〇四年十一月）参照。
（19）『古今和歌集』雑上・八六七・読み人知らず。「思ふ」は原歌「見る」。

（20）『日本伝奇伝説大事典』（角川書店、一九八六年十月）。
（21）『大和物語』の本文は新編日本古典文学全集による。
（22）『賀茂真淵全集』第十六巻（続群書類従完成会、一九八一年七月）。
（23）『賀茂真淵全集』第八巻（続群書類従完成会、一九七八年六月）。
（24）『歌ことば歌枕大辞典』（角川書店、一九九九年六月）参照。各歌の本文は新日本古典文学大系による。
（25）『拾遺集』にも下の句を「昔の人のこひしきやなぞ」（恋四・八六〇・よみ人しらず）とした類歌が入る。

（付記）一次資料からの引用に際しては、清濁を改め、踊り字を開き、句読点・カギ括弧を付した。また適宜仮名に漢字をあて、もとの仮名を振り仮名として表記した。

Ⅱ 成熟と転換の時代――十八世紀

山下久夫

「神話」を創造する『古事記伝』

神倭伊波礼毘古命の「大和入り」より

はじめに

本書の大きなテーマは「江戸の学問と文藝世界」ということであるが、何が「学問」で何が「文藝」なのかはもとより自明ではなく、常にその根拠を問われながら研究が進められなければならない。江戸に関しては、近代のいう「学問」と「文藝」とに安易に分離せずに、注釈の仕方そのもののあり方を分析する必要がある。このことは、最近ではほぼ共有されているが、(1) と思われるが、具体相においては幾度も試行錯誤を積み重ねつつ、近代主義的な分離概念への相対化へと向かわなければなるまい。

ここでは、本居宣長《もとおりのりなが》『古事記伝』の中の神倭伊波礼毘古命《カムヤマトイハレビコノミコト》（神武）の「大和入り」に関する言説を取り上げ、近代文献学の祖とされる『古事記伝』注釈が、実は注釈という行為を通して新たな「神話」を創造する営みであったことを明らかにしてみたい。

『古事記伝』のいわゆる神武東征論と呼ばれる件にいくつかの特徴を指摘するのは、さほど困難ではない。まず、神武の前に五瀬命《イツセノミコト》の即位を認めていること。次に日向から東征に向かう道のりや行程に関する記紀の叙述の相違に常に意識的であること。さらに神倭伊波礼毘古命（神武）像の形象や荒ぶる者たちの征服の様相に関し、武力に訴えるよりも荒ぶる者たちが命の威光に自然と平伏し服従するイメージを創り出そうとしていること。それと関連して、「マツリゴト」を「奉仕事」と解し、主君が国を治める意味合いではなく、下からの奉仕が基調であると主張していること等が挙げられる。どの語に特にこだわり、どのような記述の仕方をしているかをみていくと、『古事記伝』の描く神武東征論が浮かび上がるのだが、その具体相については今後順次明らかにする予定である。

さて、今回扱う神倭伊波礼毘古命軍の「大和入り」。当軍は日下《クサカ》の蓼津《タデツ》で登美《トミ》の那賀須泥毘古《ナガスネビコ》との戦いで敗れたが、その因は日に向かって戦ったことにあったとし、日を背に負って再戦すべくまず南に迂回し熊野に至る。その途次、紀伊国の男之水門《ヲノミナト》で兄の五瀬命が矢に当たって亡くなった。熊野で神倭伊波礼毘古命軍が皆正気を失って倒れたとき、天照大御神と高木神の命により建御雷神《タケミカヅチノカミ》が葦原中国平定の時に用いた剣を与えられた高倉下《タカクラジ》が、その剣を神倭伊波礼毘古命に献納する。眠りから醒めた神倭伊波礼毘古命がその太刀を手にしただけで賊は自然と倒れてしまう。その後、天照大御神の意を受けた八咫烏《ヤタガラス》の案内で、いよいよ熊野から吉野を越え大和に入るのである。

一　伊勢国「丹敷浦」からの「大和入り」

古事記本文の該当箇所を、『古事記伝』の読みに従ってあげてみよう。

於是亦高木大神之命以覚白之《ココニマタタカギノオホカミノミコトモチテサトシマヲシタマハク》。天神御子《アマツカミノミコ》。自此於奥方莫使入幸《ココヨリオクツカタニナイリマシソ》。荒神甚多《アラブルカミイトオホカリ》。今自天遣八咫烏《イマアメヨリヤタガラスヲオコセム》。故《カレ》其八咫烏引道《ソノヤタガラスミチビキナム》。従其立後応幸行《ソノタタムシリヨリイデマスベシトサトシマヲシタマヒキ》。故随其教覚《カレソノミサトシノマニマニ》。従其八咫烏之後幸行者《ソノヤタガラスノシリヨリイデマシシカバ》。到吉野河之河尻《エシヌガハノカハジリニイタリマシキ》。時作筌有取魚人《トキニヤナヲウチテナトルヒトアリキ》。爾天神御子問汝者誰也《ココニアマツカミノミコイマシハタレゾトトハシケレバ》。答曰僕者国神名謂贄持之子《アハクニツカミナハニヘモツノコトマヲシキ》。此者阿陀之《コハアダノ》鵜養之祖《ウカヒノオヤ》。従其地幸行者《ソコヨリイデマセバ》。生尾人自井出来《ヲアルヒトヰヨリイデク》。其井有光《ソノヰヒカレリ》。爾問汝者誰也《イマシハタレゾトトハセバ》。答曰僕者国神名謂井冰鹿《アハクニツカミナハヰヒカトマヲシキ》。此者吉野《コハエシヌノ》首等祖也《オビトラガオヤナリ》。即入其山之《カクテソノヤマニイリマシシカバ》。亦遇生尾人《マタヲアルヒトアヘリ》。此人押分巌而出来《コノヒトイハホヲオシワケテイデク》。爾問汝者誰也《イマシハタレゾトトハセバ》。答曰僕者国神名謂石押分之子《アハクニツカミナハイハオシワクノコイマアマツカミノミコ》。今聞天神御子幸行故参向耳《イデマストキケルユヱニマヰムカヘマツルニコソトマヲシキ》。此者吉野《コハエシヌノ》国巣之祖《クズノオヤ》。自其地踏穿越幸宇陀《ソコヨリフミウガチコエテウダニイデマシキ》。故曰宇陀之穿也《カレウダノウガチトイフ》。(2)

高倉下は、高木大神の命ということで、神倭伊波礼毘古命に今いる熊野村から東には荒ぶる神たちがいるから決して入ってはならないと伝えたため、天より遣わされた八咫烏の先導に従って吉野川の川下から宇陀《ウダ》の里までの間、阿陀の鵜飼部の祖贄持《ニヘモツ》之子、吉野首の祖井氷鹿《ヰヒカ》、吉野国栖《クズ》の祖石押分《イハオシワク》之子などに声をかけながら（服従させながら）宇陀の里まで行く場面である。さて、宣長は、吉野川の「河尻」に至ったという箇所に関し、次のような大胆な注釈を施した。

書紀仁徳《ノ》巻に流末《カハジリ》ともあり。さてまづ吉野河は、源《ミナモト》は遥に東《ノ》方の山奥、大台原《オホダヒガハラ》といふ処〔伊勢《ノ》国の堺なり。〕より出て、川上《ノ》荘といふを歴《ヘ》て流《レ》出来るなり。さて下は宇智《ノ》郡へ流れ、紀《ノ》国の伊都那賀名草の三郡を歴《ヘ》て、〔紀の川といふ。〕海に入《オツ》めり。さて今熊野より山越《ゴエ》に幸行《イデマシ》て、吉野へ出たまはむ地《トコロ》は、なほ川上《カハカミ》といふべきあたりにこそあらむを、河尻としもいへるは、地理《トコロノサマ》を考るに、違へるがごとし。〔今の上市飯貝などいふあたりより末ならでは、河尻とはいふべからず。其《ソレ》より上《カミ》ざまならむには、川上といふべき地理なり。〕さて又贄持井氷鹿石押分《ニヘモツキヒカイハオシワク》の次第《ツイデ》も、地理《トコロノサマ》にかなひがたし。此事下に次々論《ツギツギアゲツラ》ふがごとし。故《カレ》思ふに、此時の幸行《イデマシ》は、熊野より吉野の内の東方の山中を経《ヘ》て、宇陀へ越《コエ》坐るにて、河尻と云より、石押分の事までは、此時の事にはあらずて、是《コ》は後に別に幸行《イデマセ》る時《ヨリ》の事なりしが、混《マガ》ひつる伝《ヘ》ならむかし。（『古事記伝』十八之巻）

伊勢国と境を接する大台原を源とし川下は宇智郡から紀州伊都・那賀・名草三郡を経て海に流入する吉野川の流れ全体を紹介した後、「河尻」の語は不的確で川上と記すべきこと、贄持之子（阿陀の鵜養の祖）→井氷鹿（吉野首の祖）→石押分之子（吉野の国巣の祖）が服属していった行程も地理に合わないことを述べて、古事記の記載に疑問を呈する。その疑問は、古事記を絶対視しているといわれる宣長にしては思い切った主張へと展開する。『古事記伝』はいう。この折の幸行は、熊野より吉野の東方山中を経て宇陀へ至ったのだが、古事記本文の川尻というところから石押分という箇所までは、別時の幸行記事が紛れ込んだもの、この時の幸行の道のりをあらわしたものではない……と。つまり、古事記本文自体の紛乱が指摘されるのである。これは驚きだ。一方、日本書紀にはこの行程の記載はなく、熊野から直接大和の宇陀へ到ったように記してある。そして、宇陀に達した後、あらためて吉野を巡行するとき、井光《イヒカ》や磐排別《イハオシワク》、苞苴担《ニヘモツ》に出会った（服属させた）ことになっている。古事記とは異なる記事だ。こうした日本書紀の記事が、宣長にとっては、古事記本文の紛乱という思い切った説の後押しとなったのかもしれない。

では、この折の幸行では、どこを通って大和へ入ったと考えたのだろう。『古事記伝』は、次のように続ける。

さて此時の幸行《イデマシ》の路次《ミチ》は、正《マサ》しくは何《イツレ》の地とも今さだかには知《リ》がたけれども、まづ書紀に、至《リ》二熊野《ノ》荒坂津《ノ》亦《ノ》名丹敷浦《ハニシキノウラニ》一、因誅《ヒタマフ》二丹敷戸畔《ニシキトベ》者《トイフモノヲ》一、時神吐毒気人物咸瘁《ニカミノイブキニアタリテヒトミナヲヘヌ》とありて、次に高倉下の事ある、今も熊野の東北の極《ハテ》、伊勢国〔度会郡《ノ》〕の堺に近き地《トコロ》に、錦浦といふ処あり。是《ハ》彼《ノ》丹敷浦なるべく、また天皇《ノ》大御歌に、伊勢能宇美能《イセノウミノ》云々、とよませたまへる、〔古《ヘ》は由なき処を取出て歌によむことなければ、必此時に伊勢海《ノ》の境まで幸行《イデマシ》て、御覧《ミソナハ》しけるなるべし。〕是《レ》らを以思ふに、此時熊野の地を東北へ行廻《ユキメグ》り尽《ツクシ》て、彼《ノ》丹敷浦《ノ》まで幸行《イデマセ》るなるべし。〔此記は、上に到二熊野《ノ》村《ニ》一之時と云て、高倉下の事ありて、此段も即其《ノ》地にての事にして、自《レ》此奥方《ツ》莫《ニナ》使入幸《イリマシソ》などとあるを以見れば、此処も皆熊野の地の中程あたりまでの事にて、甚《イタ》く東方《ノ》伊勢の堺などまで到坐《リセ》りとは聞えぬに似たれども、上文に背二負《テ》日《ヲ》一とあるを以見れば、甚《イタ》く東方《ノ》まで廻《メグ》り幸行て、さて西方《ノ》を指《サシ》て倭国《ノ》に入坐《リス》道ならでは叶はず。〕

どうやら宣長は、伊勢国と境を接した「丹敷浦《ニシキウラ》」にするべく躍起になっているようだ。むろん古事記には、「丹敷浦」までの幸行記事はない。神倭伊波礼毘古命は、吉野から踏み穿ち越えて大和の宇陀に出たことになっている。宣長は、あえてそれに逆らう。自説の根拠には、日本書紀の「至二熊野《ノ》荒坂《ノ》津亦《ノ》名《ハ》丹敷浦一、……」の記事、天皇の歌（登美毘古を討つときの歌「神風《カムカゼ》の　伊勢の海の　生石《オヒシ》に　這《ハ》ひもとろふ　細螺《シタダミ》の　い這ひもとほり撃ちてしやまむ」）、さらには「背二負日《テヲ》一」をあげる。注目すべきは、割注の「此記は、上に到二熊野《ノ》村《ニ》一之時と云て、高倉下の事ありて、此段も即其《ノ》地にての事にして、自レ此奥《ツ》方《ニ》莫使入幸などとあるを以見れば、此処も皆熊野の地の中程あたりまでの事にて、甚く東方伊勢の堺などまで到坐りとは聞えぬに似たれども」である。これは、かなり苦しい弁明ではないか。そもそも高倉下の献剣の話も熊野であるし、そこから奥に入ってはならぬというのであれば、はるか東方の伊勢国と境を接する「丹敷浦」あたりまで赴いたとするのは、「聞えぬに似たれども」といわざるを得まい。苦しい推測であることを、自ら認めているといえよう。それにもかかわらず、伊勢国との境にある「丹敷浦」の存在にこだわりたいのである。その根拠とした右の中で最も有力なのは、古事記本文の「背二負日《テヲ》一」という記載であることがわかる。

『古事記伝』はさらに、書紀に「山中険絶無復可行之路《ヤマナカイタクサガシクテユクベキミチモナケレバ》」とあることから八咫烏の導きによる険しい山越えが推測されるが、それは丹敷浦から伊勢国多気郡の西極にある大杉谷を経て吉野へ出て宇陀へ至る道が妥当だ、という。「是《レ》ぞ東より西を指《サシ》て物する路なれば、彼上文《ノカミノコトバ》に、背二負日《セオヒテヲ》一云々とあるによく合へりける」と力説する。宣長には、幸行の行路は日を背負って東から西へと行く形でなければならぬ、という強いこだわりがあるのは疑いない。日に向かって戦った五瀬命の失敗を繰り返すわけにはいかないはずだ、との秘められた強烈な想いを看取できるのである。

ところで、日本書紀をみると、八咫烏の飛び行く方向に先駆けを勤めた日臣命《ヒノオミノミコト》（大伴氏の遠祖）が大来目《オホクメ》を率いて熊野村から菟田（宇陀）に到達した記事がある。ここには、吉野を経たという記事がない。宣長もこの点が気になったらしく、書紀の記事を引用した後、「吉野を歴《ヘ》賜へる事は見えず」と記している。そして割注で、「もし書紀のいうように吉野を経ずに直接宇陀へ出たのなら、その路次は伊勢国大杉より河俣谷、高見山を越えて宇陀へ、ということになるはずだ。だが、地理情勢を考えるとやはり吉野東方を経たとするのが妥当で、書紀は吉野経由は途中の話だから省いたのだろう」と推測する。こうして、先の自説（丹敷浦→大杉谷→宇陀）に戻るのである。何だか、説明に四苦八苦している。

さて宣長が、古事記本文の河尻の箇所から石押分までは別時の幸行が紛れ込んだものとしたことは先述したが、阿陀について注釈するとき、あらためて強調している。『古事記伝』は、阿陀は『和名抄』に「大和国宇智郡阿陀郷」とあり、『万葉集』にも詠まれ、贄持《ニエモツ》が魚を取っていた地であるという。そして、古事記本文の「河尻」に合致していると述べる。しかし、ここに次のような割注が付されるのである。

若《シ》此段を、熊野より越来坐る時の事とするときは、地理に叶はず。其故は、熊野より吉野へ到《リ》たまはむには、先《ヅ》国栖などを経《ヘ》て後にこそ、阿陀の方へは到《リ》坐《ス》べきことなるに、先《ヅ》始《メ》に此《ノ》贄持の事をいへるは、路の序《ツイデ》に違へばなり。又吉野より踏穿越《フミウガチコエ》て、宇陀へ幸行《ス》とあれば、阿陀は経《ヘ》たまふべき地方《カタ》にもあらざるをや。故此《レ》段は別時《コトトキ》の事ならむとはいふなり。

熊野村から直に吉野へ山越えしたのであれば、まず国栖《クズ》を経た後に阿陀へ着くはずなのに、贄持の記事が先に出ているのは順序が違うではないか、また、吉野より宇陀へ「踏穿越て」とある以上、阿陀は経過する場所とはいえまい、と疑問をぶつける。それは、熊野村から吉野へ至ったとする幸行の行程、古事記本文の河尻～石押分の文章は別時の幸行の記事が紛れ込んだもの、という自説の再確認となっているのである。『古事記伝』の宣長は、あくまで、熊野から「丹敷浦」へ出た後、大杉谷から山越えで宇陀へ至ったとする考えにこだわった。

だが、古事記本文の紛乱を指摘してまで前面に出そうとした伊勢国度会郡「丹敷浦」の存在は、支持された形跡はないようだ。本居内遠《うちとお》の遺稿『神武紀巡幸路次弁』（別名『丹敷浦考』）は、「丹敷浦」は今の二木島を指すとする。三重県南牟婁郡荒阪村二木島（今の熊野市二木島）である。ここであれば、記紀の熊野、荒坂津、熊野高倉下といった記載にも叶い、「自此於奥方莫使入幸」とあるのにも大和に入る路程にも合致するという。また、古代の「丹敷浦」は、今の伊勢国度会郡に入っている地（宣長が主張した地）より南方の二木島あたりまでを広く指す呼称だったとする。飯田武郷『日本書紀通釈』は、内遠の説も引用しながら二木島説に傾いているようだが、熊野の人、山田正の『熊野荒坂津史蹟考証書』の説を大々的に紹介する。それによると、山田の説は基本的に二木島なのだが、『古事記伝』の説に触れて次のようにもいっている。陸路を経て大和に向かうより海路の方がはるかに便利だから、『古事記伝』のように「伊勢の海の……」の御製を考慮すれば、伊勢の近海まで船行きしてそこから大和入りしたのではないかとも考えられる……と。武郷はこの説を引いた後、「しか見る時は、古事記の説（『古事記伝』の説か—山下注）の如く、この熊野荒坂津より、再び海路を廻幸し、伊勢の大杉谷へかゝりて、吉野へは越坐るものとすへけれど、なほ海路の御巡幸は、聊か押当の説に近かるへし」と結んでいる。(3)宣長の説を支持するには海路巡幸を考えなければならないが、それはやはり無理な憶測だろう、といったところか。明治以降においても、宣長の唱える伊勢国度会郡の「丹敷浦」説が受け入れられたとはいえないようだ。(4)

二　天照大御神と「伊勢」の浮上

では、なぜ宣長は、古事記本文の紛乱を指摘してまで熊野村→丹敷浦→大杉谷→宇陀の行程にこだわったのだろうか。どうやら、ここには宣長の秘められた意図があるように思われるのである。もっといえば、宣長の創造する「神話」がうかがえるのではないか。先に「背㆓負日㆒」の比重が大きいと述べたが、どうもここには、天照大御神と「伊勢」の威光が絡んでくるようだ。このあたりの注釈をみると、熊野村から大和国へ入るにあたって、できるだけ「伊勢」を浮かび上がらせよう、という強い思い入れが感じられるのである。

五瀬命が登美の那賀須泥毘古の矢を手に受けて負傷したとき、「吾者為日神之御子《アハヒノカミノミコトシテ》。向日而戦不良《ヒニムカヒテタタカフコトフサハズ》。故負賤《カレヤツコガ》奴之痛手《イタテヲナモオヒツル》。自今者行廻而《イマヨリハモユキメグリテ》。背負日以撃《ヒヲセオヒテコソウチテメ》」と誓い南方に回って進み熊野に至る場面。ここで日の神に関する有名な持説「日の神＝現に仰ぎ見る太陽＝天照大御神」論が展開される。曰く、この神の御上について語るときは天照大御神と称するが、高天原に坐す御体をこの国土から仰ぎみていうときは日神（太陽）という。これは、「古言の差別」というものだ……と。文脈や言語の方位によって表現が異なるのが古言の特徴、というわけである。また、「向日」に関する注釈でも、「日神」と記さずただ「日」とのみいうのは、同じく神の御上について語るときと仰ぎみていうときとの「古言の差別」だと強調している。このような繊細な使い分けに、漢文にはないわが国「古言」の面目を求めていると思われる。

天照大御神は現に仰ぎ見る天つ日＝太陽だとする説の意味については、上田秋成との論争を中心にいろいろ論じられてきたが[5]、今は立ち入らない。ただ、宣長のこだわりをあらためて聞くと、際立ってくるのは、「向日」や「背㆓負日㆒」の解釈において天照大御神の存在が大きく割り込んでいることである。一般には「日」と解すだけでよさそうなところだが、宣長は、皇祖たる天照大御神であることをことさらに強調するのである。とすると、「向日」も「背㆓負日㆒」も、天照大御神の威光に逆らうか、逆にそれを背後に背負うか、といった文脈で理解されていることになる。

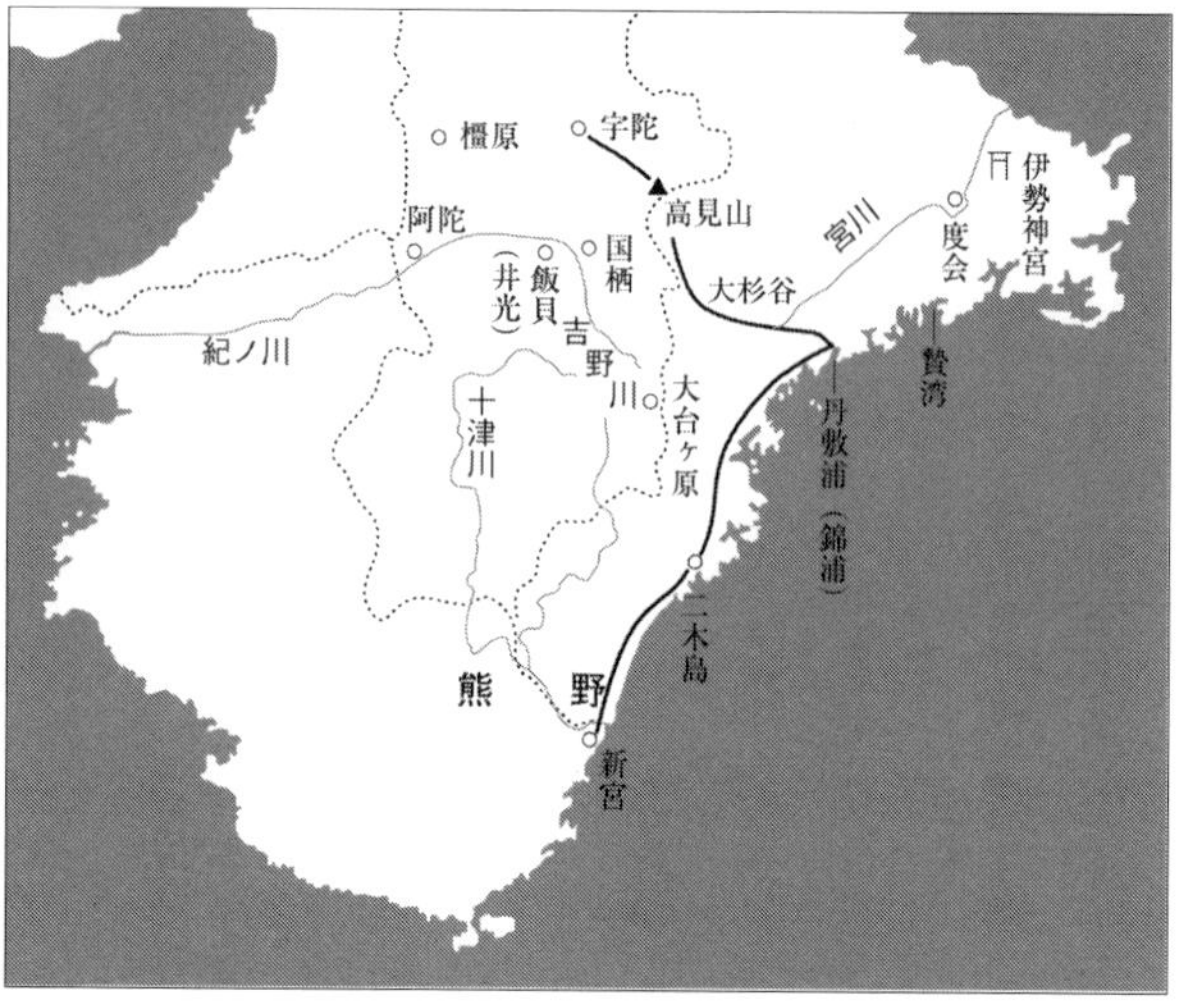

太線は『古事記伝』が想定した熊野村から大和宇陀への道程。但し、熊野村がどの辺に当たるかは定かでない。

同時に、このあたりの注釈の仕方には、「伊勢」という地を強調しようとする意図も感じられるのである。先にあげた吉野川の「河尻」の項では、「高倉下の事ある、今も熊野の東北の極、伊勢国〈度会郡〉の堺に近き地に、錦浦といふ処あり」という持論のほかに、大台原という地の「伊勢国の堺なり」との割注も効果的だ。また、記紀には熊野村よりはるか東方の伊勢の境にまで行ったとは記してないが「背ニ負日一」とある以上そこまで行ったに違いない、との推測。あるいは、大杉谷が伊勢国多気郡の西の極で伊勢の宮川の川上であることにも注意を促してもいる。このあたり、「伊勢」の語が重く響いている。「背ニ負日一」の表現への執着から、神倭伊波礼毘古命軍は天照大御神および伊勢の威光を背景に大和に入った、というストーリーに仕立てたい宣長の意図がみえてくるようだ。『古事記伝』十八之巻では、「背ニ負日一」について「此《ココ》は書紀にも負二日《ノ》神《ノ》之威《ヲ》一とある如く、其威《ノ》を借《リ》賜ふ意あるなり」と断言するが、「背ニ負日一」に天照大御神の威光を背負う意味を込めるこの断言をごく自然に受け入れられるような注釈の工夫が、随所でなされているのは疑うべくもない。

もっとも、日本書紀本文では八咫烏の導きが天照大御神の恩恵である旨明記してあるのだから、宣長がここで天照大御神の威光を強調したからといって何ら不思議ではない。また、宣長の尊重した『皇大神宮儀式帳』に「丹敷浦」が神境四至の南端に属すると記してあるのも、同所を選んだ自説の強力な味方となっただろう。ただ、古事記本文の河尻〜石押分の文章を、別時の幸行記事の紛れ込みだと主張したり、「背二負日一」にあくまでこだわりつつ誰も支持する人のいない「丹敷浦」説を出す宣長には、天照大御神と「伊勢」の威光に関する格別のこだわりが通常の注釈を超えさせてしまっていると感じざるを得ない。こうしたあり方は、古事記の忠実な注釈というよりも、注釈によって己の理想とする「神話」を創造しているとみなすべきではなかろうか。

だが、内遠には、そうした宣長の苦心も通じなかったようである。宣長とは異なる「二木島」説を唱えた彼は、宣長が自説の有力な根拠とした「背二負日一」に関し、次のように解釈した。

　但かくては大和の南より、北へさして出ませるにて、背負日とあるに如何なるなれ共、こは敵の後より襲はんとのたまへるに同じければ、深く拘泥すべきにもあらず。其上最初にはさおもほしたらめども、神の御さとしありて、奥方莫使入幸とあるによりて、かく幸行たりとせんも妨なし。[6]

宣長が最もこだわった「背二負日一」の意味が、あっさりひっくり返される。「背二負日一」とは、敵の背後から襲おうと詔しただけのことであり拘泥する必要などはない、と斥ける。こうした内遠の説を傍らに置くと、古事記本文の紛れを指摘してまで「背二負日一」に大きな意味をもたせようとした宣長の意図、すなわち天照大御神の威光を込めた「伊勢」という存在をクローズアップさせようとする目論見が、逆に鮮やかに浮かび上がってくるところが興味深い。

三　天孫降臨に割り込む「伊勢」

　しかし、ここで直ちに疑問が生じる。そもそも神聖なる地「伊勢」の起源は、天皇と同床していた宮廷の鏡を恐れ多いということで豊鍬入姫命に託宣して大和の笠縫邑に祭り（崇神紀六年）、その後、倭姫命の案内で神風の伊勢国に安置したという記事（垂仁紀二十五年三月丁亥朔丙申の条）にあるのではなかったか。天照大御神は、倭姫命に「是《コ》の神風《カムカゼ》伊勢国は、常世《トコヨ》の浪の重波《シキナミ》帰《ヨ》する国なり。傍国《カタクニ》の可怜《ウマシ》国なり。是《コ》の国に居《ヲ》らむと欲《オモ》ふ」と告げた。そこで初めて「伊勢」は神聖な地として登場したのである。とすると、神武東征の頃はいまだ権威の地ではなかったはずだが、宣長は、そのあたりをどう説明するのか。

　実は、宣長の「伊勢」へのこだわりは、すでに天孫降臨の件に十分に示されていたのである。天孫邇邇芸命降臨の際に案内を買って出た猨田彦神の登場するあたりである。そもそも古事記には、宮廷を出て伊勢に鎮座した鏡（天照大御神の御霊）の記事はない。しかし『古事記伝』十五之巻は、伊勢神宮の起源を語る右の垂仁紀「故、大神の教の随に、其の祠を伊勢国に立てたまふ。因りて斎宮を五十鈴の川上に興《タ》つ。是を磯宮と謂《ノ》ふ。則ち天照大神の始めて天より降ります処なり」の記事に大いに関心を示し、それを天孫降臨の話と関連づけて考えようとした。特に、「天照大神の始めて天より降ります処なり」の箇所に関し、割注で「いと〱心得がたかりしを、近きころ思得たり」と、何やら重要なことに気づいたかのようにいうのである。

　先初《ツメ》に猿田彦《ノ》神の答に、吾先啓行《アレサキダチテミサキハラハム》云々、天神《ツ》之子《ミコハ》 則当《イタリマシテ》二到筑紫日《ノ》向《ニ》一、吾《ハ》則応《ベシ》到《ルベシ》二伊勢《ニ》一、と申し賜へる、そも〱皇御《ノ》命の日向《ノ》国に降《リ》坐むに、その啓行《ミサキハラヒ》の神の、伊勢にしも降《リ》給ふこと、深き所以《ユエ》あり。

皇御孫命を迎えに出た猿田彦神が、皇御孫命は日向国に降臨し、自分は伊勢国に降りようと答えたことに、「深き所以」をみているのである。割注はさらに、続けていく。

豊受《ノ》宮《ノ》儀式帳に、天照坐皇大神、度会乃《ノ》伊《イ》須《ス》々《ズ》乃《ノ》河上爾《ニ》大宮仕《ツカヘ》奉《マツリキ》、爾《シカル》時《ニ》大長谷《ノ》天皇《ノ》御夢爾《ニ》、誨覚《ヘシ》賜久《ハク》、吾《ガ》高天《ノ》原《ニ》坐弖《テ》見《ミ》志《シ》真《マ》岐《ギ》賜《ヒ》志《シ》処爾《ニ》志《シ》都《ヅ》真《マ》利《リ》坐《シ》奴《ヌ》云々、とあり。かゝれば此《ノ》御霊《ミタマノ》鏡を、後遂《ツヒ》に此《ノ》地に鎮《リ》坐《サ》しめむとは、大御神御《ミ》自《ミヅカラ》高天《ノ》原にして、予《カネ》てより所念設《オモホシマ》けたることなり。されば猿田彦神《ノ》の、啓行《ミサキハラ》ひながら、此《ノ》伊勢に到《リ》たまふも、古語拾遺に、始《メ》在《テ》二天上《ニ》一預《アラカジメ》結《テ》二幽契《ヲ》一衢《ノ》神先降《ヅル》深《ク》有《リ》レ以矣《ユエ》、と見えたる如く、本より此《ノ》由縁《ヨシ》あるゆゑに、此《ノ》御霊《ノ》鏡を、終《ツヒ》に鎮《リ》坐《ス》べき処へ、先導《ヅキ》送り奉らむためなり。故《レ》其《ノ》御《ミ》天降《アモリ》の時に、皇御孫《ノ》命に附副《ツキソ》ひて、此《ノ》御鏡を戴齎《イタダキモチ》奉れる御従神《ミトモノ》は、彼《ノ》啓行《ミサキハラヒノ》神の導きのまに〳〵、おのづから先《ヅ》此《ノ》伊勢国《ノ》に降《リ》着きしなり。始《メテ》自レ天降《リタマヒシ》とは、此《ノ》時の事なりけり。若《シ》然らずは、日向へ降《リ》賜ふ御孫《ノ》命の啓行《ミサキハラヒノ》神の、伊勢へ降《リ》賜うはむこと、何の由もなく、徒《イタヅラ》ならずや。

要するに、天孫降臨は、皆が日向国へ降り立ったのではなく、皇御孫命に従った従神の中には、猿田彦神の先導で天照大御神の御霊たる鏡を戴いて伊勢国に降りた神々――宣長は、思兼神、手力男神、石門別神、豊受気大神等を想定している――もいたというわけである。垂仁紀の「天照大神の始めて天より降ります処なり」とは、この御霊鏡の伊勢への降臨を指すとした。そして、『豊受宮儀式帳』の記事を参照しつつ、御霊鏡の伊勢降臨は高天原で常々天照大御神が念じていたことだと解した。鏡が天照大御神の御霊であることへの宣長の思いは、右の箇所の直前で、天照大御神の「此之鏡者《コレノカガミハ》、専為我御霊而《モハラワガミタマトシテ》、如拝吾前伊都岐奉《アガミマヘヲイツクガゴトイツキタマヘ》」の詔命に対し、「大御神の御神《ミタ》霊《マ》を、此《ノ》御鏡に取託《トリツケ》て賜はするなり。（割注略）然れば天照大御神の御霊《ミタマ》は、全《モハラ》此《ノ》御鏡に坐《シ》々すものぞ。貴きかも可畏《カシコ》きかも。此《ノ》大御詔《オホミコト》よ、ゆめおろそかにな見過《ミスグ》しそ」と、強く留意を促す注釈のしかたによくあらわれている。日向国への天孫降臨の話に、宣長は垂仁紀の記事を結びつけ「伊勢」の存在を割り込ませたのである。鈴木重胤は、「実に見徹したる如き説になむ有りける」(『日本書紀伝』第二十九巻)[7]と、宣長の推察力に脱帽している。

ただ、宣長が右の自説展開のために『古語拾遺』や「伊勢」を重視した中世の文献を参照したことは、もっと重視してもよい。『古語拾遺』には、「巻向の玉城の朝に泊びて、皇女倭姫命をして天照大神に斎き奉らしむ。仍りて、神の教の随に、其の祠を伊勢国の五十鈴の川上に立つ。因りて、斎宮を興てて、倭姫命をして居らしむ。始め天上に在すときに、予め幽れたる契を結びて、衢の神の先降ること、深き以有り」とある。神代の時代にあらかじめ天上界でなされた幽契によって、天孫降臨の先導者、猿田彦神が伊勢の地に降り立ったことを強調する。それが垂仁期での倭姫命による天照大御神祭祀を導いていくのである。天上界での「深き所以」がすでにあったとする宣長の説は、『古語拾遺』の幽契説をしっかり承けているわけである。また、『古語拾遺』の言に触発されたと思われる中世の『倭姫命世記』の垂仁天皇二十五年の条には、猿田彦神の裔宇治土公の遠祖大田命の言上で、宇治の五十鈴の川上に天照大御神が遷った話を載せる。『古事記伝』は、この記事をあげつつ「中に疑はしきことども有て、全は信られず」とした。『倭姫命世記』に対しては、『豊受宮儀式帳』や『皇大神宮儀式帳』ほど信頼はしていないようだが、一方では、「されど中には、真とおぼしくて、棄かたき事も多し」という言もみられる。例えば『倭姫命世記』には、天照大御神があらかじめ伊勢を「美なる処」と称えていた記事とともに天の逆太刀を投げ入れていたという話が載るが、前者は捨てがたくとも後者は疑わしい、と考えていたのだろうか。こうした記事の取捨選択はあるにせよ、記紀以外の『古語拾遺』や中世の文献も参照しつつ、天孫降臨における御霊鏡伊勢国降臨の話を浮き彫りにしようと力を入れたことは確かである。山本ひろ子が述べたように、予告された聖地「伊勢」という言説が中世に広まっていたのであれば[8]、それを『古事記伝』がどのように受け止めたか、『古事記伝』の説とがどうかかわるのかについては、今後具体的に検討する必要がある。宣長は中世を認めなかった、という思い込みに立ち止まってはならない。だが、今回は深入りせずに先に進もう。『古事記伝』は、さらに次のように割注を続ける。

さて右の如く、此《ノ》御鏡は先《ヅ》伊勢に降《リ》着《キ》賜ひしを、日向に着《キ》賜へる御孫《ノ》命の御許《ミモト》に、送《リ》奉り置て、猿田彦《ノ》神は、御暇《ミイトマ》を賜はりて、又伊勢に帰り賜ひしなり。此《ノ》間の事、なほ下に委《ク》云べし。抑此《ノ》御鏡は、しばらくも皇御孫《ノ》命の大御許《モト》を離《ハナ》ち奉り給ふまじきわざなるに、日向と伊勢と、分れて降《リ》着《キ》賜へらむことはいかゞ、と疑ふ人有《ル》べけれど、天上《アメ》より遥《ハルカ》に降《リ》賜ふなれば、日向と伊勢と放《サカ》るといへども、同じく葦原《ノ》中《ツ》国の内にしあれば、なほ一《ツ》処に降《リ》着《キ》給へるなり。されば後に又伊勢に遷《シ》奉《リ》賜へれども、初《メ》の大御神の詔旨《ミコト》に違はせ賜はざるも、同《ジ》皇《ミ》国の内なるが故なり。

猿田彦神は、鏡とともにまず伊勢に降り立った後、日向へと向かい、天孫降臨が終わったら再び伊勢に戻ったことになる。鏡がしばしの間でも皇御孫命の許を離れたことについては、伊勢でも日向でも高天原からみれば「葦原中国の内」「皇国の内」に変わりはないから問題ないという。ここに、宣長の地球学的な視線を感じ取っても間違いではないと思われる(9)。また宣長は、伊勢→日向→伊勢と移動した猿田彦神について「此間の事、なほ下に委云べし」と述べたが、『古事記伝』十六之巻に進むと次のような注釈に出会う。

さて此《ノ》記には、猨田毘古《ノ》神、何処《イヅク》へ往坐《イマス》とも云《ハ》ずして、たゞ送《リ》奉《シ》とあるは、其本郷《ノモトツクニ》に還《リ》たまふなるべし。〔もし本《ツ》郷に還《リ》賜ふに非ずは、必《ズ》往《ユキ》坐《ス》処を云はでは、事足《タラ》はず。〕是《レ》に依《リ》て見れば、伊勢は初《メ》より其《ノ》本《ツ》国なりけり。〔伊勢の書どもにも、其趣に云り。〕かくて天《ノ》宇受売《ノ》命の送りしは、書紀の趣は、かの御前《ミサキ》に立《チ》て、天より降《リ》賜ふをりの如くに聞ゆれど、此《ノ》記の趣は、然にあらず。猨田毘古《ノ》神は、先《ヅ》伊勢に降《リ》到《リ》て、さて伊勢より、一度《ヒトタビ》日向の宮に朝参《マヰリ》て、〔此事《ノ》は伝十五の卅五葉にも云り。〕さて暇《イトマ》を賜はりて、日向より伊勢に帰り給ふ時の事と聞えたり、（割注略）さて猨田毘古神《ノ》の、日向に参り賜ひしことは、此記《ノ》にも書紀にも見えざれども、若《シ》日向に参給《リ》へる事無《ナ》からむには、既に天降坐て後に、宇受売命《ノ》の送れるをば、何処《イヅク》よりとかせむ、必《ズ》日向よりとこそ聞えたれ。

周知のように、古事記では皇御孫命が天宇受売神に猿（猨）田彦を送っていくように命じている。一方、日本書紀には天受須売神が猿田彦神を伊勢まで送り届けたという記事が載る。宣長にいわせると、古事記には天宇受売命が猿田彦神をどこへ送ったかは記してなくとも、「伊勢の書ども」（『倭姫命世記』や『御鎮座伝記』を指すか）によって猿田彦神の本国が伊勢国であることが明らかな以上、同国へ送ったことは確かだし、日本書紀にもそれは記してあるから疑いないということだろう。また、記紀にはないが、として宣長が留意を促すのは、天孫降臨の際に猿田彦神がまず伊勢に降ったということである。古事記本文に明確な記載がないのを補ってまでも、伊勢国の存在が日向国に先立ってきっちりと強調されているわけである。

結局、右の注釈で浮かび上がってくるのは、まさに「伊勢」という神聖な地だ。天照大御神が高天原にいるときに、すでに御霊を鏡につけて伊勢国へ鎮座することを決めていた、その所以で猿田彦神は天孫降臨の際にまず伊勢国へ降りたのである。記紀には記載がないが、鏡はその後、皇御孫命が降臨した日向へ送られ神倭伊波礼毘古命東征とともに大和に入ったことになる。そして崇神、垂仁天皇の時に、当初の定めどおり宮廷から出て伊勢国へ鎮座したというわけである。神野志隆光が「猿田毘古神に導かれて伊勢に降ったが、日向に送られ、日向から大和にはいった天皇のもとで祭られてきた。それが、崇神天皇の代に笠縫にうつされ、垂仁天皇の代に、もとより由縁ある、はじめて降った地・伊勢に鎮座した（中略）宣長の関心は鏡が伊勢にあることにかかっています」[10]と解説するとおりである。すべては、高天原で決められた「深き所以」によるもので、「伊勢」という地は、『古事記伝』の中では当初から神聖なる地としての威光をもっていたのである。[11]

鈴木重胤『日本書紀伝』第三十之巻はいう。猿田毘古神は幽契によって伊勢へ降り、皇御孫命は日向国の高千穂の嶺に降りた。鏡は神武東征の完了で朝廷とともにあったが、崇神天皇の代まで朝廷では幽契のことは知らずにいた。崇神朝のときのお告げによって、宮廷には模造の鏡を作り置き、天照大御神の御霊鏡は垂仁朝にかけて幽契どおり伊勢への移動が始まった……と。丁寧な補いだ。重胤は、己の見解を「紀伝に明らめられたる趣に因て、予も亦其説を得たるなり」と述べている。『古事記伝』の主張を思い切り引き伸ばし、宣長の描きたかった天孫降臨の模様を明瞭に示したわけである。飯田武郷『日本書紀通釋』巻之十七は、重胤の説を大々的に引用した上で、「猿田彦神は、顕にこそ天孫の御迎に出たるなれ。幽には旨と天照大御神の御迎の方に出たるなるべく……」と自説を加えた。猿田彦神の迎えという話題を通して、天孫降臨の項であるにもかかわらず、「顕」の皇御孫命に対する「幽」の天照大御神の位相がしっかりと確保されていることがわかる。これらをみると、皇御孫命の日向国降臨以上に天照大御神（の御霊）の伊勢国降臨を重視したかった宣長の秘められた思い、注釈というスタイルに制御されていた天孫降臨像が明瞭に浮かび上がってくるようだ。[12]天照大御神の威光と「伊勢」が大きく迫ってくる。

おわりに――「近世神話」として

神倭伊波礼毘古命の「大和入り」に関し、宣長が「背二負日一」という表現にこだわりつつ、古事記本文の紛れを指摘してまで熊野村→丹敷浦→大杉谷→宇陀の行程を主張したのは、ひとえに「伊勢」の威光を背負っての大和入り、というモチーフを生かしたいからであった。そして、今みてきたように、宣長にあっては、すでに天孫降臨のときに猿田彦神に伴われて天照大御神の御霊鏡が伊勢に降りていたという事態を推定していた。したがって、天照大御神の威光をもつ「伊勢」という存在が神武東征の折にも歴然として存したことになる。大きくいえば、『古事記伝』の描いた日向から大和への東征は、幽契に基づいた「伊勢」の強い吸引力によってなされたとみてよい。宣長の論に従えば、御霊鏡は常に東征する神倭伊波礼毘古命（神武）の横にあったことになる。幽契がある以上、御霊鏡を携える東征が「伊勢」の威光を背負うのは当然といえようか。

右のような『古事記伝』の注釈は、原典たる古事記の忠実な注釈書たるを超え、新たな「神話」を創造していると考えるべきである。近代文献学の価値に照らした本文注釈からの逸脱ではなく、注釈という営為を通して、記紀神話を読み替え近世期にふさわしい「神話」＝「近世神話」を創造するのだ。[13]『古事記伝』の注釈をみていくと、孤立を恐れずあえて固執している説に遭遇することが少なくないが、[14]そうした奇説（？）は今新たな意義づけを待っているようで興味が尽きない。

（1）鈴木健一編『江戸の「知」——近世注釈の世界』（森話社、二〇一〇年）では、江戸時代の注釈のもつ意味について、筆者も含め執筆陣が個々に考察を試みている。

（2）筑摩書房版『本居宣長全集』第十巻（以下、『古事記伝』の説はこれによる）。但し、字体を適宜通行体にあらためた。また、原文の読点を句点にあらためた箇所もある。

（3）飯田武郷『日本書紀通釋』巻之二十二（『日本書紀通釋』第二、教育出版センター、一九八五年所収）。以下、『日本書紀通釋』の説はこれによる。

（4）大久保初雄『古事記講義』（大坂吉岡宝文軒蔵版、一八九三年刊）中巻は、「さて吉野より一旦伊勢に出てそれより宇陀に至れるなり。その間に事なきにより、かく直ちに宇多に至ると記せるなり」として、『古事記伝』と同じく一旦伊勢に出たことを認めている。宣長説の唯一の理解者だが、その場合でも、宣長のように「背二負日一」の表現に重要な根拠を求める考えはない。

（5）上田秋成との「日の神」論争については、中村博保「有効な本質、無効な本質――「日の神」論争について」（初出は『批評研究』第四号、一九六一年八月。後に中村博保『上田秋成の研究』ぺりかん社、一九九九年に所収）をはじめ、たびたび言及されている。最近では、高野奈未『賀茂真淵の研究』（青簡舎、二〇一六年）第四章第二節「宣長・秋成の「日の神」論争」がある。

（6）『本居内遠全集』（増補『本居宣長全集』第十二、吉川弘文館、一九三八年所収）による。

（7）『鈴木重胤全集』第九（鈴木重胤先生学徳顕揚会、一九四〇年）。以下、重胤の説は同書による。

（8）山本ひろこ『中世神話』（岩波新書、一九九八年）第三章「降臨する杵の王」。

（9）宣長の地球学的視線については、金沢英之『宣長『三大考』』（笠間書院、二〇〇五年）第一部第二章「近世における現実認識の変容――とくに地球概念をめぐって」、拙稿「『古事記伝』の位置を問う――「古語」発見尾の近世的意味」（『アナホリッシュ國文学』第三号、二〇一三年）、斎藤英喜『異貌の古事記』（青土社、二〇一四年）第一章「『古事記伝』の可能性を探る」、裵寛紋『宣長はどのような日本を想像したか――『古事記伝』の「皇国《みくに》」』（笠間書院、二〇一七年）第一章第二節「地球的世界における「外国」と「皇国」」。

（10）神野志隆光『本居宣長『古事記伝』を読むⅡ』（講談社選書メチエ、二〇一一年）。

（11）宣長は、垂仁紀「其祠立二於伊勢国一、因興二斎宮《イツキノミヤヲ》于五十鈴川上《ノカハラニ》一」の「斎宮」に関し、倭姫命を祀るところのようにいう『古語拾遺』や『倭姫命世記』を批判し、ここでの「斎宮」は皇大神宮であることを断固主張している。また、「祠」は単なる「宮」の下位にある建造物ではなく、「祠べき処」を広く指すとし、「其祠立於伊勢国」の「立」の字は「定」の誤りだと指摘する。それは結局、「（天照大御神を）祠るべき処を、伊勢国と定めて、さて五十鈴川上に其宮を興と云るなり」

（十五之巻）ということに落ち着く。「祠」が矮小なる建造物から敷地一帯に広がり、「立」の字が「定め」の字に改められたことにより、倭姫命の存在が消えるのに代えて、「五十鈴宮」すなわち皇大神宮とその威光をもつ「伊勢」が大きくクローズアップされる記述となったといえよう。

（12）平田篤胤『古史伝』も「幽契」の立場をとるが、猿田彦神を出雲出身としている点が違っている。

（13）「近世神話」については、今後具体的レベルで研究を進めなければならないが、とりあえず基本的な立場は、拙稿「本居宣長と平田篤胤は神道をいかに構築したか」（『現代思想』二〇一七年二月臨時増刊号「神道を考える」所収）に述べた。他に斎藤英喜注9書および同『古事記はいかに読まれてきたか』（吉川弘文館、二〇一二年）二「『古事記伝』と近世神話」、鈴木健一編注1書所収の拙稿「「近世神話」からみた『古事記伝』注釈の方法」等を参照。また、裵寛紋注9書は、「近世神話」というタームは用いていないが、『古事記伝』に分析対象を絞った宣長論であると同時に、『古事記伝』の注釈の仕方を近代文献学に引きつけるのではなく、注釈を通して近世における新たな神話を作っているものとして扱っている点が、本稿と視点を同じくする。

（14）例えば、東征軍が船を降りて登美能那賀須泥毘古と戦った「日下《クサカ》之《ノ》蓼津《タデツ》」の「日下」に関し、誰しも認めている河内国河内郡の「日下」説を否定し、和泉国大島郡の日部郷こそ「日下」だと断固主張した。その理由を、「難波海をば過て、なほ海路を幸行《ユキ》て、泊賜へる津なれば、必《ズ》難波より南方にて、海辺なるべければなり」（『古事記伝』十八之巻）と述べている。つまり、河内国の「日下」は海路を進んできた東征軍の行程に合わないというわけである。古代の河内国「日下」あたりも入り江になっていて水路はあったということで宣長説は孤立を免れなかったが、前後の記述をみると、『古事記伝』の描く東征軍は海路を堂々と進んでいくかのようである。狭い入り江を進む東征軍の萎縮したイメージは払拭したかったのだろう。

（付記）書物名は二重括弧で示したが、古事記と日本書紀に関しては括弧を省略した。

Ⅲ 大衆化の時代――十九世紀

伊與田麻里江

山東京伝と岸本由豆流との交流

『双蝶記』の一文をめぐって

はじめに

すっかり落ちぶれた二人の小悪党が密会をしている――。その舞台は次のような空間である。

俊成卿の歌に「よろづ代に千代にかさねて八幡山《やはたやま》。君をまもらん名こそ有けれ」と詠ぜられし八幡山は、京を去こと四里余にして、則山城国の南海なり。当時男山護国寺の本尊、白檀の薬師仏開帳あるによりて参詣の人群集し、綿々絡繹《めん〳〵らくゑき》として往来《ゆきゝ》しばらくも絶ず、いと賑けるにぞ、是に乗じて利を得んと思ふ者、此処彼処に仮家をつくり、酒肴餺飩可漏子《さけさかなうどんそばきり》を商《あきなふ》家あり。沙餹饅頭斎饅頭餅菓子《さとうまんぢうさいまんぢうもちくだもの》を売家あり。心太《こころぶと》売の店には水機関《からくり》に巧を尽、花売の軒には青柳の糸をなびかす。山崎の小櫃《こびつ》の絵も深草焼の彩色におされ、糫餅《まがり》の螺《ほら》の形も編笠焼に像《かたち》を奪はる。売卜は蓍《めどき》を捻《ひねり》、薬売は長剣を撫《ぶ》す。「宇多天皇に十一代の後胤伊東が嫡子」とうたふ曲舞女《くせまいおんな》あれば、「蜑《あま》の焼藻《たくも》の夕煙」とうたふ琵琶法師あり。福広聖《ふくくわうひぢり》の辻談義、妙高尼《みやうこうに》の針供養、鐘鋳《かねゐ》の勧進、高足駄の行者、綾織《あやおり》、八《や》から鉦《かね》のたぐひさへ、おのがさま〴〵集り立り。幻戯《めくらまし》、刀玉《かただま》、縁竿《くもまい》のたぐひの奇妙な術を施者は更なり、一寸法師の蟷螂舞《いぼじりまい》、軽業の骨なし骨あり。伊勢国より活捕てゐて来つる鬼女《おにむすめ》、親の因果の子に報つる蟹満寺の蛇女《へびむすめ》、猿の俳優《わざをき》、犬の籠脱《かごぬけ》、頼政が射て落しつる鵺、広有が箭にかけつる怪鳥《けちやう》のたぐひは更に奇《めづらし》とせず。若狭の八百比丘尼が甞《なめ》残しつる人魚、朝比奈の三郎《さむらう》が捕へ来つる焔魔《ゑんま》鳥《ちやう》など、見もおよばぬ鳥獣《とりけもの》、聞もつたへぬ畸者《かたわもの》、あやしとあやしきものを見する仮家、所せきまで立ならびて、縹《はなだ》の幟《のぼり》罽交《のまぜ》の幕、片々《へん〳〵》として風にひるがへり、楊弓の音辻打《おとつじうち》の、太鼓にまじる哨吶《ちやんめる》の笛かまびすくきこえて、諸人の耳目をおどろかしむ。

文化十年（一八一三）秋刊行、山東京伝《さんとうきょうでん》の読本『双蝶記』の一節である（第十二回）。主家を亡ぼし一国の主となることを目論んでいた箕原《みはら》蟻右衛門と袴田紺九郎は、陰謀が露見して逃亡中の身。二人が再会したのは、食べ物や物を売る商人、お布施をねだる宗教者、奇妙なモノを見せる見世物小屋が「利を得んと思ふ」開帳の場である。賑やかなだけでなくどこか猥雑な雰囲気が、身をやつしてあれこれ画策する二人と似合う。

この開帳の描写には京伝が長年興味を懐いて丁寧に考証し、文芸作品にも何度か登場させている人やモノが凝縮されている。京伝が自身の作品に、晩年まで心血を注いだ風俗考証の成果を盛り込むことが多いのはすでに指摘されているが(1)、京伝の考証随筆『骨董集』成稿の年でもある文化十年刊行の本作には、特に『骨董集』と重なり合う事柄が多いように感じられる。本稿では、この開帳の描写における一文に着目し、『双蝶記』と『骨董集』(2)、さらに戯作者である京伝と国学者岸本由豆流《ゆずる》の交流を考察していきたい。

一　開帳の描写と『骨董集』

京伝は文化三年刊の読本『昔話稲妻表紙』（以下『稲妻表紙』と略記）でも石山寺の開帳の様子を描写している（第十三回）。実はその文章のいくつかは『双蝶記』と重なっている。「薬売は長剣を撫す」とは居合など刀を使ったパフォーマンスで人を引きつける薬売。「幻戯、刀玉、縁竿」とは大道芸の一種である。「見もおよばぬ鳥獣、聞もつたへぬ畸者、あやしとあやしきものを見する仮家」は見世物小屋。こうした人々に加え、人の往来が甚だしいことを述べる「綿々絡繹として往来しばらくも絶ず」や「太鼓にまじる哨吶の笛かまびすくきこえて、諸人の耳目をおどろかしむ」という文章表現も『稲妻表紙』と共通する。さらに、『稲妻表紙』に登場する武家・

佐々木家の屋敷で、家臣（名護屋山三郎）と白拍子（藤波）が舞う場面（第一回）では「酒たうべの乱足、西寺の鼠舞、無力蟇、無骨蚯蚓の道行ぶり、福広聖の袈裟求、妙高尼の襁褓乞などいふ、両人立合の俳優ありて笑ひを生じ、終いたりて藤波、男舞といふ秘事を舞ぬ」という猿楽能の場面がある。このうち、傍線を付した「福広聖の袈裟求、妙高尼の襁褓乞」は、『新猿楽記』（平安中期成立）に見える「広徳の聖僧が当然持つべき袈裟を求めたり、高潔な尼が赤子のおしめを乞い求めるなど、現実にあり得ない姿・所作のおかしさを見せる」[3]芸であるが、『双蝶記』では「福広聖の辻談義、妙高尼の針供養」と、辻談義、針供養を行う流浪の宗教者に代えて利用されている。ちなみに、『新猿楽記』に見える「蟷螂舞の首筋　骨無骨有延動」の記述は本作の「一寸法師の蟷螂舞《いぼじりまい》、軽業の骨なし骨あり」に活かされている。

『稲妻表紙』の開帳の場面や佐々木家での猿楽能の描写は、佐藤深雪氏によって『近世奇跡考』（文化元年刊）や『骨董集』を経て『雑劇考』（未刊）で結実する予定であった「歌舞伎成立史」への興味と関わることが指摘されている[4]。『稲妻表紙』と文辞の共通する『双蝶記』の描写も、やはり一連の考証と繋がるものであろう。

ただし、『双蝶記』では、『稲妻表紙』のように、作品全体に通底して「歌舞伎成立史」への意識が看取できるわけではなく、「福広聖の袈裟求、妙高尼の襁褓乞」という猿楽芸能が下級宗教者に代えられていることに象徴されるように、どちらかといえば、俗芸能者への興味が鮮明に表われているように思われる。『双蝶記』本文中「鐘鋳の勧進、高足駄の行者」は、「辻談義」や「針供養」と同じく流浪宗教者であるが、これらは、寛政十年（一七九八）に刊行された、『四時交加《しきのゆきかひ》』にも描かれている。『四時交如』は、京伝が自身の店（京伝店）の前の往来を通る人々を月ごとに描いた風俗絵本だが、井上啓治氏は、この『四時交加』に描かれている「物売り雑職人」や「下級遊行宗教者」など、「雑芸能者」への興味が『骨董集』の考証へ繋がっていくと指摘する[5]。「辻談義」や「針供養」「鐘鋳の勧進、高足駄の行者」はまさに「下級遊行宗教者」であり、『四時交如』の頃から変わらぬ京伝の興味がうかがえる。

さらに、井上氏の言う「物売り雑職人」にあたる人物たちも『双蝶記』の当該場面には登場する。菓子屋の店先に並ぶ品物を述べた「沙餹饅頭斎饅頭」の語は、「「宇多天皇に十一代の後胤伊東が嫡子」とうたふ曲舞女あれば、「蜑の焼藻の夕煙」とうたふ琵琶法師あり」とともに、中世の歌合せである『七十一番職人歌合』の五七番「調菜」の「沙餹饅頭斎饅頭いづれもよく蒸して候」、二五番「女盲」の「宇多天皇に十一代の後胤伊東が嫡子」、同じく二五番の「琵琶法師」の「蜑の焼藻の夕煙」の詞書きからそれぞれ取られている。『双蝶記』の他の箇所にも、この『七十一番職人歌合』が利用されていることは、徳田武氏が『山東京伝全集』解題で指摘しているが、(6)近年、文化六年(一八〇九)刊の読本『本朝酔菩提全伝』の絵題簽が『七十一番職人歌合』を利用したもので、作品内容にも大きく関わっていることを大高洋司氏が指摘した。(7)また『骨董集』でもこの歌合は利用されている。『双蝶記』の開帳の描写において、『七十一番職人歌合』が使われているのも、関心の高い事柄を本描写に取り入れようとしたあらわれと考えられる。

このように、この開帳の場面には、京伝の興味をそそる人々が続々と登場しているのだが、その中には、ある古典文学の一節を踏まえた文章も見受けられる。

二 『土佐日記』の利用と『骨董集』

「山崎の小櫃の絵も深草焼の彩色にけおされ、糫餅《まがり》の螺《ほら》の形も編笠焼に像を奪はる」という一文に注目してみよう。この文は、『土佐日記』の末尾近く、主人公がふるさとの山崎に戻り、京へ上ろうという際の描写を下敷きにしたものである。『土佐日記』原文は次の通りである。(8)

十六日けふようさつかたみやこへのほるついてにみれはやまさきの小櫃のゑもまかりのおほちのかたもかはらさりけりうりひとのこゝろをそしらぬとかいふなる。

故郷に帰り、店屋の売物が変わっていないことに対して、売る人の心が変わったことを述べる。傍線を付した箇所は、「やまさきの小櫃のゑ」を「やまさきのたな、なるこひつのゑも」とする諸本（伝為相転写本、『土佐日記附註』本文）、「まかりのおほちのかた」を「まかりのほらのかたも」とする諸本（妙寿院本、版本、『土佐日記附註』本文）があったこともあり、(9)解釈が難解であったらしい。後に紹介するように諸注釈も様々な解釈を唱えている。

この『土佐日記』の一文を、京伝は『骨董集』で引用している。下巻（十九）「雛絵櫃」の項である。

○さて当時《そのころ》、ひなの絵櫃といへる物あり。その図を見るに、飯櫃形の曲物にて、蓋は方なり。祝ひの絵あり。江戸芝神明の御祭に売、ちぎ櫃といふ物に似たり。一雪が[鋸屑]（明暦中撰。）正業句〽ひな鶴の絵びつを祝ふ三日哉。」嵐雪が(3)其袋（元禄三年撰）かしくガ句〽山崎の櫃買てこよ雛あそび」続猿蓑槐市が句〽雀子や姉にもらひし雛の櫃などもいへり。（中略）○[土佐日記]（下巻）「十六日《承平五年二月》、けふようさつかた《ようつかたイ》、みやこへのぼるついでにみれば、やまざき《山崎》の小櫃のゑ《絵櫃餅》も、まがりのおほち《ほらイ》のかたも、かはらざりけり。うり《ゐイ》ひとのこゝろをぞしらぬとぞいふなる」(1)[抄]に云、「やまざきの小櫃のゑとは、任国におもむき給ふ時、（貫之ぬしなり。）見給へる物どもなるべし。ちひさきひつに絵をかきし、在家の売物なるべし。(2)或説に云、小びつの絵、ちひさき櫃に絵をかきて、わらはべのもて遊びにうるにや。」(4)[諸国奇遊談]（寛政十一年刻）に絵櫃の事をいへる所に、

「今も洛北の村里には、三月の節句などには必用ふ。予が幼時（宝暦のころか。）までは、都にても用ひしゆゑ、二月の末には売ありきしことなるに、今はたえて見当らず。今図するは、遠国、又洛北の今の形をこゝにしるす」といひて此図を出せり。

掲出本文の後半に見えるように、京伝はいくつかの注釈書や資料を使って「やまざきの小櫃のゑ」について考証している。それによれば「やまざきの小櫃のゑ」は雛祭の調度品ということである。

このように、『双蝶記』に利用された『土佐日記』の一文も、京伝の考証対象の一つであったのだが、『骨董集』に触れられていない部分も含めて、京伝は『土佐日記』当該文を自分なりに解釈していたようである。『双蝶記』の一文を読み解く形で、京伝の解釈を確認しよう。

前述のように「小櫃の絵」は雛の調度品と解釈されていたが、とすれば「小櫃のゑ」が「けおされた」という「深草焼」も雛祭に関係するものであろうと推測できる。前掲の『骨董集』の直前の項、下巻（二十）には「享保の比の土雛図」として次のような文章が見られる。

すべて土をもてつくり焼て、胡粉、丹、緑青などにていろどり、おのづから古色あり。およそ享保前後の物と見ゆ。深草やきにもやあらん。昔の質素を見るにたれり。今も深草にて土の内裏びなをつくる。田舎にはそれをもちふとぞ。

これに基づいて「深草焼」を土雛のことと解釈すれば、『双蝶記』の一文の前半は、雛祭の調度品である絵櫃が、彩色の美しい深草焼の土雛に取って代わられたという変化を述べたとわかってくる。

一方、「まがりのおほち（ほら）のかた」の解釈は、『骨董集』に言及されていない。しかし『双蝶記』で「糫餅《まがり》の螺《ほら》の形」という漢字が当てられているところから、食べ物の形について述べていると推測できる。これをヒントにまず「編笠焼」について探してみれば、『骨董集』でも何度か引用する俳書『毛吹草』（正保二年刊）に、「小麦にてあみ笠のなりにする也」と解説される「編笠団子」が目にとまる。「糫餅の螺の形」と並列すれば、「餅」と団子が通じ、編笠型と「形」が通じ、食べ物の形の変化を述べていると受けとることができる。

まとめれば、京伝は「やまざきの小櫃のゑ」を雛祭の調度品と、「まがりのほらのかた」を菓子の形ととらえていることが解る。では、京伝は何に拠ってこうした解釈をするに到ったのだろうか。まず、『骨董集』で引用される諸注釈を確認しよう。

三　解釈の道筋

『骨董集』で京伝が「抄」として引用している注は、北村季吟《きぎん》『土佐日記抄』（寛文元年）である（傍線部①）。『骨董集』で引用する『土佐日記』本文も、この『土佐日記抄』によるものである。『土佐日記抄』の注釈を次に引用する。

やまさきの小櫃《こびつ》のゑとは。①任国におもむき給ふ時見え給へる物どもなるへし。ちいさきひつに絵をかきし。在家の売物のしるしなるへし。まかりは糫餅《マカリ》にや。和名云糫餅《マカリ》、形《カタチ》如㆓藤葛㆒者也。和名万加利《マガリ》。おほちのかたは大路に出しをきたるまがりの形にや。異本にほらのかたとは法螺にや。いまもほらがいのなりせし餅あるこれをうるいへのしるしなるへし。又の義に云まかりは曲の字也。水飲器にて興福寺なとにもあるもの也。ほらなとのやうに形をしたるをいふへし。かやうのものをうる家のしるしなるへし。

季吟は「やまざきの小櫃のゑ」を小さい櫃に絵を描いた商品の「しるし」とする。この「しるし」は萩谷朴氏によれば「看板」の意であり、売り物の絵入りの櫃を描いた絵看板のことだという。(10) 京伝は「やまざきの小櫃のゑ」について季吟説を引用しているのだが、どういうわけか「しるし」を落としており、「看板」という解釈をしていない。一方、『骨董集』には言及のない「まかり」についてであるが、季吟は二種の本文をそれぞれ注釈している。「まかりのおほちのかた」の季吟の解釈は餅菓子の大路に出した「形」、異本の本文「まかりのほらのかた」は法螺貝の形をした餅菓子を売る店である「しるし」であるという。この「形」や「しるし」も、萩谷氏の説に従えば「看板」の意である。また、「ほらのかた」については「法螺貝の形をした水を飲む食器を売る店」の「しるし」という説も並記している。「糫餅」という漢字表記や法螺貝形の菓子のこととする点は共通するものの、「螺のかた」を菓子の形と解釈している『双蝶記』と、法螺貝形の菓子を描いた看板とする季吟説とは一致しない。

さて、もう一つ、京伝は「或説」として注釈を引用している。「或説」とあるだけでは、どの注釈書を指すかわからないが、賀茂真淵《かものまぶち》の注に加藤宇万伎《うまき》が書入れを施した『土佐日記註』（『土佐日記抄』とも。明和五年成立）にほぼ同様の内容を見つけることができた（傍線部②）。

やまさきのこひつのゑも

②ちひさき櫃めくものに絵を書て、童の玩物に売しにや

まかりのおほちのかたもかはらさりけり

和名抄、糫餅形如藤葛者也（和名万加利） おほちは、大餅なるべし。或人の抄の庭訓に、伏見煎餅と云物なり山崎よりほらの貝の形なる餅を油上にして、京へ出す也とぞ。（一本に山崎のたなゝる小櫃の絵も又まかりのほらのかたもトアルモト有。此おほち、大餅ナリト云ナリト云ンモ聞馴ヌ詞也）

『土佐日記註』では、「やまさきのこひつのゑ」を小さい櫃に絵を描いた子どもの玩具としており、「まかりの

おほちのかた」を餅菓子の大餅と注する。また、或人の説（これは後述の『土佐日記附註』と考えられる）として法螺貝形の「伏児煎餅」のこととも注されている。

この二つの注釈書以外に京伝が参照できそうなものに、人見卜幽《ぼくゆう》『土佐日記附註』（万治四年跋）がある。後にも触れるが、京伝はこの注釈書の存在を知っていたらしい。次に当該箇所の注釈箇所を引用してみる。

十六日、けふのよふつかた、京へのほるついてにみれは、山崎のたなゝる小櫃《こひつ》の絵もまがりのほらのかたも。かわらさりけり。うる人の心をそしらぬとそいふなる。

小櫃の絵　或人のいはく、女児のもてあそひものに、小櫃に丹青にて、絵をかく也、とも京都にて、三月上巳、九月九日などに、わらはへもてあそふなり。

まかりのほらのかたも　庭訓に、伏免曲煎餅《フトマカリセンベイ》○まがりは、餅なり。関東に餅をまかりといふ、山崎より、ほら貝のなりなる餅を、油あげにして、京都へ出すなり。東寺にて稲荷祭の時、これを供ず。又山崎に螺峠《ホラガ》と云所もあり○醒齋先生の本に、ほらのかたは、餅形なり○ほらの　為相卿《タメスケ》の本に、おほちとあり。

『土佐日記附註』は「山崎のたなゝる小櫃の絵」という異文を利用しているのが特徴である。解釈を確認すると、「小櫃の絵」を女児の玩具で、小櫃に絵を描いた物。三月の節句、九月の重陽に遊ぶとしており、また「まかりのほらのかた」については「まかり」を「餅」ととって、「法螺貝形の餅」とし、京伝の解釈と合う。しかし、「小櫃の絵」については京伝が言及していない重陽についても指摘されており、完全には一致しない。京伝が披見した可能性はあるものの、断定することはできない。

『土佐日記附註』を参照している可能性は否定できないが、『骨董集』の記述に則して考えると、季吟の『土佐日記抄』や『土佐日記註』記載の注から、「山崎の小櫃のゑ」とは小櫃に絵を描いた絵櫃であること、それが子どもの遊び道具であるという解釈を得たと考えられる。しかしそれだけでは雛祭の調度品という解釈にはたどり着かない。絵櫃、特に山崎という土地の名産である絵櫃が雛祭と結びついたのは、嵐雪撰『其袋』（元禄三年撰）上巻「上巳」にある「山崎の櫃買てこよ雛遊び」というかしくの句によってであったと考えられる（傍線部③）。こうした俳書を考証に利用することが、京伝の考証の一特徴であることを佐藤悟氏が指摘しているが[11]、ここでも、俳書を解釈をすすめる足がかりにしたのだと考えられる。

四　岸本由豆流『土佐日記考証』との関係

もう一つ、『骨董集』の引用された書で注目したいのは『諸国奇遊談』（傍線部④）である。引用された『諸国奇遊談』の文章は、絵櫃を三月の節句に用いることを述べたものであるが、この書からの引用が注目されるのは、後に述べるように、晩年の京伝と親しかった岸本由豆流が、その『土佐日記』注釈書『土佐日記考証』（文化十五年刊）で、やはり『諸国奇遊談』に触れているからである。『土佐日記考証』の文章は次の通りである。

十六日けふの夕《くれイ》つかた京へのぼるついで《ま、に為》に見ればやまざきのたなゝる小櫃の絵もまがりのほら《おほぢ定》のかたもかはら《ようさつかた定》ざりけりう《り定》る人の心をぞしらぬとぞいふなる。

【頭注】④諸国奇遊談云今は絵櫃といひて洛北の村里には三月節句などにはかならず用ふ予がをさなき時までは都にても用ひし故二月の末には売ありきしことなるに今はたえて見あたらず（後略）

京伝は『土佐日記考証』について、『骨董集』下巻（十五）「店棚」の項で言及している。

土佐日記 諸本みな、「やまざきの小櫃のゑも云々。」とあれど、為家卿本、卜幽附注本には、「やまざきのたなゝる小櫃のゑも云々」とあるを、栢園主人はやく見いでゝ土佐日記考証にかゝれたり。（中略）此日記は、貫之ぬし、承平五年の紀行なれば、いと〳〵ふるき物なり。承平五年より今文化十年までおよそ八百七十九年なり。

「栢園主人」とは由豆流のこと。先に触れたように、近世期には「やまざきの小櫃のゑ」を「やまざきのたなゝなる小櫃のゑ」とする諸本が存在した。京伝は、その文章を由豆流が発見したことを特記している（二重傍線部）。同項に掲載されている「店棚図」も、由豆流の提供であることが明記されている。前述のように『骨董集』の成稿は文化十年である。掲出本文にも「今文化十年」（波線部）とあり、文化十年にこの項を執筆していたことがわかる。とすれば、文化十五年刊行とされてきた『土佐日記考証』は、文化十年にすでに完成稿ではないにせよ存在しており、京伝はそれを見る機会を得たと考えられる。

また逆に、由豆流も『骨董集』を見ている。『土佐日記考証』の、『土佐日記』当該箇所の注釈部分に『骨董集』についての言及が見られる（二重傍線部）。

岸本由豆流『土佐日記考証』下巻、前掲同一箇所

真淵の註に②ちひさき櫃に絵をかきて童のもてあそび物にうるにやといはれしがごとちひさき櫃に絵をかきしなるべし。ちかごろまでもみやこには小櫃に絵をかきしがありしとぞその図は諸国奇遊談骨董集などに出せればひらき見てしるべし。まかりのほらのかたも云々まがりに二つあり、一つは食物の名也一つは器の名也。こゝなるは食物のかたなるべし。さてその糫餅を法螺貝のかたちにつくりたるをまがりのほらのかたとはいふなるべし。この図は藤井貞幹が集古図に種々の図を出せるが中に法螺貝などの形に似たるもあればそれらをほらのかたとはいへるか。

【頭注】契沖云まがりは賀茂の神供に今もあり伊勢国などにて大縄餅といふ類也

附注云まがりは餅也関東に餅をまがりといふ山崎にてはほら貝のなりなる餅をあぶらあげにして京都へいだす也

こちらはいつ見たのか定かではないが、京伝と由豆流の交流が見て取れる記述である。

また、『土佐日記考証』では、「真淵の註」として、『骨董集』の「或説」と同じ文章が引用されている（傍線部②）。『諸国奇遊談』に加え、真淵註も、『骨董集』と『土佐日記考証』とで共通して引用され、考証の一助とされているのである。

さらに、京伝も由豆流も、当該箇所を同じく解釈している。『土佐日記考証』を見てみると、真淵註の小さい櫃に絵を描いた物、という説明を載せ、さらに、頭注で『諸国奇遊談』の絵櫃が雛祭に使われたという記事を載せており、「やまざきの小櫃のゑ」が雛祭の調度品であることを匂わせている。「まかりのほら」については、「まかり」を食器と捉える『土佐日記抄』の解釈も紹介しつつ、ここでは食品をさすと述べ、「糫餅を法螺貝のかたちにつくりたるをまがりのほらのかたとはいふなるべし」と明確に述べる。これが『双蝶記』の文章からうかがえる京伝の解釈と一致することは言うまでもないが、『土佐日記抄』を確認しつつ「看板」説を採らない（「しるし」について解釈しない）ことなど、諸注の利用とそこからの解釈法にも近いものがある。むろん、『土佐日記考証』では契沖や『土佐日記附註』の注への言及もあり、あくまでも「絵櫃」の考証をしようとしていた『骨董集』よりも本格的な『土佐日記』注釈作業となっているところに違いはあるが、当該箇所について互いの書に言及し合い、同じ注や書の同じ箇所を引用し、同じ解釈を下しているところを見れば、二人が難解な『土佐日記』当該箇所の解釈について著書の貸し借りなどを通じてなにがしかの情報交換をしていたのではないか、と想定することもできるのではないか。

晩年、京伝が小山田与清《ともきよ》ら、江戸派の和学者と交流していたことはよく知られている。(12) 与清の弟弟子である岸本由豆流との交流は、与清が、私設図書館、擁書楼開設（文化十二年）とともに書きはじめた『擁書楼日記』に見ることができる。擁書楼で顔を合わせるのみでなく、京伝は由豆流宅での勉強会や、宴会にも顔を出しており、親密さが窺える。また、与清は京伝が亡くなったという連絡を、由豆流から受けていることも、二人の関係の近しさを思わせる。(13) 由豆流の蔵書貸出記録『二噬録』（文化十二年）では、京伝に注釈書を貸した記録があり、由豆流が注釈書を介して京伝に情報提供していたことがうかがえる。こうした記録も、二人が『土佐日記』の解釈をめぐって情報交換した可能性を高めるものと思われる。『擁書楼日記』も『二噬録』も文化十二年以降の記録であるが、『骨董集』の記述から、文化十年には、少なくとも京伝が未刊の由豆流の注釈書を見られる立場にいたことは確かである。由豆流の母方の祖父は、天明狂歌の立役者で京伝とも知り合いであった元木網《もとのもくあみ》であることや、(14) 父の浅田栄次郎が与清によれば京伝の黄表紙『江戸生艶気樺焼』（天明五年刊）のモデルだということも（『松屋筆記』）、二人がはやくから交流する可能性があったことを示す。こうした二人の交流が、『双蝶記』の一文を形作っていた可能性は大いにあるのではないか。

おわりに

『双蝶記』の開帳の描写を中心に、京伝の考証書『骨董集』との関連、そして岸本由豆流との関わりを考察した。たかが一文、されど一文。たった三十五文字の表現に、考証や注釈という学問的営為が隠れていることに驚かされる。

ところで、本作は、京伝が和漢混淆文を捨て、従来よりもより広い読者層、具体的には女性や子どもにも読みやすい文体で書くことを意識した作品として知られている。[15] しかし、だとすれば、本稿で取上げた一文はどのように解釈すべきだろうか。当時の女性や子どもはもちろん、一般読者ですら『土佐日記』の本文や難解な解釈を了解しえたとは考えにくいのである。そのように考える時、山本和明氏が京伝の読本文体（雅文体）に言及したのち、そうした文体が「明らかに当時の平凡な読者のみを意識したものとは思えない」とし、雅文体を評価しうる和学者をはじめとした「雅の読者」を対象としていたこと、『双蝶記』の失敗もそうした「限られた読者を対象としたこと」にあるのではないか、と指摘したことが想起される。[16] 本稿で扱った一文は、京伝が由豆流をはじめとした「雅の読者」へむけて本作を綴っていたことを象徴的に表わすと言えるかもしれない。

しかし、一方で、京伝はこの一文を解釈されることを特別望まなかったかもしれないとも思うのである。実は当該文を含む開帳の描写の一部は京伝の合巻『琴声美人伝』（文化十三年刊）の冒頭にも再利用されている。合巻はまさに女性や子ども向けの読み物である。この文章を理解する読者は『双蝶記』（読本）の読者以上に少なかっただろうし、京伝もそれは承知していただろう。この一文の背景に、諸書を渉猟し、考証を重ねた結果が踏まえられていることがわかれば、この文章は開帳の情景を描いたものという以上に味わい深いものとなろう。しかし、この一文が解らなくとも、大きな問題は無い。人々が賑わい、商人や宗教者がそれに乗じて商魂たくましく立ち振る舞う姿が、また小悪党が暗躍するにふさわしい雰囲気が、対句表現を重ねた軽妙な文章から感じ取れれば、描写として十分成り立つのである。

それより、この文章は、古典の解釈という学問的営為と読本における情景描写という創作が、この時期の京伝にとって地続きのものであったことを示す、一つの証として興味深い。本稿で取りあげた一文は、晩年の京伝にとって考証学と戯作との距離が近接していたということを象徴するものとも言えるだろう。

（1）山本陽史「山東京伝の考証随筆と戯作」（『国語と国文学』第六三巻一〇号、一九八六年十月）。
（2）水野稔『山東京伝年譜稿』（ぺりかん社、一九九一年）。
（3）『新日本古典文学大系』八十五（岩波書店）、水野稔執筆の注。
（4）佐藤深雪「『稲妻表紙』と京伝の考証随筆」（『日本文学』第三三号、一九八四年三月）。
（5）井上啓治「京伝『四季交加』論」（『京伝考証学と読本の研究』新典社、一九九七年）。
（6）『山東京伝全集』第十七巻、ぺりかん社、一九九四年。
（7）大高洋司「〈職人尽〉と京伝読本」（『文学』第一七巻四号、二〇一六年八月）。
（8）『土佐日記』の原文は当時『土佐日記』の普及をおしすすめた北村季吟『土佐日記抄』から引用した。なお、このことについては、一戸渉『上田秋成の時代─上方和学研究』（ぺりかん社、二〇一二年）に詳しい。
（9）池田亀鑑『古典の批判的処置に関する研究』（岩波書店、昭和十六年）、中村多麻『定本土佐日記異本並びに校註』（岩波書店、昭和十年）。
（10）『土佐日記新釈』（要書房、一九五四年）。
（11）佐藤悟「考証随筆と戯作」（『誹諧史の新しき地平』勉誠社、一九九二年）。
（12）井上啓治、注5著書、佐藤深雪「山東京伝──転換期の考証家」（『解釈と鑑賞』第五七巻三号、一九九二年三月）、山本和明「山東京伝と〈考証〉──戯作者の一側面」（『仏教と人間』所収、永田文昌堂、一九九四年）、同「京伝と和学──戯作者一側面」（『江戸文学』第一九号、一九九八年八月）など。
（13）『擁書楼日記』に二人の交遊がうかがえる記事が散見されることについては、田中康二先生にご教示いただいた。

（14）谷口學『元木網と天明狂歌の展開』（楓橋書房、二〇〇六年）、小林ふみ子「落栗庵元木網の天明狂歌」（『天明狂歌研究』汲古書院、二〇〇九年）。

（15）『双蝶記』「附ていふ」に、「素童をなぐさむるのみなれば、俗耳にとほき雅言を好ず。無下にいやしき言をもてしるしつ」と、文体への言及がある。また、『近世物之本江戸作者部類』（曲亭馬琴）では、京伝が『双蝶記』執筆に際して、「婦女子の耳に入りがたき」読本ではなく、「今の俚語」をもって文章を綴ることで「婦女俗客の耳に入らざることなし」と意気込んでいたことが伝えられている。

（16）山本和明「京伝と和学――戯作者の一側面」注12前掲論文。

（付記）『双蝶記』『昔話稲妻表紙』の引用は、『山東京伝全集』（ぺりかん社、二〇〇四年）、『骨董集』の引用は、『日本随筆大成』第一期十五（吉川弘文館、一九七六年）、『土佐日記抄』の引用は早稲田大学図書館蔵本、『土佐日記註』の引用は早稲田大学図書館蔵本、『土佐日記（解）』の引用は、辻和良「和文庫本『土佐日記（解）』翻刻(4)」（『名古屋女子大学　紀要』第四四号、一九九八年三月）、『土佐日記附註』の引用は肥前松平文庫蔵本、『土佐日記考証』の引用は国立国会図書館蔵本にそれぞれ拠った。引用に際して、一部振仮名を省略した。

本稿脱稿後、草双紙研究会（二〇一七年三月十一日、於武蔵大学）にて鈴木奈生氏によるご発表「京伝作品における繁華の描写――〈江戸〉と〈考証〉」を拝聴した。鈴木氏は、本稿でとりあげた『双蝶記』の描写と、本稿ではふれなかった京伝の読本『復讐奇談安積沼』（享和三年刊）の繁華の描写に共通する部分があることを指摘された。

なお、引用した本文には今日の人権意識にてらして不適当な表現があるが、原本の歴史性、資料性を鑑みて、本稿ではそのままとした。諒解されたい。

Ⅲ　大衆化の時代——十九世紀

杉田昌彦

曲亭馬琴『独考論』の宣長評

はじめに

曲亭馬琴の『独考論』は、仙台在住の女流文学者・思想家である只野《ただの》真葛《まくず》の経世論書『独考』に対する反駁書として知られる。只野真葛の事績および馬琴との交渉については、叢書江戸文庫三十『只野真葛集』における鈴木よね子氏の解題(1)や真葛関係書籍等(2)に詳述されているので、内容の詳細についてはそちらに譲ることにしたい。文化十四年(一八一七)十二月に成立した『独考』は、文政二年(一八一九)二月、添削と板行を期待して、江戸在住の妹萩尼の手により馬琴のもとにもたらされたのだが、同年十一月に「強烈な批判の書(3)」である『独考論』が送り返されるという結末に至った。

本稿は、『独考』ならびに『独考論』における両者の主張や論考の全体に迫ることを企図するものではない。今回着目するのは、『独考論』上の巻「願わたる事みつ」の中で、馬琴が本居《もとおりのりなが》宣長の名前を挙げて批評を繰り広げている箇所である。『独考』の「願わたる事みつ」において、真葛は「さて、四十五六の比、『古事記伝』とい ふ書を得て見しに……」と宣長の著書に親炙していることに触れつつ、例えば、

聖の道は、昔より公ごとに専ら用らるれば、誠は道らしくおもはるれど、全く人の作りたる一法を、唐土より借て用たるものにて、表むきの飾道具、たとへば海道を引車にひとし。

等々、その思想的影響を顕著に受けていることが明らかな言説を繰り返し述べている。馬琴もまた、本居宣長の著書を読みその思想的影響下にあったことは、既に播本眞一氏がその著書『八犬伝・馬琴研究(4)』中において詳しく論述している通りである。同じく宣長の影響を受けながら、真葛の記述していることのみならず、その思想的

な背後に控える宣長を、敢えてその名前を挙げて批評した馬琴の意図は那辺にあったのだろうか。また、思想的共通項を多分に持ちつつ、ある部分で交わらない一線を有していた両者の思想の形成にはどのような背景があったのであろうか。本稿では、播本氏などの先行研究の恩恵を享受しつつ、『独考論』上の巻「願わたる事みつ」における宣長批評の文章を改めて詳細に検証することにより、これらの課題について稿者なりの考察を試みることにしたい。

一　馬琴における宣長の影響

「はじめに」でも触れたように、馬琴における宣長の影響について、最も詳細な論及をなしたのは、播本眞一氏である。本節では、その著書『八犬伝・馬琴研究』に依りつつ、両者の影響関係の全体像を把握しておきたい。まず、播本氏が宣長と馬琴の全般的な影響関係について論じているのは、同書の第一章「『南総里見八犬伝』の構想とテーマ」第四節「馬琴の立場——儒・仏・老・神をめぐって」の「四　本居宣長」のところである。[5] 天保二年（一八三二）十月二十六日付殿村篠斎宛書翰で「儒にては白石、和学は翁（宣長）、この外になつかしく思ふ人無之候」と言い、「和漢順逆の意味」を「発明」する「みくにの為には、大忠信の大家」と絶賛する馬琴の「宣長とのかかわり」は、氏によると「馬琴三十一歳の時点から確かめうる」ということである。すなわち、現存最古の馬琴書簡である寛政九年（一七九七）七月吉岡文篁宛「風月庵主に答るふみ」の中に『漢字三音考』（天明五年刊）を祖述した記事が見られ、以降文化期にかけて「天皇至尊、皇統無窮という観念」に影響された言述をしており、ゆえに「馬琴が、早期から宣長の著作を読み、その皇国史観にふれたのは銘記すべきことである」

とする。まだ文壇に名が知られる以前、三十歳を越えたばかりという若い時代に、宣長の著作に親炙し、就中その皇国史観に共鳴していたという事実は、馬琴という人物の思想的な生い立ちという点で極めて重要なことであると言えよう。

播本氏によると、馬琴の随筆や書翰などから、読んでいたことが確実な宣長著作は『玉あられ』『字音仮字用格』『漢字三音考』『玉勝間』『古事記伝』などであり、とりわけ『馭戎慨言』（寛政八年刊）は、馬琴が「孫の太郎のために御家人株を入手すべく蔵書のほとんどを手放し」た後も「滝沢家に伝存したこと」（第四章第四節「曲亭馬琴伝記小攷——曲亭馬琴旧蔵本『鎖国論』・石川畳翠旧蔵本『松窓雑録』について」にも詳述）から、「馬琴にとって価値ある書籍であったのは確か」だということである。注目すべきは、言語・古道・歴史に関わる書名が目につくことである。言うまでもなく、本居宣長は、古道や歴史などを論ずる古学者であると同時に、我が国の古典的な和歌や物語などを論じかつ注釈する文学者としてのもう一面を有していた。先にふれた天保二年十月二十六日付殿村篠斎宛書翰中において、所持している「翁の著述は多からず」とは言うものの「大かたは見候也」とも言っているので、宣長の文学関係著書に馬琴が目を通している可能性は残されているだろう。しかしながら、随筆や書翰類に書名を明記して言及するに至ったのが、先に記した諸書であることからすると、宣長の著作中において馬琴が重要視していたのは、やはり言語・古道・歴史に関する書籍類だったと言うことができるのではないだろうか。

「馬琴の国家観を考えるさい、宣長との関連を想起しなければならない」とする播本氏は、続いて、文政三年（一八二〇）刊の『玄同放言』に、「漢ごころ」批判や「日本が「言語を宗とす」る国だという」主張など、儒学者市川鶴鳴《かくめい》の『まがのひれ』に対する反論書『くず花』（安永九年成）等の影響により、「宣長の口真似をするかのような論」が見られることを具体的に指摘している。もちろん、「心法の学」を説き「天命」の原理を信ずる馬琴は、「結局のところでは、宣長の産巣日神・禍津日神という神観念を信じていない」側面も有している。とは言うものの、「天皇から統治を委任された徳川家康が天皇を崇め、皇朝の衰えを救い、天下に平安をもたらした」と考える「幕府の御仁政と神国思想とを並立する観念」すなわち「尊皇敬幕」の意識など、その歴史観と国家観の基底に、『馭戎慨言』をはじめとする宣長の著作を読んだことが大きな影響を与えているとする、播本氏の論旨は、首肯すべきものであると言えよう。

馬琴における宣長の受容は、その古道観・歴史観の一部に強く影響されて、自身の内側で「皇国史観」が形成されていくという、いわば、偏差した継承であった。その点で言うと、例えば、馬琴が絶筆した読本『開巻驚奇侠客伝』の補作者でもあり、『源氏物語評釈』の総論において宣長の「物のあはれを知る」説を称揚し、その文学理論に深い理解を示した萩原広道などとは、その享受・継承の方向性が大きく異なっているのである。

二　『独考論』の宣長評――其の一

さて、いよいよ『独考論』における、馬琴の宣長評を具体的に検証していきたいのであるが、それについても、『八犬伝・馬琴研究』第四章「曲亭馬琴研究」第四節「曲亭馬琴伝記小攷――曲亭馬琴旧蔵本『鎖国論』・石川畳翠旧蔵本『松窓雑録』について」における播本眞一氏の論考を参考にしつつ、[6]考察を進めることにしたい。

馬琴は、『独考』の上の巻「願わたることみつ」の所を読むうちに、

又この君が論じたるくだり〳〵をもて推すに、近ごろ本居宣長が国体を張り、皇国のたふとさを述べんとて、

いたく周公孔子をそしり、儒学をいひ破りしを見て、みづからのたすけとし、（後略）

と言うように、真葛が宣長の説を自身の論の拠り所として、儒学批判をしていることに不満をいだいた。前節で述べたように自身も宣長の影響下にある馬琴は、宣長説について「そのよしなきにあらねども」と言いつつも、「儒学をみなせし一条は、をさ〳〵偏執より出て、心せまきわざなるべし」としている。〝漢意〟を諸悪の根源と考え、儒学・漢学を嫌悪し排撃する宣長の思想的「偏執」と、その世間における多大な影響力こそが、彼の宣長批判の原点なのである。

『独考論』上の巻の「願わたる事みつ」は、続いて「我邦の道」と人心の歴史的変移に言及する。

我邦の道としいふは、上ミ天子より下は庶人まで、おの〳〵祖神をまつるのみ。是あがれる世の神わざにして、則神のをしえなり。国家を治るをまつりごと、いふもこゝに出たり。（中略）国を治め家をとゝのふることも、ひとへに神を祭る如く、妄想をはらひ除き、君臣上下すべて正直ならんには、無為にしてよくおさまるべし。

「あがれる世」の神祇・祭祀と政治の関係、そして人心が「君臣上下すべて正直」であるとすることなどは、宣長の所説と共通する。

しかれどもながれての世の人ごゝろは、その智おのづからにいやまして、おのも〳〵言をかざり、いつはりを事とすなれば、神まつりの一すぢもて、をしえ導くことかたかり。

という後世（「ながれての世」）においては人心に「智」が増して「いつはりを事とす」るようになるという、人心の歴史的推移についても同様であろう。

しかしながら、馬琴が宣長と決定的に考え方が異なることは、続く「文字」の伝来などをめぐる一文より明らかとなる。

よりて中葉《なかごろ》より、から国の文字をかり、からくになる聖人の教にもとづけて、善道にをしえ導き、又すゑ〴〵なる愚民には、仏のをしえをも借りて喩させ給ひしなり。

「いつはり」を増し悪化した人心を良い方向に教え導くために、「から国の文字」すなわち漢記号を借用し、「聖人の教」（儒教）や「仏のをしえ」（仏教）の力を借りたという歴史観は、宣長に無いものであることは言うまでもない。

例えば、『古事記伝』にも収載されている『直毘霊』で宣長は次の様に述べる。「やゝ降《クダ》りて、書籍《フミ》といふ物渡り参り来て、そを学び読む事始まりて後、その国のてぶりをならひて」後、時代を経るうちに益々「漢国のてぶりをしたひまねぶこと」が盛りになって行き、天下の政道も「漢様《カラザマ》」になり、人心にも「その意」がうつったことにより、

さてこそ安けく平けくてあり来し御国の、みだりがはしきことといできつゝ、異国《アダシクニ》にやゝ似たることも、後にはまじりきにけれ。

〝漢国〟より伝来した文字と書籍こそが、「みだりがはしきこと」が我が国において出来するようになった元凶であると考えていることは言うまでもない。『くず花』の上巻において、我が国古来の「言伝へ」が、必ずしも「文字伝へ」に劣るものではないことを強調するのも、日本が固有の文字をもともと持たず、漢記号を借用するところから文字記号の体系を獲得したことが、〝漢国〟の我が国に対する文化的優越を意味するわけではないことを主張するためであった。

このような宣長およびその影響下にある人々の言説を、馬琴が強く意識していることは、『独考論』上「願わ

たる事みつ」における宣長評の末尾近くに見られる一連の記述より明らかである。

されば、宣長のながれを汲てその偏執を嗣ぐものは、儒学仏法の渡り来しより、いと質朴なる御国人も、偽りかざるといふめれど、おのれはさなりとせず。

五・六歳頃までは「無智にして正直」であった子供が、八・九歳頃になると誰に教えられたわけでもないのに「偽り」「飾り」もするようになるのと同様に、「天地開闢より数万歳なる今」となっては「人の智」が「さかしく」なるゆえに「いつわり飾る」ものが多くなるのは、自然とそうなる「理《ことわり》」なのだと馬琴は言う。ゆえに「世俗の偽りかざれけるは、儒仏の教によるにあらず」。意図するところは明らかであろう。すなわち、「人の智」が「さかしく」なることを「いつわり飾る」人心の傾向に直結させ、世の中に「みだりがはしきこと」が出来することのそもそもの元凶とする宣長らの考え方を「偏執」ととらえ、儒教や仏教の教えにより「人の智」が「さかしく」なることの中には、人心が「善道」に覚醒し人としてのあり方を知るという教育的効果があり、むしろ世の中を良い方向に導く要素の方がより多く含まれるのだということを、馬琴は主張したいのである。

このあたりの『独考論』の言説について、播本眞一氏は、「馬琴の理想は「和漢」を「兼学」することであった」とまとめている。和学や漢学さらには仏教をも含めて、歴史的に日本人の精神的支柱となってきた「教え」には、我が国在来のもの、海外から渡来してきたものを問わず、すべてにわたって価値を認めていくべきであり、外国由来のものであることを根拠に貶めるような「偏執」的な排外主義に陥るべきでないという、宣長にくらべてかなり柔軟な思想的傾向が、馬琴には認められるのである。

馬琴の行論の中には——「国字といふともみな漢字の省文」だから「からくになる文字によりて、書をあらはせし古学者達」が「儒を否し孔子をそしるは、よくもとをかへりみせざりし偏執のまどひ」——という国学者たちの矛盾をつく合理的な思弁があり、それと同時に―「皇国には文字なし。よりてから国なる儒の教をとりまぜて、皇国人に教えさせ給ひたる、是則神の御はからひ」（同上）―という絶対的な神の存在を源にする論理がある。

と播本氏も述べているように、『くず花』において我が国古来の「言伝へ」が必ずしも「文字伝へ」に劣らないことを強弁するような宣長の傾向に馬琴は強い違和感を抱いているのである。すべてを「神の御はからひ」として「絶対的な神の存在」を信奉する汎神論的皇国史観を共有しながら、外来思想とそこに由来する日本文化に〝漢〟のレッテルを貼ることによってそれらを排斥しようとする宣長的傾向に異議をとなえることにより、馬琴はより柔軟かつ懐の広い皇国史観を獲得し得たのであった。

三　『独考論』の宣長評――其の二

馬琴と宣長の関係を考えつつ、『独考論』上巻「願わたる事みつ」を読み進めていく中で、いま一つ指摘しておきたいのは、

天朝は武の国なり、からくには文の国なり。

と馬琴が主張していることである。例えば最初の歌論書である『あしわけをぶね』において「女童心」の説を説き、感受性豊かで「物のあはれ」を知るが故に動揺しやすく「はかなくしどけなくをろか」な女々しい心にこそ人心の本然を認め、我が国における情緒的精神の豊かさを理知武篇一辺倒の〝漢国〟に対する優越の根拠とする(7)宣長とは、まったく相容れない考え方であると言えよう。

文武は車の両輪のごとし。武のみにして文なければ野《いや》し。譬へば猟人の刀佩《たちはけ》るが如し。文のみにして武なければ虚《むな》し。譬へば咲る花に実なきがごとし。

であるゆえに、

こゝに隣国の文を借りてもて、我邦の武の資とし、文質彬々たるおほん政をもて、今に伝へさせ給ひしは、先王の御いさをにして、これを仰げばいよ〳〵高し。

ここで言う「先王」とは、後続する文章からしても、中国における聖帝を指すのではなく、文字や儒教などが渡来した頃の我が国の天皇を指すものと思われる。

続いて、孔子に「文宣王」と諡名した『続日本紀』の記事に触れつつ、

さればにや、昔よりこゝにも、孔子を文宣王と諡せられてより、今なほ天子将軍諸大名までうやまひ祭り給ふなるに、孔子をいたく貶しめて、孔丘とのゝしり、儒道をにくみ嘲けりしは、侮りを隣国にまねくのみならず、そをうやまひ祭り給ふ天子将軍を譏り奉るに似たり。

第一節で触れた播本氏の考察にもあったように、馬琴は「尊皇敬幕」の意識を宣長から継承していた(8)。だからこそ、同じく「天子将軍」を尊重する立場にありながら、古から朝廷において大事にされ、「今なほ天子将軍諸大名までうやまひ祭り給ふ」孔子とその教えである儒道を誹謗することは、「先王後王の御政に、そむき奉るを本意とするか」。実は、不敬極まりない言語道断の所業と言わざるを得ない、すなわち「偏執より出たる宣長のあやまり」であると、一刀両断に切り捨てているのである。

皇国にはなかりし文字を隣に借りて通用し、彼処の昔よき人の教をかりて、こゝにをしえまつりごち給ふ事は、万国に勝れたる天朝の御威徳《おほんいきほひ》にして、いさゝかも恥ならず。

「万国に勝れたる天朝の御威徳《おほんいきほひ》」を言うのであれば、文字や宗教思想を外国より借用したことに劣等感を感じそれらを排斥しようとする偏狭な精神性ではなく、他国のより勝れたところを素直に認めその文化を大らかに受容し、政道をはじめ国をさらに豊かにすることができるような懐の広い精神性をこそ言祝ぐべきなのだ、というのが馬琴の言い分なのであろう。

　いにしへ若《もし》その文字を借らずば、何によりて国史を今に貽《のこ》させ給ふべき。

「文字伝へ」によらなければ、国史を後世に残すことすらできないではないかという馬琴は、「言伝へ」に拘る宣長より、現実的かつ合理的精神の持ち主でもあった。

　むろん、その精神における現実性や合理性は、皇国史観に立脚する以上、我が国と諸外国の歴史や文化を、史実や史料に基づき客観的に相対化しようとする姿勢に結び付くことはない。播本氏はそのことについて、馬琴には「神の国であるからこそ、全てを神わざのなすところとして捉えよ」とする「信仰に近い皇国観」があったと指摘するが(9)、まさしくその通りであろう。「文武は車の両輪」と考え、「我邦の武」に「隣国の文」を融合させて、「文質彬々」たる国家を理想とし、文字や儒教・仏教の伝来の意義を認めつつも、

　しかれどもこゝの言葉はかしこへ通ぜず、かしこの文字はこゝへ通じて、おのづからに自由なるは、是、大皇国の唐国に立まさる事あればなり。

という言説に象徴されるように、「神の御はからひ」の大らかさの認識は、その限りない寛容性と柔軟性、あるいは受容力の高さこそが、「大皇国」の「万国」に対する優越を証明するものであるという、「信仰」に近い確信に結び付いていったのであった。

　さばれ、皇国の故実を得しらで、から国をのみ推し尊み、からさへづりに囀づるものは腐儒者なり。

と言うように、「唐国」の我が国に対する優越を強調する儒者たちを非難するとともに、宣長的排外主義の「偏執」とも距離を取るに至った馬琴ではあったが、自国と他国の歴史や文化を相対化して客観視することはなかったのである。

四　両者の思想的相違とその背景

とは言うものの、宣長から多大な影響を受け、同じく汎神論的皇国史観に立脚しながら、馬琴は、宣長のように〝漢国〟を絶対的に敵視し、排外的傾向を強くした民族主義に陥ることはなかった。何ゆえ両者にはこのような違いが生じたのであろうか。最後に、そのことについて考察してみたい。

その理由としてまず視野に入れないといけないのは、宣長と馬琴の立場の違いということであろう。宣長は、国学者として鈴屋という学塾を牽引する立場にあったのに対し、馬琴は江戸市井の一介の戯作者に過ぎなかった。また宣長は、国学者たちの中でも、その生涯において数多くの論争を戦わせた人物としても知られている。『直霊』の草稿である「道云事之論」への批判をした儒学者市川鶴鳴の『まがのひれ』に対する反論書『くず花』（安永九年成）から馬琴が影響を受けていた可能性が高いことは、第一節で触れた通りである。その他にも藤貞幹《とうていかん》の『衝口発』への批判書である『鉗狂人』（天明五年成）、上田秋成との論争書『呵刈葭』（天明六年頃成）などの書名を挙げることができる。こうした論争、とりわけ市川鶴鳴のような、〝漢国〟の我が国に対する優越を強調する儒学者との論争を展開するためには、相手を効果的に論駁するための理論武装が必要不可欠であった。そうした論争の中では、折衷的な妥協は許されず、〝漢意〟に代表される要語を駆使して〝漢国〟を絶対的に敵視しすることと、排外主義を標榜することは必須であったとも言えるのではないだろうか。中国稗史を典拠として戯作を創作し、勧善懲悪的物語世界を生み出すことを生業とした馬琴とは、立脚する足場がそもそも全く異なるのである。

次に考えなければならないのは、両者それぞれの人生の中で〝漢国〟の歴史・文化がどのようなものとして意識されたのかということである。

宣長における〝漢国〟とその歴史・文化に対する意識の萌芽と展開については、別稿「宣長における〝漢意〟意識の苗床」において記した通りであるが[10]、改めて簡単にその概要を振り返っておきたい。宣長は、十代半ばの時期に、『神器伝授図』をはじめとする中国の王朝の系譜や我が国の皇室等の系図を盛んに筆写していたのであるが、その中で我が国の「連続」と〝漢国〟の「断絶」に対する歴史的認識が早くも芽生えはじめた。その後、京都に遊学した二十代前半から後半にかけての時期において、堀景山の学塾で〝漢なるもの〟を学びつつ師や学友と交流する中で、「聖人の道」が「治天下」を教えていながら天下に益せず、ただいたずらに弁論を美として俗を惑わす有害無益な〝道〟であるとの絶望感が生じたのであった。さらに同時期において、多田義俊《よしとし》『南嶺子』の「漢耽儒者ノ論」に代表される、先行する神道家の説くところを読みかつ写し書いていく中で、「連続」する我が国と「断絶」を繰り返す〝漢国〟という歴史意識は、次第に「神州」の優越と絶対性の確信という民族意識へと変容していった。

そうした傾向は、宝暦七年（一七五七）二十八歳で松坂に帰郷してからの著作にも顕著に見受けられる。まず、帰郷後間もない頃の成立であると考えられる『あしわけをぶね』においては、閉塞感に満ちた現世を築き上げた武士階級とその「気象」、さらにその「気象」を支える大黒柱としての「四角ナル文字ノ習気」「唐人議論ノカタギ」すなわち〝漢なるもの〟の核心部分としての〝漢意〟に対する憎悪の気持ちを確認することができる。また、宝暦十一年（一七六一。宣長三十二歳）頃の成立かと考えられる『本居宣長随筆』第十一巻「蕣庵随筆」では、情緒的精神の発達の面において、我が国が〝漢国〟よりも優れていることを述べると同時に、万世一系で「連続」する我が国の優越性を、「無窮ニ及テ絶ル事」のない「天照大神」の「徳」に帰する着想が認められるのである。かくのごとく、十代半ばに端を発し三十歳前後に至る言わば青年期に、宣長の〝漢なるもの〟とその核心部分としての〝漢意〟への憎悪と敵意は、自身の体験と思想的遍歴の中で、極めて純度の高い状態で培われていったのであった。

馬琴の人生における〝漢なるもの〟の思想的体験は、宣長とは全く異質なものであったはずである。そのことは、次に引用する文政元年（一八一八）十二月十八日付鈴木牧之《ぼくし》宛書翰中の一節が、端的に物語っていると言えよう。

足下は生れながらにして、篤実清行無垢の御仁なるべし。この故に、させる学問不被成候へども、悪道に立入り給ふことなし。不佞は生得放蕩多欲のもの也。只学問のちからをかりて、無理にかたくなり候哉と存候。この故に事毎に偏辟也。もしわれら、聖賢の教をしらずは、悪道へもすゝみかねまじく候。しかれば、不佞は石炭にてかためたるが如し。足下は自然石の如し。

馬琴は、十四歳の時に主家である松平家を出奔して以来、用人奉公をしても長続きすることなく、医学を志しても挫折するなど、出仕と浮浪を繰り返し、山東京伝《さんとうきようでん》に入門しその食客となったり、版元蔦屋重三郎の手代を勤めたりした後、二十七歳で元飯田町中坂の履物商伊勢屋の寡婦会田お百に入夫することにより、ようやく生活の安定を得るに至った。その青年期において、彼は、まさに己の「放蕩多欲」の「生得」を制御することができなかったが故に、苦境に立たされ続けたのであった。「悪道へもすゝみかねまじく候」というのは、自身の若かりし頃を振り返っての実感だったのではないだろうか。そうした青年時代を送る中で、十代後半に黒沢右仲に学び二十代前半で亀田鵬斎《ぼうさい》に学んだ「聖賢の教」を手放さずにいたからこそ今の自分があるのだという、自省の念を多分に含んだ経験の記憶が、「学問のちから」に対する無条件の信頼に繋がっているのである。宣長が嫌悪する情緒よりも理智に優った「四角ナル文字」による学問だからこそ、「悪」なる性根を多分に有する人間でも、「石炭にてかためたる」がごとく「無理にかたく」することで「善道」に導くことができる。儒学はまさしくそういう優れた倫理的教育力を持つ学問体系であることを、馬琴は他ならぬ自身の人生経験から痛感していたのであろう。

「宣長とのかかわり」が「馬琴三十一歳の時点から確かめうる」とする播本氏の説[11]に従うと、馬琴の人生において、そうした儒学に対する信頼感は、おそらくは宣長の著書を読みその学説に親炙するよりも早い時期に確立していたと考えてしかるべきであろう。宣長的な汎神論的皇国史観の影響を強く受けつつも、あくまでも「和漢」を「兼学」すること[12]を理想とする背景には、儒学によって「悪道」への陥落を免れた青年期以来の実体験による裏付けがあったのである。かくのごとく、宣長と馬琴における〝漢なるもの〟に対する思想的方向性は、主にそれぞれの経験的要因により、その出発地点付近から、正反対に赴くことを必然としていたのであった。

そして、その「聖賢の教」の倫理的教育力を身を以て実体験した馬琴だからこそ、我が国の神国としての優越と〝漢意〟の理屈による〝漢なるもの〟の徹底的な排斥を関連付けて主張する宣長の思想的「偏執」と、その世間における多大な影響力の怖ろしさを痛感することができたのであろう。『独考』の「願わたる事みつ」のところで、「夫れ、かしこくも此皇御国をさして、神の御国とは申さずや。（中略）かく我国のかしこきをしらば、な

ど唐言にのみすがり居らんや」と言い、
　仏の教も聖の道も、共に人の作りたる一の法にして、おのづからなるものならず。動かぬものは、めぐる日月と、昼夜の数と、浮たる拍子なり。
と述べる只野真葛の言説などは、宣長的「偏執」の悪影響の産物以外の何物でもないものとして、馬琴の目には映ったはずである。宣長的「偏執」は、我が国を万国に優越する「神の御国」とするがゆえに、「おのづからなるもの」や自然《じねん》なるものにいたずらに偏重し、人為的な「法」により「道」を追求することに意味を見出そうとしない傾向に結び付いて行く。人為による倫理的教育が介在せずとも、人が「悪道」に陥ることなど決してないと楽観できるほど、楽な人生を馬琴は送ってこなかったのである。〝和漢兼学〟の理想は、馬琴の人生観・人間観に深く根差すものなのであった。
　以上、『独考論』上の巻「願わたる事みつ」のおける馬琴の宣長評を分析し、両者の思想的特質とその背景に論及した。考察の焦点を限定的に設定したため広がりにかけ、その割に深く掘り下げることもままならず、今後にいくつもの課題を残した感が否めない。別稿を期することも視野に入れつつ、稿を閉じることにしたい。

（1）鈴木よね子校訂『只野真葛集』（叢書江戸文庫三十、国書刊行会、一九九四年）。
（2）門玲子『わが真葛物語――江戸の女流思索者探訪』（藤原書店、二〇〇六年）、関民子『只野真葛』（人物叢書、吉川弘文館、二〇〇八年）等参照。
（3）注1前掲書、鈴木よね子氏解題参照。
（4）播本眞一『八犬伝・馬琴研究』（新典社研究叢書二〇六、新典社、二〇一〇年）。

（5）本稿第一節における注4前掲播本氏著書からの引用は、すべて第一章第四節「馬琴の立場――儒・仏・老・神をめぐって」からのものである。
（6）本稿第二節における注4前掲播本氏著書からの引用は、すべて第四章第四節「曲亭馬琴伝記小攷――曲亭馬琴旧蔵本『鎖国論』・石川畳翠旧蔵本『松窓雑録』について」からのものである。
（7）拙稿「宣長における〝漢意〟意識の苗床」（『文学』第一六巻六号、岩波書店、二〇一五年十一月）参照。
（8）注4前掲播本氏著書、第一章第四節「馬琴の立場――儒・仏・老・神をめぐって」参照。
（9）注4前掲播本氏著書、第四章第四節「曲亭馬琴伝記小攷――曲亭馬琴旧蔵本『鎖国論』・石川畳翠旧蔵本『松窓雑録』について」参照。
（10）注7前掲拙稿。
（11）注4前掲播本氏著書、第一章第四節「馬琴の立場――儒・仏・老・神をめぐって」参照。
（12）注4前掲播本氏著書、第四章第四節「曲亭馬琴伝記小攷――曲亭馬琴旧蔵本『鎖国論』・石川畳翠旧蔵本『松窓雑録』について」参照。

（付記）本稿における『独考』ならびに『独考論』の引用は、すべて叢書江戸文庫三十『只野真葛集』によった。『直毘霊』（『古事記伝』一之巻中）は筑摩書房版『本居宣長全集』第九巻に、馬琴の書翰は、『馬琴書翰集成』（柴田光彦・神田正行編、八木書店）にそれぞれよった。また、引用文の用字・清濁・送り仮名等については、筆者が適宜改変した。

Ⅲ　大衆化の時代——十九世紀

田中康二

言霊倒語説の形成

表現論から解釈学へ

一　表現論と解釈学

一般に文学作品が生み出されるメカニズムを言語表現に即して追究する立場を表現論と称し、生み出された文学作品がいかなる方法によって解釈されるかを追究する立場を解釈学と呼ぶ。表現論は作者の側から作品を見るアプローチであるのに対して、解釈学は読者の側から作品を見るアプローチと言うことができるだろう。単純化すれば、次のような図になる。

（表現論）（解釈学）
作者──▶作品◀──読者

それは文学作品の創作に関わる手法と文学作品の解析に関わる手法と言い換えることもできよう。そのように考えると、表現論と解釈学は作品を挟んで正反対のベクトルを持つアプローチであると言うことができる。

近年の読者論が説き明かすように、読者の解釈学が作者の表現論と一致することはありえず、むしろそれらが一致しないからこそ、文学作品がより豊かな価値を生み出すと言ってよい[1]。そういった意味で、表現論と解釈学とは文字通り平行線をたどり、決して交わることはないと思われる。しかしながら、往々にして研究者は自らの文学作品に対する解析法が作品の生み出される秘密を解き明かすことを夢見るものである。つまり、読者の解釈学が作者の表現論と一致することを夢想するのである。

近世後期の国学者、富士谷御杖《ふじたにみつえ》もまた、解釈学と表現論の一致を夢想し、「言霊倒語説」という理論を構築して、古代人の精神を説き明かそうとした。つまり、表現論の前提とする表現者の思いは、解釈学から導き出されたものなのである。ある種の循環論法である。そういった意味では、御杖もまた先決問題要求の虚偽（論点先取）を犯していると言えよう。ただし、現代の多くの研究者と異なるのは、歌人でもあった御杖は表現者でもあり、研究者でもあったということである。近代以前の和歌研究の多くがそうであるように、歌人による歌論、歌人による和歌注釈というのが御杖文学論の要諦である。

以上の議論を前提にして、本稿では言霊倒語説と呼ばれる御杖の文学論が表現論として出発しつつも、同時に解釈学としていかに形成されたのかということを検討したい。

二　表現論の形成

御杖が「言霊倒語」というアイデアを得たのがいつであるか、いまだ不明と言わざるを得ない。晩年に回顧するところでは、二十三、四歳の時に天啓が閃いたというが、字義通りに信用してよいものとも思われない[2]。ただ、天の啓示を受けたアイデアも時とともに変容し、最終的に言霊倒語説という形に落ち着いたと考えることができる。そこで、御杖の著作の中で、『百人一首燈』（文化元年〔一八〇四〕刊）と『真言弁』（文化八年〔一八一一〕頃迄に成）、そして『万葉集燈』（文政五年〔一八二二〕刊）という三著作をメルクマールとして、表現論の変遷を辿ってみることにしたい。

まず、始発期の表現論を見てみよう。『百人一首燈』の巻頭に置かれた「大旨」は次のような言説で始まっている[3]。

おほよそ、歌は、いとをしともうらめしとも思ふ心を、やがてよみいづるもの、やうに後世はおもへり。さるはさる情のまゝを言行《コトワザ》にいでゝも、その時のよろしきにだにたがはずは、歌によむまでもなく、やがてい（言）ひもし（行）もしてやむべき事にあらずや。しか言行にいづとも害なからんに、なにのひがわざにか歌はよむべき。歌はたゞ、いとをしともうらめしともおぼゆる心の、さながら言行にいづべからぬ時、その言行にかへて、みづからその情の一向なるをなぐさむる道にしあれば、後世は歌と言行とを混じておもへりひとへに時のよろしからんをのみむねとして、情は公私となくよく〳〵かへりみるべし。そのかへりみてものどめがたき、これをば歌の時といひ、さる時歌をよみてその一向なる情をなぐさめ、身を時のよろしきにおく、これを歌の道とはいふなり。

言うところは次のようなことである。歌は心に思うことをそのままに述べたものであると考えられているけれども、そうではない。思いをそのまま口にしたり、行動に移したりすると、ほぼ必ず災難が起こるものなので、それを避けるために歌が詠まれるというのである。その際、心の中の一途な思い（情念）を慰めるのが歌道であって、時宜をわきまえて歌を詠むのが要諦であるという。

この詠歌表現の理論を御杖は上のような図で表している。

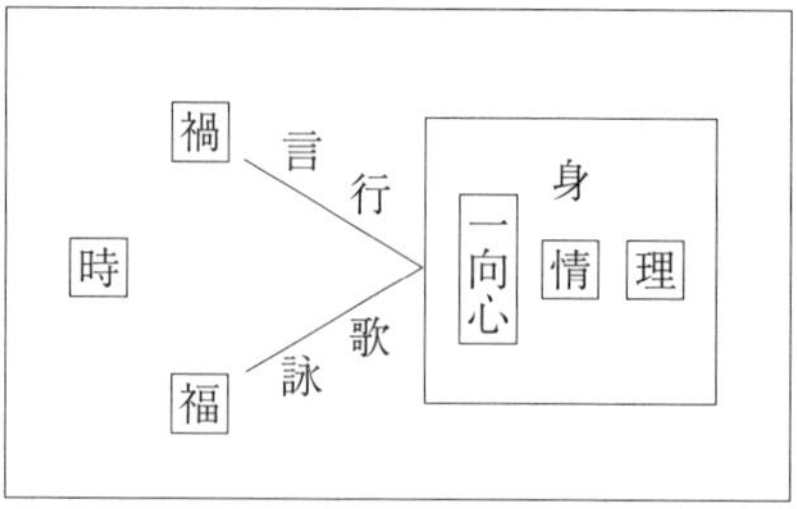

この図の「一向心」とは道理の裏付けを有する「情」が激して沸点に達した時の心を指す。それがそのまま言葉や行動に現れた場合は災禍を導き、詠歌として表現した場合は幸福をもたらすというわけである。また、「時」とは時宜をわきまえて歌を詠むことによって、一向心を慰めることができることを示している。なお、先の言説にはなかったが、「情」の背後には「理」があって、「情」を支える基盤を形成しているということも表している。このような原理に基づいて歌が詠まれると御杖は考えた。

次に、過渡期の表現論『真言弁』を見ることにしたい。『真言弁』はもっともまとまった御杖の歌論であるが、その大枠は『百人一首燈』「大旨」で論じられているものと変わりはない。それは「言行」すなわち言葉と行為との対比の上で「詠歌」の特質を明らかにするもので、歌を詠むことにより、心の中に芽生えたやむにやまれぬ思いを慰めることができるという趣旨である。しかしながら、『真言弁』においては「詠歌」の対概念として「言行」を挙げる一方で、「言語」についても言及していることが注目される。下巻に「言語詠歌の別」という項目を立てて、これを詳述している。その冒頭には次のようなことが記されている。(4)

詠歌と言語との差別、よく〳〵心えわけつべきことなり。世かはり時うつりてこそ、歌の詞と言語とはこと物のやうになりにたれ、いにしへは、歌にうたふも言語にいふもたゞひとつ詞なりき。しかひとつ詞ならば、歌によむべきを言語にいひてもありぬべきことわりにて、ことさらびて、歌によむにもをよばず、もとより歌も無益なるわざのやうなり。しかるを、古来歌といふものゝあり来れること、かならず言語にはその用たがふ所、なくて叶はぬことには候はずや。もと言語はひとり言にいふ事もあれど、ひとり言は言語の専門にあらずして、彼我の間の情を通はするを要とす。歌は神にたてまつり、人におくることもあれど、それは歌の専門にあらずして、わが鬱情を托するを要とす。此故に、言語には時やぶれ、詠歌には時全し。

「詠歌」と「言語」は異なるというのが趣旨である。大昔は同じであったが、時を経て別々になった。それではどのように異なるのか。「言語」には独り言という例外はあるが、「彼我の間の情を通はする」ことを本質とする。一方、「詠歌」には奉納歌や贈答歌という例外はあるけれども、「わが鬱情を托する」ことが本領であるというわけである。要するに、「言語」はコミュニケーションの手段としての日常言語、「詠歌」は心の声を言葉にした詩的言語ということになるだろう。そうして、「言語には時やぶれ、詠歌には時全し」と結んでいる。ここでにおける「時」は「時宜」の意で、『百人一首燈』「大旨」に記されていた意味で理解して間違いない。そうであれば、御杖にとって「詠歌」は時宜に叶い、「言語」は時宜を破るものということになり、先の構図は上の図のように書き換えることができるだろう。

日常言語はコミュニケーションのツールとしては役立つが、心のうちを表現する手段としては危険である。それに対して「詠歌」は鬱情を晴らすという役割がある。言葉に「表現」と「伝達」という二つの機能があるとすれば、「言語」に課せられた役割が伝達で、「詠歌」に課せられた役割が表現ということになるだろう。この時期の御杖の言語論は、「言語」と「詠歌」という二項を設定し、それを対立させる構図の中に論を組み上げた。

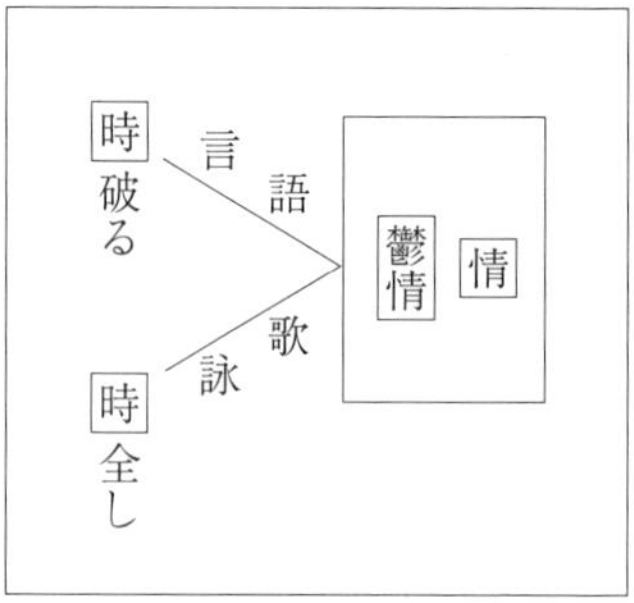

第三として、完成期の表現論を見てみたい。『北辺随筆』（文政二年刊）巻之四「詞の死活」には次のようにある。(5)

わが御国言は、から言にはたがひて、わがいはまほしとおもふ理を、人の察して思ひしるらんやうにのみいふならひなれば、そのてぶり、おのづから詞ごとにそなはりて、直言せむとすれば、必落ゐがたし。されば、わがいはむと思ふすぢより外に、詞をもとむれば、悉く所を得る物なる事、神武帝の御時より、此心得は定まりしなり。これを倒語といふ。（割注略）しかれども、此事よにかくれて千有余年、いまはたゞわが御国言をば、直言にのみ用ふる事となりにたり。もとより詞は変化自在の物なるが故に、もちひなばいかにも用ひらるべけれど、直言はその詞死せり。倒語は其詞活たり。活とは、言をつかさどり給ふ神の霊《ミタマ》をいかせばなり。死とは、その言霊をころせばなり。

言うところは次の通りである。古来日本は口に出す前に、思っていることを察することによって成り立っている文化である。だから言挙げせずに済めば、それに越したことはないが、字義通りの言葉（直言）を用いると、ことごとく核心を外してしまう。むしろ、思うことと異なること（倒語）を言うと、すべてうまく運ぶ。だが、ここ千年の間に倒語の法が失われてしまったので、直言ばかりが横行している。直言は言霊を殺してしまい、倒語は言霊を活かす。以上のことを図示すれば、次のようになる。

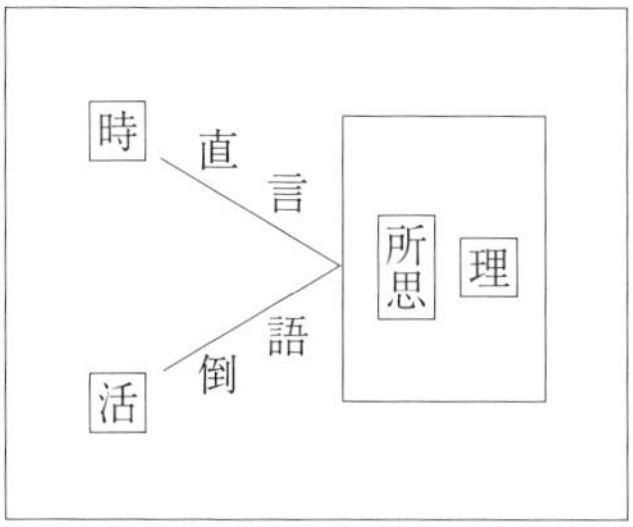

ここには御杖が唱える言霊倒語説が全面に出ている。言霊倒語説とは、『日本書紀』神武紀にある「以二諷歌倒語一掃二蕩妖気一。倒語之用始起二乎茲一」に起源を持ち、「倒語」には妖気を掃蕩する力が備わっているという説である。(6) 御杖によれば、倒語とは心の中の思いとは逆の言葉であったり、まったく関係のない表現であったりして、直言と対極をなす概念である。むろん随筆の一節として記されたものであるから、正真正銘の歌論というわけではなく、むしろ言語表現論の範疇でとらえるのが穏当であろう。だが、御杖の思考法の連続性という観点からすれば、一貫して言葉の用法をめぐる議論が展開されているととらえることができる。すなわち、詩的言語としての詠歌は倒語を旨として心を慰める役割を担い、言霊を活かす方向で機能する。一方、日常言語はコミュニケーションのツールとしてはよいが、直言であるために言霊を殺し、禍を起こしてしまうというのである。

このような御杖の表現論の変遷は、言霊倒語説の確立を促すこととなったが、それと同時に解釈学の進展をも推進させることになった。

三　解釈学の編成──『百人一首燈』における解釈方程式

表現論として始まった御杖の歌論は、同時に解釈学の萌芽を胚胎していた。御杖最初の注釈書『百人一首燈』について見ていきたい。前節で見たように、『百人一首燈』における表現論は思いを言行ではなく、詠歌にすることによって「一向心」を慰め、時宜を全うするというメカニズムであった。そのような歌人が言語表現する筋道は、出来上がった和歌を読解する際にも辿られることになる。御杖によれば、和歌を詠む意匠は各歌人によって種々様々であるけれども、その底を流れる心の動きはたった一つであると考えた。次の如くである。(7)

古よりの歌、おほよそ花に郭公に月に雪に恋に旅に賀に哀傷に、その情をのべられたる所、表はさま〴〵なれども、その道はたゞ一すぢにて、たゞ外をかしがたく、内のどめがたさのやむことをえぬわざにすぎず。(犯)

此故に今この百首を注したる詞、たゞ一律《ヒトスヂ》なり。

題や詞書に対して述べられた思いは、表面的には種々様々であるけれども、解釈の様式はたった一つであるというのである。そして、その思いは、外からは奪うことができず、心の中では鎮めることができない気持ちであって、歌はそれをやむにやまれず表現したものであるから、それらの注釈はただ一通りのみである。千篇一律とは詩歌の単調さを批判する用語であるが、百首を一律に解釈する手法は決して単純平易なものではない。

御杖の和歌解釈の方法はシステマティックに整備され、その手順は次の六つの段階を経て明らかにされるという。

①大意

②情にまかせた結果、起きる情念
③情念を行動に移した時の禍
④詠歌によって情念を慰め、行動を思い止まらせる
⑤詠歌によって福が来る
⑥まとめ

このような六つの階梯に従って、当該和歌の拠って来たる思い（情念）は言うまでもなく、それを行動に移した場合の災い、あるいは詠歌によってもたらされる幸いまでもが伝えられるのである。このような和歌の注釈および解釈の方法は、個別の歌において忠実に適用され、百首のすべてに対して実践されることになる。

こういった六段階の解釈法は具体的にどのような様相を呈しているのか。試みに、藤原公任の歌「滝の音は絶えて久しくなりぬれど名こそ流れてなほ聞こえけれ」に関する注釈を見てみることにしよう。なお、六段階の番号は私に傍書した。(8)

①たえてひさしくなれる物は、その名さへおのづからうするならひなるに、さしもむかし法皇の御心をこめてつくらせたまひし所の滝なれば、さるならひにもこえて、今にその名のたかく聞ゆるに、②わが身は後のよにこの滝のごとく名だにのこらざるべきが、いとはかなさのあまりによませ給へる歌なり。②その時そのはかなさの一向なるにまかせられなば、必身をようなきものにおぼしすてつべし。③しかおぼし捨ていよ〳〵あさましからん。はたいと口をしかるべきが故に、④かくこの歌とよみいでゝ、そのはかなさの一向なるをなぐさめ、⑤身をおぼしも捨でやみ給ひし也。○⑥おほよそ、みづからおもひあがらんこそめざましかるべけれ、わがはかなさをおもひしりたらんはいふかひなしともいふまじき理なれば、たれも〳〵かならずおも

ひまどふべきに、此卿の、しかはかなさは一向ながら、猶身はおぼしもすてられざりけん。いとも〳〵めでたき心ざま也かし。

①は大意である。無くなってから時間が経過したものは、その名声までもが自然と失われるのが常であるのに、あれほど法皇が心を込めてお造りになった滝であるから、そのような習わしとは無関係に、今に至るまでその名声が高く伝わっている。それにひきかえ、我が身は後世にはこの滝のように名声さえ残らないことが、あまりにもはかなすぎるためにお詠みになった歌である。②は、その際そのあまりのはかなさに身を任せてしまうと、自らを不必要なものと考えて身を捨ててしまうにちがいないと、行動に移した時の危険性を説く。③は、そのように身を捨ててしまうのはあきれ果てたことであり、はたまた残念なことであると述べて、行動に移した時の弊害を説く。④は、このようにその思いを歌に詠むことによって、一途にはかない思いを慰めるということで、詠歌によって害悪な行動を制御する効能を説く。⑤身を捨てることもなくて済んだということで、大事に至らずに済んだことを説く。

このような和歌へのアプローチはきわめて精緻に定式化され、抽象化されて和歌解読の方程式として組み立てられることになる。御杖は各項目の内容について詳細に説明し、非常にシステマティックに記述している。それはきわめて理路整然と叙述された解釈手順であると同時に、非常に整備された説明法でもある。「大旨」に披露された解説をつなぎ合わせると、次のようになる。(9) なお、［ ］は「大旨」では「云々」と記されたものであるが、便宜上符号を付した。

①［X］さのあまりによまれた歌なり。②その時その［X］さの一向なるにまかせなば、必［Y］べし。③しか［Y］て［P］なん。はたいと［Q］かるべきが故に、④かくこの歌とよみいで、その［X］さの一

向なるをなぐさめ、⑤［Y］もせでやみたるなり。◯⑥おほよそ［R］まじき理なれば、たれも〳〵必おもひまどふべきに、このぬしのしか［X］さは一向ながら、猶［Y］ざりけん。いとも〳〵［S］かし。

ここには六つの変数が存在するが、実際に重要なのはXとYの二つである。Xは詠み人の情意であり、Yはそれを行動に移した時の具体的な災厄である。つまり、Xという思いを行動に移すとYとなり、それは災いを誘発するがゆえに、このような歌を詠んだというのである。公任歌で言えば、Xは人生のはかなさであり、Yは自らの身を無用に感じることということになる。それが当該歌の中核を構成すると考えたのである。なお、そのほかのPQRSは、任意定数のようなもので、XとYが確定すれば各歌の中で任意に導き出されるものと言ってよかろう。

そのように考えれば、御杖が編み出した和歌解釈の手法は二元一次方程式の解がわかれば、それを該当箇所に代入するだけで完成するという、きわめてシステマティックな筋道によって証明される。御杖は小倉百人一首の百首について、ひたすら二元一次方程式を解き、適切な解を求め、ことごとくこれを代入していったわけである。今、この解釈方程式の妥当性の可否を判定しようというわけではない。自らのうち立てた表現論がそのまま解釈学へとスライドし、古歌を注釈する時にオールマイティな力を有する方法であると考えたことに注目したい。御杖における和歌解釈の手法は、このような形で日の目を見ることになったのである。

四　解釈学の形成――『真言弁』における表裏境説

前節で見たように、『百人一首燈』は解釈方程式の披露という形で刊行された。しかしながら、それは『百人一首燈』をめぐってなされた、さまざまな解釈の試みの一つに過ぎず、残存する稿本を繙けば、刊本とはまったく異なるアプローチを試みていたことがわかる。百首ともに注釈が残っているものとして、国民精神文化研究所旧蔵本『百人一首登裳新備』と富成梓旧蔵本『百人一首燈』がある。[10] 前者は天智天皇（一）から後徳大寺左大臣（八十一）までを扱い、後者は道因法師（八十二）から順徳院（百）までと凡例等を扱っていて、二冊揃って完本となる。その稿本は刊本と異なる方法による解釈学の試みであった。

当該稿本について、前節で取り上げた大納言公任歌をめぐって考えて行くことにしたい。次の如くである。[11]

㋔滝の水の音は今では絶てからも年数になつてしまふたけれど、この滝のたかゝつた名は今までものこつて人が賞賛する事をきく事があるが、しかしたゞ跡ばつかりで滝の流もはやないははかない事じや。㋒滝にかぎらず惣体の物が目前にある時は、人もかれこれともてはやす事もあるけれども、それがないやうになると、もう誰か一人いひ出すものもなくなるならひじやのに。㋚此滝は嵯峨の院、御心をつくしてこしらへさせられた滝じや故、その風情も格別にあつたによつて、今になつて跡ばつかりでも人がいひ出して残念がるのは、全く上皇の御心ふかいによつてよその滝よりは格別おもしろかつた故の事じや。㋕これをおもへば、人も一生ははかない物じや故、せめてからだがないやうになつたあとで、いつ〳〵までも人のいひ出すほどよい名をのこしたい物じやなあ。

一読してわかるように、当時の俗語（里言）で作文している。古典の俗語解は近世期を通じて進展した解釈の手法であって、御杖の父富士谷成章《なりあきら》もまた脚結（助詞・助動詞）を俗語訳を有効に用いて解釈している。御杖は父の薫陶を受けてそれを解釈に取り入れたのである。[12] まずは俗語解という特徴がある。

また、ここには独特の符号が用いられている。㋔㋒㋚㋕がそれであるが、それらはそれぞれ次の用語の略号と考えられる。㋔は表、㋒は裏、㋚は境、㋕は神である。それでは表・裏・境・神とは何なのか。これに関しては、『百人一首燈』ではなく、『歌道非唯抄稿本』（寛政五年四月識）から多くを知ることができる。御杖は表・裏・境・神のそれぞれについて、次のように解説している。(13)

表とは、詞の持まへの心を申候。たとへば、みるとは物ごとの眼にふれ来るをいふ心なりとしるをば、表をたゞすと申候。

裏と申すはたとへば、みるといへば、みざりし間の事をも裏にもち、又きく、思ふなどといふことをも、裏にもつことをしる、これを裏をおすと申候。

境と申すは、詞の表と裏との間に、自然ともちたるこゝろにて、裏表に時をかけてしるを、これを境をおすと申候。たとへば、みるといふ詞、裏にきくといふ事を持たりといふ事しらるれば、その間にきくばかりにては不足なりしにといふ心、自然といづる、これを境と申すにて候。

神とは歌にもせよ、文にもせよ、詞のうちにふかくかくれて、さま〴〵の妙を具したる魂を申候。

表裏境について、御杖は「見る」という語に即して説明する。「表」とは「詞の持まへの心」という概念で、「見る」の「表」は「物ごとの眼にふれ来るをいふ」と解説している。要するに、「表」は字義通りの意味と考えてよかろう。これに対して「裏」とは、「みざりし間の事」や「きく、思ふなどといふこと」を意味するという。これは「表」の反対語や対概念ととらえて問題ない。一方、「境」とは、「見る」という語に「聞く」という裏を想定すれば、それだけでは不十分という心が自然に出てくると説明し、「表」と「裏」との間にある「自然ともちたるこゝろ」であるとする。最後に「神」とは、歌文を問わず、言葉の中に深く隠れている精神を指すという。

この『歌道非唯抄稿本』による諸概念の解説を参照すれば、稿本『百人一首燈』の目指すところが明らかになる。㋔（表）については、滝の現在と過去という歌の字義通りの意味の解釈が行われている。次に㋒（裏）は、滝以外のものに思いを馳せて、通常は忘却される現実を述べている。第三として㋚（境）は、滝の名声が色褪せないのは、この滝を設けた嵯峨院の遺徳を偲ぶ思いのためであるとする。最後に㋕（神）は、死後も名を残すような生き方をしたいという教訓を読み取っている。

こういった表裏境神という読解法は、最終的には捨てられ、数ある稿本にその名残を留めるに過ぎないものとなった。しかしながら、この手法は一旦は放擲されたけれども、御杖の中で完全に捨て去られたわけではなかった。それはさらに洗練されて御杖の中でよみがえることになる。たとえば、『真言弁』下巻「表裏境の弁」には次のように説明される。(14)

詞に表裏境といふものあり。（中略）もと此表裏境、詞といふ詞には、おのづからそなはれることにて、しらずよみによむとも、猶かくる事なきものなれば、こと更に、これを論じをしふるにもをよばざる事のやうなれど、詞をきたふにその益かぎりなきものにて、わが智のをよばぬ所さへ、此みつに導かれて心えらるゝ事あるものにて候。（中略）此みつ、おのづから詞にそなはれりといふは、たとへば、かなしといふ表なるに、かなしからずといふ裏をかけて見れば、なぐさむべきよしのあらまほしき境しらるゝがごとし。すべて、ひと詞にてもかゝり、歌一首にてもなほしかり。

言葉には必ず表裏境という、三つの側面が備わっているという。一つの言葉にもそれらがあることを、「かなし」という語の機能によって説明している。すなわち、「かなし」という表に対して、「かなしからず」という裏を透かし見ると、「なぐさむべきよしのあらまほしき」境を垣間見ることができるというわけである。この具体例をさらにかみ砕いて補足説明すると、次のようになる。「かなし」とある言葉は字義通り、悲しみを表すものであるが、ここに本当は悲しくないのではないかという、皮肉で穿った見方を置いてみると、実は慰めてほしいのだという本心が浮かび上がるというわけである。一つの言葉でもそうなのであるから、歌一首となれば、この表裏境説がいかに有効であるかということがわかるという。『真言弁』に展開された「表裏境弁」は、「神」というファクターが欠落していることに目をつむれば、稿本『百人一首燈』や『歌道非唯抄稿本』の方法を正しく受け継いでいることに気づくであろう。

ここで確認しておかねばならないのは、刊本『百人一首燈』ではなく稿本『百人一首燈』に用いられた解釈法が御杖解釈学に踏襲されていくということである。一般に稿本が残存している場合、それは完璧な刊本へと向かう試行錯誤の跡と位置づけるのが一般的な考え方である。だが、『百人一首燈』の場合は、まったく異なる方法を試みた二種類の本が残存しているというのが正直なところである。(15)どちらが重く、どちらが軽いとは決めがたい。おそらく御杖にとって、『百人一首燈』とは相異なる二種類の解釈法をほぼ同時に試したというのが真相ではないだろうか。その結果、刊行されたものは最初の古典文学作品の注釈書となったが、稿本として残された方は、より洗練されて解釈学の扉を開ける方法論として醸成されていった。それは後に言霊倒語説として開花するものの未分化な姿であった。

五　解釈学の完成――『万葉集燈』における言霊倒語説

和歌を表裏境（神）という三段階、あるいは四段階の位相に分解して注釈するという方法を手に入れた御杖は、これを和歌以外の文学作品にも応用する。『土佐日記燈』（文化十三年成）と『伊勢物語燈』（文化十三年成）である。

『土佐日記燈』は、『土佐日記』の執筆意図およびその主題について、謙遜謙退や亡児の嘆きという、従来指摘されてきた趣旨を批判し、女性仮託の問題と絡めて、次のように論じる。すなわち、古来、土佐は中遠の中国であって、流刑地でもあった場所で、自身の業績からすれば、任官地としてふさわしくない。だが、宮仕えをする者として、それを拒否するわけにはいかず、しぶしぶ任官したけれども、任官地に対する憤りは日々鬱積してきた。しかしながら、それをそのまま記せば、任官を命じた公を批判することになってしまい、憚られることである。だから、それを女性が執筆したという体裁にして注意をそらし、亡くなった我が子に対する嘆かわしい思いに紛らわして表現したのが『土佐日記』であるというのである。そのような観点から、『土佐日記』の文章のすべてを読み替えていく。その際に「表」と「裏」に分けて解釈する。そのことを「大旨」において、次のように述べている。(16)

いまこの日記を釈するに表裏と標したるは、裏とは詞となりてのうへのくさ〴〵の理をとき、表とは其詞のなりいでたる所以の義をとけるなり。おほかた歌も文もかく裏表をわけて釈せざれば、其義をつくすことあたはざるものなればなり。古注多くは表ばかりをとき、たま〳〵裏に及べるも表裏を混じたり。(中略)もと次第は裏表とならぶべき事なるをこゝに表を先とし、裏を後としたるは、詞となり出てのうへより釈するが故の次第なり。この順逆よく心えて見るべし。

ここで「表」を「詞のなりいでたる所以の義」とし、「裏」を「詞となりてのうへのくさ〴〵の理」と定義している。換言すれば、「表」とは語源より推し量る語義であり、「裏」とは言葉に表現された情理である。これまでの御杖の用語法からすれば、「表」は言葉の表面的な意味、「裏」はその言葉に込められた情念ということになるだろう。古来、注釈の多くは「表」を解釈することにばかり気を取られ、「裏」への配慮が足りなかったというのである。または、「裏」への言及があった場合でも、その中に「表」が曖昧に混在していて無意味であった。そのような状況を打破するために、表面的な意味とは別にその言説が有する真相に迫る必要があると考えたのである。

さて、「中略」以降の文章の意味するところを検討しておきたい。『土佐日記燈』では「大旨」に続いて、作品本文が長短さまざまに区切られ、その後に注釈が置かれるが、まず「表」、次に「裏」という順序である。この序列について、御杖は「もと次第は裏表とならぶべき事なるを」と記している点は注目すべきものである。表裏と裏表とでは、作者と作品とに対する距離に違いがある。表裏の順であれば、著された作品に基づいて、その一つ一つの言説の意味するところを追究した後で、作者が意図するところに迫るという構図である。一方、裏表の順であれば、作者の意図するところをまず解説した上で、それが作品にどのように言語化されるかというイメージである。前者は解釈学の立場、後者は表現論の立場と言ってよかろう。第二節で見たように、もともと表現論と解釈学を一致させる観念を持っていた御杖が、当初は裏表の順で注釈を構想していたというのは、成り行きとして理解できる。ところが、最終的に表裏の順で注釈を完成させたのは、表現論よりも解釈学にシフトしていった証拠と考えることができるのではないだろうか。些細なこだわりの中に御杖の発想の転機をとらえることができると思われる。

御杖は『土佐日記燈』とほぼ同じ時期に『伊勢物語燈』を執筆していた。「大旨」と初段の注釈のみであるが、注釈方法は『土佐日記燈』と同様である。『伊勢物語』のモデルとされる在原業平は、眉目秀麗で和漢の才もあり、生まれも高貴でありながら、天下の重役に取り立てられることなく生涯を終えたことの口惜しさのために憤りが生まれたが、そのことに共感した者が『伊勢物語』を書いたとするのである。その憤りの対象は公となるために、それを憚って詳細を紛らわして執筆したという。たとえば、冒頭の「むかし」について、「むかしとかける、あらはにいつとしらせじとての倒語也」といった具合である。そのような趣旨のもとに初段を大胆に解読していくが、初段の末尾に「霊」として、次のような言説を記している。(17)

霊 業平朝臣、弱冠より御国ぶりに通じ、人情に達せられし事、常人にあらざる事をしめしたる、此一段の大意なり。かばかりの人材をはふらさせし遺憾よりかきたる也。此意をえて一段の詞づくりを味はふべし。

業平の「いちはやきみやび」を称賛しつつ、そのような人材が天下に重用されなかったことを「遺憾」に思い、それが「詞づくり」の基盤になっていると述べているのである。

このような倒語説に基づいた解釈法は、『万葉集燈』（文政五年刊）に至って完成形となる。「大旨」において次のように語っている。(18)

予千とせあまりかくれたる倒語の道をいふが故に、よにこれを信ぜぬ人多し。これ年比のなげき也。まへに紀の文の心得をいへるが如くいへば、妖気にあたるばかりの事がらならでは、倒語も無用なりとしるべし。大かた倒語の道、妖気を掃蕩すべき御教なれば、かろ〴〵しき事にあらず。詞をもて妖をまねき、くるしきせにおつる人、よにすくなからず。この道をおこして、いかでふたゝびよの人のまねく妖をまぬかれしめむとおもふも、なほわがさかしらなるべしかし。

御杖は倒語説を確立することによって、千年の蒙を啓くことができると考えた。第二節で見たように、『日本書紀』神武紀に出る「諷歌倒語」の道を復活させようというわけである。たとえば、柿本人麻呂の歌「ひむがしの野にかぎろひの立つ見えてかえり見すれば月かたぶきぬ」（巻一・四八）について、次のような解釈（霊）を展開している。なお、『万葉集燈』は『伊勢物語燈』と同様、「言」にて語釈を中心とする解釈注釈を試み、「霊」

にて字義通りの解釈に収まりきれない独自の見解を盛り込んだ解釈を試みている。(19)

この歌、表はいまだ夜明むには程あるべくおもへりしに、東方をみれば空しらみ、野ちかき家にとく起てたく火のみゆるに、西方をかへりみすれば、月さへかたぶきたるは、うたがひなく夜は明むとするよと、おもひの外によのはやくあくるを驚きたる心に、詞をつけられたるなり。東方ばかりにては信じがたきを、西方をかへりみて夜の明むするを信じたる心なるべし。

語釈（言）の内容を繰り返し、和歌の字義通りの解釈を確認するところから始めている。東から昇る朝日と西に沈む月を描きつつ、夜が明ける早さを実感する歌であるという。

されどおもはずに、よのはやく明るを驚くばかりの事を古人歌とよむ物にあらねば、必別に情ある事明らか也。されば思ふに、もとなぐさめむとて此野に来ましたるなれど、かへりて懐古の御心しのびがたさに、こよひ寝やし給ふらむ、ねられたまはずして夜をやあかし給ふらむと、皇子の御うへをふかくいとをしみたてまつられける歌なり。

「されど」として、そのような字義通りの解釈に飽き足りず、解釈の深みへと進んでいく。すなわち、もともと軽皇子の心を慰めようとして来たけれども、早世した父草壁皇子と野遊をしたことが思い出されて、その思い出に堪えきれなくて、今夜はお休みになられるだろうか、それとも寝られずに夜を明かされるだろうかと、軽皇子の身の上を深く心配して差し上げた歌であるという。なぜこのような解釈が導かれるかといえば、この歌は長歌の反歌として詠まれたものだからである。長歌によって詠まれた時の状況が復元できる。つまり、この歌は人麻呂が軽皇子とともに安騎の野に出かけた時に詠んだ歌で、安騎の野は軽皇子が亡き父草壁皇子と野遊に出た思い出の場所であった。そのような軽皇子の亡父との思い出を詠んだ長歌に対する反歌なので、当該歌にもそのような思いが詠み込まれていると考えても必ずしも不自然ではない。そうしてそのような詠み方がなされる根拠を述べるに至る。

たゞ夜のあくるさまをのみいひて、皇子はみねましつらむか、又今までもねられ給はぬかと、さま〴〵御心のうちをおもひやり奉られたる情、句々言々の置ざまにてあらはにいひたるよりも深く思はる、ぞかし。かく事もなげによみふせられたる詞づくりに、かばかりの情こもりて、今みるにだに涙もさしぐまる、は、ひとへに倒語の妙用なり。倒語のくしびなる事おもひしるべし。

夜明けの情景を描いているようでいて、実のところ軽皇子の心中を思い遣る気持ちが詠み込まれているという。その詠み方はあからさまに詠むよりも思いは深い。言わで思うぞ言うにまされる。このように直接言い表すよりも、それに触れない方が心がうち震えるものだ。叙景歌に見える歌から溢れんばかりの詠み人の思いが読み取れるというわけである。「倒語の妙用」と称する所以である。

御杖は人麻呂をとりわけ高く評価していた。そのことは「大旨」にも述べている。後世には凡河内躬恒や紀貫之を絶賛するけれども、柿本人麻呂や山辺赤人こそが歌聖の名にふさわしい歌人だというのである。そして次のように続ける。

おのれ歌よまむ人はかくのごとし。歌よまぬ人とても、此集は必つら〳〵みつべきは、古人倒語を用ひたるあと、古歌古文ならでは何にかはみむ。まへにもいふがごとく、倒語の妙用は妖気を掃蕩する御教なれば、歌よむ人よまぬ人によらず、この集上古の人の倒語のもちひざまをよく〳〵みしるべき也。歌よまむ人はくはしくこの詞づくりをまねびて、おのがよまむ歌はひとへに倒語の誡とすべし。これ予が門生にをしふる常なり。

ここで注目すべきなのは、歌人であるかどうかを問わず、『万葉集』を読むべきであると語っていることだ。門弟には歌を詠む指南書として『万葉集』を見るべきであると主張するのはわかるが、「歌よまぬ人」がなぜ『万葉集』を見る必要があるのか。それは『万葉集』が倒語の宝庫だからである。「倒語の妙用」は歌人でなくとも知っておくべきものであるという主張である。

ここに御杖の解釈学が完成した姿を見ることができる。もともと歌人の表現論からスタートし、その筋道を辿り直したものが御杖の解釈学であったが、言霊倒語説という魅力的な学説を獲得するに及んで、和歌表現という次元から飛翔した。すべての言語表現に適用可能な理論に昇華したのである。そしてまた、それは「歌よまぬ人」の解釈学として自立した姿でもあった。

六　結語

表現と解釈とは、正反対のベクトルである。作者による表現と読者による解釈は、作品をめぐって対峙する。「文藝」と「学問」との対峙と言ってもよい。だが、この二つの両立は、実は和歌史の世界では、至極当然のことであった。歌学者は歌人でもあるからである。前近代の和歌注釈に凄みがあるのはそういった事情が作用している。富士谷御杖の解釈学もまた、和歌の表現論をモデルとして構想されたために、有無を言わせぬ説得力と構想力によって独特の世界を構築した。だが、神武紀の諷歌倒語の件にめぐり会うことによって言霊倒語説と称する学説を導き出し、和歌のみならず物語や日記にも適用される解釈学として確立した。さらには「歌よまぬ人」をも対象とする解釈学を想定し、日常言語をも対象とする言語表現論を想定した。言霊倒語説は言語表現論と解釈学が絢い交ぜになった理論であるけれども、神道をも含み込む大統一理論でもあった。

（1）ウンベルト・エーコ『開かれた作品』（青土社、一九八四年、原著は一九六二年）など。
（2）『神明憑談』（文政五年十一月識）による。
（3）『新編富士谷御杖全集』第四巻（思文閣出版、一九八六年）より引用した。以下『富士谷御杖全集』は思文閣版による。
（4）『新編富士谷御杖全集』第四巻。
（5）『新編富士谷御杖全集』第二巻。
（6）神武紀の当該言説について、御杖は時期によって異なる訓みをしているが、ここでは一般的な訓読に従うことにしたい。
（7）『新編富士谷御杖全集』第四巻。
（8）『新編富士谷御杖全集』第四巻。
（9）『新編富士谷御杖全集』第四巻。
（10）いずれの本もその影印が『新編富士谷御杖全集』第四巻に収録されている。
（11）『新編富士谷御杖全集』第四巻。
（12）刊本『百人一首燈』の和歌本文には「里言」（俗語訳）を傍記している。
（13）『新編富士谷御杖全集』第四巻。
（14）『新編富士谷御杖全集』第四巻。
（15）この他にもまったく異なる解釈を試みた稿本が残存している。
（16）『新編富士谷御杖全集』第八巻。
（17）『新編富士谷御杖全集』第三巻。
（18）『新編富士谷御杖全集』第二巻。
（19）『新編富士谷御杖全集』第二巻。

門脇　大

心学「鬼の相」をめぐって

十八・十九世紀の心学伝播の一例

はじめに

石田梅岩《ばいがん》（一六八五〜一七四四）によって創始された石門心学は、近世中・後期において、幅広い層に支持され、全国的な広がりをみせた。心学の資料を通覧してみると、様々な職業や階層に生きる人々の日常倫理を説いたものが多いことがわかる。また、心学の教義は、儒教・仏教・道教・老荘思想などを取り入れている。それらを平易に、多彩な表現を用いて一般的な教訓として述べるのが、心学である。そして、その教えを広めるために、道話という講釈法が発達し、各地に心学講舎が設立され、多くの聴衆を集めた。書承による伝達のみではなくて、心学道話という口承の場において、心学は豊かな発展を遂げたのである。そこには、近世期以前、あるいは同時代の他のジャンルとは異なる、独特の教養の世界が広がっている。端的にいえば、種々の思想が俗化して、広く浸透した教養の世界である。本稿では、心学書を読み解きながら、そのような世界の一端を見てゆくこととしたい。

いくつかの心学書を繙くと、共通した挿絵や言説が多いことに気づく。一面から見ると、それらは単純に同一話材が幾度も焼き直されているだけのように見える。しかし、それらを比較・検討してみると、内容は大同小異であったとしても、各資料にはそれぞれの特性が備わっていることがわかる。そして、それらをつなぎ合わせてみることで、心学の世界に表出している当時の人々の心性を垣間見ることもできる。

心学書の中には、様々な人物や故事、そして化物たちが心学という枠内で描かれている。本稿では、心学書の中に認められる鬼の表象を検討してみたい。特に、「鬼の相」として描かれる心学流の鬼の解釈に迫ってみたい。

心学書の中に鬼は数多く描かれており、どれを取り上げてみても他のジャンルの鬼とは異なっている。ここで特に「鬼の相」を検討してみることで、心学における化物の解釈と意味、そして他分野との繋がりが鮮明になると考えられる。また、十八・十九世紀の大衆化した教養の世界の一端を見つめることもできるだろう。

一　心学とは何か

まず、近世期に刊行された心学資料を参照して、心学とはどのようなものか確認しておこう。このために、多数ある心学書を検証して、細かな心学史を記述する方法もあるけれども、それよりも初学者向けに著された書物を繙く方が話が早く、また、わかりやすい。なによりも、近世期の人々の心学理解を、心学の筆法を通して体感することができる。

心学の流れと教えを簡潔に述べた資料として、例えば、大島有隣《うりん》『心学初入手引草《しんがくしょにゅうてびきぐさ》』（文政四年〔一八二一〕刊。以下、『手引草』と略記する）がある。書名に表れているように、心学入門の手引き書である。まずはこの資料を見てみよう。『手引草』の一節には、心学の学統が次のように簡潔に整理されている。[1]

> 堯舜《きようしゆん》、万世《ばんせい》の法となり給ふも只性《たゞせい》に随《したごう(ママ)》ふ而已《のみ》。性に随ふとは天理に随ふ。これなり。こゝに、石田梅巌《いしだばいかん》師《し》は心学の祖《そ》にして、享保年中《きようほねんちう》、丹波桑田郡《たんばくはたこほり》に所世《しよせい》し、三教《きよう》の大意《い》に通《つふ》じ、千歳不伝《せんざいふてん》の心法を開《ひら》き、其おしへ日々に盛《さかん》に、其門手島堵庵《てしまとあん》なる者、其宗《むね》を自得《じどく》し、世人、手島学《がく》と称《しよう》す。安永七の年、京都産《きようとのさん》、中澤《なかざわ》道二《どふに》なる者、其おしへを関東《あづま》に弘《ひろ》む。其実学《じつかく》なるを以、貴賤《きせん》みなしたわぬはなく、今や諸国《しよこく》に流布《るふ》し、末《すへ》は天下に満《みつ》へきならん。

まず、冒頭には聖天子と仰がれた古代中国の尭・舜の名が見える。それらが万世の法となったのは、ただ性に随うからであって、性に随うとは天理に随うことだ、と述べている。このような天人合一の思想は、心学の始祖である石田梅岩の時から説かれている。(2)それは、宋儒の学説を取り入れたと考えられる、心学の根本的な思想の一つである。続いて、石田梅岩が三教（神儒仏）の極意を得て心法を開き、手島堵安《てしまとあん》に継承されて、中澤道二《なかざわどうに》が関東に弘めたと記されている。最後に、心学が実践的な学問であるために、貴賤の隔てなく人々が慕って集まり、諸国に広まったという。『手引草』が刊行された十九世紀初めまでの心学史の要点を簡潔に押さえているといえよう。

前の引用に続く文章では、心学を学ぶ効用が次のように記されている。

此道に入《い》る者《もの》、家内和合《かないわごふ》は勿論《もちろん》、人交《まじわり》をよくし、邪《よこしま》な人に逢《を》ふてはあらそわず。且産業《かつさんぎよう》に怠《をこた》らす。足《た》る事《こと》をしり、外《ほか》を願《ねが》わず。御代《みよ》の御《を》めぐみを大切《たいせつ》に守《まも》り、只《たゞ》今日無為《ふい》無事《じ》を楽《たのしみ》とすべき事をしる。此おしへによらずして、我《わ》が如《こと》きもの何《なん》ぞ此心を開《ひら》くべき。おの〱此道《みち》に入《いり》て其意味《いみ》をしり給へ。

深《ふか》くその貴《とふ》とき道はしらねども何《なに》か心の日々《ひゞ》にたのしき

ここに説かれているのは、家内和合や人との平和な交流、そして真面目に働いて日々の充足を知ること、といった現代にも通用するような教えである。奇抜な教えではなくて、素朴で普遍的な生活倫理といえるだろう。そして、末尾の道歌では、貴い道の深奥は知らないけれども、なんだか心は毎日楽しいのだよ、と安穏な生活の幸せを詠んでいる。そして、これに続く文章では、心学の教えが簡潔に記されている。

其おしへ、大学の致知格物《ちちかくぶつ》を本《もと》とし、初入《しよにう》を手引《てひき》するに、今花を見て花としり、月を見て月とするは、何《な》が見て何かしり、今きくかねの音何《をとなに》が聞《きい》て何がしるぞ、と。自性《じしよう》の発見《はつけん》をしらす。各《おの〱》見《み》るは目《め》、聞《きく》は耳、しるは心とおもわぬはなし。されば、其心はい何《か》よふなるものぞと問《とへ》は、人皆《みな》、霊《れい》の妙《みやう》の天《てん》のと答《こたふ》。又問《またとふ》。其《その》霊の妙の天のといへるは如何《いか》よふなるものぞと問《とふ》に、いかなる智者僧俗《ちしやそうぞく》といへども容易自得《たやすくじとく》すべきにあらす。力《ちから》を用《もちゆ》る事久《ことひさ》しくして、一旦豁然《いつたんくわつぜん》として貫通《くわんつう》する事あり。人の胸中《きようちう》は鏡《かゝみ》のごとし。月を見る時は胸中に月をうつし、花を見る時は胸中に花をうつす。所謂衆理《いわゆるしうり》を備《そなへ》て万事《ばんじ》に応《をふ》ず。其胸中にうつす影《かげ》を、かりに名《な》づけて心といふ。物去《ものさ》れは何《なに》もなく、只明鏡《たゞめいきよう》のごとし。力《ちから》を用《もち》いて自得《じとく》すべし。

何《なに》かそれうつらぬ影《かけ》ぞなかりける心安《やすめ》るかゞみなる覧《らん》

心学の教えは、『大学』の一節「致知格物」を基本とすると述べて、初学者用に解説を施している。現在、「致知格物」の解釈は様々になされているけれども、ひとまず引用文を読み解いてみよう。花や月は視覚によって、鐘の音は聴覚によって対象物を捉えることができるけれども、人が何かを「知る」のは「心」に依っている。しかし、どのような人であっても、その「心」とはどのようなものか容易に理解することはできない。長い研鑽を積んで、ふとした時に迷いが解けて疑問が氷解することがある。そもそも、人の胸中は鏡のようなものであって、視覚によって捉えた月や花も、胸中の鏡に映している。その胸中に映す影を、仮に「心」と名付けている。胸中に映ったものが無くなると、何も残らず、ただ明鏡のようだ。努力して自得せよ、と述べられている。抽象的な言説であるけれども、ここでは、一人一人が具えている「心」の理解、文中の言葉では「自性の発見」の勧めが説かれている。つまり、視覚や聴覚によって捉えたと認識している事柄も、じつは「心」の作用に依るのであって、「心」が無ければ何も知ることができないのである。根源にある「心」の理解に努めよ、との教えである。

ここまで、『手引草』の記述を参照して、心学の流れと基本的な性質を確認してきた。心学の基本的な教義は、「心」の理解に関わっている。たしかに、いくつかの心学書を開いてみれば、上述のような抽象的な議論が展開されているものもある。特に、石田梅岩の著作には多く認められる。しかし、大部分の心学書では、「心」そのものをめぐる言説が詳しく論じられることは少ない。それよりも、日常生活を送る上での心構えや、具体的にどのように生きるべきか、といった実践的な教訓が説かれる書物の方が多い。このことは、心学史の展開と密接に関わっているけれども、ここでは踏み込まない。本稿では、十八世紀中期以降に刊行された日常生活の教訓を説いた心学書を対象として、俗化した教養の世界に分け入ってみたい。

なお、『手引き草』は十九世紀のはじめに刊行された書物であるけれども、ここまで検証してきた内容は、おおむね現在の心学の認識と共通していることを付記しておく。(3)

それでは次に、心学の「鬼の相」を検討してみよう。この検討を通して、心学の教えがどのように表現されて伝わっていたのかを具体的に見てゆくこととしよう。

二　心学「鬼の相」

まず、脇坂義堂《わきさかぎどう》によって著された『やしなひ草』初篇下巻（天明四年（一七八四）刊）を開いてみよう。(4) 本書には、「鬼の相《おにのさう》」と題された挿絵と道歌がある（図1）。挿絵に添えられた道歌は次のようなものである。

よこしまな人《ひと》のこゝろが此《この》かほとしつて大津《おほつ》の絵師《ゑし》か書《かい》たの

歌意は、よこしまな人の心がこの顔（鬼の顔）と知って、大津の絵師が描いたのだよ、という明瞭なものである。人の道に外れた人を鬼の顔に見立てて詠んだ一首である。

次に、挿絵に着目してみよう。道歌からもうかがえるように、この図柄は大津絵の「鬼の念仏」であって、大津絵の中でも代表的なものの一つである。広く知られた図柄といってよい。僧衣を身にまとい、右手には胸に掛けた鉦を打つ撞木、左手には寄進者の名を記す奉加帳を持つ鬼が描かれている。また、その顔は恐ろしく、口は耳まで裂けて頭には角を生やしている。この絵は、僧侶の外面を装いつつも、中身が鬼であってはどうしようもない、という諷刺画である。また、大津絵では、片方の角が折れて描かれることが多い。これは、仏教の三毒（貧欲・瞋恚・愚痴）の象徴である角を折る、つまり、我執を捨てるということを表現しており、教戒的な意図を表している。『やしなひ草』の挿絵では、角が折れておらず、我執を捨て切れていない状態を表現したものといえよう。なお、大津絵との関係については、後述する。

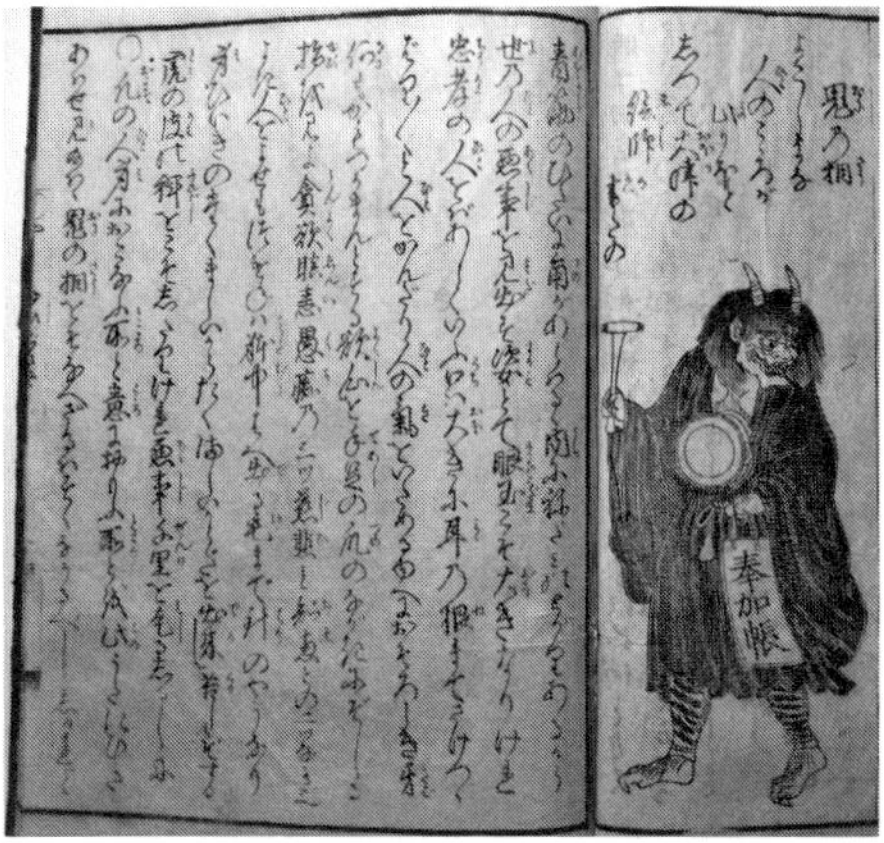
図1　『やしなひ草』初篇下巻

さて、この「鬼の相」には、前の道歌に続いて、以下のような道歌が記されている。

青筋《あをすじ》のひたいに角《つの》があらはるゝ内《うち》にねたみのとかりあるから
世《よ》の人《ひと》の悪事《あくじ》を見出《みだ》す姿《すがた》とて眼玉《まなこたま》こそ大《おほ》きなりけれ
忠孝《ちうかう》の人《ひと》をばあしくいふ口《くち》は大《おほ》きに耳《みゝ》の根《ね》までさけつゝ
ばり〳〵と人《ひと》をかんだり人《ひと》の気《き》をいためるゆへにおそろしき牙《きば》
何《なに》もかもつかまんとする欲心《よくしん》を手足《てあし》の爪《つめ》のながきにそしる
指《ゆび》を見よ貪欲瞋恚愚痴《とんよくしんいぐち》の三つ慈悲《じひ》と知恵《ちゑ》との二つなき也
よき人《ひと》をよせもつけねは体中《からだぢう》はへ出《で》る毛《け》まで針《はり》のやうなり
身《み》ひいきのたくましいからたを出来《でか》し苦《くる》しみぞする

虎《とら》の皮《かわ》の褌《ふんどし》をこそしたりけれ悪事千里《あくじせんり》を走《はし》るしるしに

いずれも歌意の明瞭な道歌であって、描かれた鬼の各部位（角・目玉・口・牙・手足の爪・指・体毛・たくましい体・虎の皮の褌）を詠み込んでいる。これらは、人智を超えた化物の鬼ではなくて、人の道を外れた人の行動や姿態を鬼に見立てて詠んだものである。この挿絵と道歌とを併せて見てゆくと、道歌による一種の絵解きであることがわかる。明快な道歌であって、一般的な教訓が誰にでもわかるように詠まれている。このような点に、心学の持つ教化運動の性質の一端がよく表れている。

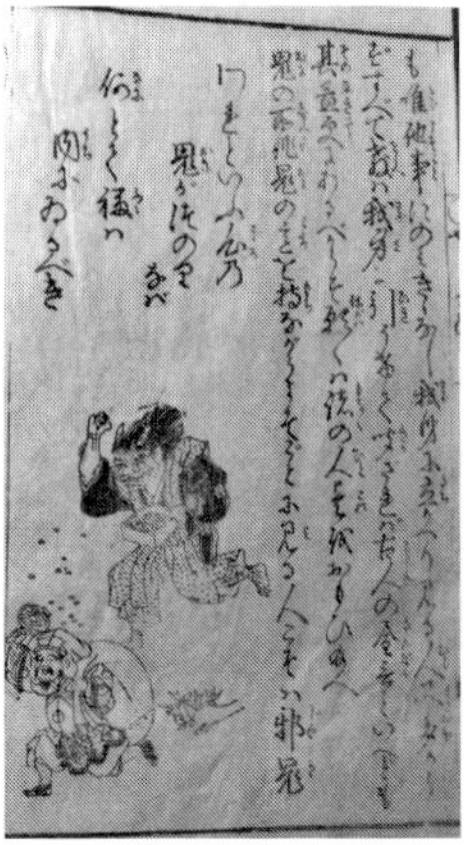
図2　『やしなひ草』初篇下巻

さて、『やしなひ草』には、挿絵とともに次の文章が続いている（図2）。

○凡《およそ》の人《ひと》、身《み》におこなふ所《ところ》と意《こゝろ》におもふ所《ところ》とを此《この》うたにひきあはせ見《み》給はゝ、鬼《おに》の相《さう》をそなへざるはすくなかるべし。しかれとも、唯他事《たゞよそごと》にのみきゝなし、我《わが》身に立《たち》かへり見る人《ひと》、又多《またおほ》からす。すへて教《をしへ》は、我身《わがみ》に引《ひき》うけて聞《きか》されば、古人《こじん》の金言《きんげん》といへとも、其益更《そのゑきさら》にあるべからす。願《ねかは》くは諸《もろ〳〵》の人《ひと》、是《これ》をおもひ給へ。

鬼《おに》の所作《しよさ》鬼《おに》の意《こゝろ》を持《もち》ながらよそごとに見《み》る人こそは邪気《じやき》

われといふ心《こゝろ》の鬼《おに》かつのりなば何《なに》とて福《ふく》は内《うち》にゐるべき

多くの人が、自分の行動と心情を前の道歌と比べてみれば、「鬼の相」を備えていない人は少ないだろうという。つまり、多くの人が道理に外れた一面を持っているというのである。また、それにもかかわらず、他人事だと思って自分を顧みる人が少なく、それでは意味がないとも述べている。ここで説かれている教戒や道歌も、きわめて平易なものといえよう。

ここまで、『やしなひ草』「鬼の相」を見てきた。すでに述べたように、大津絵「鬼の念仏」として知られる絵像と道歌とがあいまって、誰にでもわかりやすい日常倫理が説かれている。それでは次に、同様の挿絵と道歌を描いた資料を検証してみよう。そうすることで、心学教化の具体的な様相が鮮明になってゆくだろう。

心学に関する資料を見てゆくと、一枚刷りの資料が多々認められる。それらの中には、版本を模して作られたと考えられるものもある。次に紹介する一枚刷り（縦二十一・四×横二十九・九センチ）は、前に検証した『やしなひ草』と酷似した資料である（図3）。成立年時や出版元などの書誌情報は皆無であって、いつ、誰が出版したものであるのかは不明である。

この資料は、描かれている鬼の姿も道歌も『やしなひ草』と多くの共通点を持っている。しかし、挿絵は細部が異なっているし、道歌は字形や字母が異なっている。これらの点から、『やしなひ草』の版木を流用したものではなくて、別に作られたものと考えられる。先後関係は不明であるけれども、匡郭や界線、版心など、版本になぞらえて作られていることは明らかである。版心に「施印」とあることから、心学教授の場において、「鬼の相」に関する講釈を受けた者たちに配布されたものではないだろうかと考えられる。推測の域を出るものではないけれども、このような資料が残存しているという事実は、この「鬼の相」の絵像と道歌が、心学の享受者に喜ば

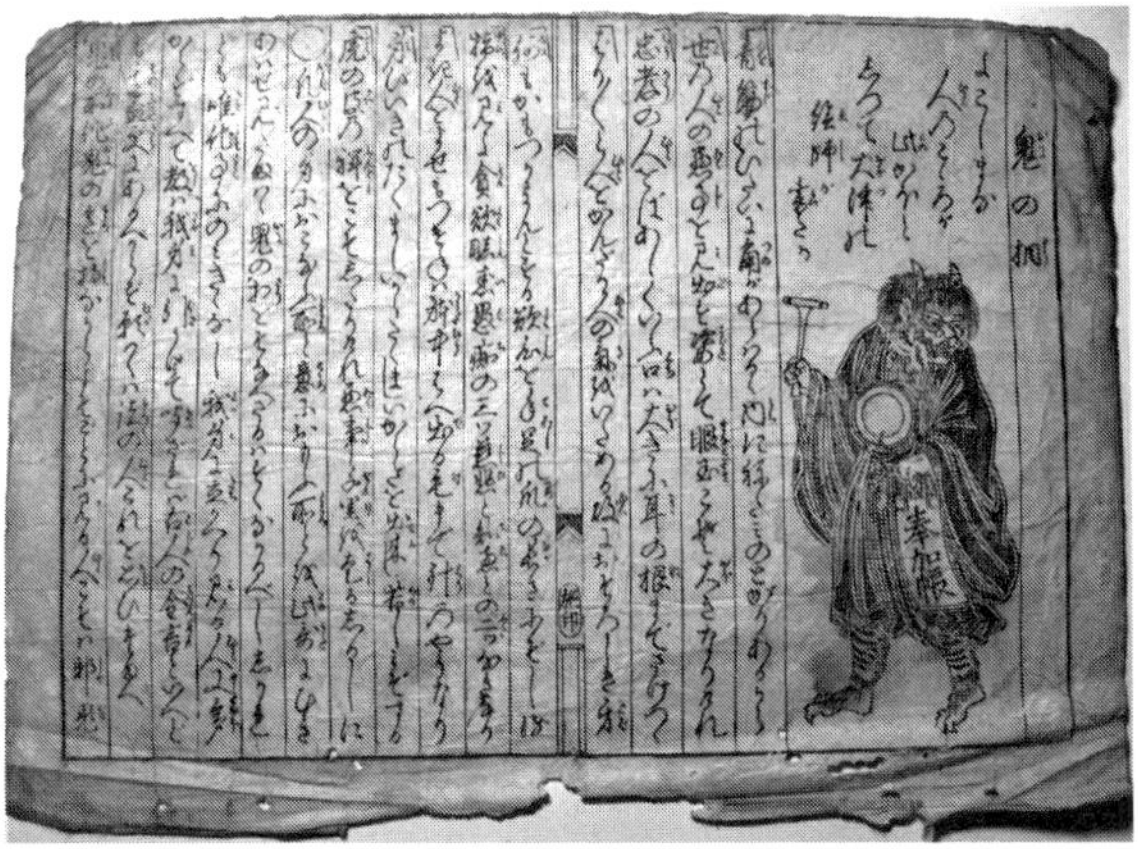

図3 「鬼の相」一枚刷り

れ、好まれた題材であったことを物語っていよう。

次に、「鬼の相」の道歌の広がりを検証してみよう。布施松翁《ふせしようおう》著・八宮斎《はちぐうさい》編『松翁道話《しようおうどうわ》』四編（弘化三年〔一八四六〕刊）巻之下には、『やしなひ草』と共通する道歌を含む一連の道歌が載っている。ただし、『やしなひ草』との相違点も認められる。両者を比較してみよう。一連の道歌の一首めは、次のようなものである。

人《ひと》の為身《ためみ》をおしまぬが仏《ほとけ》なり楽《らく》をしたがるもとはこれ鬼《をに》

歌意は、人のために身を惜しまないのが仏であって、楽をしたがることの根元は鬼である、というもの。この後に、『やしなひ草』に載る道歌が、「青筋の」から「鬼の所作」まで、末尾の「われといふ」を除いて（『松翁道話』三編巻之下に載る）、細かな相違はあるけれども、ほぼそのまま続いている。ただし、挿絵はなく、道歌のみが独立して記されている。留意しておきたいのは、これらの道歌を列挙したあとの言辞である。心学道話の特徴がよく表れているため、『やしなひ草』と比較してみたい。次のように記されている。

何《なん》と恐《おそろ》しいものな。此鬼《このおに》の相《さう》はないかな。たゞよそごとに聞《き》ゝなし言《いひ》ながして仕《し》まふては何《なん》の益《えき》もないことじや。我身《わがみ》におこのふ所《ところ》と。意《こゝろ》におもふ所とを。此鬼《このおに》の相《さう》に引合《ひきあは》して。身《み》に立帰《たちかへ》りて一色《ひといろ》でも。此鬼《おに》の相があらば。早《はや》ふ御療治《おりやうぢ》なさりませ。もし御療治《りやうぢ》が遅《をそ》ひと終《つい》には八万四千《はちまんしせん》の地獄廻《ぢごくめぐ》りせにやならぬ恐《おそろ》しいことじや。

前に引用した『やしなひ草』の行文と内容はほぼ一致している。しかし、よりくだけた、語りかけるような文章であって、心学道話の場を想起させるような書きぶりであることが注目される。

『やしなひ草』と『松翁道話』とを比較してみると、両者の内容に大差はない。ただし、前者には挿絵があって、道歌と絵像は密接な関係を持っていた。また、前者に比べて後者は口語をそのまま記したような書きぶりである。このような相違は、じつは大きな違いを示しているのではないか。読者の側からすれば、挿絵の有無は大きな違いを生む。一枚刷りの資料にも同様のことがいえるけれども、よく知られた大津絵風の挿絵を配することによって、鬼のイメージは明瞭になる。また、挿絵を眺めながら、絵解きのように道歌を読むことによって、道歌の意図がより鮮明に伝わるようになっている。

一方、『松翁道話』に認められるくだけた表現は、心学道話の場を想起させる。『松翁道話』の書きぶりからは、「鬼の相」に詠み込まれた道歌が、松翁の語りの中に活かされていたことがうかがえる。心学道話という語りの場に、「鬼の相」の絵があったのかどうかは知るよしもない。語りの場に絵があったとすれば、聴衆たちは鬼の絵像に目を向けつつ講釈を聴いたであろうし、無ければ鬼の姿を思い浮かべながら心学流の解釈に耳を傾けただろう。推測の域を出ないけれども、心学道話の場を想定してみるならば、『松翁道話』のような語り口で「鬼の相」が説かれていただろうと考えられる。

次に、心学教授の多様性を探るためにも、やや異なる性質の資料に目を向けてみよう。「鬼の相」と同様の道歌を載せる資料に、三光堂阿童《さんこうどうあどう》『古事附桃太郎話《こじつけももたろうばなし》』（天明八年〔一七八八〕刊）がある。跋文を参照すると、「三《さん》光堂《くはうどう》先生曰《せんせいのいはく》。心学談話《しんがくだんわ》は愚痴無智《ぐちむち》の男女子供の。耳《みゝ》に能入安《よくいりやす》く教《おし》ゆるを道《みち》とす」るものであって、本書は「彼《かの》子供の元《もと》より覚へし桃太郎の咄《はなし》に。実《まこと》の道を交《まじ》へ。おもしろおかしく教訓《きやうくん》して。道の道たることを示《しめ》しおしへ給ふ」たものを元に作られたという(5)。つまり、本書は桃太郎話に心学の解釈を施したものだというのである。ちなみに、桃太郎の話は、江戸時代においては、赤本などの子ども向け絵本に見られるものであって、広く知られた話であった。本書を細かく検討することはしないけれども、心学流の桃太郎とはどのようなものであるのかを知るためにも、一部挙げておこう。鬼ヶ島や鬼たちは、次のように解釈されている。

鬼が嶋といふても。遠《とを》きにあらす。たゞ人々の身《み》の上にて。目前《もくぜん》にあり。心一つの用ひやうにて。我《わが》こゝろの主人公《しゆじんこう》はないがしろと成て。強欲無道《ごうよくぶたう》の六根の鬼に。我儘《わがまゝ》をされて。果《はて》は其身を失《うしな》ふ。よく〳〵己《おのれ》に克《かち》て。六根の鬼どもを取ひしぎ。退治すべし。

鬼ヶ島は人々の間近にあって、そこに住む鬼とは自身の六根（眼・耳・鼻・舌・身・意）の身勝手な様子のことだと述べている。そして、主人公であるはずの「心」が蔑ろになって、その鬼たちによって身を滅ぼしてしまうという。ここで説かれているのは、修身と克己心の推奨である。このような解釈は、いかにも心学らしいものといえよう。さて、このような心学の解釈を施された桃太郎話を記した後に、いくつかの道歌が掲載されている。そして、「鬼の相」の道歌は、「〇又桃太郎鬼の惣身《そうしん》を歌読《うたよみ》て」という詞書に続いて記されている。「角・眼・口・牙・爪・指・毛・体・褌」という鬼の各部位について、『やしなひ草』と同様の道歌が記されているのである。字句もほぼ一致しており、この道歌が『古事附桃太郎話』の中に継承されていたことが確認できる。前の鬼の解釈と併せて読んでみると、ここに記された道歌の鬼も他の資料と同じく、道理に外れた人の見立てと考えられる。

本節では、四点の資料を検証してきた。『やしなひ草』、一枚刷り、『松翁道話』の三点は、密接な影響関係が明らかな資料である。記されている道歌は共通しており、その内容に大差はないけれども、性質が異なる資料である。形態や文体、挿絵の有無といった相違点が認められ、それぞれが異なる享受のされ方をしたと考えられる。また、『古事附桃太郎話』は同一の道歌を収めながらも、桃太郎話に心学の解釈を施したものであって、前の三資料とは大きく異なる性質を持っていた。しかし、説かれている教戒は似通ったものといってよい。

このような心学資料の状況から、当時の教育方法や、道徳・倫理観の育み方の一端がうかがえる。時代に即した根源的な倫理観を教授する際に、絵や道歌を用いて、表現に工夫がこらされていることが確認できる。このことは、さらに「鬼の相」を見てゆくことで、より明確になるだろう。

三　心学「鬼の相」の広がり

次に、ここまで検討してきた「鬼の相」の広がりを見てみよう。同一画題の多様な表象を検証することによって、心学の多彩な世界を見てみたい。

それでは、「鬼の相」の道歌を追跡してみよう。次に見てみたいのは、明治期に入ってからの資料である。「鬼の相」の道歌は、守本恵観《もりもとけいかん》『道歌百首和解《どうかひやくしゆわげ》』（明治十九年（一八八六）刊）という心学書にも見出せる（図４）。

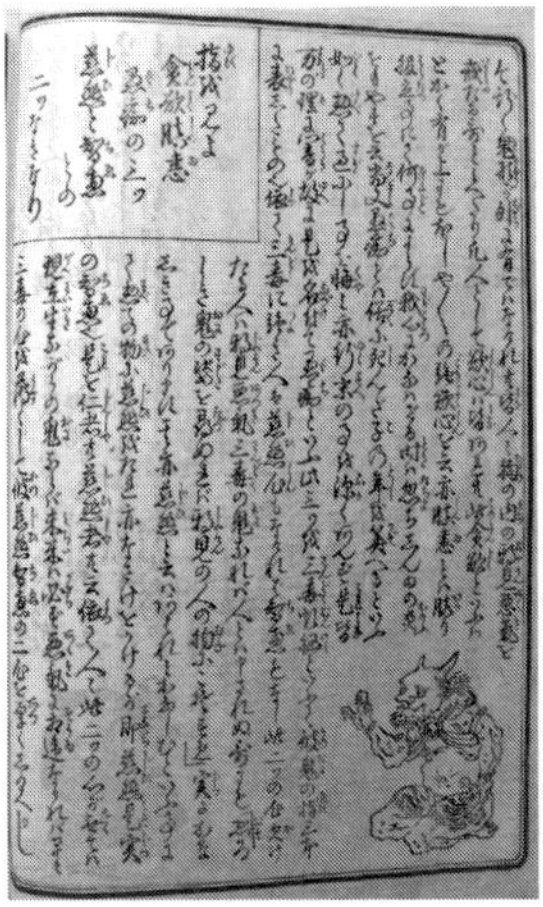
図４『道歌百首和解』

指《ゆび》を見よ貪欲瞋恚愚痴《とんよくしんゐぐち》の三つ慈悲《じひ》と智恵《ちゑ》との二つなきなり

ここでは、「指を見よ」の句のみを独立して取り上げている。そして、次のような評言が記されている。

今、斯《か》く鬼形《きぎやう》が外《ほか》に有ではなけれ共、皆《みな》人々胸《むね》の内《うち》の邪見悪気《じやけんあくき》を戒《いましめ》たる歌とみへたり。

鬼の形が外見に表れるわけではないけれども、人々の胸の内にある邪見や悪気を誡めた歌という解釈を行っている。このような解釈は、これまでに見てきた江戸時代の解釈と共通するものと考えてよい。江戸、明治と時代が変わっても、心学の教えは脈々と受け継がれていることが確認できる。続く文章を見てみよう。

凡、人として欲心《よくしん》は皆《みな》あれ共、此貪欲《このとんよく》といふはとかく有が上にもほしや〳〵の強欲心《ごうよくしん》を云。亦、瞋恚《しんゐ》とは瞋《いか》り腹立《はらたつ》事にて、何事《なにごと》によらず我心《わがこゝろ》にかなはざる時《とき》は、忽《たちま》ちしんゐの炎《ほのふ》をもやすを云。尚又《なをまた》、愚痴《ぐち》とは俗《ぞく》に死《し》んだ子《こ》の年《とし》を算《かぞ》へるといふ如《ごと》く、惣《すべ》て過《すぎ》にし事を悔《くや》み、亦行末《ゆくすへ》の事を深《ふか》くあんず。是皆万《これみなよろづ》の理《り》に闇《くらき》が故《ゆへ》に、是を名付《なづけ》て愚痴《ぐち》といふ。此三つを三毒煩脳《さんどくぼんのう》といふて、彼鬼《かのおに》の指《ゆび》三本に表《ひやう》したもの也。依《よつ》て、三毒《さんどく》に強《つよ》き人は慈悲心《じひしん》もなければ智恵《ちゑ》もなし。此二つの心欠《か》けたる人は、邪見悪気三毒《じやけんあつきさんどく》の鬼《おに》なれば人とは申されぬ。（後略）

鬼の指に着目して、三本の指が貪欲・瞋恚・愚痴を、欠けた二本の指が慈悲・智恵を表しているという。そして、末尾に記されているように、邪見・悪気を表す貪欲・瞋恚・愚痴の三毒を具えている鬼は、もはや人ではない、とまで述べている。本文は省略したけれども、最終的に、上述の三毒を薄くして、慈悲と智恵との二つを強くせよ、という教訓で締めくくられている。この点も、『やしなひ草』などと共通する教戒といえよう。

なお、挿絵の鬼の図像は異なるものである。上述の道歌とその解釈に合わせて、鬼が自分の指を見つめる様子を描いている。慈悲と智恵の欠けた貪欲・瞋恚・愚痴だけの自身の指を見て歎き悲しんでいるかのような哀れな鬼の姿である。挿絵とあいまって、「鬼の相」が形を変えながらも継承されていった様相が確認できる。

次に、これまでに見てきた「鬼の相」とは大きく異なる資料を見てみたい。有隣堂谷神《ゆうりんどうこくしん》『忠孝道《ちゆうこうみち》の柴折《しおり》』巻之下（文政二年〔一八一九〕刊。以下、『道の柴折』と略記する）である。本書には、地獄極楽に関する漢詩と道歌、解説文が載っており、それらに続いて、鬼を象徴する各部位を詠み込んだ道歌が記されている。また、片方の角が折れた鬼の姿が描かれている（図5）。鬼の道歌は次の通りである。

面衣浄土門　ひとごゝろ画《ゑ》にあらはせばこのかほにころも着《き》せたで信機信法《しんきしんほふ》
鐘帳真宗心　うれしさに念仏《ねんぶつ》するはほう謝《しや》ぞと合点《がてん》がいたら冥加《みやうが》せん〱
眼　ひとはいざしらぬとおもひなす悪事《あくじ》きつと見《み》てゐる鬼《おに》の眼《がん》りき

耳　いつはりとついしやうわるくち二枚舌《にまいした》つかふときいた鬼地《おにぢ》ごく耳《みゝ》
口　ぜんあくのこゝろふたつの商内《あきない》は鬼一口《おにひとくち》の地《ぢ》ごく極《ごく》らく
角　念仏《ねんぶつ》のこゑなかりせばおそろしや鬼《おに》のつのをもいつかをらまし
指　我《われ》とわがこゝろの鬼《おに》がかきさがすとんよくしんにぐちの三つゆび
足　悪事《あくじ》こそ千里《せんり》をかける虎《とら》の皮善《かはぜん》にかはれとふれあるく鬼《おに》

これまでに検討してきた「鬼の相」とは明らかに異なる道歌である。まず、「面衣浄土門」と「鐘帳真宗心」の道歌には、「浄土門」や「信機信法」「真宗心」「念仏」といった言葉が用いられており、浄土真宗の破戒僧を鬼に見立てていることがわかる。前者では、人の心を描けば鬼の顔に法衣を着せた姿であると詠まれており、後者では、冥加金を納めよう納めようとはやし立てている。どちらも、諷刺・批判の対象である僧侶を詠んだものといえよう。

図5　『忠孝道の柴折』巻之下

続いて、鬼の各部位を詠んだ道歌を整理しておこう。眼と耳の二首は、鬼の眼力は人知れず行う悪事を見通しているといい、鬼の地獄耳は嘘やへつらい、悪口や二枚舌などを聞いていると詠んでいる。この二首は、鬼の眼や耳は悪事を見透かすと詠んでおり、鬼という言葉を異常な能力の意で使っている。口の道歌は、善と悪との二心で行う商売は、地獄へ行くか極楽へ行くかわからない、鬼一口のように危険なことだと詠んでいる。角の一首は、もしも念仏を唱える声がなかったとしたら恐ろしいことだ、鬼の角もいつか折ってしまうのに、と詠んでいる。指と足の二首は、これまでに見てきた「鬼の相」の道歌と近い。指は、自分と自分の心の鬼が貪欲・瞋恚・愚痴の三つの指を探す様子を詠んでいる。そして、足は、悪事は千里を駆けるという虎の皮を身に纏った鬼が、善に変われと触れ歩く様子を詠んでいる。どちらも哀れな鬼の姿を詠んでいると解せるだろう。

『道の柴折』の道歌は、これまでに見てきた「鬼の相」と比べてみると、言葉遊びや諧謔の度合いが増しており、皮肉も辛辣で厳しい。そしてなにより、冒頭の二首は真宗の僧侶を諷刺していることが明確である。同じように鬼の身体を詠み込んだ道歌ではあるけれども、大きく異なる意図を含んでいると考えられる。鬼の身体を詠んだ道歌の広がりをうかがわせる資料である。

最後に、心学と文芸との関わりに触れておきたい。とはいえ、近世中・後期における心学の流行と文芸との関わりは、様々な作品に認められる。それは、「心学」を書名に冠した作品が多数認められることからも明らかである。また、当時の文芸作品には、心学に認められる教訓観と共通した思潮が通底していると考えられる。ここでは、「鬼の相」に焦点を絞って、同時代の文芸作品との関わりを示す資料を見ておきたい。

たとえば、幕末・明治期の戯作者に万亭応賀《まんていおうが》（一八一九～一八九〇）がいる。従来あまり取り上げられることのなかった作品に、『心学浮世目鏡』（弘化年間〔一八四四～一八四八〕刊）がある。書名に「心学」を冠しており、作中に認められる教訓は心学と共通している。戯作者がこのような書物を著していることは、心学と文芸との接点を端的に物語っているだろう。この作品は、世の人々の様々な姿態を諷刺的に見立てている。その中に、「鬼《おに》之念仏《のねんぶつ》」と題された挿絵と文章が載っている（図6）。

浮世《うきよ》の仏《ほとけ》たちは、かほはやさしくても心に角《つの》があり、此おには、おもてにつのはありても心につのがないゆへ、らいせはごくらくへいつてほとけとなるなり。にんげんも見かけはおそろしくても、心が正ぢきなれ

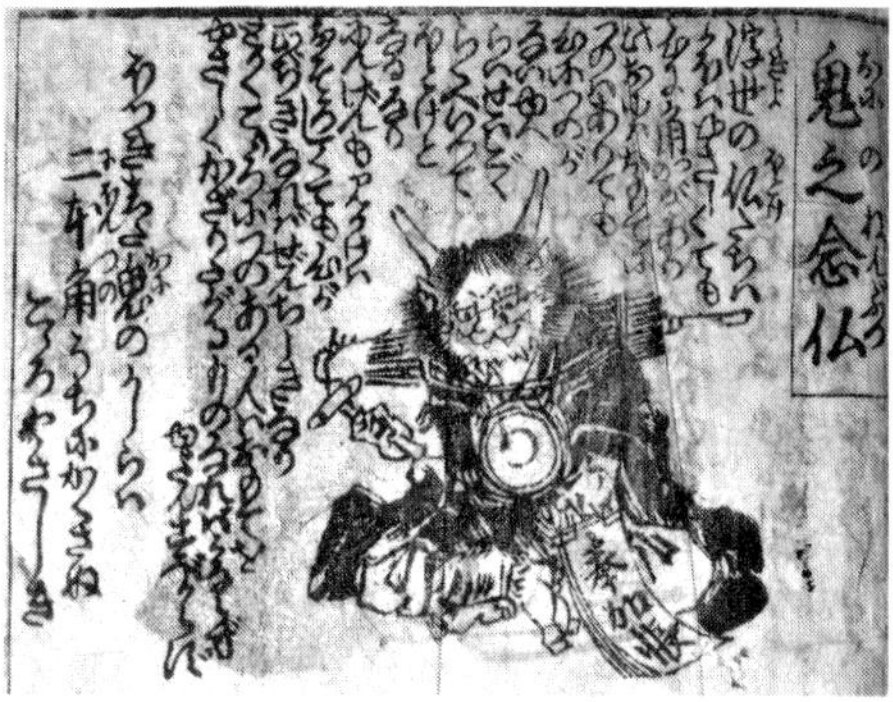

図6　『心学浮世目鏡』

ば、ぜんちしきなり。とかくこゝろにつのある人は、おもてをやさしくかざりたがるものなれば、かならずゆだんすべからず。

ほつきした鬼《おに》のかしらは二本角《にほんつの》うちにかくさぬこゝろやさしき

「浮世の仏たち」は表面的には優しいけれども、その心には角があると述べている。そして、ここに掲げた鬼はその逆だというのである。外面を優美に飾る人には気をつけなければならない、という教訓と理解できる。また、道歌は、発起した鬼の頭には二本の角が見えているけれども、角を内面に隠さない、その心が殊勝だ、という。この資料は、これまでに見てきた「鬼の相」とは大きく異なるものである。そもそも、「鬼之念仏」という題からして異なっている。しかし、似通った名称であるし、鬼の図像を用いている点では共通している。そして、「鬼の相」の図柄と「鬼の念仏」という題に着目してみると、別の資料群に行き当たることになる。

四　大津絵「鬼の念仏」

ここで、鬼の図像に目を移そう。すでに指摘したように、これまでに検証してきた資料の挿絵は、大津絵「鬼の念仏」と共通している。より正確にいうならば、心学「鬼の相」は大津絵「鬼の念仏」を取り入れて、心学流の解釈を施したものと考えられる。両者の関係を検証してみることで、当時の一般的な教養や倫理観の様相が見えてくるだろう。心学も大津絵も近い時期に流行した、一面に教訓性を色濃く持つ資料であって、両者ともに様々な階層の人々の日常に溶け込んでおり、十八・十九世紀の文化の基底を色濃く反映していると考えられるからである。

大津絵とは、近世初期頃に宗教性を帯びた絵画として発生して、後に土産物、商品、あるいは護符として流通していった「民画」（特定の作者によって描かれた絵画ではなくて、不特定の民衆たちが作り上げた作品群）である。(6)また、大津周辺の名物である大津絵は、近松門左衛門『傾城反魂香』（宝永五年〔一七〇八〕、竹本座初演）を端緒として、元禄期の経済機構、メディアのネットワークに乗って、様々な分野に拡散し、多様な展開を見せたという。(7)そして、その中には「鬼の念仏」画も含まれている。

「鬼の念仏」は、大津絵の定番画題の一つであって、大津絵販売店の看板としても用いられていた。一例を挙げれば、秋里籬島《あきさとりとう》『東海道名所図会』（寛政九年〔一七九七〕刊）巻一に、「鬼の念仏」の看板が描かれている（図7）。このように、十八世紀後期には、大津絵「鬼の念仏」は世間一般によく知られた画題であった。

さて、心学「鬼の相」との関係において留意しておきたいのは、大津絵「鬼の念仏」にも道歌が添えられたものが認められ、それらの中には心学資料と重複するものが認められる点である。この点を手掛かりにして、両者の関係を検討してみよう。まず、大津絵研究の基礎を築いた柳宗悦の『やしなひ草』の解説文を参照しておこう。(8)

〈序を書きし手島堵庵は心学の大家。〉此書は直接大津絵に関するものではないが、安永、天明の頃には、大津絵は全く道歌と結合し、民衆的道徳の為に描かれるに至つた。〈心学との関係には必然なものがあらう。〉この本は大津絵を中に入れて、「やしなひ草」修養の本にもと思つて編纂せられた。もとより他の絵もあるが、大津絵が挿絵の大部分を占める。併し挿絵の中にはそれが果して大津絵であるかないかを判じ難いのが

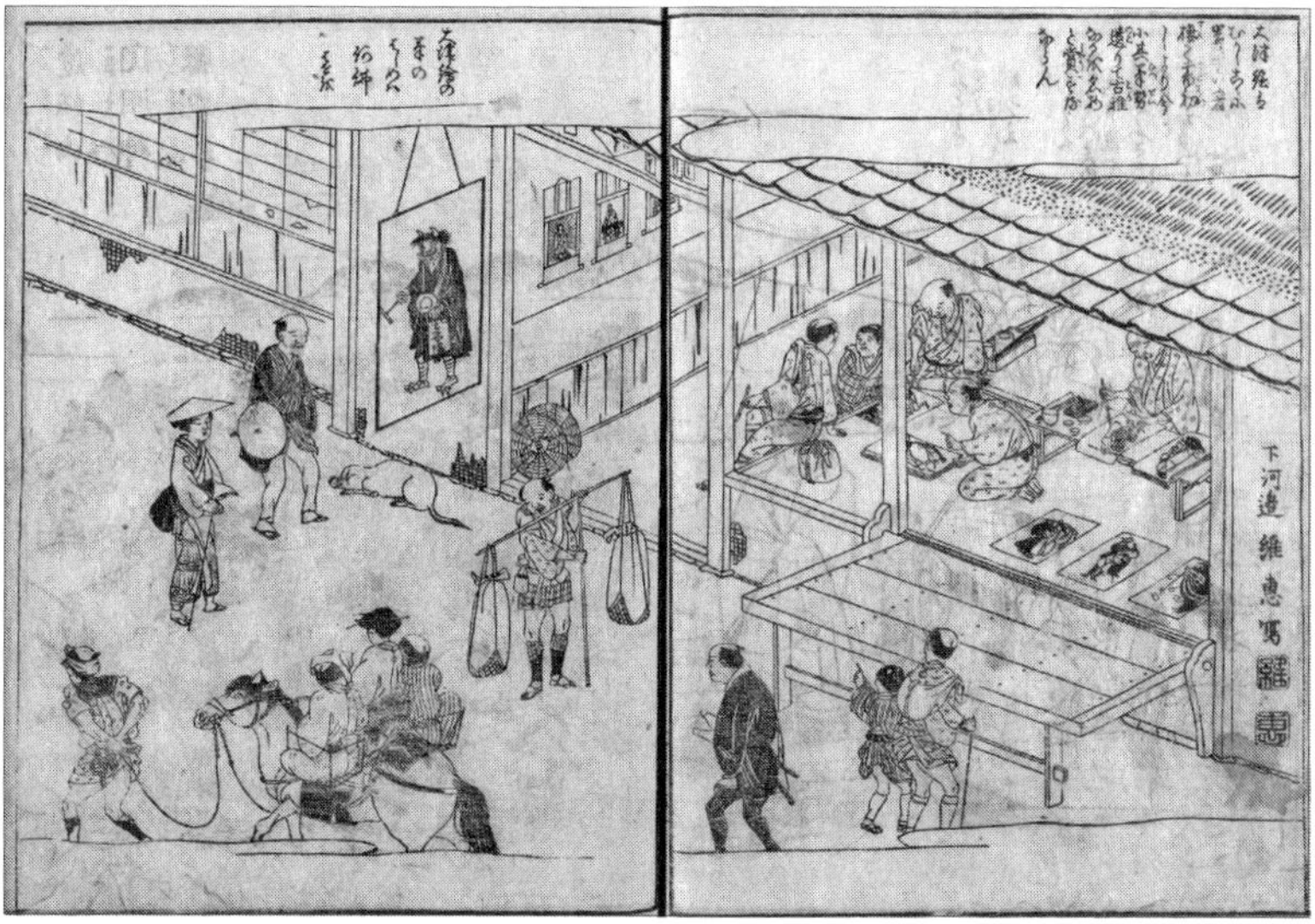

図 7　『東海道名所図会』（国立国会図書館蔵）

ある。（中略）此時代にかゝる本は少なくない様であるが、之を最も代表的なものとして掲げる。（中略）図柄は大津絵であるが、画風は普通の絵である。『やしなひ草』の大津絵利用に関して、簡潔にまとめている。ここに述べられているように、『やしなひ草』は、大津絵の図柄を多く取り入れている。また、安永・天明の頃の大津絵は道歌と結びつき、「民衆的道徳の為に描かれ」ていたと考えられる。

柳宗悦の解説により、『やしなひ草』と大津絵との関係の大概を確認できる。さらに浮世絵研究を参照すれば、両者の関係を説いたものが見出せる。慎岡芦平氏によれば、「後年に描かれる大津絵に、このやしない草の道歌の多く挿入されているのを見かけ」るという(9)。また、片桐修三氏は、『やしなひ草』を中心として、大津絵と心学との関係を考及している(10)。これらの文献に述べられているように、『やしなひ草』と大津絵に共通する多くの図柄は、大津絵と心学とが教訓的な道歌を介して、密接に結びついていたことを端的に示している。それでは、その結びつきの内実はどのようなものであったのだろうか。これまでに検討してきた「鬼の相」の道歌と、大津絵の道歌とを比較・検討してみよう。

ここでは、柳宗悦が収集した「大津絵の上に書かれた純粋の「大津絵の歌」」を参照してみよう。「鬼の念仏」に添えられた道歌には、次のようなものがあるという(11)。

慈悲もなく情もなくて念仏を　となふる人のすがたとやせん

一つづつ口さきばかりで申のは　まことに鬼のねんぶつで候

真なきすがたばかりは墨染の　こゝろは鬼にあらはれにけり

（註。一詞には「こゝろは鬼に」が「こゝろの鬼が」となつてゐる）

後のよのたよりのはしとおもひしに　世わたり衣きるぞかなしき

（註。或ものには下の句が「世わたる僧となるぞかなしき」となつてゐる）

はる〴〵とあだちがはらへゆかいでも　こゝろのうちに鬼こもるなり

念仏をずいぶん申せさきの世は　なんぼ鬼でもこはいぞ〳〵

よこしまな人の心を此かほと　しつて大津の絵師がかいたか

（註。この最後の一首はよほど後のものであらうと思ふ）

これらの道歌は、人の道に外れた人々の内面や行動を諷刺的に詠んだものと解釈できる。そして、このような鬼になってはならない、という明確な教訓性が読み取れる。前節までに検討してきた心学の道歌と共通するのは、最後の「よこしまな」の一首のみであるけれども、両者には同質の諷刺と教訓が通底しているといえよう。

ここでは「鬼の念仏」のみを検証しているけれども、大津絵に添えられた道歌は、きわめてわかりやすい諷刺と教訓とを詠み込んだものが大半を占めている。様々な地域の多様な階層の人々を対象とした「商品」としての大津絵には、絵のおもしろさと、即座に理解できる道歌が求められたのであろう。洒脱で躍動感溢れる大津絵に、四角張った難解な語句や文章はふさわしくない。そして、大津絵と心学の道歌とを読み比べてみると、共通するものも見出せるし、同様の教訓性を表出していると認められるものも数多い。両者には密接な交渉があったのである。

最後に、心学「鬼の相」と大津絵「鬼の念仏」とが見事に融合した資料を挙げておこう。歌川国芳「心学《しんがく》稚絵《おさなえ》得《とき》」(天保十三年〔一八四二〕)の一葉である(12)(図8)。大津絵風の「鬼の念仏」に「よこしまな」の道歌が添えられている。この浮世絵は、心学と大津絵との強固な結びつきをよく示している。十九世紀中期には、両者が結びついて世に広まっていたことが確認できる資料である。

大津絵「鬼の念仏」に添えられた道歌や心学の道歌は、いつの時点で誰によって付されたものか、さだかではない。そして、時期を考えると、心学が大津絵から図柄を引用していると考えられるけれども、共通する道歌に関しては先後関係が不明である。ただし、両者に明確な交渉が認められることは、これまでに見てきた通りである。

図8 『心学稚絵得』(東京都立中央図書館蔵)

大津絵と心学資料とを比較してみると、両者が極めて近い性質を備えていることが認められる。この事実を念頭に置いてみると、前節までに検証してきた心学「鬼の相」も、異なる角度から見つめ直す必要があるだろう。つまり、「鬼の相」は、心学という一つの「学」の内部だけで通用していたものではないために、より広い文脈の中で読解する必要があるということである。すなわち、十八・十九世紀において、心学と大津絵とは、根源的な生きる指針となる倫理や教訓を表象し続けていた。そして、その通路となっていた絵と道歌は、洒脱でわかりやすく、諷刺の効いたおもしろさで人々に受け容れられるものであった。世俗に生きる多くの人々の「生」の指針を教授する心学や大津絵のありようは、当時における倫理や教訓、教養の世界の繫がりや実態を如実に示している。現代の目から見ると異なるジャンルではあるけれども、当時においてはたやすく垣根を跳び越えた豊かな世界があったのである。これもまた、江戸時代の豊饒な文化の一断面といえよう。

おわりに

本稿では、心学の資料を中心として、十八・十九世紀の大衆化した教養の世界を検討してきた。心学書に認められる「鬼の相」に関する挿絵や道歌、それらにまつわる文章を検証することによって、十八・十九世紀における心学伝播の実態が浮かび上がってきた。それは、同時代に流行した大津絵を取り込み、また大津絵に取り込まれて、独自の解釈を盛り込んだ道歌によって、平易に、おもしろく日常倫理を説くというものであった。そして、そのために表現や媒体を工夫して、享受者をたのしませる様相も見出せた。このような心学における「学」の教授法は、広く歓迎されたものと考えられる。このことは、各地の心学講舎の隆盛や、数多くの心学書が出版、書写されたことが証明している。

また、心学と同時代の文芸との回路が、一部ではあるが見えてきた。この点は、さらに検証してゆけば、より多くの具体的な事例を実証することが可能である。本稿で取り上げることはできなかったけれども、著名なところでは山東京伝《さんとうきょうでん》や十返舎一九《じっぺんしゃいっく》の諸作には明確に心学との影響関係を認めることができる。この点は稿を改めて検討したい。

十八・十九世紀の文芸を見渡してみれば、心学に通底する教訓観と軌を一にする根源的な時代思潮を認めることができる。当時の文芸作品には、多かれ少なかれ教訓性は内在し、また顕現している。文芸作品に備わる教訓性を検証する際に、同時代に流行していた心学資料は見過ごすことのできない資料群である。また、心学の実態と、その伝播の様相を究明することによって、当時の一般的な人々の倫理・教訓観を解明することもできるだろう。多くの埋もれた心学書には、まだまだ検証する余地が残されているのである。

（1）架蔵本による。以下、特に断らない資料の引用は架蔵本による。翻字は、振仮名・踊り字は底本に従い、旧字・異体字は通行の字体に改めた。また、句点のあるものは底本に従い、ないものには句読点を付した。

（2）田川邦子「心学思想と文学――蕃山・梅岩・江戸文学」（『文教大学女子短期大学部研究紀要』第一三号、一九九一年十二月）を参照した。

（3）たとえば、『日本思想史辞典』（山川出版社、二〇〇九年）「石門心学」の項目には、同様の学統や心学の理解が認められる。

（4）拙稿「江戸の見立化物――『古今化物狐心学』、心学の化物」（『怪異・妖怪文化の伝統と創造――ウチとソトの視点から』国際日本文化研究センター、二〇一五年一月）において取り上げたことがあり、一部重複する。

（5）国立国会図書館蔵本による。

（6）柳宗悦『初期大津絵』（初出は、工政会出版部、一九二九年。後に、『柳宗悦全集著作篇』第十三巻、筑摩書房、一九八二年に収録）、および、クリストフ・マルケ『大津絵――民衆的諷刺の世界』（ＫＡＤＯＫＡＷＡ、二〇一六年）を参照した。

（7）鈴木堅弘「「趣向」化する大津絵――からくり人形から春画まで」（『京都精華大学紀要』第四二号、二〇一三年四月）。

（8）注6柳宗悦『初期大津絵』七「大津絵の文献」（『柳宗悦全集著作篇』第十三巻）による。引用に際して、現在通行の字体に改めた。以下も同じ。

（9）慎岡芦平「やしない草と大津絵」（『街道に生れた民画大津絵』光琳社出版、一九八七年に所収）。

（10）片桐修三『大津絵こう話』（サンライズ印刷出版部、一九八四年）第8講話「石門心学と大津絵」を参照。

（11）柳宗悦「大津絵の和歌」（初出は、『工芸』第二号、一九三二年二月。後に、注6『柳宗悦全集著作篇』第十三巻に所収）。引用は『柳宗悦全集著作篇』第十三巻による。なお、末廣幸代編「大津絵に書かれた歌」（注9『街道に生れた民画大津絵』所収）には、語句の異同は認められるものの、「よこしまな」の道歌を除いた六首が紹介されている。また、注10『大津絵こう話』第6講話「中期の後期大津絵」にも紹介されている。

（12）東京都立中央図書館蔵本による。

（付記）貴重な資料の閲覧、引用、画像掲載を許可していただいた各所蔵機関にあつく御礼申しあげます。

本稿は、「江戸古典学の系譜に関する綜合的研究」研究会（於学習院大学、二〇一五年三月七日）における口頭発表に基づいたものである。当日ご指導いただいた先生方にあつく御礼申しあげます。

本稿は、科学研究費補助金（若手研究(B)「十八・十九世紀を中心とした怪異文芸と学問・思想・宗教との総合的研究」研究課題番号17K13386）による成果の一部である。

III 大衆化の時代——十九世紀

佐藤 温

幕末の志士における「正気歌」の受容

「正気」の解釈に着目して

はじめに

幕末の志士たちの遺した詩歌や文は、維新を迎えてから遺詠遺文集という形で整理され多数公刊されていく。(1)そうした志士たちの遺詠や遺文は、攘夷や勤王の目標に邁進する気概、あるいは志半ばにして幽囚や刑死を余儀なくされるような苦境を耐え抜く意志といったものを題材とした、作者自身あるいは読者の精神を奮い立たせようとする内容のものが中心となるが、それらを通観していくとしばしば「正気ノ歌」（以下、「正気歌《せいきのうた》」）にまつわる事柄が登場することに気がつく。

広く知られているように、「正気歌」は、南宋滅亡時に元に対して抗戦した忠臣とされる文天祥が、捕らえられて大都で幽閉される中で詠んだ詩である。同詩は、日本の近世期には浅見絅斎《けいさい》が中国史上の忠臣や義士についてその詩文や伝記などを紹介した『靖献遺言』に収録されたことによって人口に膾炙したが、(2)特に幕末にかけては藤田東湖《とうこ》や吉田松陰《しょういん》がそれぞれに「正気歌」を詠んでいる(3)ことに代表されるように、志士たちに大きな影響を与えた。(4)

その背景に艱苦に耐えて忠節を貫いたとされる文天祥への敬慕が存在することは言うまでもないが、幕末における同詩の受容を見ていくと、そこに先述の藤田東湖による「正気歌」の流行が加わることによって、「正気歌」に詠まれる「正気」が攘夷や勤王の文脈において日本の優越性と結びつけられながら解釈をされていく様子が見えてくる。本論文では、主に志士たちの遺した詩を通して、幕末において「正気歌」が志士たちの言説や思考にもたらした影響を明らかにしていきたい。

一　文天祥の「正気歌」と幕末の志士

幕末の志士が文天祥や「正気歌」を詠んだ詩には、例えば次のような一首がある。

二十六年如《ク》レ夢《ノ》過《グ》　顧《ミテ》思《ヘバ》二平昔《ヲ》一感滋《ますます》多《シ》
天祥《ノ》大節嘗《テ》心折《ス》　土室猶《ホ》吟《ズ》正気歌《ノ》(5)

かの橋本左内《さない》が詠んだ「獄中《ノ》作二三首一」と題された内の一首であるこの詩は、自らの短い生涯を振り返りながら、かねて心酔してきた文天祥の節義に思いを致し、獄中で自らを奮い立たせるべく「正気歌」を詠んだ文天祥に自身を重ねるという内容となっている。

ここで左内が触れる文天祥の「正気歌」は、次のように冒頭で天地に存在する「正気」を説明して始まる。

天地有《リ》二正気一　雑然《トシテ》賦《くばル》二流形《ヲ》一
下《ハ》則《チ》為《リ》二河嶽《ト》一　上《ハ》則《チ》為《ル》二日星《ト》一
於《イテハ》レ人《ニ》曰《ヒ》二浩然《ト》一　沛乎《トシテ》塞《ガル》二蒼溟《ニ》一
皇路当《タリテ》二清夷《ナルニ》一　含《ミテ》レ和《ヲ》吐《ク》二明庭《ニ》一
時窮《シテ》節乃《チ》見《ユ》　一一垂《ル》二丹青《ニ》一(6)

天地には「正気」が有り、様々に形を変えながら、山や川あるいは太陽や星となる。人においては、それは浩然の気(『孟子』公孫丑上の「浩然の気」に由来する)となり、世界に満ちあふれている。「正気」は君主による統治が平和である(「清夷」)際には和やかに朝廷に広がっていくが、時勢が困難な状況を迎えると節義として現れ、そのような忠節を全うした人物の事績は歴史書（「丹青」）に伝えられる。

この後、「正気歌」はその中国史上における具体例を、春秋時代の斉の太史（歴史の記録を司った役人）に始まり、漢代の蘇武や三国時代蜀の諸葛亮など著名な忠臣義士と目される人物の事績を通して列挙した上で、「正気」は「地維」（地を支える綱）・「天柱」の拠って立つところのものであり、また「三綱」「道義」の基づくところのものであることを説く。そして最後は、現在幽閉されている自身に焦点を当てて、過酷な獄中でも自ら正気を養うことによって忠節を失わずにいる様を描く。(7)

先に見た橋本左内の詩の他にも志士たちの詩を見渡すと、文天祥と「正気歌」は獄中の苦境にあってなお忠節を誓う象徴としてしばしば登場する。例えば、坂下門外の変に関与した廉で投獄された宇都宮出身の児島強介《きょうすけ》は、刑死を覚悟しながら過ごす獄中で詠んだ詩において、「正気歌」を愛読する自身に言及し、自らの「気」を養うことで苦境を跳ね返そうとする姿を描いている。

　同（獄中《ノ》作）（児島強介）
愛読《シム》文山《ノ》正気《ノ》歌　平生所レ養顧《フル》二如何《ト》一
従容《トシテ》唯《ダ》待《ツ》就《クノ》レ刑日《ニ》　含《ム》レ咲《わらヒヲ》九原知己多《シ》(8)

文天祥の「正気歌」に付された序には、自らの養う「浩然之気」によって、七種の劣悪な気（「諸気」）の充満する獄中でもなお生きながらえることが可能となっていること、そしてその「浩然之気」とはとりもなおさず「天地之正気」であることが説かれる。(9) 右に見た児島の詩は、文天祥（号は文山）に思いを致しながら、獄に投じられた今こそ日頃養うところの浩然の気の真価が問われる時であると心に留め、死後の世界（「九原」）に待つ同志たちを思いながら刑死をも恐れぬ心境である様子を詠んだものと言える。

志士たちがかねて読書を通して親しんできた文天祥の事績、あるいはその「正気歌」は、過酷な運命を前に自らの勇気を奮い起こすものとして挙げられる。そして獄に投ぜられた自身の姿は、獄中の劣悪な環境に身を置きながら忠節を曲げずに死を迎えた文天祥の姿へと重ね合わされる。

獄中《ノ》雑作（大庭恭平）
鼎鑊《ていくわく》如《シ》レ飴《ノ》豈《ニ》敢《ヘテ》辞《センヤ》　狂夫《ノ》心事鬼神知《ル》
朝々只読《ム》文山《ノ》集　要《ス》レ賦《サント》従容《トシテ》就《クノ》レ死《ニ》詞(10)

これは足利氏木像梟首事件に関わった会津藩士の大庭恭平の作であるが、手元に「文山集《ノ》」を置きつつ、死を覚悟する様子を文天祥が「正気歌」に詠んだ「鼎鑊甘《キコト》　如《ク》レ飴《ノ》／求《メテ》レ之《ヲ》不レ可レ得《カラ》(11)」（自らの忠節のためならば鼎で煮られる処刑も甘んじて受け入れるが、進んでそれを求めても得られない）の句に拠りながら描いている。

こうした詩からは、自ら気を奮い起こす現場を描写するにあたって、文天祥に対する欽慕の念、あるいは「正気歌」をはじめとする文天祥の作への言及や、それらを読む様子などを組み込みながら、天地を貫く正気を我が身に養って忠義を全うする、いわば当今の文天祥たらんとする姿を示すことが、志士たちにとっての一つの型となっていた様子がうかがえる。(12)

二　藤田東湖の「正気歌」に説かれる「正気」

ただし、幕末における「正気歌」の受容を考える上では、右に見てきたような志士たちの文天祥やその「正気歌」への傾倒とともに、勿論もう一つの重要な「正気歌」――すなわち文天祥の「正気歌」の影響のもとで詠まれた水戸藩士藤田東湖による「正気歌」の存在――に触れる必要がある。東湖の「正気歌」（「和《ス》二文天祥《ノ》正気《ノ》歌《ニ》一」）が詠まれたのは、致仕および謹慎を命ぜられた水戸藩主徳川斉昭《なりあき》に連座して東湖が蟄居の身となっていた弘化二年（一八四五）十一月のことであった。[13] 東湖の「正気歌」は、その題にあるように文天祥の「正気歌」に和する（ただし、押韻・句数ともに異なる）形で詠まれたものだが、東湖はその序において幼少時から父幽谷の教えによって文天祥の「正気歌」に親しんでいたことに触れ、罪を得て幽閉される中で我が身を文天祥と比較する。[14] その意味においては、東湖の「正気歌」もまた、先に見た志士たちの詩のような文天祥の忠節に対する敬慕を原点としているのだが、同時に重要なのは、東湖が文天祥の言う「正気」について自らの考えを次のように述べている点である。

天祥曰《ハク》、浩然《ナル》者《ハ》天地之正気也。彪広《メテ》二其《ノ》説《ヲ》一曰《ハク》、正気《ナル》者《ハ》、道義之所レ積《ム》、忠孝之所レ発《スル》。然《レドモ》彼所謂《いはゆる》正気《ナル》者《ハ》、秦漢唐宋、変易不レ一《ナラ》。我《ガ》所謂正気《ナル》者《ハ》、亘《リテ》二万世《ヲ》一而不《ル》レ変《ゼ》者也。極《メテ》二天地《ヲ》一而不《ル》レ易《ハラ》者也。[15]

「正気」を「浩然の気」であるとする文天祥に対して、東湖はそれを押し広めて「正気」とは道義が積み重なって成ったものであり、忠孝もそこから生じるとする。そして、文天祥の言う「正気」は中国が歴史的に王朝交代を繰り返していることで一定していないのに対して、東湖の言う「正気」は日本の天皇の歴史を前提として万世にわたって不変であることが強調されるが、先行研究ではこれは東湖が「正気」の内容を一般的な意味での道義に徹する精神としてではなく、特に忠君愛国の道義的精神として限定して考えたためであり、東湖はその意味での「正気」は日本にこそ集まっていると考えていたと指摘されている。[16]

東湖のそうした「正気」に対する考え方を踏まえて、東湖の「正気歌」は「天地正大気《ノ》／粋然《トシテ》鍾《マル》二神州《ニ》一」[17]と、「正気」の集まる地としての「神州」を強調して始まる。続いて、その「正気」によって日本にまつわる物や人々が優れた特質を備えているとした上で、天皇の君臨する日本の歴史上において「正気」を受けた人々が忠節に基づく行動を取ってきた事績とされる例が物部尾輿《おこし》、和気清麻呂ら古代の人々から、南北朝時代の楠正成《まさしげ》・正行《まさつら》父子など、そして江戸時代の赤穂義士まで挙げられる。そこから、最後には東湖の現状に触れつつ、蟄居中の徳川斉昭の雪冤を目指す強い意志と、死の後もなお皇室の護持に努める覚悟が示される。(18)

なお、東湖の思想における「正気」に関して、同じく東湖の幽囚中の著作である『弘道館記述義』を通して分析した先行研究では、東湖において神意に基づく国家の政治的秩序である「国体」の尊厳なる所以のものは、歴史的に天皇から一般国民に至るまで、それぞれ潜在的・先天的能力として具備している「正気」を発揚することで国家の政治的秩序と統一とを回復してきた、国民の道義的優秀性に求められることが指摘されている。(19)

また、日本を「正気」の特別に集積した地とする考え方は、例えば同じ水戸藩の会沢正志斎《あいざわせいしさい》の『新論』（文政八年（一八二五）成立）においても、次のような日本と他国の地理的関係から日本の優越性を論じる文脈の中に見られる。

夫神州位於大地之首。朝気也、正気也。（中略）朝気正気是為陽。故其道正大光明。明人倫以奉天心、尊天神以尽人事、発育万物以体天地生養之徳。戎狄者屏《は》居於四肢。暮気也、邪気也。暮気邪気是為陰。故索隠行怪、滅裂人道、而幽冥之説是構。褻《な》天媚鬼、而荒唐之語是悦、寂滅万物而専由陰晦不祥之塗《みち》(20)。

会沢は、日本（「神州」）は「大地之首」、つまり世界の東端に位置するため「朝気」「正気」に覆われた「陽」の地であることから「正大光明」な道が開かれた優れた国であり、また一方で西洋諸国（「戎狄」）は「首」たる日本に対して末端の「四肢」に位置するために「暮気」「邪気」に覆われた「陰」の地なので、隠微なものを求め怪しく行動し、人道を破壊するなど劣った国であると説く。ここでは、日本の地理的な位置の条件が日本の「朝気」や「正気」の根源とされ、それが西洋諸国に対する優越性の根拠とされる。(21)

さらに、成立時期は不明だが、斎藤竹堂《ちくどう》（嘉永五年〔一八五二〕没）の著した「書《ス》二正気歌後《ノニ》一」（ここに言う「正気歌」は文天祥の作を指すと考えられる）は、

文山独《リ》奮《ヒテ》二此《ノ》気《ヲ》一而不レ屈《セ》、其余《ノハ》雖《モ》二宗室大臣《ト》一、亦《タ》屈《シ》レ首《ヲ》称《シテ》レ臣《ト》而止《ム》。顧《ゆえニ》此《ノ》時胡気満《チ》二天下《ニ》一、而《シテ》正気已《ニ》亡《ブ》。欲《スルモ》二国無《カラント》レ亡《ブコト》得乎《ルか》、若《キ》二皇国《ノ》一者《は》、正気堂堂、万世不レ渇《レ》。元之時雖《モ》二胡気少《シク》侵《スト》一、而《シテ》一掃蕩尽《シ》、爾後不レ能《ハ》二再《ビ》犯《スコト》一。然《レバ》則《チ》皇国有《リ》二天下之正気一、而《シテ》非《ズ》二僅《カニ》一人之正気《ニ》一。其《ノ》過《グルヤ》二西土《ヲ》一遠《シ》矣。(22)

とし、南宋では滅亡時に「正気」のもとに戦った者が文天祥ただ一人であったため、元の「胡気」に屈せざるを得なかったのに対して、日本（「皇国」）は国全体に「正気」が溢れていることから、元寇の際の「胡気」も払い除けることが可能であったとする。

こうした「正気」をめぐる言説が存在する中で、蟄居中の東湖の忠節を示す詩として同時代の人々に広まっていった東湖の「正気歌」が日本を「正気」の集まる地として示したことは大きな影響力を持ったと考えられる。それでは、こうした「正気」の解釈は、志士たちの詠む詩においてどのように反映されていくのだろうか。

〔無題〕（日下部伊三治）

黠虜《かつりょ》頻年兵勢彊《つよシ》　羶風《せんぷう》将《ニ》レ襲《ハント》大東洋
寸志欲《ス》レ補《ハント》膺懲《ようちようノ》策《ヲ》　何《ゾ》敢《ヘテ》平生徒《ラニ》摘《マン》レ章《ヲ》
世道由来《スルコト》有《リ》二弛張一　民心未《ダ》三敢《ヘテ》失《セ》二綱常《ヲ》一
神州《ノ》正気長《とこしへニ》無《シ》レ尽《クルコト》　最《モ》喜《ブ》邦家《ノ》武惟《こレ》揚《ガルコトヲ》(23)

これは戊午の密勅の水戸藩への伝達に関与し、安政の大獄において投獄された人物である日下部伊三治の作とされる詩だが、西洋諸国（「黠虜」は悪賢い外敵の意、また「羶風」はなまぐさい風の意で、ともに外敵を見下した表現である）が日本に襲いかかろうとしている今、それを打ち払う（「膺懲」）意欲を示しながら、日本（「神州」）固有の「正気」が攘夷実現を可能にする後ろ盾として存在していることを主張している。また、次に挙げた詩は西洋由来の思想や文物の排撃を主張した著書『闢邪小言』で知られ、坂下門外の変の計画に関与した廉で逮捕・入獄を経験した後に病没した江戸の儒家大橋訥庵《とつあん》の作であるが、やはり「洋夷」への対抗について詠む中で「神州」の「気」に言及している。

無題（大橋訥庵）
武生講《ズ》レ文《ヲ》亦《タ》風流　閣腕(24)時《ニ》磨《ス》八尺《ノ》鋒
近日洋夷猖獗甚《ダシ》　神州此《ノ》気果《タシテ》知《ルヤ》否《いなヤ》(25)

これらの詩では、「正気」のような「神州」に固有のものとされる「気」に日本が外国を圧倒し得る根拠が見出されており、日本の人々が元来日本に集まる「正気」を養ってそれを奮い起こせば攘夷を成し遂げることが可能になるという、一種の優越性の存在が措定されていることがわかる。

また、次に掲げる詩は高松藩士で文久三年（一八六三、癸亥）に勤王運動に関わって逮捕、投獄された小橋安《こばしやす》蔵《ぞう》による作だが、小橋は「正気」の振起が「神風」をもたらすことを期する。

癸亥十月就《ク》レ獄《ニ》、慨然《トシテ》有《リ》レ感（小橋安蔵）
攘夷之聖諭、幕府不二肯《ヘテ》遵奉《セ》一。貿易駸々、夷狄驕傲《シ》、国家衰耗《シ》、四民愁怨《ス》。而《シテ》肉食君子《ノ》、偸安曠《とうあんくわう》日《じつ》、不レ為《サ》二少《シモ》加意《ヲ》一焉。如或《もシ》言《イハヘバ》二其《ノ》患害《ヲ》一、則《チ》厳譴《ニ》二責《ス》之《ヲ》一。余《モ》亦《タ》坐《ス》焉。不レ堪《ヘ》二浩歎《ニ》一。

幕府廃シ二詔勅ヲ一　甘ンジテ与二腥羶《せいせん》一群ス
何レカ当ニシ下振ルヒ二正気ヲ一　神風清ム中海氛《かいふん》ヲ上(26)

「攘夷之聖諭」は、孝明天皇による攘夷親政を見据えた大和行幸の詔が文久三年八月に出されたことを踏まえたものと見られ、それを「遵奉」しないことに加え、そもそも対外問題等に関して長年の間その場しのぎの安穏を得ることに終始し（「偸安曠日」）、開国の弊を指摘する者には「譴責」を下す幕府（「肉食」は官位を有する者の意でこの場合は幕府の官僚を指す）の姿勢を慨歎する。ここには同年の八月十八日の政変によって尊攘激派が排されたことへの批判も含まれていると考えられ、詩には幕府が甘んじて西洋諸国（「腥羶」は生臭いものの意で、ここでは外国を見下して言う意味で用いる）と和しようとしているという批判と、いつか日本の「正気」が興起し、それによって「神風」が呼び起こされて海の気（「海氛」）が清められる（異国船が一掃される）時が来るだろうという希望とが詠まれる。なお、東湖の「正気歌」には、日本史上の「正気」の発現例として、元寇の際に北条時宗が龍口《たつのくち》で元の使者を殺害したこと、またその後の弘安の役において大風が元軍に大打撃を与えたことが、

忽チ揮ヒ二龍口ノ剣ヲ一　虜使頭足分カル
忽チ起コシ二西海ノ颶ヲ一　怒濤殲クス二胡氛ヲ一(27)

と詠まれるが、これらの詩からは、志士たちが「正気」を日本固有の道義や勇壮さと考えられるものと結びつけて位置づけようとしていたことがうかがえる。

三　志士による「神州」の「正気」の解釈

こうした、「正気」に基づいて日本の優越性を説こうとする姿勢は、ある志士の著した東湖の「正気歌」の注釈書にも興味深い形で現れる。小山春山《しゅんざん》著『正気歌俗解』（慶応三年〔一八六七〕刊[28]）は、東湖の「正気歌」に漢字片仮名混じり文による解釈を示した所謂「国字解」のような体裁の注釈書なのだが、著者の春山は自ら志士として活動した人物でもあった。

春山は下野国真岡で木綿問屋を営む塚田家に生まれ（後に小山姓を名乗った）、同地で医業を営む傍ら家塾を開いた人物で、会沢正志斎や藤田東湖らに学んだとされる。幕末に至って勤王運動に積極的に関わっていた先述の大橋訥庵らと交流を深め、文久二年一月に発生した坂下門外の変に関与した容疑で逮捕され、同年閏八月まで入獄していた。なお、釈放後ほどなくして息子馨三郎が元治元年（一八六四）の天狗党挙兵に参加したことで、連座する形で捕らえられて慶応二年冬まで再び入獄を経験しており、『正気歌俗解』はその翌年に刊行されたことになる[29]。

『正気歌俗解』は、自序（慶応三年七月）によれば家塾で「郷里《ノ》児輩」が春山に東湖の「正気歌」中の事柄を尋ねた際に記して与えたものに基づくと言い、それが「児輩大《イニ》喜《ビ》、欲《ス》三刻《シテ》而置《カント》二諸家塾《ニ》一」という経緯で刊行に至ったとされる[30]。同書に春山の志士としての経歴は強調されないが[31]、春山が幕末の動乱期をくぐり抜けた直後に刊行された同書は、志士たちによる「正気歌」の受容の一端を浮かび上がらせるものと言えるだろう。

さて、ここで取り上げたいのは、東湖の「正気歌」の冒頭の箇所である。春山は「天地正大《ノ》気／粋然《トシテ》鍾《マル》二神州《ニ》一」[32]の後半の句について次のように説く。

右ノ正気粋然ト、少モ濁邪ノ気混ゼズ、キッスイニ我日本ニ凝《コ》リ聚テ、万国ニ勝レシヨキ国トナレリ。神代ノ古ヨリ、今日ニ至ルマデ、皇統連綿ト、君臣ノ義正シク、下ノ風俗淳厚ニシテ、目出度御国ナルハ、天地

ノ正気、我国ニ充レバナリ。(33)

ここでは「天地ノ正気」が日本にのみ「キッスイニ」に凝集することは自明のものとされ、その「正気」ゆえに日本は「日出度御国」であるとされる。そして、東湖の「正気歌」では「秀《デテ》為《リ》二不二嶽《ノト》一／巍巍《トシテ》聳《そびユ》二千秋《ニ》一」(34)以下、「正気」が富士山、日本の周囲を取り巻く海水、桜、鉄という日本にまつわる物、そして日本の人々の優れた特質を構成するところのものであることを説く句が続くのだが、春山はまずこの富士山が古より「巍々ト高ク大ニ」聳える所以を、「則天地ノ間ニ充満スル正大ノ気、此山ニ聚リテ固メル故ナリ」、つまり富士山の威容は、日本に満ちる「正気」が凝集した結果であると説明する。(35)

このように日本固有の正気と日本の自然地形の特徴を結びつけた解釈は、続く「注《ギテ》為《リ》二大瀛水《ノト》一／洋洋《トシテ》環《ル》二八州《ヲ》一」(36)の句にも見られる。この句には正気が大海の水となって日本の周囲をめぐっていることが詠まれるが、春山は次のように言う。

夫《(それ)》万国海アリト雖モ、日本ノ如ク四方八面、大海ノ廻リシ国ハナシ。故ニ海岸ニサヘ備アレバ、何方ヨリモ寄付コト能ハズ。誠ニ天険ノ固メナリ。林子平ガ所レ謂日本ト云一箇ノ大城ナリト云シモ宜《(むべ)》ナリ。(37)

すなわち、大海に囲まれた日本の地理的状況は他国に例が無く、それゆえに海岸の防備を充実させれば防衛上の優位を確保できる特長を有しているということであり、ここから春山は島国であること自体が日本に集まる「正気」に由来する美点であるという解釈を行っていることがわかる。

ここに言及される林子平の発言を『海国兵談』(38)において確認してみると、子平はまず異国船の来航に関連して、日本は「海国」であるが故に「何国ノ浦ヘモ心ニ任セテ船ヲ寄スルコト」が可能であることを指摘して、日本沿岸の全域に海防設備を充実させる必要を訴えた上で、それを実現できれば「大海ヲ以テ池トナシ、海岸ヲ以テ石壁トナシテ、日本方五百里ノ大城ヲ築キタルガ如」き結果を得られると主張している。(39) ただし、同書の序において子平は「而《しかるに》外寇ノ去来ニ難易ノ二義アリ。軍艦順風ヲ得レバ二三百里ノ遠海ヲ一日ニ走リ、又四方皆海岸ノ険アルガ故ニ孟浪ニ来リ難シ」と述べて、日本という土地がそもそも異国の軍勢にとって島国故に接近しやすく、また同時に接近し難いという二つの性質を兼ね備えていることに触れた上で「水戦」の重要性を説いており、(40) それを勘案すれば子平は「海国」という条件をあくまでも長短相半ばし得るものとして評価しつつ右のような主張を行ったものと考えられる。

翻って先の春山の解釈を確認すると、確かに「海岸ニサヘ備アレバ」という子平と同様の留保を行ってはいるものの、島国の日本は天然の要害としての特質を備えており、それは「正気」ゆえにもたらされたという肯定的な評価が主であり、その一方で日本の長い海岸線が孕む外国船の接近の容易さという警戒すべき問題には触れていない。ここからは、春山の解釈が日本固有と考えられる美点を「正気」のもとに称揚することに重きを置いた性質のものであることを看取できる。

また、続く「発シテ為リ二万朶桜ノ一ト／衆芳難シ二与ニ儔《たぐ》ヒシ一」(41) の詩句においても、日本固有の特質が「正気」との関わりで説かれる。

扨我邦ニ桜ト云一種ノ名葩《めいは》アリテ、異国ニハ此花ナシ。淡紅嬋妍トシテ、一点ノ俗気ナク、固ヨリ衆花ノ比スル所ニアラズ。是我東方英華ノ気、如レ此ノ霊卉ヲ生ズ。是又神州ノ勝レシ所。本居宣長ノ歌ニ、シキ島ノ大和心ヲ人トハヾ旭ニニホフ山桜花。ヨク此花ノ精霊ヲ尽セリ。(42)

春山は、桜を日本にのみ存在するものとした上で、その花の秀でた美しさは「東方英華ノ気」のもとに生じた故であり、「神州」たる日本の優れた点を象徴しているとして、本居宣長《もとおりのりなが》の敷島歌として知られる著名な和歌を引用している。この歌は、朝日に照らされながら咲き誇る山桜を大和心の象徴として詠んだものであるが、(43) 春山は桜を日本固有の優れた「気」の宿る花と考える中で、その「気」を宣長の歌に詠まれる「大和心」にも通ずるものと解釈していると考えられる。なお、桜と日本の「気」を詠んだ詩には、勤王僧として知られる月性《げっしょう》の次のような詩も存在する。

無題（月性）

七里ノ江山付ス二犬羊ニ一　震余ノ春色定メテ荒涼
桜花ハ不レ帯ビ羶腥ノ気　独リ映ジテ二朝陽ニ一薫ズ二国香ヲ一(44)

「犬羊」は西洋人を見下した表現と考えられ、「震余」（嘉永七年〔安政元年・一八五四〕の安政東海地震・安政南海地震の後の時期を指すかと考えられる）の不穏な世にあって、月性は桜の花を攘夷精神の拠り所として詠み込む。すなわち、桜は異国の「気」を帯びない日本固有のものとして示され、朝日に照り映えて美しく咲きながら「国香」を漂わせる姿を以て、西洋諸国の「気」を撥ね除ける象徴とされているのである。また、結句の桜の描写に「朝陽」が添えられる背景には、宣長の敷島歌の影響も指摘できると考えられる。

こうした例からは、東湖が「正気歌」で示したような、日本を「正気」が集積した特別な地とする考え方の影響のもとで、幕末の志士たちが「正気」によって日本にまつわる諸々の優れた特質が形成されたという点を強調した解釈を行っていた様子が見えてくる。そして、「正気」が日本固有の特質の根拠とされたことによって、右の桜の例のように、それが国学で言うところの「大和心」と相通ずる性質のものであるという解釈にまで拡大していく場合もあったと言えるだろう。

ところで、この桜と宣長の敷島歌の関係について、特に幕末における受容をめぐっては、敷島歌を本歌とする歌が多数詠まれる中で時代が下って幕末や維新期を迎えると、その受容の仕方は山桜を麗しい大和心の象徴とする観点から、むしろ勇ましく潔い大和心の象徴とする観点へと変質しているという指摘がある。(45) 右の春山の例では、そのような忠節のために落命を厭わぬ勇壮な心情は前面に押し出されていないが、そうした同時代の敷島歌の受容を勘案すると、あるいは「此花ノ精霊」の本質を美しく散る姿に見出しつつ、勇ましく戦い潔く散る志士のあり方を意識しているという可能性も考えられるだろう。

なお、東湖の「正気歌」では、右に見た富士山・海・桜に続いて日本の「正気」の象徴として日本の鉄が「凝リテ為リ二百錬ノ鉄ト一／鋭利可シレ断ツレ鍪《かぶと》ヲ」(46)と詠まれる。これについて春山は、「金銀銅鉄ハ国土ノ至誠ニシテ、天下ノ至宝ナリ」とした上で、日本で産出する鉄の品質が堅剛であり、刀剣として用いれば鎧や兜を断ち切るほどの鋭利さを備えることに触れて、欧陽脩の「日本刀ノ歌」にも詠まれるようにその優秀さは海外でも称賛されていると説く。(47) こうして日本の土地や自然の優秀さを列挙した後、東湖の「正気歌」では「藎臣《じんしん》皆熊羆《いうひ》／武夫尽《ことごとク》好仇」(48)と、日本の人々の優秀さへの言及、すなわち「正気」が日本の人々をして忠義や勇敢さに満ちた臣下たらしめているという内容(49)が続く。

以上のことから、『正気歌俗解』において、「正気」は日本の優越性をあらゆる面において担保するものとして理解されているという様相が浮かび上がってくる。もっとも、先に見た東湖の「正気歌」の序が「正気」を日本に特別に集まるものと説いていた点に、既にこうした理解の淵源は存在していると言えるだろう。そして、同詩が志士たちに受容されていく中で、「正気」は各々の道義心の涵養の文脈に留まらず、幕末の時局を反映しながら攘夷や勤王といった志士たちの目標を実現し得る根拠としての意味合いを持つようになっていったと考えられる。

おわりに

ここまで見てきたように、幕末においては、文天祥の事績と「正気歌」によって形作られた忠臣像が志士たちの一つの規範となる一方、その忠義の基づくところと考えられる「正気」は、藤田東湖の「正気歌」に見られるように特に日本に集まるものとされ、それが日本の他国に対する優越性の根拠として、攘夷や勤王を訴える志士たちの詩に詠み込まれていったと言うことができる。それでは、そこから時代を一歩進めて、志士たちの詩歌や文が遺詠遺文集という一つのまとまりとして読まれる対象となった明治初期を迎えると、「正気」はどのような意味を持つものと考えられるようになるのだろうか。

例えば代表的な遺詠遺文集の一つで本論文でも幾つかの詩を引用した『振気篇　詩文』（帝芲山人原輯・春荘冗史補輯、明治二年〔一八六八〕刊）の序（春荘冗史、慶応四年五月）は、天地の間に存在する「正大《ノ》気」について次のように説き起こす。

天地之間有《リ》二一物一、恍然《トシテ》不レ可レ捕《カラフ》。矯《たムレド》レ焉《ヲ》不レ可レ撓《カラたわム》。塞《ゲバ》レ之《ヲ》益《ますます》激《シ》、抑《フレバ》レ之《ヲ》愈《いよいよ》厲《ふるフ》。其《ノ》為《ル》レ物也《トや》、隠《レテ》而為《リ》二忠孝廉恥《ト》一、顕《レテ》而為《ル》二敬愛節義《ト》一。聖賢在位《スレバ》、則《チ》為《リ》二和楽穆婉声《ノト》一、奸邪専政《スレバ》、則《チ》為《ル》二悲哀激烈音《ノト》一。名《ヅケテ》レ之《ヲ》曰《フ》二正大気《ノト》一。克《ク》養《フ》レ之《ヲ》者《ハ》盛《ントナリ》、暴《そこナフ》レ之《ヲ》者《ハ》亡《ブ》。[50]

「正大《ノ》気」は、「忠孝廉恥」や「敬愛節義」の元であり、それは「聖賢」の治下であれば君臣和楽の声として、また「奸邪」の治下であれば悲哀や激しい抵抗の声として発せられる、捕らえたり押さえつけたりしようとしても抑えきれない活発なエネルギーとして存在する。これは基本的に文天祥の「正気歌」の内容を踏襲したものと言って良いだろう（なお、先に見たように「正大気《ノ》」の語は東湖の「正気歌」に見られる）。

そして、この箇所に続いては南北朝時代以降の日本の歴史を追いながらそれを「正大気《ノ》」の消長と結びつけつつ説き、「及《ビ》二外夷之事起《コルニ》一、此気復大《タイニ》振《ルフ》」、すなわち幕末に攘夷の機運が高まる中で「正大気《ノ》」が振起され、それによって志士たちが倒幕を果たしたとする。(51) ここに示されるのは、新時代の招来を可能にしたエネルギーとしての「正大気《ノ》」の意義であるが、それではその新時代を生きる読者たちは「正大気《ノ》」を奮い起こすことによって何を求められているのかと言えば、「世人読《ミ》二此篇《ノヲ》一、振二起此気《シノヲ》一、進《メ》二忠孝敬愛《ヲ》一、励《マシ》二廉恥節義《ヲ》一、大《イニ》輝《カス》二国威《ヲ》一。於《イテ》二国家《ニ》一欲《スルノ》三相《ヒ》二雄一飛《セント》於海外万国《ニ》一盛意、豈無《ニカラン》二少《シク》補《フコトや》一哉」(52)とあるように、日本の国威を輝かせることであり、そこには世界で活躍する国としての日本が意識されている。このような同時期の遺詠遺文集は、明治新政府による志士をめぐる祭祀政策が国家への忠誠を促す教化政策と結びつけて考えられていた状況と連動しながら流通していたことが指摘されている。(53) そうした近代国家の動向の中で、「正気」は文明開化を推進する原動力としての位置づけを与えられたと言える。

もっとも、そうした時期を迎えても「正気」はやはり日本に固有の特質とされるものを語る文脈において取り上げられていく。同時代の他の遺詠遺文集の序には次のような例がある。

然るに其平常花ニ賦し月ニ嘯き、又ハ其患難ニ及びての詩藻を集め、殉難前草と題号して梓に彫れるハ、神州《ノ》正気之所二固有《スル》一を人々注目あらん事を庶幾する而已《のみ》。(54)

（城兼文「殉難前草序」、慶応四年四月）

夫我《レガ》皇国者、天地正大之気《ノ》所レ鐘《マル》（ママ）也。故《ニ》従《リ》レ古忠直慷慨之士多《シ》矣。称《シテ》曰《フ》二日本武士《ト》一焉。癸丑以還、外之《ハレ》則《チ》夷虜猖獗《シ》、内之《ハレ》則《チ》俗吏放肆《ス》。国家将《ニ》レ不《ラント》レ堪《ヘ》二其《ノ》患《ニ》一也。於《イテ》レ是《ニ》所謂日本武士《ナル》者、慷慨激烈、以《テ》レ身《ヲ》殉国《スル》者千百人矣。吁《ああ》、不二亦盛《タンナラや》一乎。(55)

（源履「殉難続草序」、明治二年九月）

最早かつてのように攘夷を声高に標榜する時代は過ぎ去ったとは言え、「正気（正大之気）」は「神州」固有の特質の根源であり、それが「日本武士」を生み出し、それらの人々の活躍が維新を導いたとされる。そして、こうした「正気」をめぐる言説は、このような遺詠遺文集などを通して学んだとされる近代初期の書生たち(56)によって受容されていくことになるのである。

（1）同時期の遺詠遺文集の刊行および編纂の状況については、ロバート・キャンベル「獄舎の教化と「文学」」（『国語と国文学』第八〇巻第一一号、至文堂、二〇〇三年十一月）を参考にした。

（2）『靖献遺言』を通した「正気歌」の受容については以下を参照されたい。水越知「「忠臣」、海を渡る——日中における文天祥崇拝」（『アジア遊学』第一三二号、勉誠出版、二〇一〇年五月）一〇七〜一〇九頁、杉下元明「文天祥「正気歌」と十九世紀文学」（中野三敏・楠元六男編『江戸の漢文脈文化』竹林舎、二〇一二年）一六一頁。なお、『靖献遺言』巻五「衣帯《ノ》中《ノ》賛」に「正気歌」の序および詩が収録されている。

（3）藤田東湖「和《ス》㆓文天祥《ノ》正気歌《ニ》㆒」、および吉田松陰「和《ス》㆓文天祥《ノ》正気《ノ》歌《ノ》韻《ニ》㆒」を指す。

（4）「正気歌」の日本における受容とその影響、並びに関連する詩の解釈・訓読について、本論文では主に以下を参考にした。前掲、水越知「「忠臣」、海を渡る——日中における文天祥崇拝」、前掲、杉下元明「文天祥「正気歌」と十九世紀文学」、小島毅「正気歌の思想——文天祥と藤田東湖」（伊東貴之編『「心身／身心」と環境の哲学——東アジアの伝統思想を媒介に考える』汲古書院、二〇一六年）、徳田武・長田和也・藤富史花・松葉友惟「文天祥「正気歌」の変容と特徴——藤田東湖・国分青厓に於ける」（『江戸風雅』第一二号、江戸風雅の会、二〇一五年十一月）、同「文天祥「正気歌」の変容と特徴（二）——吉田松陰・広瀬武夫・川田瑞穂に於ける」（『江戸風雅』第一三号、江戸風雅の会、二〇一六年五月）。また、「正気歌」に直接触れたものではないが、幕末の文芸において「気」が重視されていたことについては、当時の作文を通して論じた以下の論文があり、併せて参考にした。山本嘉孝「唐宋古文の幕末・明治——林鶴梁の作文論を中心に」

（前田雅之・青山英正・上原麻有子編『幕末明治――移行期の思想と文化』勉誠出版、二〇一六年）。

（5）橋本左内『藜園遺草』（明治四年〔一八七一〕刊、国立国会図書館蔵、請求記号…144／129、国立国会図書館デジタルコレクションによる）下巻、二十六ウ。引用に際しては原則として漢字は通行の字体にあらため、基本的に原文の訓点に従った。以下同。

（6）浅見絅斎『靖献遺言』（元治元年〔一八六四〕刊、東京大学総合図書館蔵、請求記号…E44／1070）巻五、十三オ～十三ウ。なお、『靖献遺言』所収の「正気歌」の訓読及び解釈にあたっては近藤啓吾『靖献遺言講義』（国書刊行会、一九八七年）二八九～三〇九頁を参考にした。

（7）浅見絅斎、前掲書、巻五、十三ウ～十七ウ。

（8）帝尨山人原輯・春荘冗史補輯『振気篇　詩文』（明治二年刊、筆者架蔵）下巻、十三オ。引用中の括弧内は筆者による。以下同。

（9）ここで、文天祥は「諸気」の内訳を「水気」（牢中に浸入してくる水による）・「土気」（泥が蒸発することによる）・「日気」（太陽の熱による）・「火気」（軒を流れる竈からの熱気による）・「米気」（倉庫の穀物の腐敗による）・「人気」（囚人たちの汗くさい臭いによる）・「穢気」（便所や死骸などの発する臭いによる）の七つの気であると説明する。浅見絅斎、前掲書、巻五、十二ウ～十三オ。

（10）帝尨山人原輯・春荘冗史補輯、前掲書、下巻、十五ウ。

（11）浅見絅斎、前掲書、巻五、十七オ。

（12）ロバート・キャンベル氏は、特に安政の大獄以降は、歴史を読み、詩を吟嘯する幽閉・下獄志士の姿が詩文集に多く見られるようになるという指摘をしており（前掲、ロバート・キャンベル「獄舎の教化と「文学」」五頁）、ここに取り上げたような文天祥の作に触れる詩もそれらとの関わりにおいて捉えることができると考えられる。

（13）東湖の「正気歌」や、同詩と東湖の思想の関係については以下を参考にした。鈴木暎一『藤田東湖』（人物叢書新装版、吉川弘文館、一九九八年）一七八～二〇九頁。

（14）藤田東湖『東湖詩鈔』（慶応四年〔一八六八〕刊、筆者架蔵）下巻、二ウ～三ウ。なお、同書で同詩の題は「和《ス》二文天祥《ノ》正気ノ歌ニ一有リレ序」とされる。

（15）藤田東湖、前掲書、下巻、三ウ～四オ。

（16）尾藤正英・伊東多三郎「第十七章第一節　水戸学の形成と尊王攘夷論」（水戸市史編さん委員会編『水戸市史』中巻三、水戸市役所、一九七六年）九五一頁。

（17）藤田東湖、前掲書、下巻、四オ。

（18）藤田東湖、前掲書、下巻、四オ～五オ。

（19）鈴木暎一「藤田東湖の思想——「弘道館記述義」を中心として」（『日本歴史』第四一三号、吉川弘文館、一九八二年十月）一五頁。

（20）会沢正志斎『新論』（安政四年〔一八五七〕刊、筆者架蔵）下巻、二十九オ～二十九ウ。なお、今井宇三郎・瀬谷義彦・尾藤正英校注『水戸学』（日本思想大系五十三、岩波書店、一九七三年）一四五頁所収の同書の訓読・注釈を併せて参照した。

（21）正志斎の思想に地理的位置から日本を優位に立つ国とする考え方が見られることは、以下においても指摘されている。星山京子『徳川後期の攘夷思想と「西洋」』（風間書房、二〇〇三年）七八頁、吉田俊純『水戸学の研究——明治維新史の再検討』（明石書店、二〇一六年）二二五～二二六頁。

（22）斎藤竹堂『竹堂文鈔』（明治十二年刊、東京大学総合図書館鷗外文庫蔵、請求記号…鷗E44／159）下巻、三十一ウ～三十二オ。なお、竹堂の「書スニ正ノ気ノ歌ニ後一」については、先に高須芳次郎『藤田東湖伝』（誠文堂新光社、一九四一年）四七一～四七四頁において紹介されている。

（23）馬場文英編『殉難拾遺』（明治二年刊、国立国会図書館蔵、請求記号…Y994／L2566）龍之巻、一ウ。なお、本詩は同書で「日下部信政」の作として掲げられているが、その作者略歴（通称を「伊三次」とし、安政五年十二月没とする。同書、龍之巻、一ウ）から日下部伊三治による作かと考えられる。ただし、「信政」は同じく安政の大獄で逮捕された伊三治の子の名と同一であることから、作者の特定については今後の検討課題としたい。

（24）「闇腕」について、『大橋訥菴先生全集』所収の同詩では「闇筆」とする（「針浦六郎氏所蔵書幅」に拠るとされる）。平泉

澄・寺田剛編『大橋訥菴先生全集』中巻（至文堂、一九三九年）一六二頁。

（25）城兼文編『殉難遺草』（明治二年刊、筆者架蔵）三オ。

（26）帝𠮷山人原輯・春荘冗史補輯、前掲書、下巻、十九オ〜十九ウ。

（27）藤田東湖、前掲書、下巻、四ウ。

（28）見返しの記載による。同書において書肆名を有する刊記を持つものは管見の限り未見であり、基本的に私家版による流通であったかと想定される。なお、国立公文書館内閣文庫には同書が四点所蔵され（請求記号…206／0667、206／0668、206／0669、263／0060）、いずれも「大学校図書之印」の印記を有するが、同印は主として明治二〜四年の間に押されたものとされている（内閣文庫編『改訂増補　内閣文庫蔵書印譜』国立公文書館、一九八一年、一〇七頁）。したがって、同書は遅くとも明治初頭には刊行されていたと考えられる。

（29）春山の事績については以下を参照した。秋本典夫「第二編第二章第二節　坂下門事件をめぐる下野の草莽之志士――その史的性格と限界」（同著『北関東下野における封建権力と民衆』山川出版社、一九八一年）、阿部昭・河崎時悦「第七章第二節　文人の趣味と教養」（真岡市史編さん委員会編『真岡市史』第七巻近世通史編、真岡市、一九八八年）、大嶽浩良「第九章第一節　坂下門外の変と尊攘運動」（前掲、真岡市史編さん委員会編『真岡市史』第七巻近世通史編）、大嶽浩良「第二章　下野の尊王攘夷運動」（同著『下野の明治維新』下野新聞社、二〇一四年）。また、春山は文久二年に入獄した際に獄中詩集『留丹稿』を著しており、明治十一年に刊行しているが、春山によれば同書の書名は文天祥の詩「過《グ》二零丁洋《ヲ》一」中の詩句に拠っているという（小山春山『留丹稿』明治十一年刊、東京大学総合図書館鷗外文庫蔵、請求記号…鷗E45／886、十三ウ）。その詩句は「人生自《リ》レ古誰《カ》無《カラン》レ死／留二取《シ》丹心《ヲ》一照《ラサン》二汗青《ヲ》一」である。文天祥撰・城井国綱編『文文山詩選』所収（長沢規矩也編『和刻本漢詩集成』第十六輯、汲古書院、一九七六年、四五四頁）。なお、同句は『靖献遺言』にも引用されている（浅見絅斎、前掲書、巻五、十一ウ）。

（30）小山春山「正気歌俗解」（慶応三年刊、国立公文書館内閣文庫蔵、請求記号…206／0667）序一オ。もっとも、今日ある程度の点数の残存が確認されることを鑑みると、家塾関係者以外にも流布したものと考えられる。

（31）序に「且《ツ》余嚮《ニ》蒙《リ》二譴責《ヲ》一、蔵書悉《ク》没収《サレ》、無《シ》三復《タ》一部遺《モル》二於架上《ニ》一」との言及はあるが、これはあくまでも注解を付す際に内容の確認を十分に行えなかったことを断る文脈に留まっている。小山春山、前掲書、序一オ。
（32）小山春山、前掲書、一ウ〜二ウ。
（33）小山春山、前掲書、二ウ〜三オ。引用中の句読点、濁点は筆者による。以下同。
（34）小山春山、前掲書、三オ。
（35）小山春山、前掲書、三オ〜三ウ。
（36）小山春山、前掲書、三ウ。
（37）小山春山、前掲書、三ウ。
（38）ここでは、安政三年に整版本として刊行された林子平『精校海国兵談』に拠る。以下に所載の影印を参照した。山岸徳平・佐野正巳共編『新編林子平全集』第一巻「兵学」（第一書房、一九七八年）。
（39）山岸徳平・佐野正巳共編、前掲書、三二八〜三二九頁。
（40）山岸徳平・佐野正巳共編、前掲書、三一五頁。
（41）小山春山、前掲書、三ウ。
（42）小山春山、前掲書、四オ。
（43）幕末における同歌の受容については以下を参考にした。田中康二『本居宣長の大東亜戦争』（ぺりかん社、二〇〇九年）一二五〜一三四頁。
（44）月性『清狂詩鈔』（明治二年刊、国立国会図書館蔵、請求記号…詩文／１９７５、国立国会図書館デジタルコレクションによる）一オ〜一ウ。なお、本詩は「乙卯」（安政二年）の作として掲げられる（同書、一オ）。また、本詩については以下に所載の訓読・解釈を併せて参照した。簡野道明原著・田口暢穂編著『漢詩の名作集（上）』（明治書院、二〇一一年）七〇頁（ただし、題は「聞《ク》㆓下田《ノ》開港《ヲ》㆒」とされる）。なお、後に述べる本詩と宣長の敷島歌の関係についても、同参考文献の上記箇所の「評釈」における指摘を参考にした。
（45）田中康二、前掲書、一三二〜一三四頁。
（46）小山春山、前掲書、四オ。

（47）小山春山、前掲書、四オ～四ウ。
（48）小山春山、前掲書、四ウ。
（49）小山春山、前掲書、四ウ～五オ。
（50）帝𠮷山人原輯・春荘冗史補輯、前掲書、巻之上、序一オ。
（51）帝𠮷山人原輯・春荘冗史補輯、前掲書、巻之上、序一オ～序一ウ。
（52）帝𠮷山人原輯・春荘冗史補輯、前掲書、巻之上、序二ウ。
（53）青山英正「振気から教化へ――勤王志士詩歌集のゆくえ」（『国語国文』第七五巻第一〇号、中央図書出版社、二〇〇六年十月）三六～四一頁。
（54）城兼文編『殉難前草』（慶応四年刊、筆者架蔵）序一ウ。文中の訓点は筆者による。
（55）城兼文編『殉難続草』（明治二年刊、東京大学総合図書館鷗外文庫蔵、請求記号：鴎E10／21）序一オ～序一ウ。なお、引用文中の「鐘」は文脈から本来「鍾」であるかと考えられる。
（56）明治期の書生たちにおける志士たちの詩歌の受容については以下に論じられている。谷川恵一「歌のありか――志士たちの詩歌」（『文学』第九巻第四号、岩波書店、一九九八年十月）五四頁。

あとがき

平成二十五年度から二十七年度にかけて、学習院大学人文科学研究所の共同プロジェクトとして「江戸古典学の系譜に関する総合的研究」を行った。メンバーは、同僚で日本語学がご専門の安部清哉氏と、旧知の和歌・国学研究者、杉田昌彦・田中康二・西田正宏・山下久夫の各氏である。若手の方々も加わって、学問の楽しさを本当に実感できた貴重なひと時を過ごすことができた。

そもそも平成十九・二十年度に科学研究費補助金・基盤研究C「江戸古典学の再検討」を杉田・田中・西田・山下各氏と行い、その時の成果として『江戸の「知」――近世注釈の世界』（森話社、二〇一〇年）という論文集を刊行していた。

そこで、今回も勉強会に加わっていた若手の方々はもちろん、それ以外の方々にも執筆をお願いして、再び論文集を出そうということになった。前回は注釈そのものに焦点を当て、今回はそれと文藝世界との関わりを考えるというように展開している。江戸古典学の魅力が少しでも伝われば幸いである。

なお、本書の刊行には、平成二十九年度学習院大学研究成果刊行助成金による支援を受けた。学習院大学はもとより、助成申請に際して推薦の労をお取り下さった兵藤裕己氏、ならびに関係各位に対して、記して感謝したい。また、ご懇切な編集作業をご担当いただいた森話社の大石良則氏にも心よりお礼申し上げる。

二〇一七年十月

編者の一人として　鈴木健一

貞享～正徳』（編著、八木書店、2011年）

高野奈未（たかの なみ）
静岡大学教育学部准教授 専攻＝日本近世文学（特に古典注釈学、和歌）
『賀茂真淵の研究』（青簡舎、2016年）、「弟子は師をいかに語るか――真淵の「万葉風」詠歌をめぐって」（『日本文学』第66巻第10号、2017年10月）

中森康之（なかもり やすゆき）
豊橋技術科学大学教授 専攻＝俳諧
『蝶夢全集』（共編著、和泉書院、2013年）、『近世文学史研究 第二巻 十八世紀の文学』（共著、ぺりかん社、2017年）

木越俊介（きごし しゅんすけ）
国文学研究資料館准教授 専攻＝江戸時代後期小説
『江戸大坂における出版流通と読本・人情本』（清文堂出版、2013年）、「前期読本における「世話」」（『日本文学』第64巻第10号、2015年10月）

天野聡一（あまの そういち）
九州産業大学国際文化学部准教授 専攻＝国学、読本
「『袖のみかさ』考――光格天皇の後宮の物語」（『日本文学』第66巻第6号、2017年6月）、「「春の山ぶみ」考――嵯峨野の春の夢」（『國學院雑誌』第118巻第8号、2017年8月）

伊與田麻里江（いよだ まりえ）
明治大学大学院博士後期課程 専攻＝近世後期戯作文学
「山東京伝『忠臣水滸伝』における兼好の造型」（『日本文学』第64巻第2号、2015年2月）、「南杣笑楚満人の草双紙創作法とその意識――寛政・享和の敵討ものを中心に」（『文化継承学論集』第12号、2016年3月）

門脇 大（かどわき だい）
神戸星城高等学校ほか非常勤講師 専攻＝怪異文芸
『海の文学史』（共著、三井弥書店、2016年）、『〈江戸怪談を読む〉猫の怪』（共著、白澤社、2017年）

佐藤 温（さとう あつし）
日本大学経済学部専任講師 専攻＝幕末・明治期の文芸（主に漢詩文）
「「文人」になることの意味――菊池教中『澹如詩稿』をめぐって」（『比較文學研究』第95号、2010年8月）、「藤森弘庵『春雨楼詩鈔』と幕末の出版検閲」（『近世文藝』第103号、2016年1月）

［編者］
鈴木健一（すずき　けんいち）
学習院大学文学部教授　専攻＝江戸時代の文学（特に詩歌と古典学）
『古典注釈入門――歴史と技法』（岩波現代全書、2014年）、『天皇と和歌――国見と儀礼の一五〇〇年』（講談社選書メチエ、2017年）

杉田昌彦（すぎた　まさひこ）
明治大学文学部教授　専攻＝日本近世文学（和学、国学）
『宣長の源氏学』（新典社、2011年）、「宣長における“漢意”意識の苗床」（『文学』2015年11・12月号、2015年11月）

田中康二（たなか　こうじ）
神戸大学大学院人文学研究科教授　専攻＝国学
『本居宣長の国文学』（ぺりかん社、2015年）、『真淵と宣長――「松坂の一夜」の史実と真実』（中央公論新社、2017年）

西田正宏（にしだ　まさひろ）
大阪府立大学高等教育推進機構教授　専攻＝日本中世・近世文学、古典学史
「添削の批語と注釈のことば――契沖の注釈の学芸史的意義」（『文学』2016年1・2月号、2016年1月）、「地下歌人の古今集研究――『古今連著抄』をめぐって」（『国文学論叢』第六十二輯「日下幸男教授退職記念号」、2017年2月）

山下久夫（やました　ひさお）
金沢学院大学名誉教授　専攻＝日本文学、日本思想史
『秋成の「古代」』（森話社、2004年）、『本居宣長』（コレクション日本歌人選、笠間書院、2012年）

［執筆者］（掲載順）
大山和哉（おおやま　かずや）
同志社大学文学部助教　専攻＝近世和歌文学
「後水尾院の歌論と添削指導」（『国語国文』第81巻第5号、2012年5月）、「中院通茂『未来記』『雨中吟』講釈の意義」（『和歌文学研究』第112号、2016年6月）

金田房子（かなた　ふさこ）
学習院大学非常勤講師・日本女子大学非常勤講師　専攻＝近世俳諧
『芭蕉俳諧と前書の機能の研究』（おうふう、2007年）、「紺の染緒――『おくのほそ道』の「風流」・追考」（『俳文学報』第50号、2016年10月）

水谷隆之（みずたに　たかゆき）
立教大学文学部准教授　専攻＝日本近世文学（浮世草子、俳諧）
『西鶴と団水の研究』（和泉書院、2013年）、『江戸吉原叢刊〈第4巻〉遊女評判記4・

江戸の学問と文藝世界

発行日……………………………2018 年 2 月 5 日・初版第 1 刷発行

編者………………………………鈴木健一・杉田昌彦・田中康二
西田正宏・山下久夫
発行者……………………………大石良則
発行所……………………………株式会社森話社
〒 101-0064 東京都千代田区神田猿楽町 1-2-3
Tel 03-3292-2636
Fax 03-3292-2638
振替 00130-2-149068
印刷………………………………株式会社厚徳社
製本………………………………榎本製本株式会社
ISBN 978-4-86405-126-2 C1095 Printed in Japan

江戸の「知」――近世注釈の世界

鈴木健一編　江戸時代の「知」の特徴とはどのようなものか。古代から中世に至る「古典」に向き合った、近世の様々な注釈の営みを読み解く。
A5判352頁／6600円（各税別）

江戸詩歌の空間

鈴木健一著　虫籠や蛍、花、金魚鉢など、生活にとりこまれた自然を詠んだ詩歌に、江戸人の自然観の変容をさぐる。ほかに、画賛を中心に江戸絵画と詩歌との密接な関係や、詩材の拡大などを考察し、江戸詩歌を多面的に追究する。四六判320頁／3400円

秋成の「古代」

山下久夫著　上田秋成の思い描いた理想の「古代」像とはどのようなものだったのか。秋成は「古代」をどう語り、記述したのか。国学という観点から迫る秋成の全体像。A5判400頁／7500円

秋成文学の生成

飯倉洋一・木越治編　上田秋成の文学はどのような過程をへて生成し、流通し、そして変容していったのか。没後二百年にあたり、秋成研究の現在を担う研究者による達成を示す。A5判416頁／6500円

本居宣長の世界――和歌・注釈・思想

長島弘明編　宣長学の全体を見渡すために、ミクロとマクロの視点を繋ぎ、その文章の徹底的な解釈によって宣長の方法論の相対化をめざす。
四六判288頁／3400円

江戸の長歌――『万葉集』の享受と創造

田中仁著　古来、和歌には「短歌」とともに「長歌」が存在したが、長歌形式は『万葉集』の時代をひとつの頂点として、以後急速に衰退していく。その後、江戸時代中期に国学の隆盛と古学復興、古代和歌研究と古風和歌の流行などを背景に復活していく様相を明らかにする。A5判296頁／8200円

江戸文学の虚構と形象

高田衛著　秋成・源内・馬琴など近世小説の刺激的な読解を展開し、幻想文学・怪談研究によって文化の深部にアプローチしてきた著者が、江戸文学の光芒と陰翳を集成。A5 判 400 頁／ 5400 円

人は万物の霊――日本近世文学の条件

西田耕三著　近世期、勧善懲悪の根拠とされたのは「人は万物の霊」という言葉であった。人間のとらえ方や、教化の根本的枠組みにこの思想を見て、儒学・仏教・文芸のひろがりを論究。A5 判 464 頁／ 8200 円

怪異の入口――近世説話雑記

西田耕三著　説話は野放図で、断片となってどこにでももぐりこみ、他の断片と衝突し合う。生が動き出すきっかけにもなる、このような創作と享受が混融する不思議な場を、近世説話の生成にさぐる。A5 判 360 頁／ 7500 円

春雨物語という思想

風間誠史著　「もののあはれ」の共同幻想や、『雨月物語』の対幻想という「物語」空間を拒否し、そこから限りなく遠ざかりつつ、なおそのことによって「物語＝寓ごと」を示そうとする『春雨物語』の戦い、あるいは抗いを〈読む〉。四六判 280 頁／ 3200 円

近世小説を批評する

風間誠史著　西鶴、馬琴といった近世を代表する小説家の作品を読むことの意味をあらためて問いかけ、「世界の外」を描いた『和荘兵衛』の奔放な想像力や、謎の歴史小説『板東忠義伝』の知的な構想力など、知られざる近世小説の魅力も紹介する。四六判 352 頁／ 3500 円

絵伝と縁起の近世僧坊文芸――聖なる俗伝

堤邦彦著　高僧伝や縁起譚は、近世中期の仏教の卑俗化を背景に、伝奇性・娯楽性を帯び、絵画化を伴いながら、大衆文化に浸透する。聖と俗の混淆から立ち現れた近世僧坊文芸の変遷を丹念にたどる。A5 判 440 頁／ 7800 円